Jenny Blackhurst

DIE DUNKLE SPUR

**Eine traumhafte Insel.
Zwei junge Frauen.
Ein tödliches Geheimnis**

THRILLER

Übersetzung aus dem Englischen
von Anke Angela Grube

Lübbe

Die Bastei Lübbe AG verfolgt eine nachhaltige Buchproduktion. Wir verwenden Papiere aus nachhaltiger Forstwirtschaft und verzichten darauf, Bücher einzeln in Folie zu verpacken. Wir stellen unsere Bücher in Deutschland und Europa (EU) her und arbeiten mit den Druckereien kontinuierlich an einer positiven Ökobilanz.

MIX
Papier | Fördert gute Waldnutzung
FSC® C014496
FSC www.fsc.org

Vollständige Taschenbuchausgabe

Deutsche Erstausgabe

Titel der englischen Originalausgabe:
»The Summer Girl«
Originalverlag: Canelo, London

Textredaktion: Dr. Arno Hoven, Düsseldorf
Umschlaggestaltung: Kirstin Osenau
Einband-/Umschlagmotiv:
© Mark Owen / Trevillion Images; © OlgaKraemer / Shutterstock, Silas Manhood / Trevillion Images, Ruslan Suseynov / Shutterstock, LaFifa / Shutterstock; © Silas Manhood / Trevillion Images
Satz: GGP Media GmbH, Pößneck
Gesetzt aus der Garamond
Druck und Verarbeitung: GGP Media GmbH, Pößneck
Printed in Germany
ISBN 978-3-404-18995-3

2 4 5 3 1

Sie finden uns im Internet unter luebbe.de
Bitte beachten Sie auch: lesejury.de

Prolog

Sie hat das Gefühl, dass er wieder über das Feuer hinweg zu ihr schaut. Er hat ihr schon den ganzen Abend Blicke zugeworfen, ganz unverhohlen, als sei es ihm egal, wer es mitbekommt. Die anderen jungen Leute stehen ums Lagerfeuer herum, trinken, tanzen und lachen, aber sie hat nur Augen für ihn. Den ganzen Sommer über hat er mit ihr geflirtet, sie geneckt, und heute Abend kommt der Höhepunkt – die letzte große Party, bevor sie ihre Sommerhäuser verlassen und wieder in ihr normales Leben zurückkehren.

Ihr Haar glänzt golden im Feuerschein, ihre gebräunte Haut riecht nach Wärme und Sonnencreme. Sie lächelt. Seine Aufmerksamkeit macht sie befangen, aber sie genießt sie auch. Sie ist die Verkörperung der Jugend: jung, schön und voller Leben. Und bald wird sie mit dem Gesicht nach unten leblos im Yachthafen treiben.

Sie beobachtet ihn, wie er um das Feuer herumschlendert und dabei jeden begrüßt, an dem er vorbeikommt. Alle hier wissen, wer er ist. Er ist älter als sie, aber das scheint ihm nicht wichtig zu sein, und sie findet, dass es alles nur noch aufregender macht. Sie weiß, wie die anderen Mädchen ihn ansehen, und das macht sie nervös. Es fühlt sich wie die Last einer besonderen Verantwortung an: Sie muss cooler sein als die anderen, witziger und super-sexy, denn warum sonst sollte er mit ihr zusammen sein wollen? Sie fragt sich, ob er sie heute Abend wohl küssen wird. So unschuldig, wie sie ist, hat sie keine Ahnung, dass er mehr erwarten – nein, fordern – wird als einen Kuss, wenn der

Zeitpunkt dafür gekommen ist. Noch gäbe es einen Ausweg für sie. Noch könnte sie ihren Drink abstellen, anrufen, sich nach Hause fahren lassen, ihre Schwester um Rat fragen. Aber ihre Schwester würde sie vor Jungs wie ihm warnen, und sie will keine Warnungen hören. Er kommt ihr immer näher, begrüßt weiterhin locker die Partygäste, verteilt Wangenküsschen, und sie weiß, dass sie sein eigentliches Ziel ist. Bei dem Gedanken werden ihre Handflächen feucht, und sie wischt sie an ihren Jeans-Shorts ab. Der Abstand zwischen ihnen wird geringer, bis er schließlich bei ihr ist, und sie spürt die prickelnde Spannung zwischen ihnen.

Noch könnte ihr Schicksal anders verlaufen … Wenn sie sich beispielsweise selbst noch etwas zu trinken holte, anstatt den Drink zu nehmen, den er ihr reicht, wenn einer der Umstehenden die Zeichen richtig deuten und jemanden anrufen würde, der sie abholen kommt. Wenn es ein anderer Junge wäre, den sie sich in den Kopf gesetzt hätte, wenn ihm jemand beigebracht hätte, dass Macht und Einfluss einem nicht das Recht geben, sich einfach zu nehmen, was man will. Oder wenn auch nur eines der Mädchen, die erfahren mussten, wie er in Wirklichkeit ist, nicht so effektiv zum Schweigen gebracht worden wäre. Sie ist nicht das erste Sommermädchen, dessen Leben ein für alle Mal einen vollkommen anderen Verlauf nehmen wird, weil eine Aneinanderreihung vieler kleiner Handlungen sie beide auf einer Party zusammengeführt hat. Und so tragisch es ist, sie wird nicht die Letzte bleiben. Vielleicht wird das nächste Sommermädchen mehr Glück haben als sie; vielleicht wird die Wahrheit aufgedeckt werden, bevor noch ein Mädchen sein Leben verliert …

Vielleicht aber auch nicht.

1

Claire

Die Musik wummerte, und der Alkohol, den ich den ganzen Abend getrunken hatte, perlte in meinen Adern und machte es mir schwer, mich zu konzentrieren. Mein letzter Whiskey on the Rocks hatte mich endgültig davon überzeugt, dass der Mann, der mir gegenübersaß, doch der Richtige war. Und daher war ich entschlossen, ihn heute Abend nicht davonkommen zu lassen, auch wenn er keine großen Anstrengungen in der Richtung zu unternehmen schien.

»Ich weiß gar nicht mehr genau, warum wir uns eigentlich getrennt haben«, sagte ich und wedelte mit dem Zeigefinger vor seinem Gesicht herum, was ich für eine unglaublich erotische, neckische Geste hielt. Wäre sie jedenfalls gewesen, wenn ich ihm dabei nicht fast sein Bier in den Schoß gekippt hätte.

»Weil du meintest, eher kriegt Katie Hopkins den Friedensnobelpreis, als dass ich was auf die Reihe bekomme«, erinnerte er mich zuvorkommend.

Ich runzelte die Stirn. Das klang ganz nach mir. Woraufhin ich behauptete: »Klingt überhaupt nicht nach etwas, was ich sagen würde.«

»Und weil er außerdem deine Schwester angebaggert hat«, bemerkte eine Stimme hinter mir über die dröhnenden Bässe hinweg.

Eine Stimme, die ich sehr gut kannte. Mit einem Aufstöhnen drehte ich mich zu meiner Cousine und besten Freundin Jess um und setzte ein falsches Lächeln auf. Sie stand da, eine Hand in die Hüfte gestemmt, und musterte mich missbilligend. Jess war drei Monate jünger als ich, aber in letzter Zeit führte sie sich auf, als wäre sie meine Mutter und ich ein launischer Teenie, der über die Stränge schlägt. Dabei war ich dreißig Jahre alt und hatte jedes Recht, mich zu betrinken und mit einem Ex zu schlafen, wenn ich das wollte. Und heute Abend wollte ich.

»Was machst du hier?«, fragte ich, ohne mir die Mühe zu geben, meine Irritation zu verbergen.

Jess runzelte die Stirn. Wenn sie das tat, sah sie sogar noch jünger aus. Jess war fast dreißig, wirkte aber wie die Jugend in Person. Sie gehörte zu diesen irritierenden natürlichen Schönheiten, die selten Make-up auflegten und tragen konnten, was auch immer sie wollten. Sie war sogar von Natur aus blond. »Die entscheidende Frage ist doch wohl, was du hier treibst«, entgegnete sie.

»Wonach sieht es denn aus?«

Sie warf Chris einen vernichtenden Blick zu. »Offenbar gießt du Alkohol auf eine alte Flamme.«

»Ich freue mich auch, dich zu sehen, Jess«, sagte er. Die beiden waren noch nie gut miteinander ausgekommen. Wahrscheinlich, weil eher Katie Hopkins, die rechte Provokateurin und meistgehasste Frau Englands, den Friedensnobelpreis kriegen würde, als dass er was auf die Reihe bekam, und er sich an meine Schwester rangemacht hatte.

Ich hob die Augenbrauen. »Bist du nur gekommen, um zu stänkern?«

»Wann hast du zuletzt mit deiner Schwester gesprochen?« Jess ignorierte meinen Tonfall.

Ich seufzte. Ich beugte mich vor und flüsterte Chris zu, dass ich ihn anrufen würde, wenn es mir gelungen war, meine liebe Cousine loszuwerden. Das war gelogen. Sie hatte schon recht: Er war noch genauso ein Loser wie damals, als ich ihn rausgeworfen hatte, weil er versucht hatte, meine Schwester anzubaggern. Chris nickte und ging, nachdem er Jess einen finsteren Blick zugeworfen hatte.

»Mit welcher?«, fragte ich.

Jess runzelte erneut die Stirn. Ich bekam den Eindruck, dass ich ihr auf die Nerven ging. »Du hast nur eine Schwester«, stellte sie fest.

»Ja«, stimmte ich ihr zu. »Aber sie hat mehrere Persönlichkeiten.« Ich kippte den letzten Schluck Whiskey herunter und signalisierte dem Barmann, dass ich noch einen wollte, aber Jess ergriff meine Hand und drückte sie wieder nach unten.

»Nun sei nicht blöd. Ich weiß, du bist wütend auf sie, weil sie weggegangen ist, aber du bist nicht die Einzige, die eine schwere Zeit durchgemacht hat. Das ist eben ihre Art, damit fertigzuwerden.«

Ich entriss ihr mein Handgelenk und machte dem Barmann ein Zeichen. »Und das ist meine Art, damit umzugehen.«

»Noch mal dasselbe?«, fragte er.

Ich nickte und wies auf Jess. »Und eine Virgin Mary für meine tugendhafte beste Freundin.«

Jess biss die Zähne zusammen. »Holly ruft mich nicht zurück.«

»Vielleicht ist das ihre Art, damit umzugehen.«

Jess knallte ihre Hand auf den Tresen. »Tu nicht so, als wäre es dir egal. Wir wissen beide, dass das nicht stimmt. Ich habe mehrmals versucht, sie zu erreichen, aber sie meldet sich nicht. Wann hast du zuletzt mit ihr gesprochen?«

Ich überlegte. Wann war das gewesen? Konnte ich mich wirklich nicht erinnern, wann ich zuletzt mit meiner Schwester telefoniert hatte? Jedenfalls hatte das Gespräch im Streit geendet. Ich erinnerte mich an Hollys Stimme, die mich, ihre große Schwester, fast anflehte, sich für sie zu freuen, weil sie das Leben auf ihrer mehr als dreitausend Meilen entfernten Insel liebte. Und an den Schmerz und die Wut, die ich empfand, weil wir so weit voneinander entfernt waren, sie Spaß hatte und wieder nach vorn blickte, und das ohne mich. Ich hatte danach noch mal versucht, sie anzurufen – heute Morgen, wenn ich mich richtig erinnerte. Aber sie war nicht rangegangen. Das war kaum erstaunlich, denn in Massachusetts musste es gegen fünf Uhr morgens gewesen sein, und ich war wirklich gemein zu ihr gewesen.

»Ich weiß nicht … Donnerstag vielleicht?«

Jess holte tief Luft, als müsse sie um Geduld ringen. »Ich habe Freitagmorgen mit ihr telefoniert. Seitdem habe ich jeden Tag versucht, sie anzurufen. Und heute schaltete sich sofort die Mailbox ein.«

Ich kniff die Augen zusammen und versuchte nachzudenken. Die letzte Whiskey-Cola war wahrscheinlich doch keine so gute Idee gewesen. Heute war Dienstag, halb zehn abends hier in Hampshire, also müsste es in Massachusetts – ich rechnete mit den Fingern nach – halb vier nachmittags sein. Ich holte mein Handy heraus, tippte auf Hollys Namen und stellte auf Lautsprecher, damit Jess es hören konnte, wenn meine Schwester sich meldete. Es klingelte nicht einmal. Sofort meldete sich die Mobilbox von T-Mobile. »Bitte hinterlassen Sie eine Nachricht nach dem Signalton.«

Jess' Miene wurde noch besorgter. »Ich habe dir doch gesagt, dass sofort die Mailbox anspringt. Was könnte da los sein?«

»Herrje, Jess, wahrscheinlich hat sie mich geblockt«, erwiderte ich. Ich war dieses Gespräch leid. Ich wollte nicht an meine Schwester denken. Ich ärgerte mich über mich selbst, weil ich wütend auf sie war. Aber ich war eben wütend auf sie, obwohl ich wusste, wie unvernünftig ich mich verhielt. Mein Kopf tat mir weh. Ich wollte nur trinken und vergessen. »Unser letztes Gespräch lief nicht gerade besonders gut. Versuch du es noch mal.«

Jess wählte Hollys Nummer, aber wir hatten nur wieder die Mobilbox am Apparat. Meine Cousine biss die Zähne zusammen und sah mich böse an.

»Ihr Handy ist abgeschaltet. Ich sag dir, da stimmt etwas nicht. Holly lässt meine Nachrichten sonst nie so lange unbeantwortet.«

»Schön für dich.« Ich merkte selbst, dass ich mich anhörte wie eine beleidigte Leberwurst.

Der Barkeeper kam mit einer neuen Whiskey-Cola für mich und einer Virgin Mary für Jess. Oje. Offensichtlich hatte er nicht begriffen, dass meine Bemerkung vorhin nur sarkastisch gemeint war. Jess sah aus, als hätte sie mir den Tomatensaft am liebsten ins Gesicht geschüttet.

»Worum geht es hier in Wirklichkeit, Jess?«, fragte ich mit einem Seufzer. »Wenn Holly nur deine Anrufe ignoriert, hättest du mich angerufen oder mir geschrieben. Du wärst nicht hier reingestürmt, um mich fertigzumachen, weil ich mir nach einer Neun-Stunden-Schicht ein paar Drinks gönne. Warum sagst du mir nicht einfach, was los ist?«

Meine Cousine Jess und ich waren beste Freundinnen, solange ich denken konnte. Nur ihretwegen hatte ich früher hingenommen, dass meine jüngere Schwester mit uns spielte – Jess war ein Einzelkind und hatte einen Narren an Holly gefressen, die acht Jahre jünger war als wir. Junge, was war Hollys Geburt für ein Schock für mich gewesen. Ich war daran gewöhnt, die ganze Aufmerksamkeit meiner Eltern für mich zu haben, und plötzlich stand ich nicht mehr an erster Stelle. Als meine Eltern sich nicht lange nach Hollys Geburt trennten, war mir völlig klar, wessen Schuld das war: die meiner kleinen Schwester. Ich hatte meinen Groll so lange gepflegt, dass wir vermutlich gar keine richtige Geschwisterbeziehung hätten, wenn Jess nicht gewesen wäre. Erst in den letzten Jahren hatte sich eine normale schwesterliche Freundschaft zwischen uns entwickelt. Und jetzt waren wir weiter voneinander entfernt denn je, und zwar nicht nur räumlich.

Jess blickte sich um und seufzte. »Tom wartet im Auto. Können wir vielleicht zu mir fahren und darüber reden?«

Himmel, sie hatte die Kavallerie mitgebracht.

»Warum?«, fragte ich. »Sag's mir einfach jetzt gleich. Sie ist durchgebrannt und hat geheiratet, stimmt's? Oder ist sie schwanger? Was verschweigst du mir?«

Jess griff nach ihrem Handy, begann, darauf herumzutippen, und reichte es mir.

»Das hat sie mir heute geschickt.«

»Ich dachte, du hättest nichts mehr von ihr gehört, seit …« Ich verstummte, als mein Gehirn das Gelesene verarbeitete. Es war nur eine kurze Textnachricht, aber ich wusste jetzt, warum Jess mich in der Kneipe aufgesucht hatte. Und mir wurde klar, warum sie sich solche Sorgen machte.

Ich habe viel Spaß. Fahre für ein paar Tage weg, werde kein Netz haben. Ich melde mich bei Mama, wenn ich zurück bin. Sag ihr, es tut mir leid, dass ich ihren Anruf heute Morgen verpasst habe. Hab euch alle lieb. xx

»Verdammt«, murmelte ich. »Das hast du heute bekommen?«

»Direkt bevor sie ihr Handy abgeschaltet hat«, antwortete Jess.

»Oder sonst jemand es abgeschaltet hat.« Ich stand vom Barhocker auf und klammerte mich haltsuchend an den Tresen. Ich wusste nicht, ob meine Beine vom Alkohol oder vom Schock so wackelig waren. »Denn eins wissen wir beide: Es war nicht Holly, die diese Nachricht geschickt hat.«

2

Claire

Tom wartete tatsächlich im Auto. Der treue, loyale Tom, der tat, was immer Jess von ihm wollte, in der Hoffnung, sie würde eines Tages erkennen, wie sehr sie ihn liebte. Was durchaus möglich war, denn sie würden ein tolles Paar abgeben. Jeder, der Augen im Kopf hatte, konnte erkennen, dass er sie liebte, seit er vor vier Jahren angefangen hatte, in ihrer veganen Bäckerei zu arbeiten. Die Bäckerei Au Natural (ich hatte für den Namen »No Beef« plädiert) war Jessicas Traum gewesen, solange ich denken konnte. Zwar bezahlte meine Tante Karen die Miete für den Laden und ihre Wohnung – und Jess hatte einen großen Kredit aufnehmen müssen –, aber sie verdiente immerhin so viel, dass sie Toms Lohn bezahlen konnte und ihr nicht der Strom abgestellt wurde. Ich war stolz auf sie. Während andere kleine Mädchen davon träumten, Astronautinnen zu werden (ich) oder Schauspielerinnen (Holly), hatte Jess sich einen funktionierenden Spielzeugbackofen zum Geburtstag gewünscht und beschlossen, später einmal ein eigenes Café mit veganen, zuckerarmen Leckereien zu eröffnen. Sie hatte nicht immer vegan gelebt – früher waren selbst Vegetarier in unserer Gegend selten gewesen, und von Veganern hatte noch nie jemand etwas gehört –, aber sie hatte schon immer fettige Kebabs und scharf gebratene Restepfannen gemieden. Da ich jahrelang das Privileg genossen hatte, Testesserin für ihre verschiedenen Kreationen zu sein, kam es für mich nicht überraschend, als sie verkündete, sie würde ihre eigene Bäckerei eröffnen. Trotzdem, es war schon eine Leistung für jemanden ihres Alters.

»Geht's dir gut?«, erkundigte sich Tom mit hochgezogenen Augenbrauen, als ich einstieg. Ich funkelte ihn böse an, war mir aber nicht sicher, ob das in meinem gegenwärtigen Zustand die gewünschte Wirkung hatte.

Ich nannte Tom den »Instagram-Veganer«. Er war hochgewachsen und schlank, und etliche Tätowierungen mit buddhistischen Symbolen schmückten seine Arme und den sportgestählten Oberkörper. Das wusste ich, weil er auf Instagram selten ein Shirt trug. Er mochte dünn wie eine Weidengerte sein; aber Mann, er hatte Muskeln. Auf Social Media veröffentlichte er Fotos, auf denen er im Wald und auf Hügelkuppen Yoga praktizierte, seinen Männerdutt band und Smoothies zubereitete. Ich wusste, dass er und Jess gelegentlich miteinander schliefen und beiden viel aneinander lag. Doch Tom verbarg ein finsteres Geheimnis. Er wäre lieber gestorben, als es zu enthüllen, doch ich wusste Bescheid. Jeden Mittwoch ging er ins White Horse in Southampton, um ein Steak zu essen und ein Bier zu trinken.

Wortlos schloss ich die Augen und lehnte den Kopf gegen die Kopfstütze. Während Tom uns zu Jessicas Wohnung fuhr, kämpfte ich gegen die Übelkeit an, die mich überkommen hatte. Wer hatte diese Textnachricht geschickt? Hatte Holly einfach einen Freund gebeten, Jess zu antworten, ohne sich bewusst zu machen, welchen Wirbel das auslösen würde? Oder steckte tatsächlich etwas Finsteres dahinter? Hatte jemand versucht, dafür zu sorgen, dass Jess sich nicht wunderte, wenn Holly sich ein paar Tage oder gar Wochen nicht meldete … Was glaubte derjenige, wie lange es dauern würde, bevor wir Verdacht schöpften?

Bevor Jess Verdacht schöpft, meinst du wohl, meldete sich eine anklagende Stimme in meinem Kopf. Sie hatte sich sofort Sorgen um Holly gemacht. Während ich vermutlich erst in ein paar Tagen erneut versucht hätte, sie anzurufen.

Ich kam mir vor wie eine ungezogene Schülerin, die von ihren Eltern nach Hause gebracht wurde. Jess billigte es nicht, dass ich in letzter Zeit ständig in der Kneipe rumhing, und auch nicht das, was ich danach tat – oder mit wem. Aber Tatsache war, ich war ein großes Mädchen. Und deshalb hatte sie kein Recht, mir vorzuschreiben, wie viel ich trank oder mit wem ich schlief. Während der Arbeit war ich immer nüchtern, meine Maske saß fest und tadellos. Tagsüber funktionierte ich bestens; ich wusste genau, wie viel ich vertrug und wann ich aufhören musste. Ich hatte kein Alkoholproblem. Es war allerdings verständlich, dass Jess ein wenig überfürsorglich war, wenn man bedachte, was ich durchgemacht hatte; und so ärgerlich es auch sein mochte, so war ich doch froh darüber, dass es jemanden gab, dem ich wichtig genug war, um mir Vorhaltungen zu machen. Vermutlich hatte ich gehofft, dass Holly ebenso empfinden würde; dass sie froh darüber war, eine nervige ältere Schwester zu haben, der sie wichtig war. Nicht, dass ich ihr in letzter Zeit oft gezeigt hätte, wie viel mir an ihr lag. Plötzlich hätte ich mich am liebsten bei ihr entschuldigt.

»Herr im Himmel«, stöhnte ich. »Ich habe ja gewusst, dass sie viel zu jung ist, um ganz allein loszuziehen. Ich hätte sie aufhalten sollen.«

»Claire.« Jess beugte sich zu mir nach hinten, legte ihre Hand auf mein Knie und drückte es. »Holly ist zweiundzwanzig. Sie mag deine kleine Schwester sein, aber sie ist erwachsen. Du hättest sie nicht daran hindern können, in die USA zu reisen. Wir wissen doch beide, wie sie ist.«

»Ich hätte mir mehr Mühe geben können.«

»Damit sie trotzdem fährt, aber wütend auf dich ist?«

»Sonderlich begeistert war sie auch so nicht von meiner Reaktion.« Als Holly mir erzählt hatte, dass sie plante, den Sommer auf Martha's Vineyard zu verbringen, war meine erste Reaktion ein entschiedenes »Glaube ich kaum« gewesen. Sie hatte gelacht und mir ihr Flugticket gezeigt. Wenn die meisten Leute so etwas sagten wie: »Ich würde gern mal nach Massachusetts fahren«, dann meinten sie damit irgendeinen unbestimmten Zeitpunkt in der Zukunft und wussten genau, dass vermutlich sowieso nie etwas daraus werden würde. Als meine Schwester das gesagt hatte, meinte sie, sie würde in drei Wochen dorthin aufbrechen, und sie hatte sich bereits einen Job in einem Yachthafen und eine Airbnb-Unterkunft gesucht. Holly war ebenso stur wie ich, wenn sie sich etwas in den Kopf gesetzt hatte, und sie hatte sich eben in den Kopf gesetzt, den Sommer auf Martha's Vineyard zu verbringen.

Tom hielt vor Jessicas Wohnung und ließ uns schon mal aussteigen, während er einen Parkplatz suchte.

»Er könnte noch Chauffeur und Parkservice in seinen Lebenslauf setzen«, ätzte ich.

Jess schüttelte den Kopf. »Manchmal kannst du so was von gemein sein. Er musste nicht mitkommen, um dich abzuholen.«

»Du auch nicht«, sagte ich. »Ich kann mich nicht erinnern, das *Bat*-Signal gesendet zu haben.«

Sie zeigte mir den Mittelfinger und schloss die Haustür auf. Ihre Wohnung lag über einem Friseursalon, und um dorthin zu gelangen, musste man eine schmale, gewundene Treppe hochsteigen und dann einen Korridor entlanggehen, der mehr an einen Tunnel erinnerte. Doch wenn man die kleine Wohnung betrat, wurde einem sofort klar, wie schön und gemütlich Jess sie eingerichtet hatte. Der Flur war hellgrau gestrichen, und über einem dekorativen Bord hing ein großer Spiegel. Im offenen Wohnbereich dominierte ein helles Blau mit dunkelblauen und goldenen Akzenten, während die Küche in Weiß gehalten war. Für Farbtupfer sorgten gerahmte Poster mit Sinnsprüchen wie »Zuhause ist, wo der Kühlschrank ist« oder »Wo die Liebe den

Tisch deckt, schmeckt das Essen am besten«. Für Jess traf das zu: Sie liebte Essen, und wer auch immer an ihrem Tisch Platz nahm, gehörte in ihren Augen zur Familie. Leider war in ihrer Wohnung nicht genug Platz für einen Esstisch, aber ich hegte keinen Zweifel daran, dass sie irgendwann in ihre Traumküche ziehen würde – mit ein paar sich daran anschließenden Zimmern.

Tom musste nicht klingeln, um in die Wohnung zu kommen, und ich war nicht so betrunken, dass mir dieser Umstand entgangen wäre.

»Ich habe die Tür offen gelassen«, erklärte Jess sofort. Sie wusste genau, was ich dachte, obwohl ich weder eine Miene verzogen noch die Lippen bewegt hatte. »Er hat keinen Schlüssel. Also fang nicht wieder mit dieser Verschwörungstheorie an.«

Sie spielte damit auf meine Vorstellung an, nach der sie und Tom insgeheim zusammen waren, und zwar schon seit Jahren. Ich hing dieser Idee schon so lange an, dass sie eigentlich längst heimlich verheiratet sein und heimlich vier Kinder zusammen haben müssten. Mir war nie eine gute Erklärung dafür eingefallen, weshalb sie ihre Liebesbeziehung vor dem Rest der Welt geheim halten sollten. Aber so war das eben mit Verschwörungstheorien: Man ignorierte die Teile, die nicht passten.

»Wer kann diese Nachricht geschrieben haben?«, fragte ich, als Jess den Wasserkocher füllte. Durch die frische Luft und die Flasche Wasser, die Tom mir im Auto gegeben hatte, war ich schon ein wenig klarer im Kopf, und das verstärkte nur meine Sorge um Holly. Ich war schon fast wieder nüchtern. So gut wie.

»Wer immer es war, er kennt sie nicht sehr gut.« Jess sprach etwas lauter, um das Brodeln des kochenden Wassers zu übertönen.

Er kannte Holly nicht gut genug, um zu wissen, dass unsere Mutter vor acht Monaten gestorben war.

»Ich begreife nur nicht, warum da was von einem verpassten Anruf eurer Mutter steht«, fuhr Jess fort. »Warum etwas behaupten, was so klar gelogen ist? Da ist die Person ein Risiko eingegangen. Selbst wenn eure Mutter noch lebte – sie würde doch wissen, dass sie Holly heute Morgen nicht angerufen hat.«

»Nein, aber ich habe sie zu erreichen versucht«, erwiderte ich. Mir war klar, wo der Fehler des unbekannten Absenders lag. »Holly hat immer Witze über mein Verhalten ihr gegenüber gemacht. Sie hat gesagt, ich halte ihr so viele Strafpredigten, dass ich ebenso gut ihre Mutter sein könnte, also hat sie mich in ihrem Handy als ›nervige Mama‹ gespeichert. War als Scherz gedacht.«

Ich hatte nie begriffen, wie sie es nach dem Tod unserer Mutter ertragen konnte, dass »Mama« auf ihrem Display aufblitzte, und sei es nur im Scherz. Wenn ich sie darauf ansprach, pflegte sie zu sagen, so könnte sie jedes Mal, wenn ich anriefe, ein paar Sekunden lang glauben, dass Mama anriefe, und das sei schön. Ich wusste nicht, ob ich das süß, sadistisch oder traurig finden sollte. Wahrscheinlich ein bisschen von allem.

Nachdem unsere Mutter uns vor etwas mehr als zwölf Monaten gesagt hatte, dass sie an Lungenkrebs erkrankt war, waren Holly und ich uns nähergekommen als je zuvor. In der schweren Zeit, die dann folgte, hatten wir uns gegenseitig unterstützt. Abwechselnd begleiteten wir unsere Mutter zur Chemotherapie, und wenn sie operiert wurde, wachten wir nachts im Krankenhaus. Wir klammerten uns fest aneinander und weinten so leise, wie es ging, damit sie uns nicht hörte. Wir hatten Songs, die uns an Mama erinnerten, zu einer gemeinsamen Playlist hinzugefügt. Uns gegenseitig frisiert und an den Händen gehalten, als der Wagen des Bestatters vorfuhr. Und dann, vor acht Wochen, gerade mal sechs Monate nach dem Tod unserer Mutter, hatte die gerade mal zweiundzwanzigjährige Holly verkündet, dass sie weggehen würde.

»Wie lange?«, hatte ich gefragt. »Einen Monat? Ein Jahr? Für immer?«

Holly hatte die Achseln gezuckt. »Ich weiß nicht, wie lange ich wegbleiben werde, Claire. Aber ich muss das einfach machen. Das, was mit Mama passiert ist, könnte jedem passieren … jederzeit. Ich will nicht irgendwann bereuen müssen, dass ich so vieles im Leben versäumt habe.«

So wie es Mama empfunden haben muss, hatte ich gedacht. Samantha Matthews war erst siebenundfünfzig gewesen, als sie an Krebs starb. Sie hatte ihr Leben ganz uns, ihren Töchtern, gewidmet, damit wir nicht so sehr unter dem plötzlichen Weggang unseres Vaters litten. Daher hatte sie nie einen anderen Mann kennengelernt; jedenfalls war nie etwas Ernstes daraus geworden. Sie hatte immer behauptet, sie wolle keinen anderen Mann, aber jetzt war mir klar, wie einsam sie gewesen sein musste, als Holly und ich erwachsen wurden und auszogen. Ich konnte es Holly kaum vorwerfen, dass sie die Welt erkunden und ihr Leben auskosten wollte, schließlich hatte unsere Mutter uns gebeten, genau das zu tun: jeden Tag so zu leben, als wäre er der letzte, der einzige Tag, der uns versprochen war. Aber es gab einen kleinlichen, selbstsüchtigen Teil von mir, der sich nicht für Holly freuen konnte. Weil ich nicht wusste, was ich ohne sie anfangen sollte.

»Du glaubst doch nicht wirklich, dass ihr etwas zugestoßen ist, oder?«, fragte ich nun, und Tränen drohten mir in die Augen zu steigen. *Nein,* dachte ich. *Ich werde nicht weinen.* Nachdem Mama von uns gegangen war, hatte ich genug geweint; ich würde jetzt nicht wieder damit anfangen. Ich hatte Angst, sonst nie wieder aufhören zu können.

»Bestimmt ist alles in Ordnung«, antwortete Jess, aber es klang eher hoffnungsvoll als sicher. »Bestimmt gibt es irgendeine rationale Erklärung für diese Textnachricht. Vielleicht dachte sie, ich weiß, dass sie dich als ›Mama‹ gespeichert hat, und der Teil der Nachricht war als eine witzige Anspielung gedacht. Bei Textnachrichten geht so vieles verloren.«

»Vielleicht hast du recht.« Durfte ich mir erlauben, mich an diesen Gedanken zu klammern? Doch, das musste die Erklärung sein. Holly hatte vermutlich die Augen verdreht, als sie die Nachricht schrieb. *Ich melde mich bei Mama, wenn ich zurück bin.* Ich würde dem Mädchen beibringen müssen, dass man gegebenenfalls Anführungszeichen setzen sollte – in dem Fall bei dem Wort »Mama« –, um schlimme Missverständnisse auszuschließen.

»Oder sie hat ihr Handy in irgendeinem trendigen Café in den Tiefen eines Sofas vergessen«, fuhr Jess fort. »Oder sie war drei Tage im Bett mit irgendeinem Cowboy und ruft uns in ein paar Wochen an, um uns mitzuteilen, dass sie in Las Vegas geheiratet hat.«

»Sie hat deine Anrufe noch nie ignoriert. Sie ignoriert nicht mal meine Anrufe, egal, wie wütend sie auf mich ist.« Ich holte mein Handy hervor und rief Hollys Social-Media-Seiten auf. Mit jedem Wischen vertiefte sich mein Stirnrunzeln. »Sie hat seit Tagen nirgends etwas gepostet. Nichts seit Freitag … Da hat sie ein paar Fotos von einer Feier in einem großen Haus und einem Lagerfeuer am Strand gemacht.«

»Sie hat von irgendeiner Party am Strand gesprochen, als ich mit ihr telefonierte. Offenbar hat irgendein Typ ihr davon erzählt, aber sie wusste nicht genau, ob sie hingehen sollte. Sie machte irgendeinen Witz über seine Absichten. Wie es aussieht, ist sie doch hingegangen. Vielleicht schläft sie bloß ihren Rausch aus.«

Ich warf Jess einen ärgerlichen Blick zu. »Soll das eine Art umgekehrte Psychologie sein? Erst überzeugst du mich, dass Holly in tödlicher Gefahr schwebt, und jetzt soll sie entweder heiraten wollen oder ihr Handy verloren haben oder verkatert sein. Was denn nun?«

»Ich weiß es doch auch nicht.« Jess sah aus, als würde sie gleich zu weinen anfangen. Klasse. Emotionen waren nicht meine starke Seite.

Wieder wählte ich Hollys Nummer, wieder sprang direkt die Mobilbox an.

»Könnte sie bei der Arbeit sein?«, fragte Tom.

»Im Moment? Klar«, sagte ich. »Aber seit Freitag? Nein. Jess, bist du dir ganz sicher, dass du seitdem nicht mehr mit ihr gesprochen hast?«

Sie warf mir einen Blick zu, der besagte, dass nicht sie diejenige war, die Probleme hatte, sich zu erinnern, welchen Wochentag wir hatten. Das war ein bisschen unfair. Ich hatte kein Alkoholproblem … Und ja, mir war bewusst, genau das behaupteten Leute, wenn sie eins hatten. Es war nur, dass mir bei meinem Lebensstil nicht immer klar war, welches Datum wir gerade hatten. Oder welchen Tag der Woche. Ich wusste, es war Wochenende, wenn die Bar voller war, ich mehr Trinkgeld bekam und gegen halb acht die Türsteher aufkreuzten. Ich war nicht unglücklich mit dem Leben, das ich führte; ich mochte meinen Tresenjob in der Bar. Und wenn ich in letzter Zeit häufiger nach der Arbeit noch auf ein paar Drinks blieb und manchmal im Pausenraum übernachtete, wenn ich zu viel getrunken hatte, um nach Hause zu fahren, und keine Mitfahrgelegenheit bekam, war das wohl nicht erstaunlich. Ich war in Trauer, falls ich das noch nicht erwähnt haben sollte.

»Es war am Freitag«, bekräftigte Jess.

»Warum fragt du nicht mal an ihrem Arbeitsplatz nach?«, schlug Tom vor.

»Ich will sie nicht vor ihren neuen Kollegen blamieren.«

Tom zuckte die Achseln. »Dann mache ich es.« Er zog sein Handy hervor. »Wo genau arbeitet sie?«

»Im Yachthafen von Oak Bluffs.« Ich rief die Telefonnummer

des Yachthafens auf, in dem meine Schwester ihren Sommerjob hatte. Obwohl ich stinkwütend darüber war, dass sie so kurz nach dem Tod unserer Mutter abgehauen war, hatte ich für den Notfall sämtliche Kontaktdaten in meinem Handy gespeichert. Ich wusste nur zu gut, dass mein Zorn auf Holly egoistisch war und bald verrauchen würde. Irgendwann würde ich zu Kreuze kriechen und mich entschuldigen, und das wiederum war ihr klar. Sie kannte mich besser als irgendjemand sonst und wusste, wie tief mein Schmerz war. Mein Pulsschlag beschleunigte sich, als Tom die Nummer eingab. Dies war der entscheidende Augenblick. Entweder würde man gleich Holly ans Telefon rufen, oder es gab doch keine harmlose Erklärung für ihr Schweigen.

»Hi, ich würde gern mit Holly Matthews sprechen. Sie hat Ihre Firma als Arbeitgeber angegeben … Ja. Ich bin von der Autovermietung, aber ich kann sie nicht erreichen … Okay, gut, ähm, okay.« Er warf mir einen Blick zu, aber ich konnte seinen Gesichtsausdruck nicht deuten. »Haben Sie eine Ahnung, wo ich sie erreichen könnte?«

Also war sie nicht da. Jess und ich standen wie angewurzelt da, als Tom das Gespräch beendete.

»Dort ist sie nicht.« Er sah besorgt aus. »Sie ist seit drei Tagen nicht mehr zur Arbeit gekommen.«

3

Claire

Offenbar war mir das Entsetzen ins Gesicht geschrieben, denn Jess und Tom redeten gleichzeitig los.

»Vermutlich ist sie für ein paar Tage weggefahren –«

»Hat neue Freunde kennengelernt. Bisschen verantwortungslos, dieses Verhalten, aber nichts, wegen dem man sich Sorgen machen müsste –«

»Im Yachthafen hätte man sie doch als vermisst gemeldet, wenn sie sich Sorgen machen würden.«

Das brachte mein wildes Gedankenkarussell zum Stehen.

»Ja, warum haben die sie nicht als vermisst gemeldet?«, fragte ich mit erregter Stimme. »Was genau wurde gesagt? Mit wem hast du gesprochen?«

Tom hob beschwichtigend die Arme. »Beruhige dich«, sagte er und legte mir leicht die Hände auf die Schultern. »Ich habe mit einer Frau gesprochen, die sich als Stacy vorstellte. Ich bat darum, mit Holly sprechen zu dürfen, und bekam zur Antwort, sie sei schon seit ein paar Tagen nicht mehr zur Arbeit erschienen. Ich wollte wissen, wie lange genau, und die Frau antwortete, seit drei Tagen.«

»Und seit genau drei Tagen ruft sie dich nicht mehr zurück«, sagte ich zu Jess.

Mein Herz raste, und ich steckte den Kopf zwischen die Knie, strich mir die Haare aus dem Gesicht und versuchte nachzudenken. *Atme!* Das sagte Jess immer. Sie versuchte seit Jahren, mir verschiedene Atemübungen beizubringen, und jetzt wünschte ich, ich hätte ihr zugehört, anstatt schnippische Bemerkungen von der Art zu machen, dass es nur eine Art Atmung geben würde, die zählte, nämlich die Ein-und-Aus-Variante.

»Hier.« Jess stellte einen Becher mit starkem, schwarzem Kaffee neben mir ab, und ich sog den Duft tief ein. *Seht her, ich praktizierte Kaffee-Atmung.*

»Wo kann sie nur sein?«, flüsterte ich. Ich begann nicht zu schluchzen; dafür war ich nicht der Typ. Irgendwie hatte ich das Gefühl, seit dem Tod meiner Mutter alle Tränen aufgebraucht zu haben – mein Quantum an Melodrama war erfüllt. Vielleicht hatte mein kaltes schwarzes Herz auch gelernt, keine Schwäche mehr zu zeigen.

Tom legte tröstend seine Hand auf meine Hand und drückte sie leicht. Dann riss er ein Blatt von einem großen bedruckten Notizblock ab, der auf dem Tisch lag, gab mir einen Stift und deutete auf den Zettel.

»Was soll ich tun?«, fragte ich.

»Schreib alles auf, was du weißt«, wies Tom mich an. »Alles, was Holly dir erzählt hat – wo sie wohnt, welche Leute sie eventuell kennengelernt hat, wie ihr Chef heißt, was für einen Mietwagen sie fährt. Dann rufst du die Polizei auf Martha's Vineyard an und gibst ihr diese Informationen. Die Polizei wird sie suchen, und dann wird man dich anrufen und dir mitteilen, dass sie gerade leidenschaftlichen Sex mit einem Mann hatte, der aussieht wie Jason Mamoa, und du wirst ihr eine WhatsApp schicken und dich für die Störung entschuldigen. Und wenn sie dann endlich anruft, gibst du mir das Telefon, und ich mache ihr die Hölle heiß.«

Ich brachte ein kleines Lächeln zustande. »Darf ich ihr auch die Hölle heißmachen?«

»Nur ein bisschen.« Er verdeutlichte mit Zeigefinger und Daumen, dass er wirklich nur ein klein wenig meinte. Vielleicht würde ich doch zulassen, dass der falsche Veganer meine beste Freundin heiratete.

Die Liste war schnell aufgeschrieben. Für eine Frau, die so entschlossen war, ihre kleine Schwester zu beschützen, hatte ich nur sehr wenige Fragen gestellt, wie ich feststellte, und zugehört hatte ich noch weniger. Aber ich fischte das Wesentliche aus ihren Textnachrichten und Mails heraus: ihre Adresse, ihren Arbeitsplatz, den Namen ihres Chefs. In einer Nachricht erwähnte sie eine junge Frau, Emmy, mit der sie etwas trinken gegangen war, also setzte ich auch die auf die Liste. Dann suchte ich die Nummer der Polizeiwache von Edgartown heraus und rief an. Ein Mann meldete sich; er sprach bedächtig und träge.

»Polizeiwache Martha's Vineyard. Wie kann ich Ihnen helfen?«

»Oh, hallo.« Es war mir ein bisschen peinlich, ich kam mir ziemlich dumm vor, und mehr als leicht beschwipst war ich zudem immer noch. »Oh, äh, ich rufe wegen meiner Schwester an. Holly, ihr Name ist Holly. Sie verbringt den Sommer in Edgartown, und ich habe seit Tagen keinen Kontakt mehr mit ihr, was sehr ungewöhnlich ist. Ich habe an ihrem Arbeitsplatz angerufen, und man sagte mir, dass sie dort auch nicht aufgetaucht ist. Dabei ist sie ein sehr verantwortungsbewusster Mensch.«

»Alter?«

Die unvermittelte Frage brachte mich aus dem Konzept. »Wie bitte?«

Ein Seufzer am anderen Ende der Leitung. »Wie alt ist Ihre Schwester?«

»Oh, natürlich, klar. Ich dachte schon, Sie fragten nach meinem … Ach, egal. Sie ist zweiundzwanzig. Vor ein paar Monaten ist sie zweiundzwanzig geworden. Also, vor fünf Monaten.«

»Zweiundzwanzig?«

An seinem Ton merkte ich sofort, dass er die Sache nicht ernst nehmen würde.

»Ja«, seufzte ich. »Aber bis vor drei Tagen hatten wir ständig

Kontakt. Und bei der Arbeit haben sie gesagt, dass sie einfach nicht mehr erschienen ist, was ihr überhaupt nicht ähnlich sieht; sie wollte diesen Job unbedingt haben. Und sie hat einer Freundin eine höchst merkwürdige Textnachricht geschickt: Sie lässt unsere Mutter grüßen, obwohl sie … obwohl unsere Mutter von uns gegangen ist.«

»Kennen Sie die Anschrift Ihrer Schwester?«, fragte der Polizist.

»Oh.« Ich hatte damit gerechnet, mehr Überzeugungsarbeit leisten zu müssen. Ich ratterte die Adresse herunter, die Holly mir gegeben hatte. »Werden Sie nun meine Vermisstenanzeige aufnehmen?«

»Ich schicke jemanden vorbei, der mal nach ihr sieht, und dann rufe ich Sie zurück«, versprach er. »Wahrscheinlich schläft sie nur einen Riesenkater aus. Während der Sommersaison ist hier auf der Insel immer ziemlich viel los. Wo hat sie gejobbt?«

»Im Yachthafen«, antwortete ich. »Nicht in Edgartown direkt, sondern in Oak Bluffs.«

»Okay, klar. Ich glaube, ich weiß sogar, wen Sie meinen. Die Insel ist ziemlich klein, und sie sticht heraus, oder? Weil sie Engländerin ist. Ich kenne den Chef Ihrer Schwester. Ich überprüfe das für Sie.«

»Vielen Dank«, sagte ich erleichtert.

Hoffentlich würde sich bald jemand davon überzeugen können, dass es meiner Schwester gutging. Tom sah mich erwartungsvoll an, als ich das Telefon weglegte.

»Die Polizei wird nach ihr suchen«, berichtete ich. »Er wusste, wer sie war. Er klang echt nett.« Ich war gleichzeitig erleichtert und voller Ungeduld.

»Sofort?«, fragte Jess mit ebenso großer Ungeduld.

»Keine Ahnung. Vermutlich. Wie beschäftigt kann die Polizei im Paradies schon sein?«

Jess verschwand im Nebenzimmer und kehrte mit einer Decke, einem Kopfkissen und einem langen T-Shirt zurück.

»Du kannst hier übernachten.« Sie machte sich nicht die Mühe, es als Frage zu formulieren. »Tom, hilf mir mal, das Sofa auszuziehen.«

»Ich werde nicht schlafen, bevor ich mit meiner Schwester gesprochen habe«, sagte ich.

»Das ist eine ziemlich dämliche Entscheidung – aber wie du willst«, erwiderte Jess. »Wenn du die ganze Nacht hier sitzen und darauf warten willst, dass dieser Dorfpolizist dich zurückruft, dann mach es dir wenigstens bequem. Ich an deiner Stelle würde ja dafür sorgen, dass ich etwas Schlaf bekomme, für den Fall, dass ich morgen zu einhundert Prozent für meine Schwester da sein muss. Aber das liegt ganz bei dir.«

»Sei nicht immer so verdammt selbstgerecht! Und so schnippisch brauchst du auch nicht zu werden«, grummelte ich, aber ich wusste nur allzu gut, dass sie recht hatte. Ich war überzeugt, dass ich keinen Schlaf finden würde, aber nach elf Uhr fielen mir dann doch die Augen zu. Tom war mit dem Versprechen gegangen, die Bäckerei am Morgen zu öffnen, und Jess hatte mir noch einen Kamillentee aufgezwungen. Ich hörte noch, wie Jess Alexa bat, beruhigende Klänge zu spielen, und dämmerte mit dem Rauschen der Brandung im Ohr weg. *Hoffentlich geht es Holly gut,* dachte ich, *wo immer sie stecken mag, und hoffentlich kann auch sie hören, wie die Wellen an den Strand schlagen.*

Das Klingeln meines Handys riss mich aus dem Schlaf.

»Holly?« Ich griff nach dem Telefon und rechnete damit, die Stimme meiner Schwester zu hören. Ein dumpfer Schmerz pochte in meinem Kopf. Das T-Shirt, das Jess mir geliehen hatte, war bis zu den Achselhöhlen hochgerutscht. Ich versuchte, meine Gedanken zu sortieren.

»Nein, Ma'am, hier ist Officer Waylans von der Polizeiwache Martha's Vineyard«, verkündete eine amerikanisch klingende Stimme. »Ich war vor einer Stunde bei der Unterkunft Ihrer Schwester. Es gibt keinerlei Anzeichen dafür, dass irgendwas nicht stimmt.«

»Oh, Gott sei Dank«, stieß ich mit einem Seufzer aus. Erleichterung durchströmte mich. Ich stand auf und ging in die Küche, um mir ein Glas Wasser und zwei Schmerztabletten zu holen, bevor Jess aufwachte und mir irgendein ekelhaftes Ingwergebräu aufzwang, das die Giftstoffe in mir ausspülen sollte. Soweit mir bekannt war, waren für die Entgiftung meine Nieren zuständig. »Hat sie gesagt, warum sie nicht ans Telefon geht?« Ich wappnete mich für die peinliche Enthüllung, dass Holly einfach nicht mit uns sprechen wollte. Aber das war mir gleich. Hauptsache, sie war in Sicherheit.

»Ich habe nicht direkt mit ihr gesprochen«, räumte er ein, und mein Herz begann wieder zu hämmern. »Aber es steht ein Auto in der Einfahrt, und durch das Küchenfenster konnte ich ihren Koffer sehen. Ohne ihr Auto und ihr Gepäck kann sie wohl kaum weit sein, oder? Alles wirkt völlig normal, und es gibt keine Anzeichen eines Kampfes oder eines Einbruchs. Wahrscheinlich ist sie bei irgendeinem Bekannten über Nacht geblieben.«

Die Erleichterung wich kaltem Entsetzen. Ich ging noch einmal durch, was ich eben von ihm erfahren hatte. Er war bei Hollys Haus gewesen, hatte durch das Fenster ihren Koffer gesehen und festgestellt, dass es keine zerbrochenen Scheiben gab – und daraus schloss er, dass alles in Ordnung war? Und der Mann wollte Polizist sein?

»Ich bin auch bei ihrer Arbeitsstelle vorbeigefahren«, fuhr er fort, ohne auf mein bestürztes Schweigen zu achten. »Laut Carl traf sie sich mit einem der Sommergäste. Offenbar hat sie vor ein paar Tagen gekündigt.«

»Mir hat man gesagt, sie sei nicht mehr aufgetaucht – das ist ja wohl kaum dasselbe wie ›kündigen‹.«

»Für mich hat sich das aber so angehört, als hätte sie gekündigt.« Seine Stimme klang gelangweilt, und ich sah ihn praktisch vor mir – wie er dasaß, die Füße auf den Schreibtisch gelegt, und einen Apfel an seiner Uniformjacke polierte.

»Wenn jemand seit Tagen nicht mehr bei der Arbeit war und keiner etwas von ihm gehört hat, heißt das, dass diese Person verschwunden ist.«

»Ihre Schwester ist eine Rucksackreisende, richtig?«

»Falsch.« Meine Stimme wurde mit jeder dämlichen Äußerung lauter, die dieser Mann von sich gab. »Ja, sie wollte etwas von der Welt sehen, aber sie hatte nicht vor, weiterzureisen, nachdem sie auf Martha's Vineyard angekommen war. Sie hat sich von hier aus einen Job und eine Unterkunft besorgt. Meine Schwester ist keine jugendliche Backpackerin, die in einem Hippie-VW-Bus mit Traumfänger im Fenster herumzieht und ihre Pläne ändert, sobald der Wind umschlägt.«

»Hören Sie«, sagte er, und die beiden Worte machten mehr als deutlich, dass er mit seiner Geduld am Ende war. »Warten Sie einfach noch ein paar Tage ab. Ich bin mir sicher, Ihre Schwester wird sich bald melden. Wenn Sie bis Ende der Woche nichts von ihr gehört haben, fahre ich noch mal bei ihrem Haus vorbei. Wahrscheinlich ist sie bei irgendeinem Mann und genießt ihre Freiheit.« Die Art, wie er »Freiheit« betonte, machte klar, von wem sie sich seiner Ansicht nach befreien musste – von mir.

»Ein paar Tage?« Mir blieb fast die Luft weg. »Ich soll abwarten, bis meine Schwester über eine Woche vermisst wird, bevor Sie bereit sind, auch nur noch mal bei ihr vorbeizufahren? Was für ein Polizist sind Sie eigentlich?«

»Also, Miss, es gibt keinen Grund, ausfallend zu werden. Wir erleben so etwas häufiger als Sie, und in neun von zehn Fällen stellt sich heraus, dass die vermisste Person nur mal ein bisschen Dampf ablässt.«

»Und im zehnten Fall?«

»Wie bitte?«

»Sie sagten, in neun von zehn Fällen«, schnauzte ich ihn an. »Was ist mit dem zehnten Fall? Was ist dann?«

»Also, das ist nur so eine Redewendung. Das, was Sie da andeuten, kann hier nicht passieren. Auf Martha's Vineyard ist es sehr sicher. Ihrer Schwester geht es bestimmt gut.«

Ich kam einfach nicht weiter. Tränen der Frustration drohten meine Schutzmauern zum Schmelzen zu bringen. »Danke für Ihre Hilfe, *Officer*.« Ich zischte das letzte Wort und beendete das Gespräch, bevor mir etwas noch Schlimmeres herausrutschte.

Als ich aufblickte, den Schock noch in allen Gliedern, stand Jess in der Tür.

»Du musst hin und nach ihr suchen«, stellte sie fest, als wäre Holly nur in irgendeinem Pub unserer Stadt versackt und hätte sich zum Tee verspätet.

»Und wie soll ich das bitte anstellen?«, fuhr ich sie an. »Sie ist mehr als dreitausend Meilen weit weg.«

»Was sonst könntest du tun? Aus deiner empörten Miene und deinem Ton diesem Polizisten gegenüber schließe ich, dass er Holly nicht gefunden hat.«

»Nein, das hat er nicht. Er hat nicht mal richtig nach ihr gesucht. Erstaunlich, dass er genug Energie aufgebracht hat, um die Hand zu heben und an ihrer Tür zu klingeln.« Ich merkte, wie verkatert ich war, und geriet langsam in Panik bei dem Gedanken, dass meine Schwester so weit entfernt war und es absolut nichts gab, was ich tun konnte. Und dass es niemanden gab, an den ich mich wenden konnte.

»Also, was wird er unternehmen? Nichts?« Jess ging in die Küche und schaltete den Wasserkocher ein, und zu meiner Erleichterung griff sie nach dem Instant-Kaffee, anstatt etwas aus ihrem Gewürzregal herauszusuchen.

»Ich soll wieder anrufen, wenn sie sich bis Ende der Woche nicht gemeldet hat. Bis Ende der Woche«, wiederholte ich nachdrücklich. »Sie wird seit drei Tagen vermisst. Ende der Woche könnte sie bereits am anderen Ende des Landes sein, wenn sie gefesselt hinten in irgendeinem Kleinlaster sitzt.«

»Also musst du hinfliegen«, stellte Jess fest, als wäre es eine Selbstverständlichkeit. Ich leerte mein Glas Wasser und füllte es wieder. Mein Mund fühlte sich vollkommen ausgedörrt an.

»Willst du etwas Ingwer-Tee?«, fragte Jess, als sie mich gierig trinken sah.

»Gott, nein.« Ich erschauderte bei dem bloßen Gedanken. »Ich nehme einen Wodka mit Orangensaft, wenn du einen da hast … Was denn?«, fragte ich, als sie die Augenbrauen hob. »Da ist Vitamin C drin, oder? Außerdem bin nicht ich es, die sich hier besoffen anhört. Findest du, an die Ostküste der USA zu fliegen, nur weil meine Schwester nicht ans Telefon geht, ist eine vernünftige Reaktion?«

»Es ist nicht nur das, und das weißt du genau. Du hast die Textnachricht gesehen. Und die Polizei kann sie nicht finden. Außerdem kannst du dich sicherlich noch daran erinnern, wie begeistert sie war, als sie diesen Job bekam. Auf keinen Fall hätte sie da einfach aufgehört, ohne anzurufen und sich abzumelden. Und wenn alles in Ordnung ist und sie heil und in Sicherheit ist, verbringst du eben ein paar Tage am Strand mit deiner Schwester. Nur Vorteile.«

Ich zögerte und dachte darüber nach. Noch nie im Leben hatte ich etwas so Spontanes getan, aber ich hatte auch noch nie so mütterliche, beschützende Gefühle für jemanden gehegt wie für Holly. Ganz zu schweigen von meinen heftigen Schuldgefühlen. Schließlich hatte meine Cousine mich erst aus einer Kneipe entführen müssen, damit ich erkannte, dass irgendwas nicht stimmte. Ohne Jess wäre ich heute Morgen neben Chris aufgewacht. Ich schauderte erneut.

»Wenn ich sie finde, sage ich ihr, dass du mich geschickt hast«, drohte ich. Ich konnte kaum glauben, dass ich wirklich in Erwägung zog, nach Massachusetts zu fliegen.

Jess zuckte die Achseln. »Ich würde nichts anderes von dir erwarten. Komm schon.« Sie strich mir über den Arm. »Fahr nach Hause, und pack deine Sachen. Ich gehe in die Bäckerei und sage Tom, er soll dir einen Flug buchen.«

»Du bist klasse«, sagte ich und hoffte, dass sie merkte, wie dankbar ich ihr war. »Und Tom auch.«

Tom hatte beruflich schon alles Mögliche probiert, aber noch nie etwas gehabt, was ich als richtigen Job bezeichnen würde, bevor er bei Jess anfing. Für einen Mann von fast dreißig war das bemerkenswert. Er hatte Coaching und Online-Assistenz für Geschäftskunden angeboten und nacheinander etliche Kleinunternehmen gegründet: eine Yoga-Schule, eine Firma für Bio-Shots, für Keto-Ernährungspläne, für ganzheitliche Ernährung, für Marketing, für Social-Media-Management – und zudem, besonders wichtig in meiner derzeitigen Situation, ein Reisebüro.

Ich nahm mir ein Taxi zurück zur Bar, wo ich mein Auto gestern Abend zurückgelassen hatte, und machte mich von dort auf den Weg nach Hause. Die Promillegrenze würde ich wohl nicht mehr überschreiten, aber besonders toll fühlte ich mich immer noch nicht. Normalerweise vertrug ich Alkohol ziemlich gut, aber der Stress und die Panik verstärkten noch meine hämmernden Kopfschmerzen, und ich hatte entsetzliche Angst um Holly.

Glücklicherweise war nicht viel Verkehr. So musste ich mich nicht damit herumschlagen, dass vor mir jemand plötzlich ausscherte, und ich stand auch nicht im Stau.

Ich wohnte in einem Endreihenhaus mit drei Schlafzimmern, das unsere Mutter meiner Schwester und mir hinterlassen hatte. Normalerweise war Holly früher immer bei der Arbeit gewesen, wenn ich mich zwischen meinen Schichten nach Hause schleppte. Aber in der Zeit vor ihrer Abreise in die USA war ich immer direkt von der Arbeit nach Hause gekommen und nie in der Bar versackt. Es hatte jemanden gegeben, zu dem ich heimkehren konnte. Holly wartete immer, bis ich sicher nach Hause gekommen war, egal, welche Schicht ich hatte, und obwohl sie selbst morgens zur Arbeit musste. Sie saß gemütlich mit einer Kuscheldecke auf dem Sofa und wollte stets wissen, wie mein Abend so gewesen war. Danach erzählte sie von ihren Erlebnissen in dem Grußkartenladen, in dem sie arbeitete – welche Stammgäste vorbeigekommen waren, wer »Ich entschuldige mich«-Karten oder Karten mit Genesungswünschen gekauft hatte. Holly kannte praktisch jeden in Hampshire, so kam es mir jedenfalls vor.

Doch seit sie weg war, erschien mir das Haus kalt und leer. Die Abwesenheit meiner Mutter war deutlicher spürbar als je zuvor in den acht Monaten nach ihrem Tod. Holly und ich hatten beide in Mietwohnungen gelebt, aber als unsere Mutter krank wurde, waren wir wieder nach Hause gezogen, um sie abwechselnd pflegen zu können. Jetzt hatte ich niemanden mehr, um den ich mich kümmern musste, und mir graute davor, in das leere Haus zurückkehren zu müssen.

Ich holte meinen altgedienten Koffer herunter und warf ihn aufs Bett. Ich öffnete Schubladen und entschied, Unterwäsche und Socken für vier Tage mitzunehmen. Das reichte sicher, um Holly zu finden und noch ein paar Tage am Strand mit ihr zu verbringen. Jess hatte recht: Wenn ich schon so weit flog, konnte ich ebenso gut ein paar schöne Tage mit meiner Schwester verbringen. Ich griff nach meinem Lieblings-T-Shirt, das ich auf einen Stuhl geworfen hatte, und schnüffelte daran. Ging noch.

Als ich das T-Shirt in den Koffer legte, musste ich daran denken, wie Holly für ihre Reise gepackt hatte. Sie hatte praktisch den ganzen Inhalt ihres Kleiderschranks auf dem Bett ausgebreitet und jedes Teil – meist nicht größer als ein Taschentuch – prüfend hochgehalten. Die quälende Entscheidung, ob ein einzelnes Kleidungsstück mitgenommen werden sollte oder nicht, hatte bei ihr länger gedauert als meine gesamte Kofferpack-Aktion. Ihr Reisefieber war so spürbar gewesen, dass ich fast vergessen hatte, krank vor Sorge zu sein. Aber nur fast.

Jetzt allerdings fühlte ich mich schlecht, richtig elend, und mit jeder Minute, die verging, wurde es schlimmer. Ich überprüfte, ob ich das Handy-Ladegerät und den Laptop auch wirklich eingesteckt hatte, und warf noch ein Notizbuch und ein paar Stifte in den Rucksack, dazu den Roman, der auf meinem Nachttisch lag: *Rose Madder* von Stephen King. Auch wenn ich bezweifelte, dass ich es schaffen würde, auch nur eine Seite zu lesen.

Mein Handy klingelte, und ich war enttäuscht, als ich sah, dass nicht Holly dran war, sondern Tom.

»Hi, wie geht's dir?«

»Ganz gut. Vielen Dank noch mal, dass du gestern mitgekommen bist, um mich abzuholen. Auch wenn Jess dich dazu gezwungen hat.«

»Keine Ahnung, warum sie das Gefühl hatte, dass sie Unterstützung brauchte«, entgegnete Tom. »Aber gern geschehen. Ich habe deine Flüge gebucht. Mit meiner Kreditkarte –«

»Schick mir die Rechnung, ich überweise dir das Geld, wenn ich am Flughafen bin«, fiel ich ihm sofort ins Wort. Dank des

Nachlasses meiner Großeltern und der Hälfte des Erbes meiner Mutter war mein Sparkonto ganz gut gefüllt, zudem hatte ich in den letzten drei Jahren kaum ein nennenswertes Sozialleben gehabt. Das Reihenhaus, einst ein sozialer Wohnungsbau, war seit Jahren abbezahlt, also wurde ich nicht durch Hypothekenzahlungen belastet; obendrein war es mittlerweile weitaus mehr wert als damals, als meine Mutter es gekauft hatte.

»Hat keine Eile«, versicherte Tom, doch ich wusste, dass er längst nicht so gut mit Geld umgehen konnte wie ich, und nahm mir fest vor, es nicht zu vergessen. »Ich maile dir die Unterlagen, dazu Infos über eine Autovermietung beim Flughafen. Willst du, dass ich dir auch eine Unterkunft besorge?«

»Nein, danke, ich werde bei Holly wohnen.« Ich erlaubte mir keinen Gedanken daran, was ich tun sollte, wenn Holly unauffindbar blieb. Wahrscheinlich im Auto auf ihrer Auffahrt pennen. Ich wollte so nahe wie möglich an dem Ort sein, wo sie sich befinden sollte. »Ich weiß nicht, was ich ohne dich getan hätte«, sagte ich. »Geht es Jess gut? Holly bedeutet ihr fast so viel wie mir.« *Und seit ihrer Abreise in die USA ist sie verdammt viel netter zu ihr gewesen als du*, erinnerte mich die böse kleine Stimme in meinem Kopf. Seit Holly auf Martha's Vineyard war, hatte praktisch Jess die Rolle der älteren Schwester übernommen, weil ich so eine sture, blöde Ziege gewesen war. Und jetzt hatte ich erst von ihr erfahren müssen, dass vielleicht irgendwas nicht stimmte. Ich schämte mich sofort für mich selbst.

»Ich glaube, sie macht sich größere Sorgen um Holly, als sie sich anmerken lässt«, antwortete Tom mit gesenkter Stimme.

Natürlich war sie aufs Äußerste besorgt. Jess gab sich gern Zen-mäßig gelassen, aber ich hatte sie schon in Stresssituationen drei vegane Muffins hintereinander vertilgen sehen.

»Pass gut auf sie auf, ja?«

»Sie kommt schon klar«, sagte Tom. »Pass lieber gut auf dich und deine verantwortungslose Schwester auf. Richte ihr aus, dass wir alle stinkwütend auf sie sind.«

»Wenn ich sie finde, werde ich es nicht dabei bewenden lassen. Ich drehe ihr den Hals um.«

Die Mail mit meinen Flugunterlagen wartete schon auf mich, als ich das Gespräch beendete. Tom hatte wahre Wunder bewirkt! Mein Flug ging noch heute Abend. Ich bestellte mir ein Taxi und rief bei der Arbeit an, um mir eine Woche Urlaub zu nehmen. Wenn es noch eine Bestätigung dafür gebraucht hätte, wie leicht ersetzbar ich war, bekam ich sie jetzt. Mein Chef beschwerte sich nicht einmal, sondern sagte nur, er hoffe, Holly gehe es gut, und ich solle ihn auf dem Laufenden halten. Ich wusste, dass er auf eine der anderen Tresenkräfte stand; vermutlich freute er sich darauf, ihr meine Schichten geben zu können. Dann machte ich mir etwas zu essen und räumte auf. Ich hatte das Haus in den letzten Wochen stark vernachlässigt, und ich wollte es nicht bei meiner Rückkehr in diesem Zustand vorfinden. Mir kam der Gedanke, dass ich vielleicht nicht nur wegfahren musste, um Holly zu suchen, sondern auch, um mein Leben wieder auf die Reihe zu kriegen. Jess hatte recht, ich konnte mich nicht weiter so durch die Tage schleppen – in der Bar arbeiten, in der Bar trinken und dort schlafen, dann duschen und wieder mit allem von vorn beginnen. Als ich in das gegrillte Käse-Schinken-Sandwich biss, das ich mir gemacht hatte, wurde mir klar, dass ich gar nicht wusste, wann ich zuletzt eine Mahlzeit zu mir genommen hatte, die nicht für nur sechs Minuten unter den Grill gelegt werden musste. Entweder gab es bei mir gegrillte Käse-Schinken-Sandwiches, in Tomatenketchup getunkte Kartoffelwaffeln, gebackene Bohnen auf Toast oder Käse-Speck-Toast. *Wenn ich Holly gefunden habe, werde ich auch mal Gemüse essen*, schwor ich mir. Vielleicht würde ich mir sogar eine Kochbox bei diesem

Frische-Lieferdienst bestellen, den ich aus der Fernsehwerbung kannte, und wieder anfangen zu kochen. Oh Gott, als Nächstes würde ich noch versprechen, mit dem Laufen anzufangen und Jessicas vegane Muffins zu essen. Fast hätte ich laut gelacht – diese Gefahr bestand nun wirklich nicht.

Jess hatte mir getextet, um mich daran zu erinnern, sie sofort nach meiner Ankunft anzurufen, egal wie spät es hier in Hampshire sein mochte. Sie entschuldigte sich auch zum tausendsten Mal dafür, dass sie nicht mitkommen konnte.

Ich überprüfte noch einmal meine Reiseunterlagen. Der Flug ging um achtzehn Uhr ab Heathrow und sollte knapp acht Stunden dauern. Das hieß, ich würde gegen zwei Uhr nachts in Boston landen, also um zehn Uhr abends Ortszeit. Das war allerdings nur das erste Etappenziel meiner Reise. Ich würde eine ganze Weile auf meinen Weiterflug nach Martha's Vineyard warten und mir nach meiner Ankunft auf der Insel einen Mietwagen besorgen müssen, um zur Anschrift meiner Schwester zu gelangen. Ich schaute vorsichtshalber auf meinen Reisepass, um zu sehen, ob er noch gültig war, und druckte alle Unterlagen aus, die Tom mir geschickt hatte. Dann duschte ich, wusch mir die Haare und föhnte sie. Ich überprüfte gerade ein letztes Mal meinen Reisepass, als der Taxifahrer klingelte. Ich holte tief Luft, zog meinen Rollkoffer aus dem Haus und wehrte ab, als der Taxifahrer ritterlich danach greifen wollte, um ihn im Kofferraum zu verstauen.

Unglaublich – vor weniger als vierundzwanzig Stunden hatte ich mir noch überlegt, ob ich mit meinem Ex-Freund schlafen sollte oder nicht, und jetzt würde ich gleich in einem Flugzeug über den Atlantik düsen und am darauffolgenden Morgen auf Martha's Vineyard landen. *Bitte, Gott*, dachte ich, *mach, dass ich meine Schwester heil und gesund dort antreffen werde.*

4

Claire

Der Flug von London nach Boston dauerte sogar etwas mehr als acht Stunden, und mindestens sechseinhalb Stunden davon war mir speiübel. Ich hatte literweise Mineralwasser und Orangensaft getrunken und so viele Schmerzmittel geschluckt, dass ich vermutlich rasseln würde, wenn man mich schüttelte, und als wir auf dem Flughafen von Boston landeten, fühlte ich mich fast wieder wie ein Mensch. Wenn ich nicht noch auf Martha's Vineyard mit dem Auto hätte fahren müssen, hätte ich einfach den Kater mit noch mehr Alkohol bekämpft. Aber ich konnte fast Jessicas Stimme sagen hören, dass man seine Probleme nicht mit derselben Einstellung lösen könne, die sie erst geschaffen habe. Doch, ich hörte ihr durchaus manchmal zu. Ich musste nur zu dem Haus gelangen, in dem Holly wohnte, Einlass verlangen und dann meinen Urlaub genießen. Vielleicht etwas Yoga am Strand, Schwimmen im Meer. Ich war relativ fit, aber ich hatte noch nie aktiv etwas für meine Gesundheit getan, und jetzt, mit dreißig, war es vermutlich höchste Zeit, damit anzufangen. Vielleicht würde ich noch als Instagram-Veganer enden wie Tom.

In Boston hatte ich einen mehrstündigen Aufenthalt, und der Flug nach Vineyard Haven Airport dauerte vierzig Minuten; außerdem würde ich noch eine gewisse Zeit benötigen, um einen Mietwagen zu erhalten und damit zu Hollys Unterkunft zu fahren. Insgesamt würde die Reise vermutlich siebzehn Stunden dauern, und am Ende würde ich garantiert völlig erledigt sein. Ich nahm mir vor, Holly zur Schnecke zu machen und ihr vorzuhalten, wie verantwortungslos sie sich aufführte und wie viel

Geld sie mich gekostet hatte, ganz zu schweigen von den Strapazen der Reise, und zudem hatte ich mir Urlaub nehmen müssen. Dann würde ich auf ihr Sofa fallen und die nächsten zwölf Stunden durchschlafen, bis ich ausgeruht genug war, um aufzuwachen und ihr erneut eine Strafpredigt zu halten, die sich gewaschen hatte.

Ich schloss die Augen und lehnte den Kopf gegen die Lehne. *Bitte, Gott, mach, dass es so kommt. Bitte mach, dass ich meine kleine Schwester anschreien und sie dann in den Arm nehmen und ihr dann sagen kann, sie solle mir nie wieder solche Sorgen bereiten. Bitte, Gott.*

Der Flughafen von Martha's Vineyard war entzückend und kleiner als manche der Häuser, die auf der Insel zum Verkauf standen, wie ich festgestellt hatte, als ich im Flieger die Immobilienanzeigen durchblätterte. Wenn man nach Martha's Vineyard flog und der Airport der erste Eindruck von der Insel war, wusste man genau, was einen hier erwartete. Kein hässlicher Beton weit und breit, alles war mit Schindeln verkleidet und weiß getüncht. Sogar die Flugzeuge waren bezaubernd. Ich fühlte mich an das Miniaturdorf mit seinen perfekten Cottages und Lattenzäunen erinnert, das früher einmal im Jahr mitten in der Stadt aufgebaut worden war.

Ich war gleichzeitig voller Angst und voller Hoffnung. Hatte Holly sich auch so gefühlt, als sie hier ankam? Natürlich würde sie aus anderen Gründen ängstlich gewesen sein – ein neues Abenteuer, das Unbekannte –, aber sie dürfte sofort gemerkt haben, dass sie an einen ganz besonderen Ort gekommen war. Ich hatte auf einmal furchtbare Angst, weil ich mir bis jetzt hatte einreden können, dass Holly auf mich warten würde. Dass sie mich mit offenen Armen willkommen heißen und herzlich über meine lange, anstrengende Reise lachen würde, die ich unternommen hatte, nur weil sie ein paar Tage nicht erreichbar gewesen war. Die nächste Stunde würde erweisen, ob ich damit richtig lag – oder ganz furchtbar falsch.

Als ich zum Schalter der Autovermietung ging, überlegte ich, ob derselbe Angestellte auch Holly bedient hatte, ob dieselben Hände, die mir den Autoschlüssel übergaben, ihn auch Holly übergeben hatten. Irgendwie fühlte ich mich ihr dadurch näher, und ich merkte jetzt erst richtig, wie sehr ich sie vermisst hatte. Ob ich sie wohl überreden konnte, mit mir zurückzufliegen? Ich hoffte inständig, dass ich diese Chance bekommen würde.

Das Auto, das ich bekam, war alt, aber sauber. Und es sprang sofort an, als ich den Schlüssel ins Zündschloss steckte, was sich wie ein Bonus anfühlte. Außerdem war es ein Wagen mit Automatik. Während ich zu Hause noch manuell schaltete, erleichterte die Automatik das Fahren in einem anderen Land und auf der für mich falschen Straßenseite. Ich war schon ein paarmal durch Frankreich getourt, also war mir das nicht völlig neu: Als ich zum ersten Mal versucht hatte, auf der rechten Straßenseite zu fahren, hatte ich bei jedem Kreisel anhalten müssen, damit ich auch bestimmt richtig reinfuhr, was die Autofahrer hinter mir total genervt hatte. Ein Navi hatte der Wagen auch; also tippte ich die Adresse ein, die Holly mir gegeben hatte, und war erleichtert, als sie sofort auf dem Bildschirm auftauchte. Meine Augen waren so müde, dass ich nicht wusste, ob ich überhaupt noch fahrtüchtig war. Aber ich wollte endlich Gewissheit haben, denn seit Jess mir diese Textnachricht gezeigt hatte, saß mir die Angst in den Knochen. *Ich melde mich bei Mama, wenn ich zurück bin.* Eine harmlose Formulierung, wenn unsere Mutter noch am Leben gewesen wäre. Doch unter den gegebenen Umständen möglicherweise der Beweis dafür, dass meiner Schwester etwas Schlimmes zugestoßen war und jemand anders diese Nachricht von ihrem Handy aus geschickt hatte.

5

Holly

Vier Wochen zuvor

Sie war erst seit acht Tagen auf der Insel, aber es kam ihr vor, als sei sie schon ewig hier. Martha's Vineyard war absolut traumhaft. Anfangs hatte Holly sich Sorgen gemacht, dass es eine Kluft zwischen Alteingesessenen und Urlaubern geben könnte, aber wenn dem so war, hatte sie nichts davon bemerkt. Alle, denen sie begegnet war, hatten sie herzlich und mit echter Freundlichkeit aufgenommen. Es fühlte sich an, als wäre sie ins Set eines typisch US-amerikanischen Films hineingeraten, mit hellen Schindelhäusern, weißen Lattenzäunen und amerikanischen Flaggen, die vor den Geschäften wehten. Alles erschien ihr hier ein wenig unwirklich, wie aus dem Bilderbuch, ein ideales Amerika. Selbst die Luft kam ihr allzu sauber vor, der salzige Meeresgeruch zu offenkundig. Martha's Vineyard war ein Traum, aus dem man am liebsten gar nicht mehr erwachen würde. Es war fast zu schön, um wahr zu sein – wie der Anfang eines Films, wo alle glücklich und zufrieden waren, bis der Meteor einschlug und alles in ein entsetzliches Chaos verwandelte. Es war verrückt, sich Sorgen zu machen, weil zum ersten Mal seit langer Zeit alles wirklich gut war. Aber sie konnte das Gefühl nicht loswerden, dass hinter dieser Vollkommenheit Gefahren lauern könnten.

Ihr Job im Yachthafen machte ihr Spaß, auch wenn ihr Chef Carl dazu neigte, ihr zu dicht auf die Pelle zu rücken, und seine Frau Stacy versuchte, sie mit Blicken zu töten. Das Hafenmeister-Ehepaar war nicht oft anwesend, denn es schmierte gern den reichen Sommergästen, die ein Haus auf Martha's Vineyard besaßen, Honig ums Maul – eine dritte Kategorie von Inselbewohnern, die ein Fall für sich waren, wie Holly festgestellt hatte. Das waren nicht die Touristen, die einmal im Leben hier Urlaub machten, oder die Einheimischen, die dauerhaft auf der Insel lebten, sondern die Reichen und Schönen, die Ferienwohnsitze hier besaßen. Sie kamen jedes Jahr im Juni und verließen die Insel am 31. August, um zu ihren hochkarätigen, gut bezahlten Jobs zurückzukehren, ausgeruht und gebräunt von einem Sommer, den sie mit Tennisspielen und anderen sportlichen oder unterhaltsamen Aktivitäten auf dem Wasser verbrachten. Soweit Holly feststellen konnte, verlief hier die wahre Trennlinie. Die Touristen wussten, dass sie bloß Touristen waren, und sie respektierten die Hierarchie. Sie hatten das ganze Jahr gespart, um ihr Urlaubsgeld in den Restaurants und Cafés der Insel auszugeben; sie kauften ihre *Der weiße Hai*-Souvenirs und erkannten an, dass sie nur Besucher an einem magischen Ort waren. Die Sommerfrischler waren etwas völlig anderes. Sie hatten seit ihrer Geburt jeden Sommer auf Martha's Vineyard verbracht; sie schwammen in Geld, glaubten, ein Recht auf alles zu haben, und behandelten die Insel wie ihren ureigenen Reiche-Kids-Spielplatz. Zumindest stellte Emmy es so dar. Holly hatte Emmy vor nicht allzu langer Zeit in einem entzückenden kleinen Café kennengelernt, das sie an der Upper Main Street in Edgartown entdeckt hatte. Emmy arbeitete dort und hatte Holly angesprochen, als sie das Buch sah, das sie gerade las: *Die Sekte* von Mo Hayder.

»Gott, ich liebe dieses Buch!«, hatte Emmy ausgerufen, als sie gerade ein paar Tische sauber wischte, und sich auf die Lehne des leeren Stuhls gegenüber von Holly gestützt. »Absolut niemand, den ich kenne, hat es gelesen. Ich finde, wir beide sollten Freundinnen sein.«

Holly hatte das Buch aufgeklappt auf den Tisch gelegt.

»Moment mal«, sagte sie mit einem Lächeln. »Woher weißt du, dass ich es an diesem Punkt nicht nur hasslese?«

Emmy runzelte die Stirn. »Hasslesen? Was um alles in der Welt soll das denn sein?«

»Hast du je ein Buch gelesen, das so schlecht war, dass du bis zum bitteren Ende durchgehalten hast, nur damit du allen Leuten erzählen kannst, was für ein grottenschlechtes Buch das war?«

Emmy riss die Augen auf. »Nein! Warum zum Kuckuck sollte ich das tun?«

Holly hatte sich auf der Stelle in diese reizende junge Frau verliebt.

»Ich weiß es nicht.« Sie grinste verschmitzt. »Ich hab's auch nie getan. Aber manche Leute machen das.«

»Ja, verrückte, seltsame Leute«, entgegnete die Serviererin lächelnd. »Ich bin Emmy. Können wir bitte, bitte Freundinnen sein?«

Holly konnte sich nicht erinnern, wann ihr zum letzten Mal jemand mit solcher Offenheit und Wärme seine Freundschaft angeboten hatte. Sie merkte, dass sie das Lächeln erwiderte. »Klar, solange du keine Psychopathin bist.«

»Ich?« Emmy blickte sich im Café um, und da sie ihre Chefin nicht entdeckte, zog sie den Stuhl heraus, an den sie sich gelehnt hatte, und setzte sich. »Ich lese keine Bücher bis zur letzten Seite durch, die ich nicht mag. Erzähl mir von dir, Engländerin – erzähl schon!«

6

Claire

Als das Navi mir mitteilte, dass wir die eingegebene Adresse erreicht hatten, konnte ich kaum glauben, dass meine Schwester tatsächlich hier leben sollte. Diese Insel kam mir vor wie der vollkommenste Ort auf Erden. Es schien unvorstellbar, dass ihr in diesem Paradies irgendetwas zugestoßen sein sollte.

Das Haus, das Holly gemietet hatte, war ein hinreißend schönes, älteres Cottage mit silbergrauen Schindeln. Die Haustür hatte eine cremefarbene Umfassung, in die eine modern wirkende Schiefertafel mit der Hausnummer »16« eingelassen war, und die Rahmen der Schiebefenster waren frisch in Marineblau gestrichen. Der Garten war gepflegt und – es gab kein anderes Wort dafür – grün. Alles hier war grün, bis auf den Himmel, der kornblumenblau war. Es gab sogar einen weißen Lattenzaun. In der Auffahrt stand ein Auto, genau wie der blöde Polizist gesagt hatte: ein weißer Kleinwagen mit dem Sticker einer Autovermietung am Heckfenster. Also war er wohl tatsächlich hier gewesen. Wenigstens etwas.

War Holly im Haus? Es war erst sieben Uhr morgens Ortszeit. Bei der Arbeit konnte sie nicht sein, so viel wusste ich. Also schlief sie wohl noch oder lief ihre Morgenrunde am Strand. Sie versuchte seit Jahren, mich dazu zu bringen, mit ihr joggen zu gehen.

Ich holte tief Luft, stieg aus dem Wagen und ging zur Haustür. In der Hoffnung, dass ich hier richtig war und nicht irgendwelche bedauernswerten Rentner auf Sommerurlaub wecken würde, klingelte ich und wartete. Nichts geschah. Ich drückte erneut die Klingel, fester diesmal, und wartete noch ein Weilchen, bevor ich zum Vorderfenster ging, um ins Haus hineinzuspähen. Das Gras war nass vom Morgentau, und die Feuchtigkeit drang durch meine Canvas-Schuhe und durchweichte die Socken. Ich schirmte die Augen mit den Händen ab und legte die Hände auf die kalte Glasscheibe. Die Jalousien waren halb hochgezogen, sodass ich hineinschauen konnte. Ich sah ein bequem aussehendes Sofa, einen Couchtisch aus Kiefernholz und eine Frühstückstheke, die den Raum von der offenen Küche abgrenzte. Wie der Polizist gesagt hatte, lag ein Koffer davor; er war geöffnet und halb ausgepackt. Wollte Holly irgendwo hinfahren? War sie beim Packen gewesen? Oder hatte sie aus Faulheit ihren Koffer nur halb ausgepackt und nahm immer nur die Sachen heraus, die sie gerade brauchte? Wie ich Holly kannte, war beides möglich.

Ich hämmerte an die Scheibe, aber es war klar, dass niemand öffnen würde. Durch das Vorderfenster sah ich den oberen Teil der Hintertür, aber ich konnte nicht erkennen, ob der Schlüssel steckte. Ein hoher Zaun umgab den rückwärtigen Garten. Ich ging zum Tor und versuchte es zu öffnen, doch es war verschlossen. Aber bislang hatte mich noch kein zwei Meter hoher Zaun von irgendetwas abgehalten, und ich hatte nicht vor, mich jetzt geschlagen zu geben. Vor dem Haus standen zwei leere, schwer aussehende Pflanzkübel aus Keramik, mit deren Hilfe ich vielleicht hoch genug kommen konnte, um über den Zaun zu steigen. Es gab nur ein Problem. Man konnte sie nur Rand auf Rand stapeln, was nicht gerade die stabilste Lösung war. Zudem war es helllichter Tag, und die Gegend schien mir zu denen zu gehören, in denen alles unter nachbarschaftlicher Aufmerksamkeit stand. Kurz und gut, es war ein dämlicher Plan.

»Sollen sie doch die Polizei rufen«, murmelte ich in mich hinein. »Das erspart mir, da noch mal anrufen zu müssen.«

Als ich einen Fuß auf meine Kletterhilfe stellte, wackelte das Ganze gefährlich stark. Wenn das hier klappen sollte, wäre ich wirklich überrascht. Da ich befürchtete, dass alles umkippen würde, sobald mein volles Gewicht darauf lastete, hielt ich mich am Griff des Gartentors fest, als ich auf die zusammengestellten Kübel stieg, um dann mein Gewicht gleichmäßig zu verteilen. Der obere Pflanzkübel rutschte leicht zur Seite. Verdammt!

Als ich schließlich einigermaßen ausbalanciert auf den Pflanzkübeln stand, hielt ich mich oben am Gartenzaun fest, verlagerte mein Gewicht, bis ich auf einem Bein stand, und schwang das andere hinüber. Der Zaun war breit genug, um mir zu erlauben, rittlings darauf zu sitzen. Auf der anderen Seite ging es fast zwei Meter in die Tiefe. Das würde wehtun. Als Kind war ich oft auf Bäume geklettert und hatte das Fallen gelernt, aber jetzt waren meine Gelenke älter und meine Angst größer. Aber ich war schließlich wegen Holly hier. Gerade wollte ich das zweite Bein über den Zaun schwingen, als ich jemanden rufen hörte.

»He, Sie! Was machen Sie da?«

Die Stimme gehörte einem Mann Anfang sechzig, der gekleidet war, als wolle er zum Golfen, was er vermutlich auch vorhatte. Sein dichtes weißes Haar war glatt zurückgestrichen; er hatte meerblaue Augen und gebräunte Beine, die in weißen Shorts steckten. Er trug ein Poloshirt und hatte sich doch tatsächlich einen Pullover um die Schultern geschlungen. Mit dem Mann konnte ich es vermutlich aufnehmen.

»Ich breche in dieses Haus ein«, antwortete ich und bereitete mich darauf vor, auf der anderen Seite herunterzuspringen.

»Das sehe ich. Warum?«

Ich stieß einen Seufzer aus und sah ihn an. »Weil meine Schwester nicht ans Telefon geht und ich mir Sorgen um sie mache.«

»Sie sind Hollys Schwester?«

Aus irgendeinem Grund war ich so überrascht, ihn den Namen meiner Schwester aussprechen zu hören, dass ich fast vom Zaun gefallen wäre. »Sie kennen Holly?«

Der Mann lächelte. »Jeder hier kennt Holly. Sie ist ein richtiger Sonnenschein, Ihre Schwester.« Er hob die Augenbrauen, als hätte er am liebsten hinzugefügt: *Sie hingegen wohl eher weniger.* Leute, die irgendwo einbrachen und ganz allgemein die gesellschaftlichen Normen missachteten, wurden eben selten für einen Sonnenschein gehalten.

»Wann haben Sie sie zuletzt gesehen?« Die Zaunkrone schnitt mir allmählich schmerzhaft ins Fleisch, weshalb ich hinzufügte: »Könnten Sie kurz warten, während ich über den Zaun steige?«

»Aber sicher doch«, antwortete der Mann. »Machen Sie nur weiter mit Ihrem Einbruch. Lassen Sie sich von mir nicht abhalten.«

War das etwa trockener Humor? Und dabei hatte ich immer gedacht, das sei eine typisch britische Eigenart.

Es gelang mir, meinen linken Fuß auf eine der inneren Zaunleisten zu stellen, sodass ich nicht zwei Meter springen musste, sondern mich bis auf einen Meter hinunterlassen konnte. Als ich auf dem Boden landete, knickte mein Knöchel um, aber ich war im Garten. Ich ignorierte den Schmerz, entriegelte das Gartentor und öffnete es. Der Mann wartete geduldig auf mich.

»Ich wohne direkt da drüben«, erklärte er und zeigte die Straße hinunter. »Ich sehe Holly eigentlich fast jeden Tag, aber jetzt schon eine ganze Weile nicht mehr. Zuletzt habe ich sie vor dem letzten Wochenende gesehen, glaube ich. Brauchen Sie Hilfe?«

Es war vielleicht ganz gut, ihn dabeizuhaben, wenn auch möglicherweise nur, um der Polizei zu beweisen, dass ich nichts stehlen wollte. Ich hatte mich noch nicht entschieden, ob ich ins

Haus einbrechen sollte oder nicht. Erst wollte ich auskundschaften, ob ich auch reinkam, ohne zu so drastischen Maßnahmen greifen zu müssen.

»Ja, danke. Ich heiße Claire«, stellte ich mich vor.

»Ich bin Gerry«, antwortete er.

Die Hintertür war abgeschlossen, und es gab keinerlei Hinweise darauf, ob Holly sich im Haus befand oder nicht. Ich hämmerte gegen die Glasscheiben, die in die Tür eingelassen waren, aber es rührte sich nichts.

»Ich werde wohl wirklich einbrechen müssen«, sagte ich zu Gerry. »Ich komme auch für die Schäden auf. Aber ich muss einfach wissen, ob sie vielleicht verletzt oder krank dadrin liegt.«

»Natürlich«, pflichtete er mir sofort bei. »Aber lassen Sie mich erst die Eigentümer fragen. Sie leben hier auf der Insel und haben vielleicht einen Schlüssel.«

Ich wusste nicht, ob es reines Glück war, dass ausgerechnet Gerry mich beim Einbrechen erwischt hatte, oder ob alle Insulaner die Telefonnummern aller anderen Insulaner hatten, aber in jedem Fall war ich ihm dankbar. Die Hauseigentümer würden bestimmt wissen, ob Holly beabsichtigt hatte, ein paar Tage wegzufahren, oder ob sie beschlossen hatte, früher abzureisen und deshalb angefangen hatte, ihren Koffer zu packen. Einen Augenblick später konnte ich Gerry mit jemandem reden hören, was bedeutete, dass einer der Vermieter ans Telefon gegangen war.

»Sie sind auf dem Weg hierher«, teilte er mir mit, nachdem er aufgelegt hatte. »Sie werden etwa eine halbe Stunde brauchen, aber Sheila meinte, wenn Sie eine lebensbedrohliche Situation befürchten, können Sie ein Fenster einschlagen.«

Ich warf wieder einen Blick auf das Haus und überlegte. Wir hatten jetzt seit sechs Tagen keinen Kontakt mehr mit Holly, wenn man die möglicherweise falsche Nachricht an Jess nicht mitzählte. Wenn ihr vor fast einer Woche im Haus irgendwas zugestoßen war, würde eine halbe Stunde auch keinen Unterschied mehr machen. Zwar war ich fest entschlossen, mir Zutritt zu verschaffen, aber eine halbe Stunde Aufschub, bevor ich mich möglicherweise unbequemen Wahrheiten stellen musste, war mir ganz willkommen.

»Ich warte«, erklärte ich.

Gerry wirkte erleichtert. »Möchten Sie mit zu mir kommen und einen Kaffee trinken? Oder ziehen Sie als Engländerin Tee vor?«

»Danke für das Angebot, aber ich würde lieber hier warten«, entgegnete ich und ließ mich auf der Türschwelle nieder. Nachdem ich eine so weite Reise unternommen hatte, würde ich erst von hier weggehen, wenn klar war, dass meine Schwester sich nicht im Haus aufhielt.

7

Holly

Drei Wochen zuvor

Erst nach der Begegnung mit Emmy war Holly so richtig auf Martha's Vineyard angekommen. Bis dahin war sie entweder bei der Arbeit gewesen oder hatte am Strand oder in einem Café gelesen und gezeichnet. Es war schön gewesen, sich mal zu entspannen, sich zu erinnern und sich zu besinnen – an ihre Mutter zu denken, dankbar zu sein für die Liebe, die sie ihr geschenkt hatte, und für alles, was sie ihr beigebracht hatte. Holly überlegte auch, welche Lehren sie aus ihrem Tod ziehen sollte und was sie mit dem eigenen Leben anfangen wollte. Doch das ging für einen Menschen nur eine begrenzte Zeit lang gut, denn es bestand die Gefahr, dass sich »allein und nachdenklich« ganz schnell in »einsam und weinerlich« verwandeln würde.

Jetzt aber steckte Holly plötzlich mitten im Inselleben drin, und die charismatische, freundliche Emmy stellte sie anderen Einheimischen vor und schleppte sie von einer schönen Ecke zur nächsten. Auf ihren Job im Yachthafen hatte sie eigentlich keine große Lust mehr, obwohl sie natürlich alle anfallenden Arbeiten so gut wie möglich erledigte. Sie kam nicht ein einziges Mal zu spät zur Arbeit und ließ Carl nie merken, wie verkatert sie war – auch dann nicht, nachdem sie einen ganzen Nachmittag lang Piña Coladas im Beach Club auf Chappy geschlürft hatte. Langsam bekam Holly das Gefühl, dass sie für dieses Inselleben geschaffen war, und sie wollte im Yachthafen einen guten Eindruck hinterlassen, falls sich eine Möglichkeit für sie ergeben sollte, auf Martha's Vineyard zu bleiben.

»Die Immobilienpreise hier auf der Insel sind durch die Decke gegangen«, hatte Emmy eines Tages zu ihr gesagt und dabei das rote Bikini-Top über ihrem kleinen Busen zurechtgezupft. »Die meisten Insulaner wohnen in Häusern, die seit Generationen im Familienbesitz sind – nur so können wir es uns noch leisten, hier zu leben. Wenn man sich jetzt ein Haus auf Martha's Vineyard kaufen will, muss man schon Barack Obama sein. Deshalb wohne ich auch noch bei meinen Eltern, obwohl ich schon über zwanzig bin.«

Keine der beiden jungen Frauen war Mitglied in dem exklusiven Beach Club auf Chappaquiddick, in dem es von reichen Sommerfrischlern nur so wimmelte, aber Emmys Ex-Freund stand hinter der Bar und konnte ihnen Gäste-Ausweise besorgen, wann immer sie wollten. Sonst machte Emmy sich nicht die Mühe, wie sie erklärte, aber sie hatte Holly einen Eindruck davon verschaffen wollen, wie die »andere Hälfte auf der Insel« so lebte. Es war nicht direkt der entspannende Wellness-Tag, den die Worte »Beach Club« in Hollys Vorstellung heraufbeschworen hatten. Kleine Kinder plantschten im Meer, während ihre geplagt wirkenden Nannys unter rot-weiß-blau gestreiften Sonnenschirmen saßen, ihre Schützlinge im Auge behielten, gelegentlich neue Sonnencreme auftrugen und unauffällig ihre Handys checkten. Eigentlich hatte Holly zumindest eine Massage und Kellner mit nacktem Oberkörper erwartet, die Margaritas servierten. Stattdessen hatten die Kellner alle Hände voll damit zu tun, den Forderungen verwöhnter Teenager mit Treuhandfonds nachzukommen.

»Oh, oh«, sagte Emmy, schob ihre Sonnenbrille auf die Nasenspitze und schaute in Richtung Meer. »Guck mal, wer da kommt.«

»Wer denn?«, fragte Holly und folgte Emmys Blick. Vier junge Männer, die Anfang zwanzig waren, liefen durch die Brandung auf die Seebrücke zu. Alle waren durchaus attraktiv, aber einer von ihnen sah absolut umwerfend aus. Holly bemerkte, wie ein paar der jungen Nannys die Köpfe reckten. Die ganze Chemie des Beach Club schien plötzlich verändert. »Wer sind die?«

»Das sind die Slaytons«, antwortete Emmy, die einen wachsamen, aber auch nervösen und erwartungsvollen Eindruck machte. »Also, zwei davon. Die beiden anderen kenne ich nicht. Austauschbarer Anhang.«

»Ach?« Holly kräuselte die Nase. Der Name sagte ihr absolut gar nichts.

»Das sind Bobby und Ryan Slayton«, erklärte Emmy. »Die Söhne einer der reichsten Familien, die hier ein Anwesen für den Sommer haben. Sie kommen jedes Jahr auf die Insel, seit ich denken kann. Die Mutter, Delilah, ist ein richtiges Miststück. Ich weiß noch, wie sie einmal dafür gesorgt hat, dass eine Kellnerin von Remmy's gefeuert wurde, weil die ihr den billigen Whiskey gebracht hat anstatt einer teuren Marke. Delilah Slayton glaubte nicht, dass es ein Versehen gewesen war, und fühlte sich beleidigt, weil man ja denken könnte, dass sie sich nichts Besseres leisten könne.«

»Du meine Güte.« Holly pfiff durch die Zähne. »Das hebt den Begriff ›Miststück‹ auf eine ganz neue Ebene.«

»Sie sind mit den Kennedys verwandt, weißt du?«

»Ehrlich, Dahhhling, wer ist das nicht?«, bemerkte Holly und wedelte mit der Hand.

Emmy lachte. »Kann einem hier so vorkommen, oder? Du solltest mal im Winter hier sein. Eine völlig andere Insel. Aber mal im Ernst, halte dich lieber von denen fern. Ja, Bobby sieht wahnsinnig gut aus, aber mit den beiden handelst du dir nur Ärger ein.«

Holly schaute zu, wie die Slayton-Brüder und ihre Freunde lachend in der Brandung herumtollten und einander mit Wasser bespritzten, während sie zur Seebrücke liefen. Sie schienen niemanden sonst zu beachten, so als wären sie ganz allein am Strand, und doch hatte Holly den Eindruck, dass sie sehr gut wussten, dass alle sie beobachteten.

8

Claire

Holly war nicht im Haus. Sheila, ihr Mann Hank und ich hatten in jedes Zimmer geschaut und weder meine Schwester entdeckt noch irgendwelche Anzeichen gesehen, dass irgendwas nicht stimmte. Hollys Handtasche und ihr Smartphone fehlten, aber das Ladegerät war da und offenbar auch all ihre Klamotten. Es sah nicht nach einem überstürzten Aufbruch aus. Sie hatte nur ihre übliche Unordnung hinterlassen: ein ungemachtes Bett, eine halb geleerte Tasse Tee auf dem Nachttisch. Es war ein herber Schlag, dass sie nicht da war, aber zumindest lag sie nicht leblos am Fuß der Treppe oder in der Badewanne.

»Sie hat die Miete im Voraus für den ganzen Sommer bezahlt«, teilte Sheila mir mit. »Wir hätten also erst am ersten September gemerkt, dass irgendwas nicht stimmt. Da hätte sie sich melden müssen, um uns zu sagen, ob sie den Mietvertrag verlängern will oder nicht.«

»Wäre es okay, wenn ich ihre Sachen erst mal hier lasse?«

»Aber natürlich«, sagte Sheila und tätschelte meine Hand. »Sie hat das Haus bis zum ersten September gemietet. Wo sind Sie untergekommen?«

»Ich hatte gehofft, dass ich bei Holly bleiben könnte«, gab ich zu und wurde plötzlich ganz verlegen. Das hier war Sheilas Haus. Vielleicht durften die Mieter keinen Übernachtungsbesuch haben. »Ich wollte nur ein paar Tage bleiben, nachdem ich mich davon überzeugt hätte, dass es ihr gutgeht«, fügte ich rasch hinzu.

»Sie können natürlich hier wohnen, bis Sie sie gefunden haben«, bot Sheila sofort an.

Die Freundlichkeit, Warmherzigkeit und vor allem Vertrauensseligkeit der Einheimischen haute mich um. Ich hätte ja praktisch jeder sein können, aber Sheila spürte offenbar, dass ich die Wahrheit sagte und wirklich auf der Suche nach meiner Schwester war, um die ich mir große Sorgen machte.

»Glauben Sie wirklich, dass ihr etwas zugestoßen ist?«, fragte sie und schaute mich besorgt an.

Ich hatte ihr bereits von den verpassten Anrufen erzählt und davon, dass Holly von einem Tag auf den anderen nicht mehr bei ihrer Arbeitsstelle erschienen war. Ausgelassen hatte ich nur die Textnachricht. Denn das hätte bedeutet, dass ich das mit unserer Mutter erklären musste, und ich wollte nicht mit einer völlig Fremden darüber reden, solange es nicht unvermeidlich war. Sheila war ganz offensichtlich eine wunderbare Frau. Ihr blondes Haar war perfekt frisiert und mit reichlich Haarspray fixiert; auch hatte sie tief in den Schminktopf gegriffen und so viel Parfüm aufgelegt, dass man es vom Flughafen aus hätte riechen können, wenn nicht sogar schon vom Flugzeug aus. Aber ich merkte einfach, dass sie für alles stand, was Martha's Vineyard ausmachte: eine Gemeinschaft, in der man aufeinander achtgab. Als Holly verkündet hatte, dass sie hierherfahren wollte, war ich fuchsteufelswild gewesen, hatte mich aber trotzdem gründlich über die Insel informiert. Ich hatte Geschichten darüber gelesen, wie Asylsuchende willkommen geheißen wurden und wie alle Geld gesammelt hatten, um einem Ehepaar zu helfen, das sein Haus durch einen Kabelbrand verloren hatte, und das zwei Wochen nach Erlöschen der Versicherungspolice. Sheilas Sorge um eine junge Frau, die sie kaum kannte, umgab sie wie ein Heiligenschein.

»Ich hoffe nicht«, antwortete ich ehrlich. »Aber das alles sieht ihr gar nicht ähnlich. Holly ist zwar noch jung, aber sie ist verlässlich und rücksichtsvoll. Sie weiß genau, dass ich mir furchtbare Sorgen machen würde, wenn sie sich einfach nicht mehr meldet.«

Aber das reicht offenbar nicht, um selbst zu bemerken, dass sie verschwunden ist, ätzte meine innere Stimme. Dabei fiel mir ein, dass ich Jess versprochen hatte, sie auf dem Laufenden zu halten. Ich informierte sie per WhatsApp, dass Holly nicht in ihrem Ferienhaus war, und versprach anzurufen, sobald ich mehr wusste.

»Ich komme mit Ihnen zur Polizei«, bot Sheila an.

»Das ist sehr nett von Ihnen.« Die Großzügigkeit dieser Frau, die mich gerade erst kennengelernt hatte, rührte mich. »Aber ich werde erst ein bisschen herumfragen und versuchen, jemanden ausfindig zu machen, der weiß, wo sie stecken könnte. Ich weiß nicht, ob die Polizei eine große Hilfe sein wird. Ich habe da angerufen, bevor ich hergekommen bin, und der Polizist hat hier nur kurz durchs Fenster geschaut und mir dann erklärt, sie hätte vermutlich irgendeinen Typen kennengelernt und wäre nun bei ihm.«

Sheila blickte zunächst finster drein, dann aber wurde ihre Miene milder. »Das ist nachvollziehbar«, sagte sie leise.

»Warum? Wieso ist das nachvollziehbar?«

Sie schüttelte den Kopf. Ich hatte den Eindruck, dass es da etwas gab, was sie mir nicht sagen wollte. »Im Sommer kommen sehr viele Touristen her, über hunderttausend jedes Jahr. Vermutlich ist es leichter, davon auszugehen, dass Ihre Schwester einfach weitergezogen ist, als mit dem Schlimmsten zu rechnen. Aber Sie müssen bei der Polizei weiter Druck machen.« Sheila griff nach meiner Hand. »Sie müssen dafür sorgen, dass man Sie ernst nimmt. Es sind gute Menschen, die Polizisten hier. Die meisten Menschen hier sind gut, und Holly ist ein reizendes Mädchen. Sie müssen sie finden.«

»Oh, das werde ich«, versprach ich. »Ich werde sie nicht aufgeben.« Erst als Sheila gegangen war, nachdem sie mir das Versprechen abgenommen hatte, sie anzurufen, wenn ich Hilfe brauchte oder wenn ich Holly gefunden hatte, fragte ich mich, was sie gemeint hatte, als sie von den »meisten Menschen hier« sprach.

9

Holly

Drei Wochen zuvor

Zu Beginn ihrer dritten Woche auf der Insel machte Holly nähere Bekanntschaft mit den Slayton-Brüdern. Sie hatte noch etwa eine Stunde Arbeitszeit vor sich und war dabei, eins der Boote zu reinigen, als sie eine Nachricht von Emmy erhielt.

> Wollen wir heute Abend im Remmy's was trinken? Ich treffe mich gegen 10 mit ein paar Freundinnen. Weißt du, wo es ist, oder soll ich dich abholen?

Holly hatte den beliebten Club bereits ein paarmal gesehen und schon seit einer Weile dort hingehen wollen … nur nicht allein. Sie schrieb sofort zurück.

> Klingt toll! Wir treffen uns dort. xx

Lächelnd schob sie das Handy wieder in die Tasche der absurd knappen weißen Shorts, die Carl ihr als Arbeitskleidung gegeben hatte. Auch das T-Shirt war zwei Größen zu klein. Holly war aufgefallen, dass Stacys Uniform perfekt passte, vielleicht sogar ein wenig zu weit war. Sie fragte sich, wie die Frau des Hafenmeisters, die kaum älter war als Holly, es wohl fand, dass ihr Mann die Saisonkräfte ausstaffierte wie Hooters-Kellnerinnen. Vielleicht richtete sie deshalb kaum je das Wort an sie, und wenn doch, gab sie ihr nur kurz angebunden eine Anweisung.

Holly überlegte, was sie für den Club anziehen sollte – irgendwas Zwangloses, auf keinen Fall zu aufgebrezelt, wie sie bereits gelernt hatte. Sie wollte nicht aussehen wie die reichen, schnöseligen Sommer-Kids. Vielmehr wollte sie zu Emmys lässigem Insel-Freundeskreis passen, jungen Leuten, die nach dem Ozean rochen und nie Schuhe zu tragen schienen. Die wussten, wie man mit einem Boot umgeht, und zwar nicht, weil sie Tausende von Dollars für Unterrichtsstunden bezahlt hatten, sondern weil ihre Eltern seit ihrer Kindheit die Boote der Reichen vertäut hatten und den eigenen Nachwuchs einen kurzen Törn unternehmen ließen, wenn es keiner merkte. Emmys Freunde waren alle so freundlich und herzlich gewesen, dass Holly zu glauben begann, Martha's Vineyard sei der vollkommenste Ort auf Erden.

»Du hast eine Stelle übersehen«, bemerkte eine tiefe Männerstimme hinter ihr. Sie stöhnte über den blöden Spruch, und als sie sich umdrehte, erwartete sie, Carl zu sehen, der mal wieder viel zu dicht hinter ihr stand. Aber es war einer der jungen Männer, die Emmy ihr am Strand gezeigt hatte – die Slaytons, wie sie sich erinnern konnte.

»Oh«, machte sie und trat einen Schritt zurück.

Der junge Mann runzelte die Stirn. »Sorry, ich wollte dich nicht erschrecken.« Auf amerikanische Art zog er die Silben in die Länge.

»Nein, mir tut's leid«, sagte Holly. »Ich dachte, es wäre Carl.«

Der junge Mann lächelte. Er war nicht der Slayton, dessen konventionelle Schönheit sie bewundert hatte, aber er hatte etwas sehr Anziehendes an sich. *Das liegt am Geld*, konnte sie ihre Schwester Claire fast sagen hören. *Geld riecht man schon von Weitem.*

Kurz wurde ihr bewusst, wie sehr sie Claire vermisste, wie sehr sie wünschte, ihre Schwester hätte sich mehr für sie freuen können, bevor sie losgefahren war, anstatt ihr vorzuwerfen, so bald nach Mamas Tod abzuhauen. Claire liebte sie, das wusste sie, und wollte sie bloß in der Nähe behalten, weil ihre Schwester Angst hatte, sie zu verlieren, und das so kurz nach dem Verlust ihrer Mutter. Aber diese Reise wäre sehr viel einfacher gewesen, wenn sie den Segen ihrer Schwester gehabt hätte.

»Tja, in dem Fall wäre ich dir dicht auf die Pelle gerückt und hätte dir gezeigt, wo du noch nachbessern musst«, erwiderte er mit einem Lächeln.

Holly musste lachen. Zumindest war sie nicht die Einzige, der aufgefallen war, wie sehr ihr Chef dazu neigte, persönliche Grenzen zu überschreiten.

»Das kann ich weder bestätigen noch verneinen«, antwortete sie und lächelte zurück. Ihr Gesicht wurde heiß. War er gekommen, um mit ihr zu flirten? Oder war das nur freundliches Vorgeplänkel, und er würde sie gleich bitten, seine Luxusyacht zu reinigen?

»Ist auch nicht nötig. Die Aufmerksamkeit, die Carl seinen jungen Saisonkräften erweist, ist legendär. Ich bin übrigens Ryan.« Er streckte die Hand aus, und Holly kam sich etwas albern vor, als sie sie ergriff. Sie konnte sich nicht erinnern, wann ihr zum letzten Mal jemand die Hand geschüttelt hatte, aber auf Martha's Vineyard war schließlich nichts wie irgendwo sonst.

»Ich bin Holly«, stellte sie sich vor.

»Ein schöner Name.« Ryan sah ihr in die Augen und schien nichts mehr wahrzunehmen außer ihr. Plötzlich wusste sie nicht, was sie sagen oder wo sie hinschauen sollte. Er hingegen schien überhaupt nicht verlegen zu sein. »Bist du den Sommer über hier?«

»Ja, ich jobbe«, antwortete sie und kam sich sofort dumm vor. »Wie man sieht«, murmelte sie und wies auf den Putzlappen in ihrer Hand.

»Du bist weit gereist für deinen Sommerjob.«

Sie war kurz erschrocken und fragte sich, woher er wusste, woher sie kam, aber dann begriff sie: Ihr englischer Akzent verriet sie. Sie war mittlerweile so daran gewöhnt, wie alle hier redeten, dass sie fast vergessen hatte, dass sie selbst eine andere Aussprache hatte.

»Wenn man schon arbeiten muss, warum nicht im Paradies?« Sie zuckte die Achseln. »Aber dieses Problem wirst du ja wohl kaum kennen.«

Sobald ihr die Worte entschlüpft waren, wurde sie knallrot, was Ryan zum Lachen brachte.

»Und woher willst du wissen, dass ich kein Saisonarbeiter bin?«, fragte er, offensichtlich amüsiert.

Holly seufzte. »Ich habe dich gestern am Strand gesehen«, gab sie zu. »Eine Freundin hat mir gesagt, wer du bist.«

»Das war bestimmt Emmy, richtig?«

Holly hob die Augenbrauen.

Er grinste noch breiter. »Tja, könnte sein, dass ich dich auch gestern am Strand gesehen habe.«

Es überraschte sie, dass sie ihm nicht nur aufgefallen war, sondern er sich auch an sie erinnerte. Es hatte den Eindruck gemacht, als hätte die kleine Gruppe auf niemanden sonst geachtet. Sie empfand leichtes Unbehagen bei dieser Erinnerung daran, wie klein die Insel war. Hier blieb nichts unbemerkt. »Also, kann ich irgendwas für dich tun?«, fragte Holly, die in diesem Moment bemerkte, dass Carl aus seinem Büro kam. Wie lange er sie beide wohl schon beobachtet hatte? Er hatte eine grimmige Miene aufgesetzt. Sie fand es ekelhaft, dass er ihr immer zu nahe kam. Einmal hätte sie fast geschworen, dass er an ihren Haaren roch, aber vielleicht war das auch nur Einbildung gewesen. Dieser grässliche Typ schien ihre Paranoia zu beflügeln.

»Nein«, sagte Ryan. »Ich bin nur hergekommen, um mich dir vorzustellen.«

Wieder fehlten ihr die Worte. Was sollte man auch auf so etwas entgegnen?

»Das ist sehr schmeichelhaft«, antwortete sie schließlich. Sie behielt Carl im Auge, der schnurstracks auf sie zusteuerte. »Aber mein Chef schätzt es nicht, wenn ich mit jemandem plaudere, anstatt zu arbeiten, und er kommt gerade zu uns rüber.«

Ryan drehte sich um.

»Hi, Carl«, rief er und hob die Hand, und der Hafenmeister erwiderte den Gruß.

»Hallo, Ryan, was machst du hier, Kumpel? Kann ich dir irgendwie helfen?«

»Nein, vielen Dank«, entgegnete Ryan. »Ich wollte mich nur mit Holly bekanntmachen und ein bisschen mit ihr plaudern. Du hast doch nichts dagegen, oder? Ich hoffe, sie bekommt jetzt keinen Ärger. Es war ganz allein meine Schuld; ich konnte einfach nicht anders.«

»Aber nein.« Carl schüttelte entschieden den Kopf. »Aber nein, überhaupt kein Problem. Wie geht's deinem Vater?«

»Sehr gut, danke. Er wird wahrscheinlich noch mal welche von diesen Blauen Marlins bestellen, die du ihm letztes Jahr besorgt hast – für eine Feier, die wir geplant haben. Eine wirklich große Bestellung.«

»Das wäre toll.« Carl nickte mindestens ein Dutzend Mal, und Holly biss sich auf die Lippen, um nicht laut loszulachen. Er sah aus wie einer dieser Wackeldackel, die manche Leute ins Rückfenster ihrer Autos stellten.

»Könnte Holly vielleicht heute etwas früher freibekommen?«, fragte Ryan und legte ihr beiläufig den Arm um die Schultern. Eine viel zu vertrauliche Geste für jemanden, den sie gerade erst kennengelernt hatte, fand sie, aber sie befreite sich nicht von ihm. Sie wollte Carls Reaktion sehen.

»Ich, ähm …« Carl wirkte verwirrt. Holly erwartete, dass er

sofort ablehnen würde, aber er seufzte und zuckte die Achseln. »Klar. Solange es nicht zur Gewohnheit wird«, fügte er noch hinzu, dann drehte er sich um und ging zurück.

Als er weg war, brachen Holly und Ryan in Lachen aus.

»Du hättest gleich eine Gehaltserhöhung für mich aushandeln können, wo du schon mal dabei warst«, sagte sie. Normalerweise hätte sie die Art furchtbar gefunden, wie Ryan das Geld und die Macht seiner Familie einsetzte, um den Hafenmeister kleinzumachen, aber Carl war ein widerliches Ekel und hatte es verdient. Außerdem hatte sie jetzt mehr Zeit, sich für den Abend fertig zu machen.

»Ich weiß, das war eine beschissene Reiche-Jungs-Nummer«, gab Ryan zu. »Aber dieser Typ macht mich echt wütend. Wie auch immer … Kann ich dich irgendwo absetzen?«

Holly zögerte. Claire würde ausrasten, wenn sie herausfinden sollte, dass sie zu einem Typen ins Auto gestiegen war, den sie gerade mal seit zehn Minuten kannte. Besonders, da er offenbar gewohnt war, das zu bekommen, was er wollte. Die Art, wie er Carl gerade vor ihren Augen gedemütigt hatte, war ein eindeutiges Warnsignal. Aber andererseits wirkte er nicht gerade wie ein Serienmörder; außerdem hatte er dafür gesorgt, dass sie früher gehen konnte, und sie wollte nicht unhöflich sein …

»Ich versteh schon.« Ryan hob die Hände. »Ich hätte es nicht anbieten dürfen. Für uns Männer ist das anders, weißt du. Wir müssen nicht darüber nachdenken, ob wir uns in Gefahr begeben und ob wir eine Mitfahrgelegenheit annehmen sollten oder nicht. Und hier auf der Insel vergisst man das doppelt schnell …«

»Nein, schon gut.« Holly fasste einen Entschluss. Ryan gehörte zu den bekanntesten Leuten auf Martha's Vineyard. Er würde sie schon nicht ermorden und ihre Leiche ins Meer werfen. Was konnte es schon schaden, wenn sie sein Angebot annahm?

10

Claire

Holly hatte in Oak Bluffs gearbeitet, eine Viertelstunde Fahrt von Edgartown entfernt. Man kam dabei über die berühmte Brücke aus *Der weiße Hai*. Ich hatte Holly vor ihrer Abreise nach Massachusetts unzählige Male dabei ertappt, wie sie sich den Film ansah. Er war früher einer ihrer Lieblingsfilme gewesen, und sie war ganz aufgeregt, weil sie tatsächlich auf »Amity Island« wohnen würde. »Geh bloß nicht ins Wasser«, hatte ich sie gewarnt, und sie hatte gelächelt. Dann war mir eingefallen, dass ich ja wegen ihrer Reise wütend auf sie war, und ich hatte wie eine beleidigte Leberwurst hinzugefügt: »Wahrscheinlich sieht sowieso längst alles ganz anders aus.« Das hatte ihr das Lächeln aus dem Gesicht gewischt. Die Erinnerung schmerzte.

Doch ich hatte mich geirrt. Die Küste sah noch genauso aus wie in dem Film aus den Achtzigern: wunderbar klares blaues Wasser und mit Strandhafer bewachsene Sanddünen. Eine Weile verschwand das Meer fast völlig aus meinem Blickfeld, und ich fuhr durch einen Korridor von Bäumen, kam an gepflegten Rasenflächen und weißen Lattenzäunen vorbei. Aber es dauerte nicht lange, dann war ich wieder auf der berühmten Küstenstraße: Ich passierte hellgraue und weiße Schindelhäuser und genoss einige der schönsten Ausblicke, die diese Welt zu bieten hat.

Als das Navi mir mitteilte, dass ich mein Ziel in fünf Minuten erreichen würde, stellte ich den Mietwagen ab und ging den letzten Abschnitt der Strecke zu Fuß. Auf dem Weg zum Yachthafen zeigte ich jedem, der mir begegnete, ein Foto von Holly, in der Hoffnung, jemand würde ausrufen: »Ach, Holly? Ja, die wohnt für ein paar Tage bei mir.« Aber niemand, mit dem ich sprach, erkannte sie. Als ich am Yachthafen ankam, entdeckte ich ein Bistro direkt gegenüber. Ich ging hinein und versicherte mir selbst, ich wolle nur das Foto von Holly herumzeigen und nicht etwa die Begegnung mit ihrem Chef hinausschieben. Ich erwartete, wieder nur ein »Nein, tut mir leid« zu hören.

Aber eine Frau mittleren Alters mit unglaublich buschigen Augenbrauen lächelte und sagte: »Ach ja, Holly. Sie kommt manchmal zum Mittagessen her. Sie nimmt immer die Meeresfrüchte-Suppe und ein knuspriges Brötchen. Hab sie allerdings eine Weile nicht mehr gesehen. Alles okay mit ihr?«

Sofort überkam mich ein Gefühl der Verbundenheit mit diesem Lokal. Meine Schwester hatte auf einem dieser Stühle gesessen, Suppe aus einer Schale gelöffelt und mit einem der Messer hier ihr Brötchen gebuttert. Ich sah praktisch vor mir, wie sie vor wenigen Tagen noch in diesem Bistro saß, ein Buch las oder durch Instagram scrollte, wobei sie sich immer wieder das Haar hinter die Ohren strich, weil es so seidenweich ist, dass ihr ständig Strähnen aus dem Pferdeschwanz rutschen – ein Luxusproblem, wie mir bewusst war. Und während sie ihre Suppe löffelte, dürfte sie gelegentlich aus dem Fenster geschaut haben, zufrieden damit, die Welt an sich vorüberziehen zu sehen. Gott, ich hoffte inständig, dass es ihr gutging.

»Wann haben Sie sie zum letzten Mal gesehen?«, fragte ich, ein bisschen zu erwartungsvoll vielleicht, denn die Frau trat einen Schritt zurück und zog die buschigen Augenbrauen zusammen. »Sie ist meine Schwester«, fügte ich hinzu, obwohl sie vermutlich aus meiner Sprachfärbung schließen konnte, dass ich aus derselben Gegend stammte wie Holly.

»Ich weiß es nicht genau, Schätzchen, aber ich frage mal Marv, vielleicht weiß er es«, sagte sie und ließ mich stehen. Ich umklammerte das Foto von Holly, als wäre es eine Rettungsleine.

Eine Frau, die links von mir an einem der Tische saß, hatte mich aufmerksam gemustert, als ich nach Holly gefragt hatte. Ich schätzte sie auf Ende dreißig, und sie wirkte etwas derangiert; sie war hübsch, schien aber erschöpft und abgekämpft zu sein. Ihr dunkelbraunes Haar war zu einem Pferdeschwanz gebunden, aus dem einzelne Strähnen sich befreit hatten, und sie hatte müde braune Augen.

»Entschuldigen Sie die Störung. Haben Sie diese junge Frau schon mal gesehen?«, fragte ich und hielt ihr das Foto unter die Nase.

Die Frau sah erst das Foto an und dann mich. »Nein«, erwiderte sie und wandte sich ab. »Tut mir leid.«

Ich wollte gerade noch etwas sagen, als die Frau mit den buschigen Augenbrauen wieder aus der Küche kam.

»Letzten Mittwoch oder Donnerstag«, berichtete sie mit einer schlängelnden Handbewegung, die andeutete, dass beides möglich war. »Sie war mit Ryan Slayton hier.«

»Wer ist das?«, fragte ich, erleichtert, endlich den Namen eines Bekannten von Holly zu erfahren. »Wo kann ich ihn finden?«

»Er ist der Sohn eines der reichsten Männer auf der Insel«, antwortete die Frau mit gesenkter Stimme. »Praktisch ein Promi. Dieser Riesenkasten in Edgartown – der mit den grässlichen Marmorsäulen – gehört seiner Familie.« Sie blickte sich um, als wollte sie sichergehen, dass niemand zuhörte, aber die Frau, mit der ich gerade gesprochen hatte, war soeben gegangen.

»Und das war am letzten Mittwoch oder Donnerstag?«, vergewisserte ich mich. Mein Magen krampfte sich zusammen.

Sie nickte.

»Vielen Dank«, sagte ich. Ich wollte nicht darüber nachdenken, was es bedeuten konnte, dass meine Schwester am Tag vor ihrem Verschwinden in Begleitung irgendeines reichen Typen gesehen worden war. »Wären Sie so nett, eines dieser ausgedruckten Fotos ins Fenster zu hängen?«

Die Frau wich einen Schritt zurück, als könnte Hollys Foto sie verbrennen.

»Tut mir leid.« Ihre Miene war entschuldigend. »Das kann ich nicht. Nicht, wenn …« Sie verstummte.

»Okay«, sagte ich langsam und erwartete, dass sie ihre Weigerung näher ausführen würde.

Aber sie murmelte nur: »Ich hoffe, Sie finden sie«, und rannte praktisch in die Küche zurück.

Leicht verblüfft über diese plötzliche Verhaltensänderung verließ ich das Bistro, holte mein Handy hervor und gab »Ryan Slayton« und »Martha's Vineyard« in die Google-Suchmaske ein. Ich tippte auf »Bilder«, und das Erste, was auftauchte, war ein Foto von zwei Jungen, einem Mann und einer Frau, die vor einer riesigen Villa mit Marmorsäulen standen. Die Frau aus dem Bistro hatte recht; diese Familie war offenbar unanständig reich. Die Überschrift lautete: »Jährliche Benefiz-Veranstaltung im Haus der Familie Slayton auf Martha's Vineyard«. Ich überflog den dazugehörigen Artikel: unglaublich reich … verwandt mit den Kennedys … großzügige Zuwendungen … Und mit einem dieser Leute hatte Holly zu tun gehabt? Unter dem Foto waren die Namen der Familienmitglieder angegeben: der Vater, Laurence Slayton, die Mutter, Delilah Slayton, und die Söhne Bobby und Ryan. Der Altersunterschied zwischen den beiden schien gering zu sein. Bobby, der Ältere, sah aus wie ein Filmstar. Er hatte die Augen seines Vaters und dessen markante Kieferpartie. Ryan war weniger aufsehenerregend, aber auch ziemlich attraktiv. Sie wirkten wie eine Familie, die daran gewöhnt war, alles zu bekommen, was sie wollte, und es gefiel mir gar nicht, dass meine Schwester sich mit solchen Leuten eingelassen haben sollte.

11

Holly

Drei Wochen zuvor

»Also, das sind Tara, Megan, Lucy und Minty. Eigentlich heißt sie Araminta. Aber ihre Familie ist stinkreich, also nennen wir sie Minty, um sie zu ärgern.«

Das Mädchen, über das Emmy gerade sprach, zeigte ihr den erhobenen Mittelfinger.

»Das tun sie«, sagte sie. »Miststücke.« Aber sie lächelte dabei, und ihre Redeweise verriet, dass sie tatsächlich aus einem begüterten Elternhaus stammte.

Holly grinste. »Schön, euch kennenzulernen.« Sie fühlte sich ein bisschen überwältigt. Natürlich wollte sie neue Leute treffen und Freundschaften schließen, denn sie hatte nicht die Absicht, den ganzen Sommer lang allein in Cafés zu sitzen und zu lesen. Aber so viele auf einen Schlag? Zum Glück war sie nicht so ungesellig wie ihre Schwester. Wenn Claire vor so vielen munteren, lächelnden jungen Frauen gestanden hätte, wäre sie sofort rückwärts wieder rausgegangen.

»Freut mich auch«, antwortete Megan – oder vielleicht war es Tara. »Emmy bringt eigentlich nie neue Leute mit in die Gruppe. Du musst ziemlichen Eindruck auf sie gemacht haben.« Sie sagte das ohne den geringsten Anflug von Gehässigkeit. Holly verstand sie. Vielleicht war Martha's Vineyard im Sommer eine Riesentouristenattraktion, aber den Rest des Jahres war es immer noch eine Insel. Wenn alle Sommergäste abreisten, waren diese jungen Frauen hier unter sich.

»Sie saß im Café und hat *Die Sekte* gelesen«, erklärte Emmy. Es gab eine Mischung aus »Ahhhs« und Gestöhne.

»Sie versucht seit Jahren, uns dazu zu bringen, dieses Buch zu lesen«, sagte Minty.

»Ich hab's sogar mal versucht«, warf das Mädchen mit den rötlichen Haaren ein. Das war eindeutig Megan, dachte Holly. »Ich fand's furchtbar. Tut mir leid, Holly.«

Holly schmunzelte. »Und gerade wollte ich gestehen, dass ich es geschrieben habe.«

Die jungen Frauen lachten alle.

»Himmel, Emmy würde durchdrehen, wenn das wahr wäre«, meinte Lucy. »Du würdest sie nie wieder loswerden. Wirst du vielleicht sowieso nicht, denn du hast einen so hinreißenden britischen Akzent.«

»Vielleicht werdet ihr alle mich nicht wieder los«, entgegnete Holly. »Es ist so wunderschön hier. Wie kann man es nur ertragen, je wieder von hier wegzugehen?«

»Nicht genug Designer-Boutiquen und Hollywood-Partys.« Minty verdrehte die Augen. »Wir sind gut genug für die Sommerfrische, ein Wellness-Retreat. Dann kehren sie zurück in die wirkliche Welt. Du solltest mal im Frühjahr herkommen. Du würdest das Leben hier lieben: all die Vorteile, aber keine Touristen.«

»Na, besten Dank auch«, witzelte Holly.

»Du bist keine Touristin. Du bist Saisonarbeiterin. Etwas ganz anderes.«

Holly hob die Augenbrauen, und es gab wieder Gelächter. Langsam hatte sie das Gefühl, dass sie hier wirklich reinpassen könnte.

»Achtung, Mädels!« Tara wies mit dem Kopf in Richtung Tür. »Guckt mal, wer da gerade reingekommen ist.«

Irgendwie brauchte Holly gar nicht hinzusehen, um zu wissen, wer da gekommen war. Es war, als wären diese Jungs die einzigen Männer auf der Insel – so viel, wie über sie geredet wurde. Schön, sie waren laut, und weil sie immer in einer vier- oder fünfköpfigen Gruppe auftauchten, fielen sie mehr auf. Aber bestimmt hatte die Insel doch noch mehr an männlicher Gesellschaft zu bieten? *Tja, bleibt ja immer noch Carl*, kommentierte ihre innere Stimme sardonisch.

Und klar, es waren die beiden Slayton-Brüder in Begleitung von zwei anderen jungen Männern.

»Schon unglaublich toll, dieser Bobby Slayton«, hauchte Megan.

»Und dazu arrogant, narzisstisch und absolut ichbezogen«, erklärte Tara.

»Hast du nicht vor ein paar Jahren mal mit ihm geschlafen?«, fragte Lucy mit einem angedeuteten Lächeln auf den Lippen.

»Das tut nichts zur Sache.« Tara grinste. »Aber ja, es stimmt.«

Holly wollte ihnen erzählen, dass Ryan sie vorhin nach Hause gebracht hatte und wie süß und charmant er gewesen war, als er Bobby nicht an seiner Seite hatte.

Aber bevor sie das tun konnte, stieß Megan einen leisen Pfiff aus und sagte: »Sie kommen zu uns rüber.«

»O Gott«, stöhnte Emmy. »Was können sie nur wollen?«

Aber Holly bemerkte, dass ihre Freundin sich nervös die Haare hinters Ohr strich und im Spiegel hinter ihnen ihr Aussehen überprüfte.

»Meine Damen.« Es war Bobby, der sie ansprach. Sein Blick fiel zuerst auf Tara. Er lächelte träge und ließ den Blick über ihren Körper gleiten, als würde er sie mit den Augen ausziehen. »Tara. Wie geht's denn so?«

Tara lief feuerrot an. »Mir geht's gut, Bobby. Lange nicht gesehen.«

»Und ich dachte schon, du würdest mir aus dem Weg gehen«, sagte er und rückte noch einen Zentimeter näher.

Tara schien es die Sprache verschlagen zu haben. Noch vor zwei Minuten hatte sie über ihn hergezogen, und jetzt machte sie den Eindruck, als würde sie mit Freuden gleich hier in der Bar Sex mit ihm haben, wenn er das wollte. Was war nur dran an diesem Bobby Slayton?

»Hallo, Holly«, grüßte Ryan, und Holly spürte, wie sich die Blicke der ganzen Mädchengruppe auf sie richteten. »Ich dachte, du wolltest heute mal früh ins Bett?«

Holly krümmte sich innerlich. Das war ihre Antwort gewesen, als er sie absetzte und wissen wollte, was sie heute noch vorhatte. Daraufhin hatte sie behauptet, sie habe Frühschicht im Yachthafen und wolle sich mal ausschlafen.

»Hatte ich auch vor.« Sie zuckte die Achseln und hoffte, damit ein betretenes »Ach, Mensch« auszudrücken. »Aber dann hat Emmy mir geschrieben, und sie wollte unbedingt, dass ich auf einen Drink mitkomme. Und wer kann schon Nein sagen, wenn Emmy etwas vorschlägt?«

»Aber bei meinem kleinen Bruder geht das, ja?« Bobby legte den Arm um Ryans Schulter. »Der es nicht mal merkt, wenn man ihm eine Abfuhr erteilt.« Er wuschelte dem wütend dreinblickenden Ryan durchs Haar. »Wenn ein schönes Mädchen behauptet, dass sie mal früh ins Bett will, gibt sie dir entweder einen Korb, oder sie will mit irgendeinem glücklichen Typen ins Bett.«

Die anderen jungen Männer lachten, und Holly spürte, wie sie rot anlief. Es ärgerte sie, dass er seinen Bruder vor allen anderen vorführte wie den letzten Idioten.

»Das ist doch Blödsinn«, sagte sie wütend. »Ich weiß nicht, ob du tatsächlich schon mal mit einer Frau geredet hast, anstatt nur herablassend Süßholz zu raspeln. Probier's einfach aus, dann wirst du feststellen, dass sich keineswegs unser ganzes Leben um die Frage dreht, ob wir mit einem Mann ins Bett gehen sollen oder nicht.«

Bobby tat, als gebe er sich geschlagen, und hob beschwichtigend die Hände, aber er hatte dabei ein aufreizendes Grinsen im Gesicht. Die beiden Nicht-Slaytons machten »Ohhhh« und johlten vor Lachen.

Holly wandte sich an Ryan. »Ich wollte heute Abend wirklich nicht ausgehen«, log sie. »Aber ich wollte auch Emmys Freundinnen kennenlernen; sie hatte mir so viel von ihnen erzählt. Wenn das Angebot noch steht, würde ich gern etwas mit dir trinken gehen. Vielleicht am Mittwoch?«

Ryans Gesicht war immer noch tomatenrot, und sie wusste nicht, ob es an der Hänselei seines Bruders oder an ihrem Vorschlag zu einem Date lag. Er nickte. »Klar, das wäre toll. Soll ich dich um acht abholen? Dort, wo ich dich vorhin abgesetzt habe?«

Holly nickte und bemerkte den finsteren Ausdruck auf Bobby Slaytons attraktivem Gesicht. Eine Sekunde später grinste er breit, als wäre es das Beste, was er in diesem Jahr gehört hatte.

»Na, wenn mein kleiner Bruder sich da kein Date mit einem hübschen neuen Mädchen gesichert hat«, rief er und hieb Ryan auf die Schulter. »Gut gemacht, kleiner Bruder. Also, wenn die Damen uns entschuldigen würden – die Getränke warten. Richtig, Jungs?«

Unter zustimmendem Gejohle der anderen wurde Ryan davongeschleift, aber vorher warf er Holly noch ein kleines Lächeln zu. Sie wusste nicht genau, was sie veranlasst hatte, ihn vor allen anderen um ein Date zu bitten, insbesondere, da sie ihm vorhin mit gutem Grund einen Korb gegeben hatte. Denn eines war klar: Sie würde sich nur Probleme einhandeln, wenn sie sich mit einem der Slayton-Brüder einließ.

Die Anspannung blieb, selbst nachdem die jungen Männer gegangen waren. Es war, als würden alle die Luft anhalten und darauf warten, dass jemand anders den Bann brach. Holly drehte sich zu Emmy um und sah, dass sie geknickt wirkte.

»Alles in Ordnung?«, fragte sie und legte leicht die Hand auf den Arm ihrer neuen Freundin.

Emmy zuckte zurück, als hätte sie einen elektrischen Schlag erhalten. »Natürlich. Du hast gar nicht erzählt, dass Ryan dich nach Hause gebracht hat.«

»Das wollte ich gerade tun, bevor sie zu uns rüberkamen«, erklärte Holly. »Er ist im Yachthafen aufgetaucht und hat Carl zur Schnecke gemacht. Es war zum Schreien komisch.«

»Ja, könnte ich wetten.« Emmys Stimme klang angespannt. »Ihr entschuldigt mich, ich muss mal wohin.«

Damit drängte sie sich zwischen ihren Freundinnen hindurch, die einander wissende Blicke zuwarfen.

»Warum habe ich das ungute Gefühl, dass ich gerade so richtig Mist gebaut habe?«, fragte Holly und sah von einer zur anderen.

»Nein, nein, es ist nicht deine Schuld«, antwortete Lucy. »Es ist nur so … Also, Emmy wird immer ein bisschen komisch, wenn Ryan in der Nähe ist oder sein Name fällt. Wir glauben, dass sie in ihn verknallt ist, aber sie will es nicht zugeben.«

Holly riss die Augen auf und schlug sich leicht auf die Wange. »Ausgeschlossen! Als sie mir von den Slaytons erzählt hat, klang es, als würde sie keinen von beiden auch nur mit der Kneifzange anfassen!«

Die jungen Frauen begannen alle gleichzeitig loszureden, bestrebt, sie zu beruhigen.

»Das konntest du nicht wissen.«

»Sie sollte es einfach zugeben.«

»Du hättest es unmöglich wissen können. Sie redet ja nicht mal mit uns darüber.«

Holly verstand das nicht. »Aber Emmy sieht echt toll aus«, meinte sie verwirrt. »Sie ist eine der schönsten jungen Frauen, die ich je gesehen habe. Wenn sie in Ryan verliebt ist – warum sind sie dann nicht zusammen? Es kann doch gar nicht sein, dass er nicht auf sie steht.«

»Das verstehen wir auch nicht«, gab Tara zu. »Wenn er in der Nähe ist, verfällt sie in eine seltsame Starre, so wie ein liebeskranker Teenager. Ich glaube, er hat keine Ahnung, dass sie ihn mag.«

Holly war entsetzt über den Schlamassel, den sie da angerichtet hatte. Auf keinen Fall wollte sie wegen irgendeines Typen die Freundschaft mit Emmy gefährden, der einzigen richtigen Freundin, die sie auf der Insel gewonnen hatte. Sie würde die Sache klären müssen. Sie würde Ryan einfach sagen, dass sie doch nicht mit ihm ausgehen konnte. Dann würde alles wieder so sein, wie es noch vor fünfundzwanzig Minuten gewesen war. Gar kein Problem.

12

Claire

Ich konnte den Besuch im Yachthafen nicht länger hinausschieben. Deshalb war ich schließlich nach Oak Bluffs gefahren und nicht in Edgartown geblieben, wo Holly wohnte. Denn wo würde man eher etwas über ihren Verbleib wissen als hier im Yachthafen, wo sie gejobbt hatte? Nach der langen, anstrengenden Reise – im Flieger hatte ich kaum ein Auge zugetan – wollte ich eigentlich nur eins, nämlich in Hollys Ferienhaus zurückkehren und mich ein paar Stunden hinhauen. Aber seitdem ich vor Ort war und mich davon überzeugt hatte, dass sie offenbar spurlos verschwunden war, ließ mich ein neues Gefühl von Dringlichkeit nicht mehr los. Zwar wusste ich selbst, dass es ihr nichts nützen würde, wenn ich vor lauter Erschöpfung mit dem Mietwagen einen Unfall baute. Doch mit jeder Minute, die verging, war es länger her, dass Jess zum letzten Mal etwas von ihr gehört hatte.

Ich betrat den Yachthafen und steuerte auf ein junges Mädchen zu, das gerade am anderen Ende der Marina ein Boot reinigte. Sie trug ein enges hellblaues Poloshirt und weiße Shorts und schien ungefähr in Hollys Alter zu sein. Sie war hübsch, kleiner als meine Schwester, hatte dunkelbraunes Haar und machte einen offenen, freundlichen Eindruck. Ob sie und Holly wohl Freundinnen waren?

Sie sah mich kommen und hob grüßend die Hand.

»Hallo«, rief sie. »Kann ich Ihnen helfen?«

»Vielleicht«, sagte ich. »Ich bin auf der Suche nach meiner Schwester. Ihr Name ist Holly, und sie hat bis vor Kurzem hier gearbeitet.«

Die junge Frau lächelte entschuldigend. »Tut mir leid, ich kenne sie nicht. Ich bin erst seit ein paar Tagen hier. Ich glaube, ich bin der Ersatz für Holly. Es hieß, meine Vorgängerin habe unerwartet gekündigt, und sie saßen hier wohl ziemlich in der Klemme.«

»Wer sind denn ›sie‹?«

»Carl und Stacy. Carl ist der Hafenmeister und Stacy seine Frau. Carl ist auf einem der Boote da hinten … wenn Sie mit ihm sprechen wollen?« Sie deutete auf den Teil des Hafens, in dem die größeren Yachten dümpelten.

»Klasse, danke.« Ich lächelte und ließ sie mit ihrer Arbeit weitermachen. Sie hatte nicht den Eindruck vermittelt, als ob sie irgendein großes, finsteres Geheimnis verbergen würde, aber so genau wusste ich das natürlich nicht. Schließlich hatte ich zum ersten Mal jemanden befragt. Vielleicht hatte ich sie zu leicht davonkommen lassen. Gott, das war nicht einfach.

Ich schlenderte den Steg entlang und bewunderte die imposanten Yachten, an denen ich vorbeikam. Carl war an Deck eines großen Boots und hielt einen Schraubenzieher in der Hand. Er pfiff vor sich hin, während er an irgendetwas außerhalb meines Blickfelds herumbastelte. Ich musterte ihn kurz. Er war drahtig, und das pechschwarze, mit Gel zurückgestrichene Haar wurde an den Schläfen bereits grau. Er trug Jeans und ein hellblaues Poloshirt mit dem Logo des Yachthafens. Ich schätzte ihn auf Ende vierzig. Als er sich zu mir umdrehte, wusste ich gleich, dass er mir unsympathisch sein würde. Und das nicht nur, weil er nicht mal versucht hatte, herauszufinden, warum meine Schwester einfach weggeblieben war, sondern sie einfach ersetzt hatte wie einen gebrauchten Kaffeefilter. Er hatte kleine, misstrauische Augen und ein schleimiges, selbstgefälliges Grinsen. Seine Bräune schien aus der Tube zu stammen, obwohl er an einem Ort lebte, wo man praktisch von selbst schön braun wurde. Die

Art, wie er mich abschätzend taxierte, ließ vermuten, dass er ein Ekelpaket war, aber ich konnte nicht ganz ausschließen, dass er Eindruck auf meine Schwester gemacht hatte. Schließlich war sie jünger als ich und leichter zu beeindrucken. Immerhin war er ein verhältnismäßig gut aussehender, älterer Mann mit Einfluss und verdiente vermutlich ganz ordentlich.

Was hatte Holly wohl gedacht, als sie ihn kennenlernte? Hatte sie sich vor ihm gefürchtet, oder hatte sie sich hier sicher gefühlt? Hatte er sie irgendwann nach der Arbeit nach Hause gefahren? Waren sie beide irgendeine Art von Affäre eingegangen? Sie hatte Jess erzählt, dass es hier einen Mann gab, von dem sie sich besser fernhalten sollte. Hatte sie diesen Mann gemeint – oder den »Filmstar« Bobby Slayton?

»Kann ich Ihnen helfen?«, fragte Carl, was hier so eine Art Mantra zu sein schien.

»Ich hoffe das sehr«, antwortete ich, und seine Augen weiteten sich leicht, als er meine Stimme hörte. »Sind Sie Carl?«

»Sie sind Engländerin«, stellte er fest. Aufmerksam beobachtet.

Ich unterdrückte die Bemerkung, ich könne verstehen, warum er hier der Chef war, und nickte nur. *Mit Honig fängt man mehr Fliegen als mit Essig*, hatte meine Mutter gern gesagt. Ich war immer zu beschäftigt damit gewesen, mir eine sarkastische Antwort auszudenken, um richtig zuzuhören, erinnerte mich aber, dass es bedeutete, man solle Leuten nicht unter die Nase reiben, dass sie keinen sonderlich intelligenten Eindruck auf einen machten.

»Ich bin Carl«, bestätigte er. »Ich bin der Hafenmeister hier. Was kann ich für Sie tun?«

»Ich bin Hollys Schwester«, sagte ich, aber das wusste er vermutlich bereits. Und mein Auftauchen überraschte ihn nicht nur, es beunruhigte ihn auch.

»Wie ich bereits Waylans mitgeteilt habe – ich habe keine Ahnung, wo sie steckt.« Sein Ton machte deutlich, was er davon hielt, von der Polizei befragt zu werden. »Sie ist einfach nicht mehr aufgetaucht. Kein Anruf, keine Erklärung. Wir saßen ganz schön in der Klemme, so mitten in der Hauptsaison.«

»Wann war das genau?«, fragte ich. Er blickte zur Seite, als versuche er, die Wochentage abzuzählen. Ich wünschte, ich könnte mich erinnern, woran man erkannte, dass jemand log. Wenn er nach links oben blickte? Oder nach rechts oben? In jedem Fall tat er nur so, als müsse er die Tage zählen. Er wusste genau, an welchem Tag Holly zum ersten Mal nicht erschienen war, und es war mir ein Rätsel, warum er so tat, als könne er sich nicht mehr genau daran erinnern.

»Sonntag, glaube ich«, antwortete er schließlich.

Ich hob die Augenbrauen, um anzudeuten, dass ich ihn durchschaut hatte.

»Hat es Sie nicht gewundert, dass sie einfach nicht mehr gekommen ist?«

»Wie ich schon der Po-li-zei ge-sagt ha-be« – er zog die Silben in die Länge, um seine Worte zu betonen –, »sie ist nicht die erste Saisonkraft, die einfach weggeblieben ist. Die Leute kommen her und glauben, sie können eine ruhige Kugel schieben, und dann merken sie, dass wir mehr tun, als nur die Anmeldungen der Boote entgegenzunehmen, die in den Hafen einlaufen. Die Boote müssen gereinigt und gewartet werden, und einige der Bootseigner sind echte Arschlöcher. Und Fakt ist, am Strand zu liegen ist immer verlockender als harte Arbeit. Als sie nicht mehr gekommen ist, habe ich mir nichts dabei gedacht. Ich war nur verärgert, weil ich auf die Schnelle einen Ersatz für sie finden musste.«

»Das ist Ihnen aber ziemlich rasch gelungen«, bemerkte ich mit einem Blick auf die junge Frau, die immer noch beim Bootsreinigen war.

Er lief rot an. »Reines Glück«, meinte er und zuckte die Achseln.

»Haben Sie versucht, Holly anzurufen?«

»Ich glaube, meine Frau hat das getan.« Es war ihm absolut egal. Ich verspürte den Wunsch, zu ihm auf die Yacht zu steigen und ihn ins Wasser zu stoßen.

»Hat sie erwähnt, ob sie Freunde gefunden hatte? Gibt es irgendjemanden, bei dem sie sein könnte, irgend-«

»Hören Sie«, unterbrach Carl mich. »Ich kannte das Mädchen kaum. Ich war ihr Chef, nicht ihr bester Freund. Ich bin nicht derjenige, mit dem Sie reden sollten.«

»Aber –«

»Sie gehen jetzt besser«, fiel er mir mit schneidender Stimme ins Wort, um mir klarzumachen, dass dieses Gespräch beendet war.

Ich presste die Lippen fest zusammen, um mich davon abzuhalten, ihm Beschimpfungen ins Gesicht zu schleudern, drehte mich auf dem Absatz um und stürmte Richtung Ausgang. Als ich an einem Gebäude vorbeikam, das ich für das Büro des Hafenmeisters hielt, sah ich erneut etwas Hellblaues aufblitzen, dazu blondes Haar. Es konnte nicht die junge Frau sein, mit der ich eben geredet hatte, denn sie war immer noch beim Bootsreinigen; außerdem war sie dunkelhaarig. Vielleicht würde ich hier mehr Antworten bekommen als von Captain Arschloch.

Als ich die Tür aufschob, bimmelte über meinem Kopf eine Glocke. Eine Frau, ich schätzte sie auf Mitte zwanzig, stand in einer Tür, die in einen Nebenraum führte.

»Hallo«, rief ich und setzte mein gewinnendstes Lächeln auf. Ich zog in Erwägung, noch ein »Schön, Sie alle kennenzulernen« im breitesten Südstaatenakzent hinterherzuschieben. Vielleicht lag es an meiner geschliffenen englischen Sprechweise, dass die Leute hier so wenig hilfsbereit waren. Aber bevor ich es mit Südstaaten-Charme probieren konnte, verschwand die Frau so rasch, dass ich unsicher wurde, ob ich sie überhaupt gesehen hatte.

»Hallo?« So leicht würde ich nicht aufgeben. Ich durchquerte das Büro und spähte in das angrenzende Zimmer hinein. Es schien ein Aufenthaltsraum für das Personal zu sein: Hier gab es einen Tisch, Stühle, eine Spüle, Mikrowelle, einen Wasserkocher und einen Kühlschrank in der Ecke. Vor Letzterem stand die Frau, als hoffte sie, mit dem gebürsteten Edelstahl zu verschmelzen. Ihre langen blonden Haare waren zu einem Zopf geflochten, und sie war ungeschminkt.

»Sie dürfen diesen Raum nicht betreten«, sagte sie abwehrend.

»Habe ich auch nicht getan«, entgegnete ich und deutete auf meine Füße. Ich hatte die Schwelle nicht übertreten. »Ich heiße Claire.«

»Ich weiß, wer Sie sind«, erwiderte sie. »Sie sind Hollys Schwester.«

Wärme durchströmte mich. Holly musste mich gegenüber dieser Frau erwähnt haben, vielleicht hatte sie ihr sogar ein Foto von mir gezeigt, wenn sie mich so schnell erkannte. »Sind Sie Stacy?«, fragte ich. Ich erinnerte mich, dass Tom mit einer Stacy gesprochen hatte, und von der Dunkelhaarigen eben hatte ich erfahren, dass Stacy Carls Frau war. Sie nickte.

»Wissen Sie, warum Holly nicht mehr zur Arbeit gekommen ist?«

»Woher soll ich das wissen? Sie hat uns nicht mal darüber informiert, dass sie kündigt, geschweige denn Gründe genannt.«

»Ich will nicht von Ihnen wissen, was Holly Ihnen erzählt hat, ich will wissen, was Sie wissen.« Ich biss die Zähne zusammen. Langsam ärgerte es mich, dass hier im Yachthafen alle so wenig hilfsbereit waren, ganz im Gegensatz zu Gerry und Sheila. Was hatten diese Leute zu verbergen? War irgendetwas vorgefallen, das Holly dazu gebracht hatte, ihren Job aufzugeben? Wen beschützte Stacy – sich selbst oder ihren Mann? Oder alle beide?

Sie war hübsch, schien aber überhaupt kein Selbstvertrauen zu besitzen. Ständig starrte sie auf ihre abgekauten Fingernägel und sprach so leise, als hätte sie Angst, jemand könnte mithören. Ihr hellblaues T-Shirt war langärmelig und weit, dazu trug sie knöchellange weiße Hosen. Der Kontrast zu der dunkelhaarigen Saisonkraft draußen hätte nicht größer sein können. Ich fragte mich, ob die Frau des Hafenmeisters immer so nervös und unterdrückt wirkte, oder ob hier im Yachthafen irgendwas Seltsames vorging. »Bitte«, sagte ich. »Ich mache mir große Sorgen um Holly.«

»Ich glaube nicht …«, begann Stacy, beendete den Satz jedoch nicht. »Also, hier ist ihr jedenfalls nichts zugestoßen. Sie brauchen sich keine Sorgen zu machen. Hier auf der Insel ist es sehr sicher.«

»Das höre ich immer wieder«, murmelte ich und warf einen Blick auf die Fotos an der Wand. Darauf war Carl mit verschiedenen Promis abgelichtet: Barack Obama, Oprah Winfrey, David Letterman. »Wie lange arbeiten Sie und Carl hier schon?«

»Carl seit fünfzehn Jahren«, antwortete sie. »Ich noch nicht so lange.«

Sie war sehr viel jünger als er, ich schätzte sie auf dreiundzwanzig oder vierundzwanzig. Kaum älter als meine Schwester. Aber ich konnte mir nicht vorstellen, dass sie sich angefreundet hatten; dafür waren sie zu verschieden. »Wie lange sind Sie schon verheiratet?«

»Sechs Jahre. Was hat das mit Holly zu tun?«

Sechs Jahre. Carl musste da mindestens Ende dreißig gewesen sein und Stacy ungefähr achtzehn. Mir schauderte bei dem Gedanken.

»Gar nichts, ich will nur freundlich sein. Bitte, Stacy, gibt es denn gar nichts, was Sie mir sagen könnten? Ist Holly mit allen hier gut ausgekommen? Mit Carl beispielsweise?«

Sie war nicht dumm; sie wusste genau, was hinter meiner Frage steckte. Wie gut hatte sich Holly mit dem Mann dieser Frau verstanden?

»Carl hat sie nie angerührt, falls Sie das andeuten wollten«, fuhr sie mich an.

Ich stritt es ab, obwohl wir beide wussten, dass es gelogen war. »Ich versuche nur herauszufinden, wo meine Schwester stecken könnte. Gibt es denn nicht irgendetwas, was Sie mir noch sagen könnten?«

Sie sah aus, als hätte sie die Frage am liebsten rundweg verneint. Aber entweder konnte sie schlecht lügen, oder sie dachte sich, sie würde mich schneller loswerden, wenn sie mir irgendetwas gab.

»Ryan Slayton«, antwortete sie schließlich und schaute aus dem Fenster. »Er war ein paarmal hier und hat mit Ihrer Schwester geredet.«

Ryan Slayton. Den Namen hatte die Frau im Bistro auch genannt.

»Und?«, fragte ich herausfordernd. »Sonst noch etwas?«

Stacy seufzte. Es machte ganz den Eindruck, als würde sie sich lieber selbst die Augen auskratzen, als mir zu helfen, meine Schwester zu finden. »Es gab ein Sommerfest im Haus der Slaytons und danach eine Party mit Lagerfeuer am Left Fork Beach. Letzten Freitagabend.«

»Holly ist da hingegangen.« Mir fielen ihre Instagram-Posts ein. »Ist ihr dort irgendetwas zugestoßen? Hat dieser Ryan ihr etwas angetan?«

»Nein«, sagte Stacy schnell. Zu schnell. »Also, ich weiß es nicht. Sie war dort, das ist alles, was ich weiß. Ich glaube, sie ist mit Ryan hingegangen, wenn Sie wissen, was ich meine. Ich glaube, sie waren zusammen dort.«

»Sie meinen, sie war mit ihm verabredet?«

Stacy schnaubte. »Verabreden sich die Leute denn noch? Oder gibt es nur schnellen, unverbindlichen Sex? Manchmal glaube ich, im Sommer ist diese Insel für Teenager nichts weiter als ein Rammelplatz.«

Ich unterdrückte die Bemerkung, dass sie und meine Schwester fast gleichaltrig waren und Holly längst kein Teenager mehr war, denn ich wollte, dass sie weiterredete.

»Ich bin mir ziemlich sicher, dass sie wohlauf war, als sie ging«, fügte Stacy hinzu und verstummte abrupt, als hätte sie zu viel gesagt.

»Woher wissen Sie das?«, hakte ich energisch nach. »Waren Sie auch dort? Auf der Strandparty? Haben Sie gesehen, mit wem Holly weggegangen ist?«

Stacy schüttelte den Kopf. Sie hatte die Lippen fest zusammengepresst, wie um sich davon abzuhalten, mehr zu verraten. Es war klar, dass ich nichts mehr von ihr erfahren würde, denn sie war praktisch den Tränen nahe. Wieso? Was wusste sie? Wen wollte sie beschützen? Also ging ich hinaus. Vorerst würde ich sie in Ruhe lassen. Doch wenn Holly nicht bald wieder auftauchte, würde ich zurückkommen und diese Stacy zum Reden bringen.

Ich kehrte zu meinem Mietwagen zurück, aber anstatt direkt zurück nach Edgartown zu fahren, fuhr ich fast im Schritttempo am Yachthafen vorbei. Carl stand noch immer auf dem Boot, aber jetzt sprach er mit der neuen Saisonkraft. Ich konnte sein Gesicht nicht erkennen, dafür war er zu weit entfernt. Allerdings sah ich, dass er die Hand auf ihre Schulter gelegt hatte und einen Augenblick später den Arm um ihre Taille schlang. Ich fragte mich, welchen Ausdruck ich wohl auf dem Gesicht der jungen

Frau sehen würde, wenn ich näher dran wäre. Angst oder Lust? Sah sie Carl als tollen Hecht oder als zudringlichen Aufreißer? Als die junge Frau abrupt zurücktrat und die Arme vor der Brust verschränkte, hatte ich meine Antwort. Dann entdeckte ich Stacy, die vor dem Hafenmeisterbüro stand und die beiden beobachtete. Und ich erkannte, dass sie genau wusste, was für eine Art Mann ihr Angetrauter war.

13

Holly

Drei Wochen zuvor

Holly hatte immer noch einen totalen Brummschädel, als sie auf die Veranda trat und Emmy einen dampfenden Becher Kaffee reichte. Sie stellte ihren eigenen Kaffee auf dem kleinen Korbtisch ab, ließ sich auf den bequemen Gartenstuhl fallen und schloss die Augen.

Nach Emmys Rückkehr von der Toilette war das peinliche Intermezzo mit den Slayton-Brüdern vergessen gewesen. Emmys Freundinnen waren lustig, herzlich und freundlich, und auch wenn Holly sich naturgemäß immer noch vorkam wie eine Außenseiterin, hatte sie angefangen, darüber nachzudenken, wie ihr Leben aussehen könnte, wenn sie ganz nach Martha's Vineyard zog. Irgendwann, der Abend war schon fortgeschritten und der Alkohol in Strömen geflossen, wurde das zum Gesprächsthema. Minty hatte ihr angeboten, nach dem Ende der Sommersaison erst mal ins Gästehaus ihrer Familie zu ziehen, bis sie eine feste Arbeit gefunden hatte. Lucy erwähnte, dass ihr Vater eine neue Assistentin suchte, bezweifelte aber, dass ihre Mutter sonderlich begeistert sein würde, wenn er ein umwerfend schönes, blondes englisches Mädchen einstellte. Darüber hatten sie alle gelacht, nur Lucy schnitt eine Grimasse, um anzudeuten, dass es ihr voller Ernst war. Die Slayton-Brüder hatten sie nur noch ein einziges Mal gesehen, nämlich als sie die Bar verließen. Ryan und Bobby standen vor dem Lokal, und es sah aus, als stritten sie sich. Tara meinte, so sei es immer schon gewesen – die beiden seien beste Freunde und schlimmste Feinde. Holly war das sehr bekannt vorgekommen.

»Du hast mir gar nicht gesagt, dass du Ryan Slayton magst«, bemerkte sie jetzt so beiläufig wie möglich.

Emmy, die den Duft des Kaffees einsog, hob abrupt den Kopf. Sie hatte bei Holly in ihrer Ferienunterkunft in Edgartown übernachtet. In den frühen Morgenstunden waren sie hereingetorkelt, mehr als ein wenig angeheitert. Beide waren erst gegen elf aufgewacht, und Holly hatte Kaffee gemacht. Emmy, die sich eins von Hollys T-Shirts übergezogen hatte, saß auf der Hollywood-Schaukel, und die Vineyard-Sommersonne wärmte bereits ihre Haut. Ihre Haare waren total zerzaust, und auf ihrem gebräunten Gesicht waren noch die Spuren des Kopfkissens zu sehen, ein Zeichen, wie tief und fest sie geschlafen hatte.

»Das stimmt überhaupt nicht. Wer hat das behauptet?«, fragte sie scharf.

Holly hob beschwichtigend die Hand. »Ganz ruhig. Ich weiß gar nicht, warum du so abwehrend reagierst. Ich wette, er würde sofort mit dir ausgehen.«

Emmy blickte finster drein. »Ich will nicht mit ihm ausgehen. Hat Tara das behauptet? Die weiß gar nichts.«

»Okay. Schon gut.« Holly nickte langsam und trank einen Schluck Kaffee. Sie wollte die Freundin nicht noch weiter aufregen. Sie wusste beim besten Willen nicht, warum Emmy wegen einer dummen Schwärmerei so geheimniskrämerisch tat. Redeten Freundinnen nicht über solche Sachen, lachten darüber und erzählten einander jedes schmerzhafte Erlebnis mit einem Typen? Es war ja nicht so, als wäre Ryan unerreichbar, als würde er schlecht riechen oder zwei Köpfe haben. Sie waren keine Teenager mehr, aber Emmy benahm sich, als wäre sie fünfzehn. So hatte Holly sie noch nicht erlebt.

»Willst du vielleicht darüber reden?«, fragte sie schließlich vorsichtig. Womöglich hatte es einen One-Night-Stand gegeben oder irgendwas in der Richtung, und ihre Freundin reagierte deshalb so abwehrend.

Emmy biss sich auf die Lippen. »Es ist nur … Die sind nicht wie wir, Holly«, erklärte sie schließlich. »Sie leben nicht in derselben Welt wie wir, wo Handlungen Konsequenzen haben und …« Sie seufzte, als wüsste sie selbst, wie kryptisch ihre Bemerkungen waren. »Ich will nur nicht, dass man dir wehtut. Versprich mir einfach, dass du es langsam angehen lassen wirst und …« Sie verstummte.

Holly runzelte die Stirn. »Ich wünschte, du würdest klar sagen, was du meinst«, brummte sie.

Emmy seufzte. »Wenn es um die Slaytons geht, sagen die Leute nicht einfach, was sie meinen. Das ist ja genau der Punkt.«

Holly nickte, als würde sie begreifen, und in gewisser Weise tat sie das auch. Reiche Jungs waren Herzensbrecher. Sie benutzten die Mädchen, bis sie sie langweilten, um sie dann gegen ein neues Spielzeug auszutauschen. Emmy versuchte sicher nur, sie davor zu warnen.

»Deine Freundinnen sind wirklich nett«, sagte Holly nach einer peinlichen Pause.

Emmys Miene entspannte sich, und sie lächelte. »Ja, das sind sie, nicht wahr? Wir sind alle hier aufgewachsen, wir kennen uns also schon unser ganzes Leben. Eine aus unserer Clique ist weggegangen, sie wohnt jetzt in Boston, und ich glaube, Minty will auch von hier fort. Sie arbeitet jetzt immer häufiger auf dem Festland, und es ist klar, dass sie mehr will, als die Insel ihr bieten kann. Aber wir anderen schätzen das einfache Leben.«

»Mir gefällt es auch«, bekräftigte Holly.

»Wie sind deine Freundinnen denn so?«, fragte Emmy.

Nun seufzte Holly. »Meine engsten Freundinnen von der Schule sind alle schon verlobt.«

Emmy zog die Nase kraus. »Wirklich? In unserem Alter?«

»Ich weiß. Ich fühle mich viel zu jung, um zu heiraten. Besonders nachdem …« Holly verstummte. Sie hatte nicht vorgehabt, irgendjemandem von ihrer Mutter zu erzählen, aber schließlich hatte sie auch nicht erwartet, jemanden kennenzulernen, den sie so sehr mochte wie Emmy. Die Freundin sah sie voller Anteilnahme an.

»Meine Mutter ist gestorben.« Trauer überkam sie, als sie die Worte aussprach. »Vor acht Monaten.«

»O Holly, das tut mir leid.« Auch in Emmys Augen waren Tränen getreten. »Wie furchtbar.«

»Ja, das ist es. Aber dadurch habe ich erst gemerkt, wie sehr ich im selben Trott gefangen war. Der immer gleiche Ablauf, Tag für Tag. Keine Abenteuer, keine neuen Erfahrungen. Also habe ich beschlossen, den Rest meines Lebens so zu verbringen, dass ich meiner Mutter abends etwas zu erzählen habe. Wenn ich ihr jeden Abend vor dem Schlafengehen etwas Neues und Aufregendes erzählen kann, ist es so, als wäre sie noch da, und ihr Tod hat mein Leben bereichert, nicht leerer gemacht.«

»Das ist schön.« Emmy lächelte. »Also deshalb bist du hergekommen?«

»Ja. Wegen meiner Mutter. Ich hätte es vielleicht nie gewagt, wenn sie mich nicht gelehrt hätte, wie kostbar jeder Augenblick ist.«

»Es würde sie so freuen, dass du versuchst, glücklich zu sein«, sagte Emmy.

Holly schniefte. »Ich wünschte, meine Schwester würde das auch so sehen. Sie findet mich egoistisch, weil ich so kurz nach dem Tod unserer Mutter weggegangen bin und die Welt entdecken will. Sie versteht nicht, wie ich irgendetwas anderes fühlen kann außer Trauer, weil sie es nicht kann. Es ist, als würde sie sich verbieten, zu lächeln oder zu lachen, weil das bedeuten würde, dass wir nicht um Mama trauern. Dass uns ihr Tod egal ist.«

»Das ist doch verrückt«, sagte Emmy. »Du trauerst um deine Mutter, indem du dein Leben in Erinnerung an sie lebst. Das ist genau das, was sie gewollt hätte. Deine Schwester fühlt sich wahrscheinlich schlecht, weil sie dazu noch nicht in der Lage ist. Doch jeder reagiert anders auf Erfahrungen. Niemand kann dich dafür verurteilen, wie du in einer bestimmten Situation reagierst, denn selbst Leute, die Vergleichbares erlebt haben, haben es nicht als ›Du‹ erlebt. Die besonderen Umstände, deine Vorgeschichte und die unzähligen kleinen Aspekte, die du mitbringst – all das ist einmalig.«

Nach dieser Ansprache atmete Emmy tief durch, und Holly stieß einen leisen Pfiff aus.

»Meine Güte, du klingst wie der Dalai Lama.«

Emmy lachte, und Holly grinste, froh darüber, dass ihr Witz so gut angekommen war.

»Klappe halten!«, erwiderte Emmy in gespielt gekränktem Ton. »Aber du weißt, was ich meine, oder?«

»Ich weiß, was du meinst, und du hast absolut recht«, bestätigte Holly. Sie wusste nur nicht genau, ob Emmy zuletzt immer noch über den Tod ihrer Mutter gesprochen hatte und nicht vielmehr über etwas, was mit ihr selbst zu tun hatte; und sie fragte sich, was Emmy getan haben mochte, weswegen man sie verurteilen könnte.

Zwei Wochen zuvor

Als der Mittwochabend näher rückte, merkte Holly, wie aufgeregt und nervös sie war. Ryan hatte gewirkt wie ein netter, normaler junger Mann, aber es war klar, dass die Slayton-Brüder in einer völlig anderen Welt lebten als sie. Wie alle hier. Martha's Vineyard war nicht nur deshalb ganz anders als Hampshire, weil es in den USA lag – die Insel war praktisch ein eigenes kleines Universum mit eigenen gesellschaftlichen Regeln. Es fühlte sich hier wie permanenter Urlaub an. Aber vielleicht war es außerhalb der Saison anders, wenn die Nächte kürzer wurden und es wieder einen klaren Unterschied zwischen den Wochentagen gab. Jetzt gab es kaum einen fühlbaren Unterschied zwischen den Werktagen und dem Wochenende, wie Holly festgestellt hatte – die Leute dachten sich nichts dabei, auch am Sonntag oder Dienstag eine Party zu feiern.

Holly entschied sich für ein zwangloses Outfit, wie es auf der Insel üblich war. Sie zog Jeans-Shorts und eine cremefarbene ärmellose Rüschenbluse an: Klamotten, die nichts enthüllten außer ihren gebräunten Armen und Beinen. Respektabel und unschuldig sah sie aus, wie sie fand, als sie ihr Aussehen im Spiegel überprüfte, und die Sonnenbräune stand ihr gut. Sie hoffte, sie würde die richtigen Signale aussenden und klarmachen, dass sie nicht vorhatte, mit sämtlichen Sommerfrischler-Jungs auf der Insel ins Bett zu hüpfen. Wahrscheinlich war Ryan mit seinem Geld und seinen Familienverbindungen daran gewöhnt, dass die Mädchen sich ihm an den Hals warfen. Also würde sie vermutlich nach dem heutigen Abend nichts mehr von ihm hören.

Sie hatte erwartet, dass er sie in ein schickes Restaurant ausführte, und war überrascht, einen Picknickkorb in seinem Auto zu sehen, als er vor ihrem Haus vorfuhr. Er stieg tatsächlich aus, um an der Tür zu klingeln, anstatt einfach nur zu hupen, um ihr zu signalisieren, dass er da war, und fragte, ob er sie zu einem Picknick am Lighthouse Beach einladen dürfe. Sie nickte lächelnd und war insgeheim beeindruckt. Ein teures Restaurant wäre naheliegend gewesen, doch ein Picknick bedeutete, dass er sich ein bisschen mehr Mühe gemacht hatte.

Sie musste allerdings lachen, als sie am Strand hielten und Ryan sie um den Leuchtturm herum zu einer Stelle führte, wo ein gedeckter Tisch und Stühle auf sie warteten. Sogar an Kerzen hatte er gedacht.

»Das hast du doch nicht selbst gemacht«, sagte sie mit einem Blick auf die Lichterketten, die über in den Boden getriebene Stangen geschlungen waren.

»Äh, nein«, gab er mit einem verschmitzten Lächeln zu. »Das hat unser Personal erledigt. Jetzt höre ich mich an wie das letzte Arschloch, stimmt's? Aber es war meine Idee, und ich habe den Lampion da hinten aufgehängt – siehst du?«

Hollys Blick folgte seinem ausgestreckten Zeigefinger. Das Licht in dem Riesenlampion, auf den er zeigte, war leider ausgegangen. Sie lachte.

»Allein der Gedanke zählt«, bemerkte sie und setzte sich auf den Stuhl, den er für sie herausgezogen hatte.

»Ah, gut.« Ryan klappte den Picknickkorb auf, und etliche Takeaway-Boxen kamen zum Vorschein. »Ich hatte gehofft, dass du das sagen würdest.«

Holly prustete los. Anschließend half sie ihm, den Inhalt des Picknickkorbs auf den Tisch zu stellen. Ryan reichte ihr das Besteck, und sie machten sich über ihr Fake Picknick her und schauten zu, wie die Sonne über dem Meer versank.

Ryan war überraschend witzig, er hatte einen trockenen Humor und bewies viel Selbstironie. Er war sich des absurd großen Reichtums seiner Familie bewusst, der ihm ein wenig peinlich war. Holly war froh, dass er aber nicht so tat, als wäre es eine furchtbare Belastung, reich zu sein und beste Verbindungen zu haben. Sie redeten über ihre Interessen, ihre Träume und ihre Zukunftspläne, und nach einer Weile gestattete Holly sich, zu vergessen, dass sie aus verschiedenen Welten stammten.

Als es kühler wurde, holte Ryan eine Kaschmirdecke aus einer Seitentasche des magischen Picknickkorbs und legte sie Holly um die Schultern. Sie setzten sich nebeneinander in den Sand und schauten zum Himmel hinauf.

»Wirst du nach Hampshire zurückkehren, wenn der Sommer vorbei ist?«, fragte er.

Holly zuckte die Achseln und vergrub die Finger im immer noch sonnenwarmen Sand. »Ich weiß es nicht. Hatte ich eigentlich vor, aber jetzt, wo ich hier bin …«

»Ja, man geht nicht gern wieder von Martha's Vineyard weg, oder?«, meinte Ryan.

»Nein, das stimmt. Aber ich bin auch einfach noch nicht bereit, wieder in mein normales Alltagsleben zurückzukehren. Es ist, als hätte ich gerade erst angefangen, alles aus einem anderen Blickwinkel zu betrachten.«

»Dann reise doch noch ein bisschen herum«, riet ihr Ryan, als wäre das so einfach. Und für ihn war es das vielleicht auch, selbst wenn sie das bezweifelte. Sicher, er hatte genug Geld, um sein Leben als Weltenbummler zu verbringen, aber in solchen Familien wurden normalerweise hohe Erwartungen an die männlichen Mitglieder gestellt, und dazu gehörte der Eintritt ins Familienunternehmen. Ryan hatte so etwas bereits angedeutet. Er war bemüht gewesen, nicht undankbar zu erscheinen, doch es hatte sich angehört, als wolle er lieber nicht in die Fußstapfen des Vaters treten.

»Könnte ich vielleicht«, sagte Holly, »wenn sich eine Möglichkeit ergeben würde, beim Reisen Geld zu verdienen. Vielleicht könnte ich in einem Camper durch die Welt reisen und einen *Vanlife*-Blog schreiben oder *Travel*-Influencerin werden.«

»Oder du suchst dir eine Arbeit, bei der eine Unterkunft gestellt wird«, schlug Ryan vor. »Als Nanny beispielsweise. Ich wette, du könntest in New York leicht einen Job als Kinderbetreuerin finden.«

»Bittest du mich bereits, mit dir auszuwandern?«, witzelte Holly und hob die Augenbrauen. Selbst in der Dämmerung konnte sie sehen, dass er rot anlief. Sie lachte. »Keine Sorge, ich erwarte keinen Heiratsantrag beim zweiten Date.«

»Du würdest mich also noch mal treffen wollen?« Ryans Stimme klang so hoffnungsvoll und nervös, dass Holly gar nicht anders konnte, als ihn anbetungswürdig zu finden.

»Klar«, antwortete sie, ohne erst überlegen zu müssen. »Wieso nicht.«

14

Claire

Als ich wieder in Edgartown eintraf, war es ein Uhr mittags, und ich war am Verhungern. Ich wusste, dass viele Leute nichts herunterbekamen, wenn sie Stress hatten oder sich Sorgen machten, aber bei mir war das nicht so. Egal, wie ich mich fühlte, essen konnte ich immer. Obwohl ich total erledigt war – ich war schließlich seit gestern Abend achtzehn Uhr unterwegs –, stellte ich meinen Wagen in Hollys Auffahrt ab, hämmerte ein paarmal gegen die Tür, nur für den Fall, dass sie während meiner Abwesenheit zurückgekehrt war, und zog dann zu Fuß los, um schnell das Nötigste einzukaufen. Hoffentlich würde die frische Luft mich wach halten.

Es war mittlerweile warm geworden, wie es sich für einen Julitag gehörte, und ich wünschte, ich hätte daran gedacht, einen Sonnenhut oder vielleicht Sonnencreme einzupacken. Aber als ich die Main Street hinunterschlenderte, sah ich, dass ich in Edgartown alles bekommen würde, was ich brauchte. Es wimmelte von Boutiquen, Smoothie-Bars, Cafés und Geschäften, die Sonnenbrillen führten. Holly war von den schicken Sachen, die hier angeboten wurden, bestimmt hingerissen gewesen. Ich wäre jede Wette eingegangen, dass sie bereits einen Gutteil ihres Geldes allein für Sonnenbrillen und Leinenshorts ausgegeben hatte.

Als mir dies durch den Kopf ging, kam mir noch ein anderer Gedanke. Wenn Holly tatsächlich etwas mit einem dieser reichen Slayton-Jungs angefangen hatte, war es gar nicht so unwahrscheinlich, dass sie für ein paar Tage weggefahren war. Vielleicht hatte sie sich Hals über Kopf verliebt, und dann war der Gedanke nicht völlig abwegig, dass Bobby oder Ryan Slayton sie überredet hatte, ihren Job sausen zu lassen und auf seine Kosten mit ihm zu verreisen. Und ihre Sachen hatte sie nicht mitgenommen, weil sie ja nur die Kreditkarte von Vater Slayton brauchten. Je länger ich darüber nachdachte, desto wahrscheinlicher schien es mir, dass Holly mit irgendeinem reichen Kennedy-Verwandten zusammen war und sich wunderbar amüsierte. Ich hatte nicht daran gedacht, sie auf ihrem Handy anzurufen, als ich in ihrem Ferienhaus war … Obwohl, wenn sie vergessen hatte, es mitzunehmen, war der Akku längst leer, weswegen sich natürlich sofort die Mailbox einschaltete. Alles passte zusammen. Meine Schwester war mit einem Angehörigen des amerikanischen Geldadels unterwegs. Und ich Idiotin war um die halbe Welt gereist, um nach ihr zu sehen.

Ich erledigte schnell meine Besorgungen, kaufte ein paar Lebensmittel, Getränke, Sonnencreme und einen hinreißend geschmacklosen Lkw-Fahrer-Hut, auf dem stand: »Drück auf die Hupe, wenn du schneller fahren willst«. Die Griffe der schweren Einkaufstüten schnitten mir in die Hände, als ich zu Hollys Ferienhaus zurückkehrte.

Bei näherer Überlegung erschien es mir immer wahrscheinlicher, dass Holly tatsächlich mit einem neuen Freund verreist war. Der Inselpolizist wusste wahrscheinlich Bescheid. Und vermutlich hatte er versucht, den Namen der Slaytons aus der Sache rauszuhalten, wie das eben so war bei Leuten, die reich und berühmt waren. Es hätte mich nicht gewundert, wenn er sofort nach unserem Telefonat Bobby oder Ryan angerufen und von ihm die Zusicherung erhalten hatte, dass es sein Schaden nicht sein würde, wenn er mir erzählte, alles sei in bester Ordnung. Ob Holly wohl wusste, dass ich nach ihr suchte? Allerdings verstand ich nicht, wieso sie sich nicht meldete … Obwohl, nach unserem letzten Streit am Telefon dachte sie vielleicht, es wäre mir egal, wenn sie sich nicht mehr meldete und auch nicht zurückrief. Jedenfalls würde sie nie und nimmer auf die Idee kommen, dass ich mir ein Flugticket besorgen und herfliegen würde, um sie zu retten. Was für eine verdammte Idiotin ich doch war!

Ich kann ja trotzdem ein paar Tage hier verbringen, dachte ich, als ich die Haustür aufschloss. Für einen Kurzurlaub gab es eindeutig unangenehmere Orte als Martha's Vineyard. Und wenn meine Schwester aus einer Laune heraus alle Pflichten vergessen konnte, um ins Paradies zu fliegen, dann konnte ich das auch. Zugegeben, ich würde mich sehr viel besser fühlen, wenn ich mit ihr gesprochen hätte. Aber bevor ich mich wieder auf die Socken machte, brauchte ich dringend etwas Schlaf. Meine Lider waren so schwer, dass ich sie kaum noch aufhalten konnte. Tatsächlich fielen mir immer wieder die Augen zu, als ich meine Einkäufe wegräumte, so erschöpft war ich. Ich hatte das Gefühl, Sand unter den Augenlidern zu haben, und ich wollte nur noch eins – den Kopf auf ein weiches Kissen legen und für ein Weilchen die Augen schließen.

Ich sperrte die Haustür ab und nahm den Schlüssel mit nach oben ins zweite Schlafzimmer. Ich hätte gern im Zimmer meiner Schwester geschlafen, um mich ihr näher zu fühlen, aber das wäre mir irgendwie übergriffig vorgekommen. Was natürlich Unsinn war. Holly und ich schliefen häufig zusammen in einem Bett, besonders, seitdem unsere Mutter nicht mehr lebte. Es hätte Holly nichts ausgemacht, auf keinen Fall. Es fühlte sich nur einfach nicht richtig an.

Das war unproblematisch, denn das zweite Schlafzimmer war groß und hell, sparsam möbliert, aber gleichzeitig stilvoll und gemütlich eingerichtet. Sheila hatte offensichtlich einen guten Geschmack. Ich nahm meinen Schmuck ab und legte ihn auf den Nachttisch, dann stieg ich ins Bett, ohne mich auszuziehen, zog die Steppdecke hoch und schlief augenblicklich ein.

Ich konnte nicht sagen, was mich aufgeweckt oder wodurch ich gemerkt hatte, dass jemand im Haus war. So erschöpft, wie ich am Nachmittag gewesen war, hatte ich die Vorhänge einen Spalt offen gelassen, aber jetzt fiel kein Licht durchs Fenster herein. Draußen war es stockfinster. Ich erstarrte und lauschte aufmerksam, in der Hoffnung, dass es nur eine streunende Katze auf Freiersfüßen oder das laute Zuschlagen einer Autotür gewesen war, das mich geweckt hatte. Doch dann hörte ich wieder ein Geräusch: das typische Knarren der Küchentür, wenn sie geöffnet oder geschlossen wurde. Ich erkannte es sofort wieder, weil es mir vorhin, als ich kurz den Garten überprüft hatte, unangenehm aufgefallen war.

Ich griff nach meinem Handy, das ich auf den Nachttisch gelegt hatte. Das Display leuchtete auf, und ich sah, dass es 23.47 Uhr war. Kurz vor Mitternacht – und gerade war jemand zur Küchentür hereingekommen.

Keine Ahnung, woher ich wusste, dass es nicht Holly war, aber ich wusste es einfach. Die Person bewegte sich so leise im unteren Stockwerk, als wolle sie nicht gehört werden. Wenn es Holly gewesen wäre und sie bemerkt hätte, dass ich hier war, wäre sie sofort die Treppe hochgerannt gekommen wie Goldlöckchen zu den drei Bären, um mich zu wecken. Und wenn sie nichts von meiner Anwesenheit ahnte, warum sollte sie dann auf Zehenspitzen in ihrem eigenen Haus umherschleichen?

Nein, das war jemand, der hier nichts zu suchen hatte. Was strenggenommen natürlich auch für mich galt. Vielleicht hatte Holly ja einen Untermieter aufgenommen, um Geld zu sparen, oder Sheila beschäftigte womöglich eine Putzkraft, die nachts arbeitete. Aber das war wenig wahrscheinlich, und in jedem Fall musste ich eine Entscheidung treffen, bevor diese Person nach oben kam. Ich hatte drei Optionen: Entweder ich blieb im zweiten Schlafzimmer und hoffte, sie würde nicht hereinkommen, oder ich versuchte, irgendwie aus dem Haus zu kommen. Oder ich stellte den Eindringling.

Also, ich konnte auf mich aufpassen. Ich war noch nie vor einer Auseinandersetzung zurückgescheut, und sehr zur Bestürzung meiner Mutter hatte ich auch schon mal einen Kampf angefangen. Aber blöd war ich nicht (es sei denn, man fand es dumm, gleich mehr als dreitausend Meilen weit zu fliegen, nur weil jemand nicht ans Handy ging). Die geheimnisvolle Person im Ferienhaus meiner Schwester könnte durchaus mit einem großen Messer, einer Pistole oder einer Schlange bewaffnet sein – schließlich waren wir in den USA –, und ich hatte nicht die Absicht, einem Verrückten mit einer Schlange entgegenzutreten. Folglich kam Möglichkeit Nr. 3 nicht in Frage. Für Möglichkeit Nr. 2 hätte ich mehr von Lara Croft haben müssen, als ich mir zutraute. Also schien die einzige vernünftige Alternative darin zu bestehen, sich nicht von der Stelle zu rühren und zu hoffen, dass der Eindringling nicht das Zimmer betrat, während ich den Notruf der Polizei wählte.

»Polizei Martha's Vineyard, welchen Ort wünschen Sie?«

»Edgartown, bitte.« Ich flüsterte fast, doch in meinen Ohren klang es wie Gebrüll. Ich schnitt eine Grimasse und hoffte, dass der Einbrecher mich nicht gehört hatte.

Einen Augenblick später vernahm ich eine weibliche Stimme. »Polizeiwache Edgartown, wie kann ich Ihnen helfen?«

»Da ist jemand in meinem Haus, unten im Erdgeschoss. Ein Eindringling. Ich kann ihn hören.« Ich spulte die Adresse herunter.

»Ich schicke sofort jemanden hin. Ein Streifenwagen ist gerade ganz in der Nähe. Lässt sich das Zimmer abschließen, in dem Sie sich befinden?«

»Nein, ich glaube nicht, aber ich weiß es nicht genau; es ist nicht mein Haus. Ich habe mich hinter dem Bett versteckt.« Das hörte sich ziemlich feige an, sich hinter dem Bett zu verstecken, aber die Frau schien nicht dieser Ansicht zu sein, wie ich sogleich feststellen durfte.

»Sehr gut! Bleiben Sie möglichst unten und außer Sicht. Es wird bald jemand bei Ihnen sein. Können Sie den Einbrecher noch hören?«

Ich nahm das Handy vom Ohr und lauschte. Ich hörte nichts, aber dann …

»Da kommt ein Auto. Ist das die Polizei?«

»Das werden sie sein, Liebes. Bleiben Sie, wo Sie sind, bis Sie die Kollegen rufen hören, ja?«

Ich hörte, wie die Küchentür zugeknallt wurde, und sprang automatisch auf, um aus dem Fenster zu sehen. Ich konnte gerade noch eine schwarz gekleidete Gestalt davonrennen sehen, die in ihrer Hand eine eingeschaltete Taschenlampe hielt, deren Licht jedoch einen Moment später plötzlich erlosch.

»Er muss gehört haben, dass die Polizei kam, und ist durch die Küchentür geflüchtet«, berichtete ich. »Soll ich jetzt runtergehen?«

»Wissen Sie mit Sicherheit, dass es nur ein einziger Eindringling war?«

Ich schüttelte den Kopf. »Nein.«

»Dann bleiben Sie, wo Sie sind, Liebes.«

Kurz darauf hörte ich jemanden an der Haustür rufen.

»Polizei, Sie können jetzt runterkommen, Ma'am.«

»Danke«, flüsterte ich der Polizistin zu. »Vielen Dank.«

»Gern geschehen, Liebes. Die Kollegen werden sich jetzt um Sie kümmern. Sie sind hier ganz sicher.«

Mittlerweile hatte ich schon öfters gehört, wie sicher die Insel war – und dass ich hier sicher war. Aber ich hatte in meinem Leben schon in einigen Problemvierteln gelebt, und noch nie hatte ich mich hinter dem Bett verstecken müssen, während unten ein Eindringling herumschlich. Und meine Schwester war spurlos verschwunden. Also wie sicher genau war es hier im Paradies? Oder war das alles nur eine Illusion?

15

Holly

Sechs Tage zuvor

Die Sonne verbrannte ihre Haut, aber sie lag so bequem auf ihrem kratzigen Handtuch im warmen Sand und war zu träge, um neue Sonnencreme aufzutragen. Sie hatte sich ihren Lieblingspodcast angehört, doch die aktuelle Folge war gerade zu Ende gegangen, und sie hatte keine Lust, sich etwas Neues zu suchen. Außerdem hörte sie gern dem sanften Rauschen der Wellen und dem Juchzen der Kinder zu, die ins Wasser rannten. Gelegentlich riefen Eltern einem Kind zu, es solle vorsichtig sein oder nicht zu weit reingehen. Es erinnerte sie an die Sommer am Strand, die sie mit ihrer Mutter und ihrer Schwester verbracht hatte, als alles noch so unveränderlich und dauerhaft zu sein schien.

Gerade dachte sie, dass sie jetzt aber wirklich aufstehen und sich eincremen musste, als ein Schatten auf sie fiel. Sie öffnete die Augen und schirmte sie mit den Händen ab, bereit, die Person zusammenzustauchen, die ihr die Sonne nahm. Vor ihr stand Bobby Slayton.

Abrupt setzte sie sich auf, und als ihr plötzlich bewusst wurde, dass sie nur einen winzigen Bikini trug, griff sie nach ihrem Strandtuch und drückte es sich an die Brust.

»Brauchst du Hilfe beim Auftragen der Sonnencreme?«, fragte er, ließ sich neben sie in den Sand fallen und griff nach der Sonnenlotion, die aus ihrer Strandtasche herausragte.

Holly blickte finster drein. »Ich kann mich jetzt schon seit einigen Jahren selbst eincremen«, fuhr sie ihn an. »Ich bin ein großes Mädchen.«

Bobby hob beschwichtigend die Hände. »Ich wollte doch nur behilflich sein. Schließlich gehörst du ja jetzt praktisch zur Familie. Es sei denn, du hast Angst, mit deinem Schwager allein zu sein?«

Er lächelte, und Hollys Herz begann rascher zu schlagen. Jetzt war sie froh, dass sie vermutlich bereits einen leichten Sonnenbrand hatte, denn so würde er nicht merken, wie ihr das Blut ins Gesicht schoss. Er sah wirklich wahnsinnig gut aus. Sie hatte schon vorher attraktive Jungs getroffen, aber keinen, der so umwerfend aussah wie Bobby. Mit seinem dunklen Haar, das ihm ständig in die Stirn fiel, und den eisblauen Augen erinnerte er an einen Filmstar aus den Neunzigern; aber es war dieses Lächeln, das einen wirklich zum Dahinschmelzen brachte. Er hatte so eine Art, ein Mädchen anzuschauen, als wäre sie das Wichtigste auf der Welt. Pech war nur, dass das alte Klischee auf ihn zutraf, nach dem den Kerlen, die am besten aussahen, am wenigsten zu trauen war.

»Ach, verpiss dich doch«, sagte sie.

Bobby lachte. »Wieso klingen mit einem englischen Akzent sogar Beleidigungen sexy?« Sie suchte noch nach einer witzigen Antwort, als er etwas von der Sonnenlotion in seine Hand gab und ihr bedeutete, sich umzudrehen. Sie tat es und ließ zu, dass er ihr die Schultern und den oberen Rücken eincremte. Seine Finger waren warm und fest, die Haut weich: Es waren Hände, die nie auch nur eine Minute körperliche Arbeit verrichtet hatten. Und er machte das Eincremen bewusst eher zu einer sinnlichen Massage.

»Und wie läuft's mit meinem kleinen Bruder?«, raunte er dicht an ihrem Ohr. Seine Hände wanderten zu ihrem unteren Rücken herunter, die Lotion fühlte sich kühl an. »Hast du es noch nicht satt, mit ihm rumzumachen, nur um mir eine Lektion zu erteilen?«

»Weißt du was?« Holly entzog sich ihm und drehte sich um. »Du bist das arroganteste, narzisstischste, egozentrischste …« Sie hielt mitten im Satz inne, als sie merkte, dass er wieder lachte. Genau das hatte er beabsichtigt, dass sie so reagierte. »Was ist das mit dir und Ryan?«, wollte sie wissen. »Warum bist du immer so mies zu ihm?«

Bobby zuckte die Achseln. »Ich weiß es nicht. Das war schon immer so; wir geraten einfach ständig aneinander. Er hasst mich, weil ich immer bekomme, was ich will, aber er scheint nie anzuerkennen, was ich für ihn getan habe.«

»Ihr Slayton-Brüder seid zweifellos der feuchte Traum jedes Therapeuten«, murmelte sie.

Bobby lachte leise. »Ist wohl so. Willst du mal raten, um wen meine Träume sich in letzter Zeit drehen?« Er sah ihr tief in die Augen, und sie lief wieder rot an.

Verdammt sollte er sein – er und die Wirkung, die er auf sie hatte!

Er lächelte sichtlich amüsiert.

»Also, war mir ein Vergnügen«, sagte sie sarkastisch und machte Anstalten aufzustehen. Sie wollte nur noch weg von diesem Mann, der ihr gefährlicher zu werden drohte als irgendjemand zuvor. Wenn sie früher mit Typen ausgegangen war, hatte sie immer das Gefühl gehabt, die Kontrolle zu haben. Doch Bobby Slayton stürzte sie in ein Gefühlschaos – von cool, ruhig und beherrscht konnte keine Rede sein.

Er stand auf und hielt ihr die Hand hin, um ihr aufzuhelfen. Automatisch ließ Holly es zu. Doch anstatt loszulassen, zog er sie plötzlich an sich. Das kam völlig unerwartet, und sie stieß einen leisen Überraschungslaut aus. Sie löste sich von ihm, aber er trat einen Schritt auf sie zu, und seine starken Finger schlossen sich um ihr Handgelenk.

»Ich weiß, dass du dich nur mit meinem Bruder getroffen

hast, weil ich versucht habe, ihn als Idioten dastehen zu lassen«, sagte er leise und beugte sich vor, sodass sein Gesicht ganz nah an ihrem war. Für die übrigen Strandbesucher musste es so aussehen, als seien sie ein Paar, das sich gleich küssen würde. Nur Holly wusste, dass sie vor lauter Angst wie erstarrt war. »Und er weiß es auch. Das Freundlichste wäre, einfach auf nette Weise mit ihm Schluss zu machen.«

Holly blickte zu ihm hoch, biss die Zähne zusammen und versuchte, nicht zu zeigen, welche Angst er ihr einjagte. »Und wenn ich das nicht will?« Sie hoffte, dass ihre Stimme nicht zitterte und sie verriet. »Wenn ich ihn wirklich mag?«

Bobby schüttelte langsam den Kopf. »Irgendwann wirst du ihm das Herz brechen, und das weißt du. Es ist sicherer, wenn du dich von ihm fernhältst.«

»Also ist das alles nur aus Sorge um deinen Bruder, diese Channing-Tatum-Aufrissnummer wie aus einer billigen *Mills & Boon*-Romanze, die du da gerade abziehst?«

Bobbys Augen tanzten vor Belustigung. »Channing Tatum? Aufrissnummer?«

»Nur so ein Spruch«, fauchte Holly gereizt. Sogar ein Slayton würde wohl kaum damit durchkommen, ihr an einem belebten Strand irgendetwas anzutun.

Bobby lachte wieder. »Irgendwann werden wir ja doch Sex haben, Hitzköpfchen, das weißt du genau. Bringt mein Bruder dich etwa dazu, dich so wie jetzt zu fühlen?«

»Du meinst, total genervt?«

»Ich glaube, du weißt, was ich meine.« Bobby nahm ihre Hand und legte sie auf ihre Brust. Ihr Herz pochte mit aller Macht gegen ihre Rippen. »Solches Herzklopfen. Und du weißt genau: Wenn du jetzt gehst, wirst du den Rest deines Lebens wünschen, diese Empfindung wieder zu erleben – aber vergebens.«

Holly entwand ihm ihr Handgelenk und rieb es so dramatisch wie möglich. Alle ihre Instinkte schrien ihr förmlich zu, möglichst schnell von Bobby und dieser ganzen Familie wegzukommen, auch von Ryan. Und das würde sie vielleicht auch tun. Sie würde jedoch Bobby Slayton nie wissen lassen, dass sie weggelaufen war, weil er ihr gleichzeitig Angst machte und sie total faszinierte.

»Wie ich den Rest meines Lebens zubringe, geht dich gar nichts an«, sagte sie und sammelte ihre Strandtasche und das Strandhandtuch ein. »Und ja, vielleicht bekommst du immer, was du willst. Aber im Gegensatz zu dir ist dein Bruder ein richtiger Mann.«

Bobbys Lächeln erlosch, aber er erholte sich schnell. Nur ein leichtes Flackern seiner Augen verriet seine Wut.

»Du hast ja keine Ahnung, mit wem du es zu tun hast.« Seine Stimme war leise und beherrscht. »Nicht die geringste Ahnung.«

16

Claire

»Bist du sicher, dass jemand im Haus war?«

Jess' Stimme klang entsetzt, und das konnte ich ihr nicht verdenken. Sie hatte erwartet, mit der Nachricht geweckt zu werden, dass ich Holly gesund und munter vorgefunden hatte, und stattdessen bekam sie zu hören, dass ihre Cousine spurlos verschwunden war und in meiner ersten Nacht hier jemand in ihr Haus eingebrochen war. Vermutlich stand Tom daneben und verlangte, dass Jess mich auf Lautsprecher stellte, damit er das Gespräch verfolgen konnte.

»Ja, eindeutig. Ich finde es ja eher unwahrscheinlich, dass es nichts mit Hollys Verschwinden zu tun haben soll, aber die Polizei hält es für einen Gelegenheitseinbruch.«

»Auf dieser angeblich so sicheren Ferieninsel? Holly wird vermisst, und jetzt schleicht irgendjemand mitten in der Nacht durch ihr Haus … Moment, bist du sicher, dass es nicht Holly war? Vielleicht wollte sie nur ein paar Sachen holen.«

»Ohne Licht zu machen? Ganz in Schwarz gekleidet, eine Taschenlampe schwenkend?«

»Schon gut, schon gut.« Vermutlich warf Jess genervt die Hände in die Luft. »Du hast also die Polizei gerufen – und was genau hat die getan?«

»Die Polizisten haben ziemlich gut reagiert, um ehrlich zu sein, denn sie waren sofort da. Auch wenn sie mich offensichtlich für eine Hysterikerin hielten, nachdem sie sich hier umgesehen hatten. Der Eindringling war weg. Es gab keine Einbruchspuren, nichts war in Unordnung gebracht worden. Sie gaben mir praktisch zu verstehen, man könne sich so etwas leicht einbilden, wenn man allein an einem unbekannten Ort sei. Ich habe ihnen von Holly erzählt, aber sie meinten, sie seien die Nachtschicht und nur für Notrufe zuständig, ich solle zur Polizeiwache gehen und dort eine Vermisstenanzeige aufgeben.«

»Dann wirst du das gleich tun – eine Vermisstenanzeige aufgeben, nicht wahr? Wie ist es denn so auf Martha's Vineyard?«

»Es ist sehr schön hier«, räumte ich ein. »Ich kann verstehen, warum es Holly so gut gefällt. Wenn sie nicht vermisst würde, wäre es der perfekte Ort für einen kleinen Kurzurlaub, in dem wir versuchen könnten, den ganzen Mist zu verarbeiten, den wir durchgemacht haben. Langsam denke ich, ich hätte zusammen mit ihr herkommen sollen. Nicht nur ihretwegen, sondern auch meinetwegen.«

»Du musst ja nicht sofort wieder zurückfliegen«, sagte Jess. »Wenn du Holly gefunden hast, solltest du auf jeden Fall noch ein paar Tage bleiben, um ein wenig Erholung und Entspannung zu finden.«

»Das werde ich«, versprach ich. »Sobald ich sie finde, kann ich mich entspannen.«

Ich beendete das Gespräch mit der Zusicherung, dass ich Jess sofort verständigen würde, wenn es irgendwas Neues gab, und sie sagte zu, sich im Internet über Carl, den Hafenmeister, zu informieren – oder zumindest Tom mit dieser Aufgabe zu betrauen. Man merkte, wie sehr es sie belastete, zu Hause am Telefon warten zu müssen und nicht selbst hier auf Martha's Vineyard aktiv werden zu können. Jess war eindeutig eine Frau der Tat.

Ich hatte vor, erst in den Läden, Cafés und Restaurants von Edgartown nach Holly zu fragen, in der Hoffnung, auf diese Weise irgendwas über ihren möglichen Verbleib in Erfahrung zu bringen. Erst dann wollte ich zur Polizei gehen.

In den Geschäften erkannten viele Leute meine Schwester auf dem Foto wieder, das ich ihnen zeigte, was mich nicht überraschte – Holly war schlank und bildhübsch, üblicherweise gut angezogen und hatte ein freundliches, offenes Gesicht, das förmlich dazu einlud, sie anzulächeln und ein Gespräch mit ihr zu beginnen. Alle schienen irgendwas Nettes über sie zu sagen zu haben. Nur hatte sie seit Tagen keiner mehr gesehen.

»Wissen Sie was?« Eine der Kellnerinnen in einem kleinen Café deutete auf das Foto, das ich ihr hinhielt. »Sie ist mit Emmy befreundet, die auch hier kellnert. Und komisch … Auch Emmy habe ich seit Tagen nicht mehr gesehen. Sie hat sich krankgemeldet.«

Mein Herz begann zu hämmern. »Was fehlt ihr denn? Wie lange war sie schon nicht mehr hier?«

Ich unterdrückte den Drang, die junge Frau am Kragen zu packen und zu schütteln. Das war der erste echte Hinweis, den ich bekam; zum ersten Mal hörte ich den Namen einer Person, die wissen könnte, wo Holly steckte. Und die Kellnerin benahm sich, als wäre es irgendwie eine witzige Anekdote, die sie mir erzählen könnte.

»Hmm, äh … Ich glaube, sie hat am Sonntag zum ersten Mal angerufen, um sich krankzumelden.«

»Also war sie am Samstag hier?«

»Nein.« Die Kellnerin schüttelte den Kopf. »Emmy arbeitet samstags nicht.«

»Hat sie gesagt, was ihr fehlt?«

»Weiß ich nicht genau. Sie hat mit Karen gesprochen, nicht mit mir. Niemand erzählt mir hier, was wirklich los ist. Aber es muss was Schlimmes sein, weil Emmy jetzt schon seit sechs Tagen fehlt.«

Seit dem Tag der Strandparty, zu der Holly hatte gehen wollen. Der letzte Ort, an dem sie gesehen worden war.

»Aber sie hat selbst angerufen?«, fragte ich, und die junge Frau nickte augenblicklich.

»Ja, einmal bin ich ans Telefon gegangen. Es war eindeutig Emmy.«

Also war Emmy nicht spurlos verschwunden. Hieß das, dass auch Holly nicht wirklich verschwunden war? Vielleicht hatten sich beide bei Emmy verkrochen und machten blau. Vielleicht waren sie ein Paar und hatten seit dem Abend der Strandparty das Bett nicht mehr verlassen. Mein Gott, wie ich hoffte, dass es so war.

»Wo wohnt sie denn?«, fragte ich. Meine Stimme klang ein wenig zu verzweifelt. »Emmy, meine ich? Wo kann ich sie finden?«

Die Kellnerin blickte zweifelnd drein. »Ich bin mir nicht sicher, ob ich Ihnen ihre Adresse geben darf. Datenschutz, Schutz der Privatsphäre oder so.«

Ich nickte. »Das verstehe ich vollkommen. Und normalerweise würde ich Ihre Haltung respektieren und gehen, ohne Probleme zu machen. Aber sehen Sie, meine Schwester …« – ich wedelte mit Hollys Foto – »wird vermisst. Und Emmy weiß vielleicht, wo sie steckt. Also ist es wirklich äußerst wichtig für mich, dass ich mit ihr sprechen kann.«

Die Kellnerin schwankte, das konnte ich sehen. »Ich verstehe das – wirklich, das tue ich.« Sie seufzte. »Sie haben das nicht von mir.« Sie zog einen Stift aus der Tasche, schrieb etwas auf ihren Bestellblock, riss das Blatt ab und reichte es mir: Darauf stand Emmys Adresse. »Bitte verraten Sie ihr nicht, dass Sie das von mir haben.«

»Werde ich nicht«, versprach ich dankbar. »Vielen herzlichen Dank.«

Sie nickte. »Ich hoffe, Sie finden Holly. Sie ist wirklich supernett.«

»Danke.«

Ich überprüfte mein Handy und sah, dass der Akku fast leer war. Da ich nicht ohne Handy dastehen wollte, kehrte ich zu Hollys Haus zurück, um es aufzuladen. Alles sah noch genauso aus wie vorhin, als ich es verlassen hatte, und ich hatte nicht den Eindruck, dass der Eindringling von gestern Nacht noch einmal zurückgekehrt war. Vielleicht hatte er gefunden, wonach er gesucht hatte. Ich wünschte nur, ich wüsste, was das gewesen war.

Ich setzte mich an Hollys Küchentresen, biss in das Sandwich, das ich mir vorhin besorgt hatte, in der Absicht, so lange zu warten, bis der Akku aufgeladen war. Danach wollte ich zu Emmys Adresse fahren. Wenn sie wusste, wo Holly war, konnte ich mir den Besuch bei der Polizei schenken. Auf der Armlehne des Sofas lag ihre Haarbürste, und vor der Küchentür standen ihre Flipflops, die sie offenbar von den Füßen geschleudert hatte. Ich erkannte sie wieder: Holly hatte die mit bunten Glitzersteinen verzierten Teile vor ihrer Abreise bei Monsoon gekauft. Es war ein komisches Gefühl, ohne sie in ihrem Ferienhaus zu sein, umgeben von ihren Sachen, die überall verstreut lagen. Nicht zum ersten Mal wünschte ich, dass ich mir eine andere Unterkunft besorgt hätte, aber falls jemand hier auftauchte, der auf der Suche nach Holly war, wollte ich unbedingt mit ihm reden. Viele Leute hatten sich an sie erinnert, und alle hatten irgendetwas Nettes über sie zu sagen gewusst, aber niemand hatte auch nur die leiseste Ahnung, wo sie sein könnte. Alles schien mit dieser Strandparty angefangen zu haben – und möglicherweise mit ihrer neuen Freundin Emmy. War auf dieser Strandparty irgendwas vorgefallen? Es mussten doch noch andere Leute dort gewesen sein. Irgendjemand musste etwas wissen.

Als der Akku zu fünfzig Prozent aufgeladen war, zog ich das Ladegerät aus der Steckdose – es war mir einfach nicht möglich, noch länger untätig herumzusitzen. Ich gab die Adresse, die ich von der Kellnerin hatte, bei Google Maps ein. Emmy wohnte in Oak Bluffs, ganz in der Nähe des Yachthafens, wo Holly gearbeitet hatte. Ich warf meine Handtasche ins Auto und fuhr los.

Auf der langen Küstenstrecke blickte ich immer wieder aufs Meer hinaus. Hatte die Party an diesem Strand stattgefunden? War meiner Schwester hier etwas zugestoßen, nur wenige Meter von der Straße entfernt, die ich gerade entlangfuhr?

Ein ramponierter blauer Pick-up-Truck, der mir entgegenkam, betätigte die Lichthupe. Als der Fahrer dann auch noch hupte, geriet ich in leichte Panik. Hatte ich irgendetwas falsch gemacht? Ich fuhr doch auf der richtigen Straßenseite, ich hatte das Tempolimit nicht überschritten …

Nur einen Augenblick später ging mir auf, dass der Fahrer mich nicht ermahnt hatte; er hatte mich vielmehr warnen wollen. Ein glänzender roter Pick-up-Truck hinter ihm setzte zu einem riskanten Überholmanöver an und kam auf meiner Straßenseite auf mich zugerast. Ich erhaschte einen kurzen Blick auf drei oder vier gebräunte junge Männer mit bloßen Oberkörpern, die johlten und lachten, dann riss ich das Steuer zur Seite. Mein Auto kam von der Straße ab, sauste in den langen Strandhafer hinein und schlitterte weiter, bis es wenige Zentimeter vor einem hohen Ortsschild aus Holz zum Stehen kam. »Willkommen in Oak Bluffs« stand darauf. Mit hämmerndem Herzen hielt ich das Lenkrad umklammert und blickte gerade noch rechtzeitig auf, um zu sehen, dass einer der Jungs beim Vorbeifahren seinen Cowboyhut lüftete – war das als Entschuldigung gedacht? Das Arschloch war wahrscheinlich nie im Leben auch nur in der Nähe einer Ranch gewesen. Das Hupen und Gejohle wurde leiser, als der rote Truck davonraste. Ich legte den Kopf aufs Lenkrad und versuchte, mehrmals tief durchzuatmen. Mir war nichts passiert, dem Auto auch nicht. Wenn das nur jemand meinem rasenden Herzen erklären würde.

Ich gab mir ein paar Minuten Zeit, um mich zu beruhigen, und wollte gerade wieder auf die Straße fahren, als ich im Rückspiegel den Pick-up-Truck zurückkehren sah. Nicht die glänzende rote Luxusausführung voller Idioten, sondern den verbeulten blauen Pick-up, dessen Fahrer versucht hatte, mich vor der Gefahr zu warnen. Als er neben mir anhielt, ließ ich das Fenster herunter und hob die Hand.

»Alles in Ordnung?«, fragte er mit gerunzelter Stirn. Er war vielleicht ein wenig älter als ich, hatte dunkles Haar und war sonnengebräunt. Sein Gesicht zeigte erste Spuren des Alterns, was einen Mann nach landläufiger Meinung ja nur attraktiver machte – ganz im Gegensatz zu einer Frau.

»Mir geht's gut, danke. Danke, dass Sie versucht haben, mich zu warnen. Ich dachte zuerst, ich würde vielleicht zu schnell fahren oder so.«

Sein Gesicht entspannte sich, und er lächelte. »Sie kommen aus England?«

Ich nickte. »Ich bin gestern erst angekommen.«

»Soll ich mir Ihr Auto mal ansehen?«

»Der Motor ist gerade wieder angesprungen, und ich habe nichts gerammt – ich glaube, der Wagen ist okay. Aber vielen Dank für das Angebot.« Ich kam mir vor wie eine Idiotin, der nichts weiter einfiel, als ihm ständig zu danken. Nur gut, dass wir Engländer für unsere guten Manieren bekannt waren. »Wissen Sie, wer die waren? Ich sollte die Polizei verständigen, oder?«

Der Mann lachte spöttisch. »Können Sie versuchen, aber die Mühe würde ich mir sparen. Die würden sogar mit einem Mord davonkommen, diese idiotischen Sommerfrischler-Jungs.«

Mich beschlich das unangenehme Gefühl, dass ich wusste, wer diese jungen Männer waren. Ich versuchte, mich an die beiden Jungs zu erinnern, die vor dem obszön großen Haus mit den Marmorsäulen standen, und dachte an den jungen Mann mit dem Cowboyhut. »Lassen Sie mich raten – das waren die Slayton-Brüder?«

Er grinste und schüttelte den Kopf. »Meine Güte, diese reichen Gören müssen ja einen Ruf wie Donnerhall haben, wenn eine englische Urlauberin schon am zweiten Tag ihren Namen kennt.«

»Könnte man so sagen«, murmelte ich.

»Wenn Sie meinen Rat hören wollen, was vermutlich nicht der Fall ist …« Er lächelte, und ich merkte, dass mir sehr wohl etwas an seinem Rat lag. Nicht nur, weil er attraktiv und freundlich wirkte, sondern auch, weil er extra zurückgefahren war, um nachzuschauen, ob es mir gutging. Es gab heutzutage nicht mehr viele Leute, die so etwas machen würden. »An Ihrer Stelle würde ich mich von denen fernhalten, wenn Sie können. Klar, sie hätten es verdient, dass man sie bei der Polizei anzeigt, aber die Anzeige würde sowieso fallen gelassen werden, und dann haben die Sie auf dem Schirm. Und Sie wollen nicht wirklich, dass diese Leute Sie auf dem Schirm haben, glauben Sie mir.«

»Sie haben recht. Vielen Dank.« Verdammt, wieso konnte ich nicht aufhören, mich ständig zu bedanken?

»Kein Problem. Wenn Ihr Auto doch noch Probleme macht – Sie finden mich in Ripley's Kfz-Werkstatt.« Er hob die Hand zum Abschied, und ich war plötzlich tief enttäuscht, weil er mich nicht gefragt hatte, ob wir noch einen Kaffee zusammen trinken wollten, was er sicherlich getan hätte, wenn wir uns in einem *Hallmark*-Romantikfilm befänden.

»Vielen Dank noch mal.«

Er lächelte und legte den Rückwärtsgang ein. Erst als er weg war, fing ich an, über das nachzudenken, was er über die Slayton-Brüder gesagt hatte: *Sie wollen nicht wirklich, dass diese Leute*

Sie auf dem Schirm haben, glauben Sie mir. Doch die Frau aus dem Bistro gegenüber dem Yachthafen hatte gesagt, dass meine Schwester kurz vor ihrem Verschwinden mit einem dieser jungen Männer dort gewesen war. Was hieß, dass dieser Kerl sie sehr wohl auf dem Schirm hatte. Oh Holly, dachte ich, und alle Aufregung über die Begegnung mit meinem gut aussehenden weißen Ritter verpuffte. *In was bist du da nur reingeraten?*

17

Claire

Es erschien mir wenig sinnvoll, umzukehren und den Vorfall der Polizei zu melden. Schließlich war niemand zu Schaden gekommen, und ich hatte das Gefühl, dass mein weißer Ritter mit seiner Annahme recht hatte: Die Polizei würde sowieso nichts unternehmen. Und da ich jetzt endlich auf jemanden gestoßen war, der möglicherweise bei meiner Suche helfen konnte und wusste, wo meine Schwester war, brannte ich darauf, so schnell wie möglich zu Emmy zu fahren und herauszufinden, was sie wusste.

Nachdem ich noch ein paarmal tief Luft geholt hatte, um mich zu beruhigen, legte ich den Gang ein. Ich musste Emmys Adresse erneut in das Navi eingeben und warten, bis es Straße und Hausnummer gefunden hatte. Ich war nur noch fünf Minuten von ihrem Haus entfernt, aber der Fast-Zusammenstoß hatte mich doch ziemlich mitgenommen und an meinem Selbstvertrauen gekratzt. Ich hatte keine Ahnung, ob diese Emmy noch bei ihren Eltern lebte oder allein wohnte. Vielleicht würde ich auch irgendeinem wutentbrannten Freund oder Mann gegenübertreten müssen. Eine Auseinandersetzung hätte mir jetzt gerade noch gefehlt, aber ich brauchte dringend Antworten, und wenn ich mit irgendeinem Arschloch fertigwerden musste, um sie zu bekommen, war das eben so.

Wenig später hielt ich bei der Adresse, zu der das Navi mich geführt hatte. Es war ein schönes Haus mit silbergrauer Holzverschalung, weißen Holzpfosten und weißem Lattenzaun, ganz typisch für Martha's Vineyard, wie ich schon festgestellt hatte. Hier in der Gegend gab es keine Nobelvillen wie in Edgartown, aber es waren trotzdem Häuser wie aus dem Bilderbuch. In der Auffahrt stand ein Kleinwagen, und alles war ruhig. So ruhig, dass es wie ein Schuss durch die Stille hallte, als ich meine Wagentür zuschlug. Ich ging zur Haustür und betätigte den Klopfer. Nichts geschah, also klopfte ich nach ungefähr einer halben Minute noch einmal. Aber auch danach passierte nichts. Als ich jedoch von der Veranda trat, konnte ich sehen, wie sich die Gardinen in einem der Zimmer im ersten Stock bewegten. Also war jemand zu Hause.

»Hallo?«, rief ich zu dem Fenster hinauf. »Ich muss mit Emmy sprechen. Ist sie da? Oder sind Sie das selbst? Ich bin die Schwester von Holly Matthews. Ich muss unbedingt wissen, wo sie ist.«

Aber niemand reagierte auf meine Worte. Ich kehrte schließlich zum Auto zurück, holte ein Buch aus meinem Rucksack, ging über den perfekt gepflegten Rasen und setzte mich hin, in der Hoffnung, dass Emmy nicht einfach den Rasensprenger anstellen würde. Sie mussten einen haben, sonst hätte das Gras bei dieser Hitze niemals so schön grün ausgesehen.

Und Junge, es war vielleicht heiß. Nach etwa zehn Minuten begann ich zu wünschen, ich hätte mich auf der Veranda niedergelassen und nicht mitten auf dem Rasen. Aber ich wollte, dass man mich von diesem Fenster aus sehen konnte. Der Schweiß rann mir über den Rücken und sammelte sich in der Pospalte, und ich sah bestimmt völlig fertig aus, aber das sollte mich nicht aufhalten. Nach fünfundzwanzig Minuten, als ich gerade anfing, mir Sorgen zu machen, ob ich einen Sonnenstich bekommen würde, wenn ich den ganzen Nachmittag hier sitzen musste, ging die Haustür auf. Eine Frau stand im Türrahmen, ein Glas in der Hand, das aussah, als könnte es Eistee enthalten. Eigentlich hatte ich mir Emmy jünger vorgestellt. Sie stieg die Stufen hinunter und überquerte den Rasen.

»Ich bin Fran, Emmys Mutter.« Sie reichte mir das Glas, und ich trank so gierig, dass der Eistee mir übers Kinn rann und auf mein Shirt tropfte. Aber das war mir egal. Das eiskalte Getränk schmeckte wunderbar.

»Vielen Dank«, sagte ich, als ich wieder Luft bekam. »Das habe ich gebraucht.«

»Emmy will nicht aus ihrem Zimmer kommen«, sagte die Frau fast entschuldigend. »Und glauben Sie mir, ich hab versucht, sie dazu zu bringen.«

»Was meinen Sie damit?«

Fran schüttelte den Kopf. »Sie hat sich seit Tagen in ihrem Zimmer eingeschlossen. Sie will nicht mit mir reden, sie sitzt nur da, schweigt oder weint. Ich habe keine Ahnung, was los ist. Ich habe schon gedroht, die Polizei zu rufen, oder einen Arzt oder ihren Vater.«

Ihr musste mein fragender Gesichtsausdruck aufgefallen sein, denn sie erklärte: »Emmys Vater arbeitet auf einem Fischtrawler. Er ist immer wochenlang auf See. In Notfall kann ich ihm eine Nachricht schicken, und um ehrlich zu sein – allmählich glaube ich, dass dies ein Notfall ist. Haben Sie eben gesagt, dass Sie nicht wissen, wo Holly ist?«

»Sie geht nicht ans Handy«, antwortete ich. »Sie ist nicht mehr zur Arbeit gekommen, hat sich aber auch nicht krankgemeldet. Seit Tagen hat sie niemand mehr gesehen. Jedenfalls keiner von denen, mit denen ich gesprochen habe.«

»Und Sie sind extra aus England hergekommen?«

Ich zuckte die Achseln. »Was hätte ich denn sonst tun sollen? Die Polizei nimmt mich nicht ernst, und ich hatte keine Ahnung, mit wem sie sich hier traf oder wo sie stecken könnte. Vorhin habe ich erfahren, dass Holly und Emmy sich angefreundet hatten. Vielleicht kann sie ein Licht auf die Sache werfen und mir erzählen, wo Holly ist.«

Fran nagte an ihrer Unterlippe. Sie wirkte besorgt, beunruhigt, sogar hin- und hergerissen.

»Ich glaube nicht, dass Emmy schweigen würde, wenn sie wüsste, dass Holly etwas Schlimmes zugestoßen ist«, sagte sie, aber so leise, dass ich mich fragte, ob das nicht eher Wunschdenken war. »Sie hat Holly wirklich gern.«

»Haben Sie Holly mal getroffen?«

Fran lächelte. »Ja. Sie ist wirklich ein wunderbares Mädchen.«

Mein Magen krampfte sich zusammen. Noch eine kleine Verbindung zu meiner Schwester in diesem fremden Land. »Ja, das ist sie«, flüsterte ich, und zum ersten Mal seit meiner Ankunft in Martha's Vineyard traten mir die Tränen in die Augen. Fran wirkte betroffen.

»Kommen Sie herein.« Sie schien zu einem Entschluss gelangt zu sein. »Wenn Emmy nicht runterkommen will, werde ich versuchen, Ihnen zu helfen.«

Das Haus war schlicht eingerichtet und trotzdem schön. Wände und Möbel waren in hellen Grau- und Weißtönen gehalten, aber es gab auch größere Farbtupfer: gelbe Kissen, ein buntes Gemälde, türkisfarbene und blaue Hocker an der Küchentheke. Das verlieh der Einrichtung einen witzigen, kreativen Touch. Die Kissenbezüge waren im Siebdruckverfahren hergestellt, und als Wandschmuck dienten farbenfrohe Aufkleber. Es wirkte fast wie ein Künstleratelier.

»Sie haben ein schönes Zuhause«, sagte ich, als Fran mich mit einer Geste einlud, an der Frühstückstheke Platz zu nehmen.

»Danke«, sagte sie und wies auf die Doppeltür an der Rückseite der Küche, hinter der ein Gartenhaus sichtbar wurde. »Da draußen ist mein Atelier. Ich bin so etwas wie eine Kunsthandwerkerin.«

»So etwas wie?«

Sie wirkte verlegen. »Ich mache nur ein paar Sachen für Touristen – gerahmte Drucke, Kissenbezüge und Ähnliches, was ich an Läden auf der Insel verkaufe. Für den Lebensunterhalt reicht es, und ich muss mich nicht wieder dem erbarmungslosen Konkurrenzkampf stellen.«

»Wieder?«

Sie nickte. »Ich war früher Börsenmaklerin. Bis ich hier Urlaub gemacht habe und mich in einen Fischer verliebte.«

Die Liebe und der Stolz, die sie ausstrahlte, waren förmlich spürbar. Obwohl sie so bescheiden über ihr Kunsthandwerk sprach, merkte man, wie sehr sie das Leben liebte, das sie sich aufgebaut hatte. Vielleicht war es das, was Jess meinte, wenn sie davon sprach, dass man die Aura eines Menschen spüren konnte. Vielleicht sollte ich aufhören, sie damit aufzuziehen. Und vielleicht hatte sie auch recht, wenn sie sagte, dass ich meinen Platz in der Welt finden müsse. Denn vielleicht befand sich der nicht hinter dem Tresen einer Bar in Hampshire.

»Möchten Sie noch etwas trinken?«, fragte Fran.

»Nein, vielen Dank.« Es war mir immer noch etwas peinlich, dass ich gerade den Eistee so heruntergestürzt hatte.

Unsere Blicke trafen sich, und uns beiden wurde wieder bewusst, wie ernst die Situation war, die zu unserer Begegnung geführt hatte.

»Was haben Sie denn bereits herausgefunden?«, erkundigte sich Fran, der plötzlich wieder einzufallen schien, warum ich hier war.

Ich holte mein Handy und mein Notizbuch hervor.

»Ich weiß, dass es am letzten Freitagabend eine Strandparty mit Lagerfeuer gab.« Ich zeigte ihr Hollys Posts auf Instagram. »Und ich weiß, dass sie dort zuletzt gesehen wurde. Seitdem geht sie nicht mehr ans Handy und hatte mit niemandem Kontakt. Sie ist auch nicht mehr in einem der Cafés und Restaurants gewesen, in denen ich nachgefragt habe. Ich fürchte, dass ihr auf dieser Party irgendetwas zugestoßen ist.«

»Hier.« Fran nahm ihr Smartphone zur Hand und rief das Foto einer bildhübschen jungen Frau auf, die etwa so alt war wie Holly. Sie hatte dichtes honigfarbenes Haar, lange, schmale gebräunte Arme und Beine und volle Lippen. Ich sah sofort, dass sie eine jüngere und schönere Version von Fran war. »Das ist Emmys Instagram-Profil. Sie hat an jenem Abend auch Fotos hochgeladen.«

Ich nahm das Smartphone, das sie mir reichte, und notierte mir den Namen von Emmys Profil. Dann blätterte ich die Fotos durch: Bilder vom Meer in der Dämmerung, einem schwarzen Tintenklecks vor dem Horizont, und Fotos von einem großen Lagerfeuer mit schattenhaften Gestalten im Hintergrund. Es versetzte mir einen Stich, als ich ein Bild sah, das Holly zusammen mit zwei anderen Personen zeigte. Sie trug einen viel zu großen roten Kapuzenpulli und einen engen schwarzen Rock. Das blonde Haar fiel ihr in Wellen um die Schultern, ihr Gesicht war gebräunt und kaum geschminkt. Sie sah wunderbar aus, als wäre sie mit der Meeresgischt im Gesicht und dem Sand unter den Füßen aufgewachsen. Die junge Frau neben ihr hatte zerzaustes rotes Haar und Sommersprossen auf der Nase. Sie trug ein Bikini-Oberteil und einen langen, fließenden schwarzen Rock. Auf der anderen Seite der Rothaarigen stand ein junger Mann in einem marineblauen Poloshirt und marineblauen Chino-Shorts. Neben den beiden jungen Frauen, die aussahen, als wären sie Teil des Strandes, wirkte er fehl am Platze. Offensichtlich hatte er Geld; das schrien sein Haarschnitt, seine Bräune und seine Kleidung geradezu heraus. Er hatte die Hände in die Hosentaschen gesteckt und präsentierte sich im Profil, als posiere er für ein Fotoshooting.

»Das ist Araminta«, erklärte Fran, und ich kritzelte den Namen in mein Notizbuch. »Araminta Sandwell. Und das da ist Cody Francis.«

Es wirkte nicht so, als würde sich meine Schwester besonders für diesen jungen Mann interessieren. Sie schienen nur zufällig ins selbe Foto geraten zu sein – so als wäre von Emmy »Sagt mal Cheese!« gerufen worden, und alle in Hörweite hätten sich umgedreht und posiert. Die folgenden Fotos waren ähnlich: entweder gekünstelte Posen oder Leute, die abwehrend die Hände hoben, weil sie nicht mit aufs Bild wollten. Ich notierte mir alle Namen, die Fran mir nannte, obwohl meine Schwester auf keinem Foto mehr auftauchte. Bis wir zum Letzten kamen. Es zeigte einen jungen Mann, der lachte und abwehrend die Hand ausstreckte, wie um Emmy zu verstehen zu geben, dass sie mit ihrer Kamera verschwinden sollte. Aber nicht er war es, der mein Interesse weckte. Im Hintergrund, im Dunkeln, das durch Emmys Blitzlicht erleuchtet wurde, sah man Holly – oder zumindest ein blondes Mädchen in einem engen schwarzen Rock und einem blutroten Kapuzenpulli. Sie wirkte geschockt und total überrumpelt, während eine junge Frau mit Pferdeschwanz sie anzuschreien schien. Ein Mann hatte die Frau am Arm gepackt, als versuche er, sie von Holly wegzuzerren.

»Was zum …?«, murmelte ich, griff nach meinem Handy und fotografierte den Post ab.

»Das ist Holly, oder?«, fragte Fran. »Mit wem hat sie da Streit?«

Ich wusste genau, wer das war, aber bevor ich antworten konnte, war von der Treppe her eine Stimme zu hören.

»Das sind Carl und Stacy«, sagte Emmy und trat zu uns. »Und mit der hat sich Holly gestritten.«

18

Holly

Der Abend des 4. Juli

Die Feiern zum Unabhängigkeitstag am 4. Juli auf Martha's Vineyard seien legendär, war Holly versichert worden. Irgendwie hatte sie es geschafft, sich den folgenden Tag freizunehmen. Es würde ein denkwürdiges Ereignis sein: Erst kam das Sommerfest in der Slayton-Villa, zu dem offenbar praktisch die ganze Insel eingeladen war, und danach zogen die jungen Leute weiter zum traditionellen Unabhängigkeitstagsfeuer am Left Fork Beach, wo gewöhnlich bis Sonnenaufgang gefeiert wurde.

Emmy hatte Holly mittlerweile ganz unter ihre Fittiche genommen, und sie verbrachten ihre ganze Freizeit zusammen. Sie war sogar mit Holly übers Wochenende nach Boston gefahren, um sie wie eine waschechte Inselbewohnerin auszustaffieren. Es war toll gewesen. Von der Entfremdung zwischen ihnen beiden, die wegen Hollys wachsender Nähe zu Ryan gedroht hatte, war nach dem ersten Date nichts mehr zu spüren gewesen. Insgeheim war Holly überzeugt, dass Lucy und die anderen Emmys Gefühle für Ryan übertrieben haben mussten, denn ihre Freundin hatte sie am Tag nach dem Date sofort angerufen und verlangt, alles darüber zu erfahren, und sie hatten sich in einem lockeren Plauderton darüber unterhalten, genau wie Holly es gewohnt war. Darüber freute sie sich sehr: Sie war bereit gewesen, das Date mit Ryan unter einem Vorwand abzusagen, um ihre Freundschaft mit Emmy nicht zu gefährden, aber es hatte sich herausgestellt, dass er wirklich süß war und sie sich in seiner Gesellschaft wohl fühlte. In den zwei Wochen seit dem Picknick am Strand hatten sie sich noch fünfmal getroffen, und sie hatte sich jedes Mal ein bisschen mehr in ihn verliebt. Natürlich war ihr klar, dass es sich nur um einen Sommerflirt handelte. Selbst wenn sie eine Möglichkeit fand, nach dem Ende der Hauptsaison auf Martha's Vineyard zu bleiben, so würden Ryan und seine Familie nach New York zurückkehren, wo zweifellos eine Freundin auf ihn wartete. Es war ein Sommerflirt, eine flüchtige Romanze, und das hatte sie auch zu Emmy gesagt. Was immer sich zwischen ihr und Ryan entwickeln mochte, es würde garantiert keinen Bestand haben. Vielleicht hatte Emmy sich gerade deshalb ein wenig entspannt, weil sie wusste, dass Holly und Ryan im Leben des anderen keine größere Rolle spielen würden. Holly würde mit ziemlicher Sicherheit nicht mehr hier sein, wenn Ryan im nächsten Sommer wieder auf die Insel kam, so sehr sie es sich vielleicht auch wünschen mochte. Aber Emmy würde garantiert immer noch auf Martha's Vineyard leben.

Doch im Augenblick waren es vor allem die Feierlichkeiten zum 4. Juli, um die ihre Gedanken kreisten. Sie hatten abgesprochen, dass Holly sich bei Emmy umziehen würde, um danach zusammen zum Anwesen der Slaytons zu fahren.

»Wird Derek auch kommen?«, fragte Holly, die mit dem Lockenstab ihrer Freundin ihr langes blondes Haar traktierte. Emmy wurde rot. Derek war ein junger Gesetzeshüter, der bei der Polizei von Martha's Vineyard arbeitete, und vor Kurzem hatte er Emmy wissen lassen, dass er an ihr interessiert war. Holly hatte den deutlichen Eindruck, dass Emmy diese Gefühle erwiderte.

»Er meinte, wir würden uns dort treffen«, antwortete Emmy. »Das Ganze kommt mir immer noch komisch vor. Wir sind Freunde. Ich kenne ihn seit meiner Kindheit. Er war damals sechzehn und ich acht. Auf diese Weise habe ich noch nie an ihn gedacht.«

»Er an dich offensichtlich schon.« Holly feixte. »Und er ist erst dreißig. Ein reifer Mann, kein alter Sack. Obendrein hat er einen guten Job …«

»Klingt, als könnte er bei dir mehr Glück haben.« Emmy grinste frech, woraufhin Holly ihr den Mittelfinger zeigte. »Oh, ich vergaß, du bist ja dabei, dir einen Millionär zu angeln.«

Holly erstarrte kurz. Aber in Emmys Worten lag keine Gehässigkeit, sie zog sie nur auf, wie Holly feststellen konnte. »Ach, verpiss dich doch.« Sie zog eine Augenbraue hoch. »Allmählich glaube ich, dass es ein interessanter Abend für uns beide werden könnte.«

Sie zog ihr Kleid an und musterte sich im Spiegel. Für den heutigen Abend hatte sie auf den »Inselchic-Look« verzichtet und sich für ein enges schwarzes Minikleid mit langen Ärmeln und herzförmigem Ausschnitt entschieden. Ihr blondes Haar war durch die Sonne noch heller geworden, und Emmy hatte ihr gezeigt, wie man Meersalzspray einsetzte, um die natürlichen Wellen zu verstärken. Sie wusste, dass sie gut genug aussah, um sich am Arm von Ryan Slayton zu zeigen. Auf keinen Fall würde sie an Bobby denken – an das, was er zu ihr gesagt hatte, oder an die Art, wie er sie ansah, so als gäbe es auf dieser Insel keinen Menschen außer ihr. Bobby Slayton war arrogant und viel zu sehr daran gewöhnt, immer seinen Willen zu bekommen. Tja, nicht bei ihr.

Sie schlürften gerade ihren vierten Drink, als es unten an der Tür klingelte.

»Holly! Es wurde ein Päckchen für dich abgegeben«, rief Emmys Mutter einen Moment später die Treppe hoch.

Mit erhobenen Augenbrauen blickte Emmy zu Holly, die lachend mit den Achseln zuckte. Sie liefen die Treppe hinunter, und Fran drückte Holly mit breitem Lächeln eine kleine, längliche Schachtel in die Hand.

»Komm schon, wir wollen sehen, was drin ist!«

Holly öffnete die Schachtel und schnappte nach Luft, als sie die schöne silberne Kette mit dem großen Rubinanhänger sah, die auf einem Samtpolster ruhte.

»Heilige Scheiße!«, rief Emmy aus.

»Achte auf deine Sprache!«, wurde sie von ihrer Mutter ermahnt.

Emmy streckte ihr die Zunge heraus.

»Leg sie an«, drängte Fran.

Holly drehte sich um, damit Emmy ihr die Kette umlegen und im Nacken schließen konnte. Dann schaute sie in den Spiegel, der im Flur hing.

»Heilige Scheiße«, hauchte Emmy, und diesmal rügte Fran sie nicht.

Die Zufahrt, die zum Haus der Slaytons führte, war von großen Glaslaternen gesäumt, die das Licht funkeln und über den Kies und die Rasenflächen tanzen ließen. Es verlieh dem Abend einen magischen Touch. Holly warf einen Blick auf Emmy, die völlig unbeeindruckt wirkte. Sie kannte das natürlich alles, und als Insulanerin ärgerte sie sich vermutlich über diese verschwenderische Zurschaustellung von Reichtum. Das steigerte sich noch, als sie vor dem riesigen Gebäude im Kolonialstil ankamen. Der gesamte Park wurde von funkelnden Lichtern erhellt. Sternenschauerlichter glänzten in den Bäumen, und zwischen dekorativen Metallstangen schwangen weiße Lichterketten. In der Mitte des Gartens erhob sich ein großes, in goldenes Licht getauchtes Festzelt, das von zahlreichen großen Lampions in jeder Ecke erhellt wurde. Die Gäste standen in kleinen Gruppen zusammen – teuer gekleidete Frauen und Tennisclub-Männer, dazwischen junge Leute, die das Geld ihrer Eltern zur Schau trugen. Hier und dort sah Holly ein bekanntes Gesicht, Leute von der Insel: Lucy war da, und am Marmorbrunnen stand Tara, aber sie konnte weder Ryan noch Bobby irgendwo entdecken. Emmy entdeckte ebenfalls ihre Freundinnen, packte die Hand von Holly und zog sie zu ihnen hinüber. Ihre hohen Absätze versanken in dem gepflegten Rasen, und Holly überlegte, ob die Slaytons wohl ihre Grünflächen jedes Jahr nach ihrer Riesenfeier neu anlegen ließen. Sie hielt erneut Ausschau nach den Söhnen des Hauses, aber sie waren nirgendwo zu sehen.

Daher schrieb sie Ryan eine kurze Nachricht:

> Wie ich gehört habe, steigt eine Riesenparty im Haus von irgendeinem reichen Arschloch. Schlägst du auch hier auf?

»Holly, toll, dich wiederzusehen«, begrüßte Lucy sie begeistert.

Holly erwiderte den Gruß und begann, sich mit ihr und den anderen aus der Gruppe zu unterhalten. Eine Kellnerin servierte Getränke, und Holly nahm sich ein Glas Wein, lächelte und dankte ihr.

»Hallo, Holly.«

Sie drehte sich um und setzte ein starres Lächeln auf, als sie sah, dass ihr Chef Carl mit großen Schritten auf sie zusteuerte. »Hallo. Ich wusste gar nicht, dass ihr auch kommt.«

Carl kam ihr unangenehm nahe und ließ den Blick länger über sie wandern, als ihr angenehm war.

»Du siehst klasse aus«, sagte er schließlich.

Holly behielt ihr verkrampftes Lächeln bei.

»Danke«, entgegnete sie. Ihre Stimme klang angespannt, und sie suchte verzweifelt nach einer Ausrede, um von diesem Widerling wegzukommen. Sie musste ihn schon bei der Arbeit aushalten – musste sie da auch hier seine lüsternen Blicke ertragen? Und wo steckte eigentlich seine Frau?

Wie aufs Stichwort erblickte sie Stacy, die auf dem Rasen stand und nach ihrem untreuen Gatten Ausschau hielt.

»Ich glaube, deine Frau sucht nach dir«, sagte sie und deutete mit ihrem Weinglas auf Stacy, die ihn noch nicht entdeckt hatte.

Carl drehte sich noch nicht einmal nach seiner Frau um, sondern stellte sich lediglich so hin, dass er Holly den Blick auf sie versperrte. »Das bezweifle ich nicht«, murmelte er. »Sie sucht ständig nach mir. Hör mal, Holly …« Er rückte noch näher an sie heran und strich ihr mit der Hand mehrmals über den Arm.

Holly erstarrte. Es war auch so schon schwierig genug, mit Stacy zusammenzuarbeiten, musste er sie da auch noch vor den Augen seiner Frau betatschen? Es war nicht zu übersehen, wie sehr Stacy alle jungen Mädchen hasste, die Carl einstellte, obwohl es angemessener wäre, wenn sie ihren Zorn auf ihren Mann richtete. Mal ehrlich, wenn Holly jedes Mal ein Pfund bekäme, wenn Carl ihr zu dicht auf die Pelle rückte, könnte sie auf den Job im Yachthafen verzichten. Sie wusste, dass er die anderen Saisonkräfte genauso behandelte, und sie wusste auch, dass er die Uniformen aussuchte und dafür verantwortlich war, dass die T-Shirts alle mindestens eine Größe zu klein waren. Holly fand es erstaunlich, dass Stacy so lange bei ihm geblieben war. Carls Frau war noch jung genug, um jemand anderen zu finden, und heute Abend sah sie wirklich hübsch aus. Ihre Überlegungen brachten Holly fast dazu, einen Bluteid abzulegen, sich nie mit einem Mann zufriedenzugeben, der sie nicht behandelte wie eine Prinzessin. So wie Ryan es tat. Und das hieß, sie musste endlich aufhören, an Bobby zu denken – das war doch dämlich –, und sehen, wie sich die Sache mit Ryan entwickelte. Schließlich war sie nicht ortsgebunden, und er hatte versprochen, dass er ihr einen Job in Boston besorgen könnte. Sie malte sich aus, wie es sein würde, den ganzen Sommer hier zu verbringen, in dieser Riesenvilla am Meer, und irgendwann würden vielleicht kleine Hollys und Ryans am Strand herumtollen …

Ihr wurde bewusst, dass Carl die ganze Zeit geredet hatte, während sie in ihre Gedanken versunken war, sodass ihr seine Worte entgangen waren.

»Tut mir leid, was hast du gesagt?«, fragte sie, und noch im selben Moment bemerkte sie, dass Stacy nahe genug herangekommen war, um die Worte ihres Mannes verstehen zu können.

»Ich wollte mich nur dafür entschuldigen, dass meine Frau immer so eifersüchtig auf dich ist«, sagte er.

Stacy wirkte wie vor den Kopf gestoßen.

Holly trat einen Schritt auf sie zu, aber Carl missverstand das als Aufforderung und legte ihr den Arm um die Taille. Sie konnte den Alkohol in seinem Atem riechen – so wie er nach Fusel stank, musste er bereits ordentlich gebechert haben. Er versuchte, sie an sich zu ziehen.

»Du bist … einfach so schön«, stammelte er, hielt sie fest umklammert und beugte sich vor, um sie zu küssen.

Holly löste sich aus seinem Griff und machte einen Satz rückwärts. Stacy stand ganz in der Nähe, starr vor Schock.

»Stacy«, sagte sie und wollte auf sie zugehen. Aber Stacy richtete ihr leeres Champagnerglas auf sie, als hätte sie einen Zauberstab in der Hand.

»Nicht«, zischte sie giftig. »KOMM! MIR! NICHT! ZU! NAHE!« Bei jedem Wort stieß sie das Glas nach vorn, um ihrer Äußerung größeren Nachdruck zu verleihen.

Carl wandte sich seiner Frau zu, einen halb genervten, halb amüsierten Ausdruck im Gesicht. Vermutlich war Holly nicht die erste Frau, wegen der Carl sich zum Narren machte. Wahrscheinlich war sie nicht mal die erste Frau, wegen der er sich heute Abend zum Narren gemacht hatte. Stacy warf ihrem Mann und Holly einen grimmigen Blick zu und stürmte davon, so würdevoll, wie das für eine Frau mit hohen Hacken auf einem Rasen möglich ist. Bevor Carl etwas sagen konnte, schüttelte Holly den Kopf.

»Du gehst besser und klärst die Sache mit deiner Frau, Carl, denn ich würde gern meinen Job behalten.«

Carl tönte herum, dass seine Frau nicht sein Boss und Hollys Job völlig sicher wäre, aber Holly ließ ihn stehen und kehrte zu Emmy und ihren Freundinnen zurück.

»Was war das denn?« Emmy blickte belustigt drein. »Es sah aus, als wollte Stacy dich mit dem Champagnerglas aufspießen.«

Holly schauderte zusammen. »Ja, weil ihr Gatte mit den Oktopushänden nicht weiß, was gut für ihn ist«, erwiderte sie. »Ich schwöre bei Gott, wenn sie mir wegen diesem geilen Lustmolch bei der Arbeit das Leben schwer macht –«

»Lustmolch?« Emmy lachte. »Ich liebe deine komischen englischen Ausdrücke. Komm, ich glaube, Derek ist gerade eingetroffen. Ich muss ganz lässig an ihm vorbeischlendern, als hätte ich ihn gar nicht bemerkt.«

Holly grinste, aber als sie in die Richtung blickte, in die Emmy zeigte, bemerkte sie ein Gesicht in einem der oberen Fenster des Hauses. Der Blick der Person schien direkt auf sie gerichtet zu sein. Auf diese Entfernung war es schwer zu erkennen, aber Holly hätte schwören können, dass es entweder Ryan oder Bobby war. Und wer immer es war, er hatte die ganze hässliche Szene zwischen ihr und Carl mitbekommen.

19

Claire

Emmy sah furchtbar aus. Ich konnte verstehen, warum ihre Mutter sich solche Sorgen um sie machte. Ihre Haut war blass und fleckig, keine Spur mehr von der gesunden Bräune, die ich auf dem Foto von der Strandparty gesehen hatte. Sie hatte dunkle Ringe unter den Augen und einen Pickel am Kinn, an dem sie offenbar herumgedrückt hatte, denn er hatte sich entzündet. Ihr schönes dichtes Haar sah aus, als wäre es seit Tagen nicht mehr gewaschen worden, und sie hatte es zu einem strammen Pferdeschwanz gebunden. Was auch immer mit ihr passiert sein mochte, es hatte sie sehr stark mitgenommen.

»Emmy!« Fran sprang auf und nahm ihre Tochter in die Arme. »Möchtest du etwas essen? Oder trinken?«

»Etwas Porridge vielleicht.« Emmys Stimme klang rau, als habe sie schon seit einer ganzen Weile mit niemandem mehr gesprochen. Sie wies auf das Foto. »Als ich das aufgenommen habe, ist mir die Szene mit Carl und Stacy gar nicht aufgefallen. Aber Holly hat mir erzählt, was passiert ist. Es war auf dem Parkplatz am Strand, wo das Lagerfeuer war. Stacy ist auf Holly losgegangen, weil sie dachte, dass sie ihr Carl wegnehmen wollte.«

»Und, stimmt das?«

Emmy schüttelte nachdrücklich den Kopf. »Auf gar keinen Fall. Carl ist ein Widerling. Holly war null an ihm interessiert. Er hatte sie kurz vorher angebaggert, beim Sommerfest der Slaytons, und sie hatte ihn abgewiesen. Aber das war Stacy egal. Stacy ist paranoid, klar, aber bei dem Mann hat sie auch allen Grund dazu.«

»Holly war auf dem Sommerfest der Slaytons?«

Emmy nickte. »Ich habe dir viel zu erzählen.«

Ich hatte nicht die Zeit, mich dem Thema behutsam zu nähern oder einfühlsam zu sein. »Weißt du, wo Holly jetzt ist?«, fragte ich direkt und sah, wie sie zusammenfuhr, als sie den Namen meiner Schwester hörte.

Sie schüttelte den Kopf. »Nein«, antwortete sie. Tränen standen in ihren Augen. »Ich habe sie seit jenem Abend nicht mehr gesehen. Seit der Strandparty. Ich weiß nicht, was mit ihr passiert ist. Es tut mir so leid.«

Mir wurde augenblicklich ganz übel. Emmy war meine letzte Chance gewesen. Mir war gar nicht bewusst gewesen, wie sehr ich mich an den Gedanken geklammert hatte, dass Holly sich bei ihr verkrochen hatte, um sich von einem furchtbaren Kater zu erholen oder sich vor irgendeiner Zufallsbekanntschaft zu verstecken, vor einem Mann, der sie heiraten und Kinder mit ihr haben wollte. Aber nachdem ich Emmy gesehen hatte, in diesem Zustand, konnte ich die Augen nicht mehr davor verschließen, dass meiner Schwester etwas Schreckliches zugestoßen sein musste.

»Was ist passiert?«, wollte Emmys Mutter schließlich wissen, als ich es nicht über mich brachte, diese Frage zu stellen. »Emmy, was ist auf der Strandparty vorgefallen? Hast du dich deshalb seitdem in deinem Zimmer eingeschlossen? Was ist mit Holly geschehen?«

Emmy sah erst ihre Mutter an und dann mich – das schöne Gesicht schmerzlich verzogen. Ich konnte verstehen, dass meine Schwester sich mit dieser jungen Frau angefreundet hatte. Auf den Fotos wirkte sie munter und temperamentvoll, lustig und freundlich. Und ihre Mutter war ein wunderbarer Mensch; das merkte man an ihrer ehrlichen Sorge um Holly, die sie ja kaum kannte. Was konnte nur geschehen sein, das so schlimm war?

Und warum schien niemand sonst auf der Insel irgendetwas davon mitbekommen zu haben?

»Sie ist verschwunden«, flüsterte Emmy mit erstickter Stimme. »In einer Sekunde war sie noch da … und dann war sie plötzlich weg. Wir haben überall gesucht …«

»Wir?«, fragte ich und versuchte, nicht auf das zu reagieren, was ich da gerade gehört hatte. Ich musste mich zusammenreißen; es würde meiner Schwester nicht helfen, wenn ich jetzt ausrastete. Ich musste meine Gefühle im Zaun halten, bis ich genug Informationen gesammelt hatte, um damit zur Polizei zu gehen.

»Derek und ich«, antwortete Emmy. Ihre Mutter hatte sich in der Zwischenzeit um den gewünschten Haferflockenbrei gekümmert und stellte nun eine dampfende Schale Porridge vor sie hin, aber sie machte keine Anstalten, nach dem Löffel zu greifen. »Er ist gekommen, um uns abzuholen. Er ist Polizist. Auch hat er versucht, seine Kollegen dazu zu bringen, mir zu glauben, als ich Hollys Verschwinden gemeldet habe.« Emmy schüttelte leicht den Kopf. »Aber Waylans meinte nur, es sei schließlich nicht ungewöhnlich, dass Touristen die Insel wieder verlassen. Ich sagte, es ist ja nicht so, als hätte Holly gepackt und wäre abgereist – sie ist einfach von einer Strandparty verschwunden, auf der unzählige Leute waren. Aber der Arsch schaltete einfach auf stur. Es ist, als wollte er einfach nicht glauben, dass hier auf der Insel irgendetwas Schlimmes passieren könnte. Weil wir ja im Paradies leben. Weil es hier vollkommen sicher ist. Weil wir der einzige Ort in den USA sind, wo die Leute immer noch ihre Türen offen lassen. Waylans will nicht dem Tourismus schaden, indem er eine Vermisstenfahndung einleitet – er wird nur dann dazu bereit sein, wenn er zu einhundert Prozent sicher ist, dass es unumgänglich ist.«

»Also hält er die Verbrechensrate niedrig, indem er leugnet, dass Verbrechen stattfinden?« Wenn ich mich wütend anhörte, dann deshalb, weil ich es tatsächlich war. Meine Schwester wurde seit sechs Tagen vermisst, niemand hatte sie seitdem gesehen, sie war nicht zur Arbeit erschienen, doch ihr ganzes Gepäck war noch da. Und dieses Arschloch versuchte nur, den Tourismus zu schützen, ganz wie Amitys blöder Bürgermeister Larry Vaughn im Film *Der weiße Hai*.

»Wir müssen etwas unternehmen«, erklärte Fran und ergriff die Hand ihrer Tochter.

Am liebsten hätte ich das dumme Mädchen geschüttelt und sie gefragt, warum sie sich nicht früher bei mir gemeldet hatte, warum sie nicht vor der Polizeiwache campierte, bis man ihr zuhörte. Aber sie wirkte so verloren, so schuldbeladen, dass ich es nicht über mich brachte, ihr auch noch Vorwürfe zu machen. Ich konnte die Zeit nicht zurückdrehen, indem ich Emmy anschrie. Und ich konnte auch nichts an dem Wissen ändern, dass ich selbst aus reiner Sturheit und Uneinsichtigkeit erst gemerkt hatte, dass etwas nicht stimmte, als Jess mich darauf aufmerksam gemacht hatte. Weil ich unfähig gewesen war, Holly ihr Glück zu gönnen. Jess hatte mich praktisch zwingen müssen, mich in den Flieger zu setzen und nach meiner kleinen Schwester zu suchen, und ich betete aus ganzem Herzen, dass ich die Chance bekommen würde, mich bei ihr dafür zu entschuldigen.

»Wir werden etwas unternehmen«, versprach ich. »Aber du musst mir haargenau erzählen, was an dem Abend alles vorgefallen ist. Angefangen mit diesem Streit mit Stacy.«

20

Holly

Der Abend des 4. Juli

Sie war schon fast vierzig Minuten auf dem Sommerfest, als jemand ihr von hinten auf die Schulter klopfte. Sie drehte sich um, und da war Ryan und reichte ihr einen Drink. Sie hob die Augenbrauen und tat so, als wäre sie verärgert. Doch sie musste sich eingestehen, dass er wirklich toll aussah in seinem hellblauen Poloshirt, das in marineblauen Chino-Shorts steckte. Ganz das zukünftige Country-Club-Mitglied. Es war trotzdem schwer zu glauben, dass dieses Haus seiner Familie gehörte und er Robert Kennedy Jr. »Onkel Rob« nannte. Es war, als würde sie in eine ganz andere Welt treten, und sie fürchtete, sie würde nie wirklich dazugehören können. Besonders wenn sie sich die konservativ gekleideten Frauen so anschaute, die Ryans Mutter als ihre Freundinnen bezeichnete. Alle waren aufgetakelt und zugeknöpft, nirgends war auch nur die Andeutung eines tiefen Ausschnitts zu sehen. Wenn es etwas Ernstes werden sollte mit ihr und Ryan, würde sie sich ändern müssen, und zwar schnell. Wahrscheinlich würde sie so tun müssen, als glaubte sie an Gott, und Tennisschuhe tragen. Holly schauderte. Daheim in England waren Jungs, die für sie infrage kamen, dünn gesät, und mit zweiundzwanzig hatte sie immer häufiger überlegt, was für eine Art Mann sie wohl mal heiraten würde. War sie bereit, sich um der Liebe willen völlig umkrempeln zu lassen?

Liebe. Holly kam sich blöd vor, weil sie so etwas auch nur dachte. Sie kannte Ryan gerade mal ein paar Wochen – eigentlich kannte sie ihn kaum. Sie hatte noch nicht mal mit ihm geschlafen. Es gefiel ihr, dass er sie nicht dazu drängte. Selbst jetzt wahrte er einen respektvollen Abstand, ganz im Gegensatz zu Carl.

»Ich dachte schon, du würdest dein eigenes Sommerfest schwänzen, nur um mir aus dem Weg zu gehen«, bemerkte sie und tat immer noch so, als wäre sie sauer. »Ich bin praktisch schon seit Stunden hier.«

»Seit einer halben Stunde.« Ryan grinste. »Und ich war unter der Dusche.«

Es folgte keine anzügliche Bemerkung darüber, dass sie zu ihm unter die Dusche hätte kommen sollen. Sein Bruder hingegen hätte sich diese Chance sicherlich nicht entgehen lassen. Die beiden waren so grundverschieden. Ryan war süß und machte einen verlässlichen Eindruck. Bobby hingegen war gefährlich … und lächerlich attraktiv. Es würde kein Problem sein, ihn ins Bett zu kriegen, vermutlich hauptsächlich deswegen, weil er es nicht ertragen konnte, dass sein Bruder irgendwas hatte. Aber das wär's dann auch gewesen. Ein One-Night-Stand, ein Wochenendvergnügen. Sobald er sie gehabt hätte, würde er zur Nächsten wechseln. Und sie würde sich billig vorkommen, so als wäre sie leicht zu haben. Sie durfte nicht vergessen, dass Bobby Slayton nur Mädchen begehrte, die er nicht haben konnte. Sobald Holly aufhörte, sich unerreichbar zu geben, würde sie für diesen Typen jeden Reiz verlieren. Nein, was sie brauchte, war ein Mann wie Ryan. Verlässlich, nett, sicher.

»Na schön, vielleicht nicht schon seit Stunden.« Sie hörte auf, die Beleidigte zu spielen, lächelte Ryan an und nahm einen Schluck von dem Drink, den er ihr gegeben hatte. »Außerdem, wie könnte ich wütend auf dich sein, nachdem du mir etwas so Schönes geschenkt hast?« Sie legte die Hand auf den Rubinanhänger ihrer Halskette.

Ryan runzelte die Stirn. »Geschenkt?«

Holly rutschte das Herz in die Hose. Es war offensichtlich, dass Ryan nichts von der Halskette wusste.

»Oh Gott, ich hatte angenommen … Es ist wahrscheinlich ein Geschenk meiner Schwester«, sagte sie rasch. Auf gar keinen Fall hätte Claire ihr so teuren Schmuck geschickt. Ryan nickte, aber Holly merkte, dass er gern nachgehakt hätte. Sie wussten beide, von wem diese Kette war.

»Euer Haus ist wirklich schön«, fügte Holly hinzu, bevor eine peinliche Pause entstehen konnte.

Er deutete auf die offen stehenden Flügeltüren, die von der Terrasse in eine riesige, hell erleuchtete Küche führten. In der Küche türmten sich Leckereien, die unablässig von Servicekräften hinausgetragen wurden. Aber es war dort niemand zu sehen, der das Essen zubereitete.

»Willst du dich mal umschauen?«

Holly nickte. Sie brannte darauf, sich das Haus näher anzusehen, aber bislang hatte sich keine Gelegenheit dazu ergeben. Die Slaytons hatten mobile Veranstaltungstoiletten gemietet, die schicker waren als Hollys Bad daheim. Nicht, dass dazu viel gehörte. »Wahnsinnig gern. Solche Villen kenne ich nur aus dem Fernsehen.«

Ryan grinste über ihre großäugige Ehrfurcht und führte sie in die herrschaftliche Küche. Holly hielt ihre Hand wenige Zentimeter über dem Herd; er war nicht warm, sondern eiskalt.

»Woher kommt denn das ganze Essen?«, fragte sie verwirrt.

»Aus der Küche der Caterer«, antwortete Ryan, als wäre es das Selbstverständlichste der Welt.

Klar, wer benutzte denn schon die eigene riesengroße, gigantische Küche? *Die Küche der Caterer, lieber Himmel.*

Sie stellte ihr leeres Glas auf dem kalten Herd ab. Hinter der Küchentür öffnete sich der Blick auf eine Eingangshalle mit

Marmorfußboden und einer riesigen, geschwungenen Treppe. Doch Ryan führte Holly zu einer zweiten Tür, die sie für eine Schranktür gehalten hatte – hinter der sich eine zweite Treppe befand.

»Die Vordertreppe benutzen wir nie«, erklärte Ryan. »Es sei denn, meine Eltern wollen bei irgendeiner Gala einen großen Auftritt hinlegen. Komm!«

Er nahm ihre Hand, führte sie die Hintertreppe hoch und auf eine breite Galerie hinaus. Das ganze Haus war in einem hellen Grauton gehalten, schwarze Bilderrahmen und schwarze Glastische setzten Akzente. In einer riesigen schwarzen Vase stand weißes Pampasgras, und von der Decke hing ein gewaltiger schwarz-weißer Kronleuchter. Eine solch moderne Inneneinrichtung hatte Holly in dem traditionellen hellgrauen Schindelhaus nicht erwartet, aber es war atemberaubend. Ryan führte sie über den hochflorigen grauen Teppichboden.

»Es gibt neun Schlafzimmer, aber nur sechs davon haben ein eigenes Bad«, teilte Ryan ihr mit. Er schien sich der Ironie, die in dem Wörtchen »nur« lag, überhaupt nicht bewusst zu sein. Gerade wollte er Hollys Hand nehmen und sie in eins der Zimmer führen, als von unten eine Frauenstimme nach ihm rief. Holly hatte Ryans Mutter bisher nur kurz zu Gesicht bekommen, aber sie war sich sicher, dass sich ihre Stimme so anhören würde.

»Verdammt, ich frag besser, was sie will, sonst kommt sie hoch und sucht nach mir«, fluchte Ryan. »Warte einfach hier, ja?«

Holly nickte. Sie war ganz froh, dem Partygewimmel eine Weile entrinnen zu können. Seit der Begegnung mit Emmy hatte sie sich auf der Insel selten fehl am Platz gefühlt, aber heute Abend war ihr nicht klar, wo ihr Platz hier war. Zu Ryans Kreisen gehörte sie nicht, das war schon mal sicher, aber wie eine Insulanerin fühlte sie sich auch nicht. Die hässliche Szene mit Carl hatte sie ziemlich mitgenommen, und sie war froh, dass sie ihn seitdem nicht mehr zu Gesicht bekommen hatte. Wahrscheinlich hatte Stacy ihn nach Hause gezerrt und war gerade dabei, Hollys Kündigungsschreiben aufzusetzen.

Sie stand an die Brüstung gelehnt, als sich jemand dicht hinter sie stellte, mit einem Arm ihre Taille umschlang und eine Hand auf ihren Mund presste. Bevor sie schreien konnte, drehte er sie zu sich um, und sie sah das gebräunte, lächelnde Gesicht von Bobby Slayton dicht vor sich.

Er legte den Zeigefinger an seine Lippen und löste die Hand von ihrem Mund. Holly boxte ihm wütend gegen die Schulter. Er trug kein Hemd, nur Jeans, die ihm lose auf den Hüften saßen. Sein Oberkörper war gebräunt und fest – er war schlank, aber muskulös. Holly merkte, wie sich ihre Hand fast ohne ihr Zutun auf seine nackte Brust legen wollte. Im letzten Moment fing sie sich und ließ die Hand sinken.

»Du hast mich erschreckt«, flüsterte sie.

»Auch eine Möglichkeit, dein Herz zum Rasen zu bringen«, murmelte er. Er stand immer noch dicht vor ihr, und sein Arm umschlang ihre Taille. Er ließ den Blick über ihr Kleid gleiten und schaute dann auf ihren Mund. »Gott, wie schön du bist. Die Kette steht dir.«

Holly spürte, wie sie rot wurde. Sie versuchte, sich in Erinnerung zu rufen, warum es besser war, sich von Bobby Slayton fernzuhalten. Seit jenem Tag am Strand sagte sie sich die Gründe immer wieder vor, aber das fiel viel schwerer, wenn sie die Minze in seinem Atem und den Gewürzduft seines Aftershaves riechen konnte. »Du weißt, dass ich mich immer noch mit Ryan treffe«, sagte sie leise.

»Und das macht mich rasend vor Eifersucht.« Bobby beugte sich noch weiter vor, bis ihre Lippen sich fast berührten. Auf einen Beobachter mochte es wirken, als würden sie sich küssen. Nur eine winzige Kopfbewegung …

»Hast du mir deshalb diese Kette geschickt?«

»Ich habe an dich gedacht und musste dir einfach etwas Schönes schicken. Es vergeht fast keine Minute mehr, in der ich nicht an dich denke«, murmelte er heiser, und sein warmer Atem strich über ihre Lippen. »Ich hasse es, dass er deine Hand halten darf, dich küssen darf, dich berühren darf, wann immer er will.«

Hollys Herz schlug so heftig, dass sie überzeugt war, er müsse es hören. Sie wollte irgendeine schneidende feministische Bemerkung machen, klarstellen, dass kein Mann sie berühren durfte, wann immer er es wünschte. Sie wollte sich unerreichbar geben, aber die Wahrheit war – es war schön, sich begehrt zu fühlen. Ryan war ein echter Gentleman, und sie schätzte seine sanfte, respektvolle und freundliche Art sehr. Doch jetzt stand Bobby vor ihr und sagte ihr, dass er nur noch an sie denken konnte, dass der Gedanke an sie ihn verrückt machte. Es war wie eine Droge, wie ein Aphrodisiakum. Sie wollte ihm so gern jedes Wort glauben.

Ihre Lippen berührten sich nicht, als wüssten sie beide, dass ein Kuss reichen würde, und alle Zurückhaltung wäre vergessen. Holly hob die Hand, berührte die glatte, nackte Haut seines Oberkörpers und fuhr mit einem Fingernagel hinunter zu seinen Bauchmuskeln. Das entlockte ihm ein leises Stöhnen, das sie fast um den Verstand gebracht hätte. Er ließ die eine Hand langsam ihren Rücken hinaufgleiten und in ihrem Nacken ruhen, die andere wanderte an ihrer Seite hoch und streifte leicht eine Brust. Er schluckte, und als sie ihm keinen Einhalt gebot, fuhr er mit dem Daumen über die Schwellung ihrer Brust und fand die Knospe. Sie wurde sofort hart, und Holly stieß einen leisen Laut aus, schloss die Augen und presste ihren Rücken gegen die Brüstung. Bobby drehte sie sanft herum, strich ihre blonde Mähne beiseite und liebkoste mit den Lippen ihren Hals. Dann glitt seine Hand von hinten unter ihr Kleid, und er schob die

Finger zwischen ihre Beine, ganz dicht zu der Stelle hin, wo sie sie gern haben wollte. Holly wusste, dass sie ihm sagen sollte, er müsse damit aufhören, denn das hier war so falsch wie ein Kuss – nein, viel schlimmer natürlich. Aber es war, als stünden sie beide unter einem Bann, und jedes Wort würde den Zauber brechen.

»Ja, in Ordnung, Mom, ich sag's ihm.«

Das war Ryans Stimme. Holly wurde in die Gegenwart zurückgerissen und öffnete hastig die Augen. Sie konnte Ryan sehen, er stand unter ihr in der Empfangshalle, und das Gewicht hinter ihr verschwand so unvermittelt, wie es gekommen war. Holly hätte glauben können, dass die Begegnung mit Bobby nur Einbildung gewesen war, wenn ihre Beine nicht so gezittert hätten.

Ein paar Augenblicke später erschien Ryan oben an der Treppe und lächelte sie an. Sie hoffte, er würde nicht zu nahe kommen und seinen Bruder auf ihrer Haut riechen. Aber natürlich würde er das nicht tun – nicht ohne schriftliche Genehmigung.

»Tut mir leid«, entschuldigte er sich, und seine Stimme klang zu laut nach den leisen Worten, die sein Bruder ihr ins Ohr geraunt hatte. »Meine Mutter will, dass Bobby endlich runterkommt. Sie will mit ihrer Familie angeben, und er spielt nicht mit.«

Ryan reichte ihr ein Glas Wein, ging zu einer der Zimmertüren und hämmerte mit geschlossener Faust dagegen. »Bob!«, rief er. »Bobby, komm sofort raus!«

Hollys Herz schlug ihr immer noch bis zum Hals, als Bobby erschien. Er trug jetzt ein schwarzes Hemd zu den Jeans, nur halb zugeknöpft. Sein Haar glänzte feucht, als wäre er gerade aus der Dusche gekommen, und er sah seinen Bruder völlig ungerührt an. Sie genehmigte sich einen Schluck von ihrem Wein.

»Wo liegt das Problem?«, wollte Bobby wissen und sah dann Holly an. »Wow, Holly, du siehst toll aus.«

Ihre Wangen brannten. Ryan wirkte lediglich genervt.

»Mom will wissen, wann du uns mit deiner Gegenwart zu beehren gedenkst.«

»Wenn ich gewusst hätte, dass eine solche Schönheit auf mich wartet, wäre ich schon längst unten.«

Ryan machte ein finsteres Gesicht, und Holly fand ihre Stimme wieder.

»Lass gut sein, Bobby«, sagte sie und hob die Augenbrauen. »Noch ein bisschen mehr Süßholzgeraspel, und ich bekomme einen Zuckerschock.«

Ryan lachte.

Bobby sah seinen jüngeren Bruder böse an und hob dann beide Hände. »Ganz wie du meinst, Süße«, meinte er. »Wir sehen uns später.«

Als sie Ryans Miene sah, legte Holly ihre Hand in die seine und führte ihn zur Treppe. »Ignorier ihn einfach«, sagte sie und versuchte, nicht zu Bobby zurückzusehen. »Er macht das doch nur, weil er weiß, wie sehr er dich damit ärgern kann.«

Ryan schüttelte den Kopf, als sie die Treppe hinabstiegen. »Am besten gehst du ihm einfach aus dem Weg«, warnte er sie. »Es kann nichts Gutes dabei herauskommen, wenn du in seiner Nähe bist.«

21

Claire

»Jedes Jahr gibt es nach dem Sommerfest der Slaytons ein großes Lagerfeuer am South Beach«, berichtete Emmy. Sie hatte mir gerade von der Szene mit Carl und Stacy im Garten der Slaytons erzählt und erwähnt, dass Ryan Holly danach das Haus gezeigt hatte. »Diesen Strand nennen wir übrigens meistens Left Fork. Ich konnte Holly auf dem Sommerfest nirgends finden, also habe ich ihr getextet, dass wir uns dort treffen würden. Ich weiß nicht, wie es dazu kam, dass sie schließlich mit Carl mitgefahren ist. Der Strand ist nicht weit vom Haus der Slaytons entfernt, aber die Straße dorthin ist nicht gut beleuchtet, und Holly trug High Heels. Ich glaube, weder sie noch Carl wussten, dass Stacy ebenfalls auf der Strandparty sein würde – eigentlich wollte sie nach Hause fahren. Als sie die beiden zusammen ankommen sah, ist sie ausgerastet.«

»Was hat sie getan?«, fragte ich.

»Sie hat sie lautstark angepöbelt, wie ich von Holly dann erfahren habe. War total durchgeknallt, die Alte. Auf diesem Foto sieht man, wie Carl sie von ihr weggezerrt hat. Kurz darauf hat Holly mich entdeckt.«

»Glaubst du, Stacy könnte noch einmal zurückgekommen sein? Wäre sie fähig, Holly etwas anzutun?«

Emmy sah erst ihre Mutter an und dann wieder mich.

»Ich weiß es nicht«, antwortete sie leise. »Ich würde gern sagen, dass niemand, den ich kenne, dazu in der Lage wäre, aber … wer weiß das schon?«

»Berechtigter Einwand«, gab ich zu. Mein Gehirn lief auf

Hochtouren. Ein heftiger Streit zwischen Stacy und Holly … Stacy warf ihr vor, ihr den Mann wegnehmen zu wollen … und weder Carl noch Stacy hatten meine Schwester als vermisst gemeldet, als sie nicht zur Arbeit kam. Hatte das etwas zu bedeuten, oder war es nur Zufall? War ein derart großer Zufall überhaupt denkbar? »Und was passierte dann?«

»Wir haben gefeiert«, sagte Emmy. »Wir haben getrunken und getanzt, und dann kam Derek, um mich abzuholen.«

»Und wo war Holly?«

»Sie wollte noch nicht gehen. Sie sagte, ich solle ruhig schon fahren, sie würde schon eine Mitfahrgelegenheit finden.«

»Was, und du hast sie da einfach allein zurückgelassen?«

Emmy biss sich auf die Lippen.

Fran mischte sich ein, bevor ihre Tochter etwas entgegnen konnte. »Bei allem Respekt, Claire, Holly ist allein und eigenständig nach Martha's Vineyard gekommen. Wenn sie gern noch auf einer Party bleiben will, was soll Emmy dann tun – sie bei den Haaren packen und wegschleifen? Hier auf der Insel ist es sehr sicher. Holly war mit einem Jungen dort, mit dem sie sich schon mehrmals getroffen hatte. Emmy konnte davon ausgehen, dass alles in Ordnung war.«

»Jetzt wünschte ich natürlich, ich hätte sie nicht dort zurückgelassen«, flüsterte Emmy.

»Deine Mutter hat recht«, sagte ich und fühlte mich plötzlich beschämt. Hollys Verschwinden belastete Emmy offenbar sehr, sie sah furchtbar aus, und sie hatte versucht, es der Polizei zu melden. Ich musste sie wahrlich nicht in eine noch schlimmere seelische Verfassung bringen, indem ich ihr Vorwürfe machte.

»Sie war also bei Ryan, als du gegangen bist?«

»Nicht direkt«, antwortete Emmy.

Ich runzelte die Stirn.

»Also, Ryan war gerade dabei, etwas zu trinken zu holen, als ich ihr sagte, dass Derek mich abholen käme«, fuhr sie fort. »Holly sagte, sie wolle noch etwas bleiben und wir würden uns morgen sehen. Ich nahm an, sie würde da stehen bleiben und warten, bis Ryan mit den Getränken kam. Er war nur ein paar Meter entfernt, ich konnte ihn sehen.«

»Aber du hast nicht gesehen, dass er wieder zu ihr zurückkehrte?«

Emmy schüttelte den Kopf. »Sie war allein, als ich ging. Ganz allein.«

22

Holly

Der Abend des 4. Juli

Im Garten stießen sie auf Emmy, die gerade zur Zufahrt strebte.

»Holly, da bist du ja! Wo hast du denn gest-« Sie entdeckte Ryan und nickte. »Na, egal. Alles in Ordnung?«

Holly hatte keine Ahnung, warum ihre Freundin sie so seltsam ansah, aber dann fiel ihr die Flasche Wodka auf, die Emmy bei sich hatte.

»Emmy! Hast du die aus dem Haus genommen?«

Emmy riss die Augen auf und schaute Ryan an. »Ähm …«

Ryan lachte. »Glaubst du, meine Eltern kümmert eine Flasche Wodka mehr oder weniger, Emmy? Ich bringe einen Kasten Bier und noch ein paar Flaschen Hochprozentiges zur Strandparty mit. Willst du jetzt schon dorthin?«

Emmy nickte und wies auf ihre Freundinnen und eine Gruppe junger Männer, die am Ende der Zufahrt warteten. »Ja. Es gibt nichts Besseres, als sich das legendäre Slayton-Feuerwerk vom Strand aus anzusehen. Kommst du auch, Holly?«

Holly sah Ryan an, und er erklärte, er müsse noch etwas bleiben. »Du weißt ja, wie das ist. Meine Mutter dreht durch, wenn ich jetzt abhaue. Aber geh du ruhig schon vor. Wir treffen uns dort.«

»Klasse.« Holly küsste ihn auf die Wange, und aus dem Augenwinkel sah sie den finsteren Ausdruck, der über das Gesicht ihrer Freundin glitt. Das machte sie allmählich wahnsinnig. Was war Emmys Problem? Sie hatte eigentlich nicht beabsichtigt, ihre Freundin auf die Sache anzusprechen, schließlich würde

Ryan in ein paar Wochen abreisen, und Holly hatte noch keine Ahnung, was sie machen würde, wenn der Sommer vorbei war. Sollte sie nach England zurückkehren? Versuchen, auf Martha's Vineyard zu bleiben? Oder weiterziehen und neue Erfahrungen machen? Die Ungewissheit versetzte sie nicht in Panik, im Gegenteil, sie fand es aufregend. Dank dem Erbe ihrer Mutter hatte sie genug Geld, um sich nicht sofort einen neuen Job suchen zu müssen – es war ja nicht so, als würde sie viel essen. Die Frage der Unterkunft war schwieriger, aber sie hatte schon überlegt, einen Teil des Geldes in einen Kleinbus zu investieren, eine Weile herumzureisen, im Auto zu schlafen und es wieder zu verkaufen, bevor sie das Land verließ. Die Welt stand ihr offen. Und wenn Ryan sie fragte, ob sie mit ihm nach New York gehen wolle – was sprach dagegen?

Bobby. Das sprach dagegen.

Holly war klar, dass sie mit dem Feuer spielte, wenn sie sich in den süßen, freundlichen Ryan verknallte, aber unfähig war, der Versuchung zu widerstehen, die sein dunklerer, gefährlicher Bruder für sie darstellte. Sie hatte einen Blick auf ihn erhascht, als er sich unter die Gäste mischte, und ihr Herz hatte sofort angefangen, rascher zu schlagen. Die Röte war ihr ins Gesicht gestiegen, als sie an seine Berührungen dachte, an seinen warmen Atem auf ihren Lippen. Nein, es war eindeutig eine ganz schlechte Idee, sich weiter mit den Slayton-Brüdern abzugeben. Sie würde warten, bis die beiden am Ende des Sommers nach Hause fuhren, bevor sie die Entscheidung traf, was sie als Nächstes tun sollte. Sie konnte nicht klar denken, solange romantische Gefühle ihr Urteilsvermögen vernebelten.

»Moment mal«, sagte Ryan, als sie gehen wollte. »Emmy, kannst du kurz warten?«

Emmy schnaubte ungeduldig. »Ich laufe schon mal runter und bitte sie, zwei Minuten zu warten. Zwei Minuten.« Bei diesen Worten hielt sie drei Finger hoch. Als sie im nächsten Moment ihren Fehler bemerkte, kicherte sie, und auch Holly lachte. Sie war so angeheitert, dass alles furchtbar lustig schien. Emmy ging in Richtung Straße, wo ein großer blauer Pick-up-Truck stand. Sie torkelte nicht direkt, aber sicher auf den Beinen war sie auch nicht.

Holly sah Ryan an. »Was ist denn?«

»Abends kann's unten am Strand frisch werden«, antwortete er mit einem Blick auf ihr dünnes Kleid. »Ich hol dir nur schnell einen Pullover. Warte hier.«

Holly musste unwillkürlich lächeln. Doch dann, als Ryan weg war, sah sie eine vertraute Gestalt auf sich zukommen. Sie strich ihr Kleid glatt und versuchte, eine gleichgültige Miene aufzusetzen. Und wusste, dass es ihr nicht gelungen war, als Bobby sagte: »Du brauchst gar nicht so ängstlich dreinzuschauen, meine Schöne. Ich werde nicht versuchen, dich gleich hier vor allen Gästen zu verführen.«

Holly tobte innerlich vor Wut. Er war so was von arrogant! Schön, er sah gut aus und war es gewöhnt, seinen Willen durchzusetzen. Aber dass er annahm, er könnte sie verführen, wann und wo immer er wollte, ärgerte sie extrem. Denn mit seiner Bemerkung deutete er ja an, sie würden es nur deshalb nicht gleich hier auf dem Rasen treiben, weil er allein Abstand davon nahm, sie zu verführen. Noch ärgerlicher war, dass er damit vermutlich recht hatte.

»Und warum nicht?«, konterte sie. »Denn das willst du doch, oder? Von anderen mit der Freundin deines Bruders erwischt werden. Hältst du mich für blöde, Bobby? Glaubst du, ich weiß nicht, dass du diese Show nur abziehst, um Ryan eins auszuwischen?«

Er lächelte, und jede Hoffnung, dass er die Anschuldigung abstreiten würde, verpuffte.

»Gut, ich gebe zu, dass mein Bruder und ich schon immer das gewollt haben, was der andere hat.« Er zuckte die Achseln und hob die Hände. »Aber seit unserer ersten Begegnung könnte ich mich jeden Tag in den Arsch treten, weil mein Bruder dich zuerst angesprochen hat. Es geht diesmal nicht nur um ihn, versprochen.«

Holly versuchte, gegen das intensive Begehren anzukämpfen, das in ihr aufstieg. Wie konnten ihre dummen Gefühle sie so verraten, obwohl ihr Verstand ganz genau wusste, was sie eigentlich tun und sagen sollte? Das würde noch ein böses Ende nehmen, so viel stand fest. Es war, als gäbe es eine Unterströmung von Angst in jedem Gespräch mit Bobby – die Angst, dass sie sich in etwas verstricken ließ, mit dem sie eigentlich gar nichts zu tun hatte. Dass bei jeder Begegnung mit ihm die Bahn ihres Lebens leicht verändert wurde, bis es am Ende des Sommers unwiderruflich und dauerhaft einen anderen Kurs genommen haben könnte.

»Du kannst sagen, was du willst«, erklärte sie. »Zwischen uns läuft nichts. Ich mag Ryan, und er hat es nicht verdient, dass du ihm das antust.«

Bobby lachte; es war ein tiefes, kehliges Lachen. »Du bildest dir ein, meinen Bruder zu kennen? Du weißt gar nichts über ihn. Er ist nicht der charmante Märchenprinz, der er zu sein vorgibt, wenn er mit dir zusammen ist. Das ist alles nur gespielt, und du fällst darauf herein. Zumindest gebe ich nicht vor, etwas zu sein, was ich nicht bin.«

Holly zögerte. Sie wusste, sie sollte kein Wort von dem glauben, was Bobby Slayton sagte. Bei ihm war immer alles bis ins Detail geplant, um das erwünschte Ergebnis zu erzielen. Und sie fiel nicht darauf herein.

»Verpiss dich, Bobby!«, beschied sie ihm.

Er lachte wieder. »Ich liebe es, wenn du mit diesem sexy englischen Akzent dreckige Worte sagst.«

Holly zeigte ihm den erhobenen Mittelfinger und sah erleichtert, dass Ryan über den Rasen auf sie zukam.

»Meine Güte, Bobby«, sagte er und reichte Holly einen Kapuzenpullover. »Da lasse ich sie mal für fünf Minuten allein, und sofort versuchst du, dich bei ihr einzuschleimen.«

Bobby warf die Hände in die Luft. »Ich habe sie nur für dich warmgehalten, kleiner Bruder.«

»Fick dich doch ins Knie, Bobby«, fuhr Holly ihn an. »Vielen Dank für den Pullover.« Ihr Handy brummte, und sie warf einen Blick darauf.

»Verdammt! Eine Nachricht von Emmy. Sie wollten nicht länger warten.« Holly warf einen Blick auf die Stelle, wo der Pick-up-Truck gestanden hatte. Das Gespräch mit Bobby hatte sie so abgelenkt, dass ihr nicht aufgefallen war, wie Emmy und die anderen zum Strand aufgebrochen waren.

»Ich fahr dich«, bot Ryan sofort an.

Holly runzelte die Stirn. »Sagtest du nicht, dass du noch nicht von hier wegkannst?«

»Mist!«, fluchte er. »Ich habe versprochen, beim Feuerwerk zu helfen. Bobby, könntest du –«

»Klar«, fiel Bobby ihm ins Wort. »Ich hole meinen Autoschlüssel.«

Ryan blickte finster drein. »Ich wollte fragen, ob du bereit wärst, Dad mit dem Feuerwerk zu helfen, damit ich Holly zum Strand fahren kann.«

»Schon gut, dann warte ich«, sagte Holly, konnte aber ihre Enttäuschung nicht verhehlen. »Dann sehe ich mir das Feuerwerk eben von hier aus an.«

»Willst du mir deine Freundin nicht anvertrauen, Ryan?« Es schwang etwas Herausforderndes in Bobbys Ton mit, etwas Finsteres, das Holly nicht ganz verstand. Vielleicht war es auch nur der Alkohol.

Ryan sah seinen Bruder feindselig an, dann wandte er sich an Holly. »Ist es okay für dich, wenn Bobby dich fährt? Ich komme sofort nach, wenn das Feuerwerk vorbei ist.«

Bobby sah sie mit erhobenen Augenbrauen an. Eines war klar: Es wäre eine zu große Versuchung für sie, ganz allein in einem Auto mit Bobby Slayton zu sein. Sie ließ den Blick über den Rasen schweifen und hielt Ausschau nach jemandem, zu dem sie sich gesellen konnte, während Ryan mit seinem Vater das Feuerwerk zündete. Voller Unbehagen wurde ihr klar, dass unter den Gästen des Sommerfests nur noch eine einzige Person war, die sie kannte.

»Ich bitte Carl, mich mitzunehmen«, erwiderte sie und versuchte, nicht über Bobbys erstaunten Gesichtsausdruck zu lachen. Ryan wollte protestieren, aber sie verschloss seinen Mund mit einem langen, ausgiebigen Kuss. Als sie sich von ihm löste, war sein Gesicht gerötet, und seine Augen waren dunkel vor Lust. »Wir sehen uns nachher am Strand, ja? Bleib nicht zu lange weg.«

Damit ging sie, ohne einen Blick zurück über die Schulter zu werfen, aber sie genoss es, sich Bobbys ungläubige Miene auszumalen. Bobby Slayton würde lernen müssen, dass sie nicht so leicht rumzukriegen war, wie er sich einbildete.

23

Claire

Emmy war erschöpft gewesen, als ich ging. Hollys Verschwinden hatte sie offenbar sehr in Mitleidenschaft gezogen, und zum ersten Mal seit meiner Ankunft auf Martha's Vineyard machte ich mir ernsthafte Sorgen um meine Schwester. Mir graute bei dem Gedanken, was ihr alles zugestoßen sein könnte. Ich konnte es nicht länger aufschieben; ich musste zur Polizei gehen, auch wenn ich befürchtete, dass es reine Zeitverschwendung sein würde.

Die Polizeiwache von Edgartown wirkte von außen wie ein hübsches kleines Haus mit einem weißen Lattenzaun. Als hätte man bei der Bebauung der Insel vergessen, dass man eine Polizeiwache brauchen könnte, sodass eins der Wohnhäuser für diesen Zweck requiriert werden musste. Als ich eintrat, erwartete ich halb, ein Sofa, einen Teppich und ein Holzfeuer im Kamin vorzufinden. Stattdessen war innen alles hochmodern und professionell eingerichtet – und frisch weiß gestrichen. Die Frau hinter dem Empfang blickte auf und lächelte, als ich zu ihr trat. Ihre Haare konnte man nur als voluminös bezeichnen: hochtoupierte, mit jeder Menge Haarspray fixierte Locken, wie die feuergefährlichen Frisuren der Achtziger. Der Rosaton des Brillengestells passte zum Lippenstift. Sie zeigte alle Zähne beim Lächeln, aber es war ein warmes, freundliches Lächeln und hatte nichts vom Zähnefletschen eines Raubtiers, das Beute witterte.

»Hi, am Mittwoch habe ich hier wegen meiner Schwester angerufen, Holly Matthews. Sie wird seit einer Reihe von Tagen vermisst.«

Die Polizistin runzelte sofort besorgt die Stirn, und ich spürte, wie Erleichterung mich überkam.

»Sie haben das bereits gemeldet?« Sie presste die Lippen zusammen. »Warum weiß ich dann nichts von einer vermissten Frau? Lassen Sie mich nachsehen. Wie war der Name Ihrer Schwester noch mal?«

»Holly Matthews«, wiederholte ich und schaute zu, wie sie auf ihrer Tastatur herumtippte. Das Stirnrunzeln verschwand nicht.

»Sie ist hier nicht als vermisste Person aufgeführt.« Die Polizistin blickte auf. »Hat der Kollege, mit dem Sie gesprochen haben, bereits eine Vermisstenanzeige aufgenommen?«

»Das bezweifle ich«, entgegnete ich. Meine schlimmsten Befürchtungen wurden bestätigt. Dieser Mann hatte meinen Anruf überhaupt nicht ernst genommen.

»Wissen Sie seinen Namen? Oh, warten Sie.« Sie biss sich auf die Lippen. »Hier steht, Officer Waylans hat eine entsprechende Überprüfung vorgenommen. Er war bei Ihrer Schwester zu Hause, und es gab keine Einbruchspuren und keine Anzeichen für einen Notfall.«

»Ich wohne zurzeit im Haus meiner Schwester«, sagte ich, »und letzte Nacht wurde dort eingebrochen. Niemand weiß, wo Holly ist. Bei ihrer Arbeitsstelle war sie auch nicht mehr, und –«

»Liebes, Sie reden viel zu schnell für mich. Ich hole Ihnen erst mal einen Kaffee, und dann nehme ich alles ordnungsgemäß auf.«

Sie verschwand im hinteren Teil des Gebäudes. Ich lehnte mich gegen den Empfangstresen und stieß einen tiefen Seufzer aus. Endlich nahm mich jemand ernst. Meine Hoffnungen wurden allerdings bald zerschlagen. Als die Polizistin zurückkam, einen Becher mit dampfendem Kaffee in der Hand, folgte ihr ein kleiner, stämmiger Mann in Polizeiuniform, der alles andere als offen und freundlich wirkte.

»Das ist Officer Waylans«, stellte sie ihn rasch vor. »Sie haben mit ihm telefoniert.«

Sie schaute mich fast entschuldigend an, und ich wusste sofort, dass sie bereute, die Sache gegenüber ihrem Kollegen erwähnt zu haben. Er würde das Verschwinden meiner Schwester nicht ernst nehmen, so viel war klar. Keine Ahnung, was sein Problem war, aber er schien entschlossen, nicht nach Holly zu suchen.

»Danke, Brenda«, sagte er mit Nachdruck, womit er ihr zu verstehen gab, dass sie sich an ihren Schreibtisch zurückziehen sollte. Dann wandte er sich mit erhobenen Augenbrauen an mich. »Sie haben eine weite Reise hinter sich«, bemerkte er.

»Meine Schwester wird vermisst, und die Polizei nahm mich nicht ernst – was haben Sie erwartet?«

Er warf einen kurzen Blick zu Brenda, die so tat, als würde sie nicht zuhören, und schaute mich finster an. Ich bereute meine kritische Bemerkung. Ich war auf seine Hilfe angewiesen, und mit meiner üblichen rotzfrechen Art würde ich mir die nicht sichern.

»Nehmen Sie Ihren Kaffee, und kommen Sie mit in den Vernehmungsraum, dann nehme ich alles zu Protokoll«, ließ er mich wissen. Und fügte mit lauterer Stimme hinzu, vermutlich für Brendas Ohren: »Ganz offiziell.«

»Vielen Dank«, sagte ich, mehr an Brenda als an Waylans gewandt.

Sie lächelte und nickte mir ermutigend zu.

Waylans führte mich in einen Vernehmungsraum, der keine Ähnlichkeit mit den kahlen, zellenartigen Räumen hatte, die man immer im Fernsehen sah. An den Wänden hingen sogar gerahmte Bilder. Ich war direkt versucht, ein Verbrechen zu begehen, nur um hier eingesperrt zu werden. Die Zellen waren vermutlich wie Zimmer in einem Luxushotel. Waylans deutete auf einen Stuhl, und ich setzte mich.

»Wie ich höre, ignoriert Ihre Schwester Ihre Anrufe immer noch?«

Ich seufzte.

»Es ist schon ein bisschen mehr als das.« Ich versuchte, mir meine Ungeduld nicht anmerken zu lassen. »In ihrem Haus hier auf der Insel ist sie nicht, und seit letztem Freitag wurde sie von niemandem mehr gesehen. Sie war weder bei der Arbeit noch in einem ihrer üblichen Stammcafés ...«

Er lehnte sich in seinem Stuhl zurück. »Wir sind eine beliebte Touristeninsel. Urlauber kommen und gehen. Wahrscheinlich hat sie irgendeinen jungen Mann kennengelernt, und die beiden frönen in seiner Wohnung der Leidenschaft. Sie wissen ja, wie diese jungen Dinger so sind.«

Ich trank einen Schluck Kaffee und zwang mich, so maßvoll und gelassen wie möglich zu antworten. Mittlerweile waren das praktisch meine zweiten Vornamen.

»Ich weiß ja nicht, wie viele zweiundzwanzigjährige Frauen Sie so kennen, Officer, aber meine Schwester ist nicht der Typ, der sechs Tage mit irgendeinem Kerl im Bett verbringt, den sie gerade erst kennengelernt hat.« Ich unterließ es, ihn darauf hinzuweisen, dass so was eher mein Stil wäre, jedenfalls seit dem Tod meiner Mutter. Aber es stimmte: Holly traf nie solche dämlichen Entscheidungen. Selbst wenn sie sich Hals über Kopf verliebt hätte, wäre sie zumindest auf die Idee gekommen, sich krankzumelden, und ganz bestimmt hätte sie Jess zurückgerufen. »Sie wird vermisst. Was muss ich noch tun, um Sie davon zu überzeugen? Ist es üblich, dass Leute hier einfach so verschwinden, ohne dass die Polizei irgendwas unternimmt?«

»Hier verschwindet niemand. Wir sind auf Martha's Vineyard. Man kann nicht von uns erwarten, dass wir jeden Rucksackreisenden im Auge behalten, der kommt und geht. Wir sind die Polizei, kein Babysitterdienst. Vielleicht, wenn es irgendeinen Hinweis gäbe, dass ein Verbrechen vorliegt …«

»Irgendjemand ist gestern in ihr Haus eingebrochen!«

»Wir ermitteln in dem Fall.«

»Ihr ganzes Gepäck ist noch da!«

»Ein Teil ihres Gepäcks ist noch da. Aber Handtasche, Portemonnaie und Handy sind weg. Vielleicht ist sie überstürzt aufgebrochen, vielleicht wollte sie die Sachen einfach nicht mehr. Sie hat alles dabei, was man braucht, um die Insel zu verlassen.«

»Außer ihrem Auto.«

»Man braucht kein Auto, um von der Insel runterzukommen, Ms Matthews.«

Ich nahm mir vor, die Taxiunternehmen auf der Insel abzutelefonieren, um herauszufinden, ob jemand meine Schwester am Morgen nach der Strandparty zur Fähre gefahren hatte. Und gab es im Fährterminal Überwachungskameras? Ich fragte Officer Waylans, ob er daran schon gedacht hatte, und er seufzte und kritzelte ein paar Notizen auf einen Zettel. Womit war er denn so beschäftigt, dass er keine Suche nach meiner Schwester einleiten konnte? Wir waren schließlich nicht in New York City. Für die offizielle Vermisstenanzeige nahm er noch die Personalien meiner Schwester auf, aber mir war vollkommen klar, dass nichts dabei herauskommen würde. Er glaubte nicht, dass Holly etwas passiert sein könnte, und er würde sich in keinerlei Weise darum bemühen, sie zu suchen. Wenn ich wollte, dass meine Schwester gefunden wurde, würde ich mich selbst darum kümmern müssen.

»Halt, warten Sie!«, rief jemand hinter mir her, als ich von der Polizeiwache wegging.

Ich fuhr herum und sah, dass ein Polizist mir folgte; allerdings war es nicht Waylans, sondern ein mir unbekannter Mann. Er war groß und schlank und hatte blonde Haare, die ihm in die Stirn fielen. Er sah aus, als sollte er eher Badeshorts und ein Surfbrett unter dem Arm tragen als eine Polizeiuniform.

Ich blieb stehen und wartete, bis er mich eingeholt hatte. Er schien nur fünf große Schritte zu brauchen, um den Parkplatz zu überqueren.

»Hallo, ich bin Officer Howes«, stellte er sich vor. »Ich kenne Holly. Emmy Hindle versucht seit Tagen, sie als vermisst zu melden, aber dieser Esel da drin hat gedroht, mich zu feuern, wenn ich mitten in der Hochsaison anfange, in aller Öffentlichkeit von vermissten Touristen zu sprechen.«

»Er ist ein Idiot, wenn er denkt, dass sie mit irgendeinem Rettungsschwimmer durchgebrannt ist«, sagte ich.

»Ja, nun, er hat seine Gründe.«

»Und welche wären das?« Ich musste dreingeblickt haben, als würde ich gleich explodieren, denn er trat einen Schritt zurück und hob beschwichtigend die Hände.

»Keiner dieser Gründe ist gut genug, um nicht nach Ihrer Schwester zu suchen. Ich bin Ihnen gefolgt, weil ich Ihnen helfen will.«

»Tut mir leid«, sagte ich. Doch es tat mir überhaupt nicht leid. Wenn ich gereizt war, dann deshalb, weil sein Kollege mich wie ein dummes kleines Mädchen behandelt hatte und ich mir entsetzliche Sorgen um meine Schwester machte. Ich hatte jedes Recht, Leute anzuschnauzen. »Danke.«

»Hier ist meine Nummer.« Er hielt mir seine Karte hin. »Rufen Sie mich an, wenn Sie irgendwas herausfinden oder wenn Sie irgendwas brauchen.«

»Okay.« Misstrauen schlich sich in meine Stimme. Hoffentlich nutzte dieser Typ nicht das Verschwinden meiner Schwester aus, um mich anzubaggern. Das wäre echt der letzte Strohhalm.

»Das soll kein Annäherungsversuch sein«, sagte er sofort, als hätte er meine Gedanken gelesen.

»Hatte ich auch nicht angenommen«, log ich.

Er lächelte.

»Ach, übrigens«, fügte ich hinzu, »vor etwa anderthalb Stunden haben ein paar Arschlöcher mich bei einem extrem riskanten Überholmanöver rücksichtslos von der Straße gedrängt. Roter Pick-up-Truck, Neuwagen. Bloße Oberkörper. Kleine Schwänze.«

Über meine letzten Worte musste er grinsen, aber dann runzelte er die Stirn. »Ja, ich weiß, wen Sie meinen. Wissen Sie, wer die sind?«

»Offenbar weiß hier jeder, wer die sind«, bemerkte ich. »Insel-Promis. Wenn sie mich umgebracht hätten, würde ihr Daddy vermutlich dafür sorgen, dass die Anklage fallen gelassen wird.«

»Wahrscheinlich«, gab Officer Howes zu. »Nicht meine Entscheidung … Aber ja, ich glaube, diese Jungs würden auch mit einem Mord davonkommen.«

Als ich wieder in meinen Wagen stieg, wurde ich das Gefühl nicht los, dass Officer Howes aus Erfahrung gesprochen und bereits erlebt hatte, dass die Slayton-Brüder mit irgendetwas davongekommen waren. Aber was das mit Holly zu tun hatte, würde ich noch herausfinden müssen.

24

Holly

Der Abend des 4. Juli

Carl war gern bereit gewesen, sie zum Strand zu fahren, und erst, als sie in seinem Auto saß, kam ihr der Gedanke, dass sie da vielleicht einen großen Fehler gemacht hatte. Obwohl es noch warm war, zog sie Ryans Kapuzenpulli über, um damit so viel bloße Haut wie möglich zu bedecken, und zupfte den Saum ihres Kleides so weit wie möglich herunter.

»Kommt Stacy nicht mit?«, fragte sie und sah sich nach seiner Frau um.

Carl schnitt eine Grimasse. »Sie ist mit dem Taxi nach Hause gefahren, nachdem sie unser Gespräch mitbekommen hat.« Er war überhaupt nicht verlegen, als hätte er nie versucht, sie vor den Augen seiner Frau zu betatschen. Damit hatte Holly kein Problem. Wenn er so tun wollte, als wäre gar nichts passiert, war ihr das nur recht. Schließlich würde sie auch weiterhin für ihn arbeiten müssen. »Manchmal bekommt sie komische Ideen wegen der jungen Mädchen im Yachthafen. Ich glaube, es liegt daran, dass ich verheiratet war, als wir uns kennenlernten … Und damals hat sie für mich gearbeitet.«

Das überraschte Holly nun überhaupt nicht. Am liebsten hätte sie Carl mitgeteilt, dass er seine Frau mies behandelte und sie noch verlieren würde, wenn er nicht aufpasste, aber es schien ihr kein guter Zeitpunkt, ihn zu reizen. Offenbar war er wieder hinreichend nüchtern, um sie zum Strand zu fahren, und sie wollte ihn nicht auf die Palme bringen. Sie stellte sich vor, was ihre Schwester wohl dazu sagen würde, dass sie zu einem betrunkenen Typen ins Auto stieg, der sie am selben Abend schon einmal angebaggert hatte, und schauderte. Was war nur los mit ihr? Seit ihrer Ankunft auf Martha's Vineyard führte sie sich auf wie ein dummer Teenager, ließ sich auf absurde Dreiecksverhältnisse ein und begab sich in gefährliche Situationen. In England hätte sie so was nie getan … vor dem Tod ihrer Mutter wäre sie nie auf die Idee gekommen, sich so zu verhalten.

War das der tiefer liegende Grund? Hatte sie sich auf einen Weg der Selbstzerstörung begeben? Sie war so stolz auf die Art und Weise gewesen, wie sie mit ihrer Trauer umgegangen war – auf die Entscheidung, im Gedächtnis an ihre Mutter ihren Träumen zu folgen. Aber sah so ihr Traum aus? Angetrunken im Auto neben ihrem Lüstling von Chef zu sitzen und zu hoffen, dass er einigermaßen fahrtüchtig war und nicht anfangen würde, sie zu begrapschen?

Du musst dringend deine Entscheidungsprozesse überdenken, sagte sie zu sich selbst. *Hör auf, dich mit Ryan zu treffen, geh nicht auf Bobbys Spielchen ein, und steige nie, niemals wieder allein zu Carl ins Auto.*

Mittlerweile war es völlig dunkel geworden, und das Meer lag wie ein schwarzes Tuch vor ihnen, nur durch das Mondlicht auf den Wellen vom Nachthimmel zu unterscheiden. Carl bog auf einen kleinen Parkplatz ein, drehte sich zu Holly um und sah sie an.

»Hör zu! Nach allem, was vorhin passiert ist, habe ich kein Recht, dir irgendwelche Ratschläge zu erteilen. Es ist deine Sache, mit wem du dich triffst, und ich weiß, ich bin nur dein Chef, und wir sind nicht befreundet oder so was. Aber ich denke, du solltest wissen –«

Aber bevor er ihr sagen konnte, was sie seiner Ansicht nach wissen sollte, klopfte jemand aggressiv auf Hollys Seite gegen die Scheibe. Sie fuhr herum und sah Stacy vor sich.

»Wie kannst du es wagen, du dreckige Schlampe«, kreischte Stacy. »Raus aus dem Auto meines Mannes, und zwar dalli!«

Holly stieß die Beifahrertür auf, woraufhin Stacy nach hinten taumelte. Sie fing sich gerade noch rechtzeitig, stürzte sich auf Holly und kreischte ihr Beschimpfungen ins Gesicht, nannte sie »Nutte« und »Flittchen«. Holly versuchte, sich zu rechtfertigen, aber es war sinnlos; Stacy wollte nichts hören. Carl sprang aus dem Wagen, packte seine Frau am Arm und zerrte sie von Holly weg. Sie wartete nicht ab, was weiter geschehen würde, streifte ihre hochhackigen Schuhe ab und lief, so schnell es im Dunkeln und auf dem steinigen Untergrund möglich war, auf das gewaltige Feuer zu, das auf dem Strand loderte. Als ihre Füße auf Sand trafen, entspannte sie sich ein wenig, denn weder Stacy noch Carl waren ihr gefolgt. Sie schaute sich um und entdeckte zu ihrer Erleichterung Emmy, die ein kleines Stück vom Feuer entfernt stand und alles fotografierte, was auch nur einen Moment stillhielt. Sie warf beide Arme hoch, als sie Holly kommen sah, und verschüttete dabei etwas Wein aus der Flasche, die sie in der Hand hielt.

»Da bist du ja!«, rief Emmy laut, um das Prasseln des Feuers und die Musik zu übertönen. Sie merkte nicht einmal, dass Wein an ihrem Arm hinablief. »Es tut mir ja sooooo leid, dass der Blödian nicht warten wollte. Ich hab noch versucht, auszusteigen, um auf dich zu warten, aber er fuhr einfach los; er hat mich praktisch gekidnappt. Wie bist du hergekommen? Hat Ryan dich gefahren?«

»Nein, Carl«, antwortete Holly und sah sogar im schwachen Feuerschein, dass ihre Freundin die Augenbrauen hob.

»Verdammt, erzähl das bloß nicht Stacy«, warnte sie. »Sie war gerade eben noch hier und hat rumgetobt – du bist nicht gerade ihr Lieblingsmensch. An deiner Stelle würde ich mich nach einem neuen Job umsehen.«

»Stacy war auf dem Parkplatz, als wir dort hielten«, gab Holly zu. »Sie ist total ausgerastet.«

Emmy schnappte nach Luft. »Lieber Himmel, du kannst von Glück sagen, dass sie dir kein blaues Auge verpasst hat. Weißt du, ich habe gehört …« Sie blickte sich um, als erwarte sie, dass Stacy sich jeden Augenblick auf sie stürzen könnte. »Man munkelt, dass sie mal ein Mädchen so heftig gegen eine Bootswand geschleudert hat, dass die Kleine beinahe einen Schädelbruch davongetragen hätte. Weil sie mit Carl geflirtet haben soll.«

Holly lachte. »Lügnerin!«

Emmy grinste und zuckte die Achseln. »Ja, vermutlich ist es Unsinn. Aber ich würde es ihr durchaus zutrauen. Sie hat so diesen Blick. Ganz die mörderische Psychopathin, findest du nicht?«

Hollys Lächeln erlosch, denn unwillkürlich erinnerte sie sich an den irren Ausdruck in Stacys Augen, als sie eben auf das Autofenster eingedroschen hatte. Ja, einer Frau, die derart verzweifelt war, war alles zuzutrauen. Absolut alles.

»Und, hat dir die Führung durch das Slayton-Anwesen gefallen?«, fragte Emmy ein wenig zu beiläufig.

Holly hob die Augenbrauen. »Es ist ein sehr schönes Haus.«

Emmy nickte, und Holly knuffte sie spielerisch in den Arm. »Spuck's aus, Emmy! Komm schon, was willst du mir sagen?«

»Was denn?« Emmy hob in gespielter Unschuld die Hände. »Na gut. Schön, setzen wir uns irgendwohin.«

Sie holten sich eine Decke von einem Stapel in der Nähe und breiteten sie im Sand aus. Emmy ließ sich darauf nieder und klopfte auf die Stelle neben sich. Als Holly sich gesetzt hatte, holte Emmy tief Luft. »Hör zu, ich habe ständig hin und her überlegt, ob ich dir das sagen sollte oder nicht. Es geht um Ryan.«

Holly seufzte.

»Du bist nicht an ihm interessiert, hast du gesagt«, erwiderte sie müde. »Ich versteh das nicht – wir sind doch keine dummen Teenager mehr. Wenn du mit ihm ausgehen willst, warum fragst du ihn nicht einfach? Oder hast du es schon versucht – und er hat dich abblitzen lassen? Ich persönlich finde ja, jeder Typ könnte heilfroh über die Chance sein, sich mit dir zu treffen. Aber schließlich kennen wir uns erst seit ein paar Wochen, und ganz offensichtlich spinnst du ein bisschen.« Sie lächelte, um zu zeigen, dass das scherzhaft gemeint war.

»Ich spinne nicht, und ich bin nicht in Ryan Slayton verknallt«, entgegnete Emmy mit finsterer Miene. Sie vergewisserte sich mit einem Blick auf die übrigen Partygäste, dass niemand auf sie achtete, bevor sie fortfuhr: »Du bist es, die ich mag, Holly.«

Holly runzelte verwirrt die Stirn, dann weiteten sich ihre Augen. Sie war so überrascht, dass sie unwillkürlich aufstand. »Oh … oh, mein Gott, Emmy. Es tut mir leid, aber ich bin hetero. Ich dachte, das wüsstest du?«

Emmy lachte entzückt auf, was Holly noch mehr verwirrte.

»Ich steh nicht auf dich, du Dämlack.« Sie schüttelte den Kopf, als könne sie nicht glauben, dass Holly so begriffsstutzig war. »Aber ich mag dich. Ich mag dich sehr, als Freundin. Ich wollte nicht, dass du dich mit Ryan triffst, weil … Wegen Natalie.«

»Wer ist Natalie?« Holly war verwirrter denn je; das konnte aber auch am Alkohol liegen. Von einer Natalie hatte sie noch nie etwas gehört. Hieß Ryans Freundin so? Wenn ja, warum hatte Emmy ihr nicht schon längst von ihr erzählt?

»Setz dich wieder hin!« Emmy klopfte erneut auf die Stelle neben sich, aber Holly schüttelte den Kopf. Sie hatte so viel getrunken, dass ihr der Kopf wehtat, wenn sie ihn zu schnell bewegte, und das Adrenalin, das gerade durch ihre Adern schoss, war auch nicht gerade hilfreich.

»Nein. Sag mir jetzt endlich, was los ist, Emmy. Wer ist Natalie? Wenn Ryan eine Freundin in New York hat, ist das in Ordnung, aber ich will es wissen. Ich will mich nicht von leeren Versprechungen blenden lassen und dann wie die letzte Idiotin dastehen.«

»Natalie ist nicht Ryans Freundin«, sagte Emmy. »Es ist schlimmer. Natalie ist vor fünf Jahren gestorben, hier auf der Insel. Und ich bin mir ziemlich sicher, dass Ryan etwas damit zu tun hatte.«

25

Claire

Ich hatte noch fest geschlafen, als am Samstagmorgen um zehn Toms Nummer auf dem Handydisplay aufleuchtete. Seit ich angefangen hatte, in der Bar zu arbeiten, war mein Schlafrhythmus durcheinandergeraten, und der Jetlag und das Einbruchsdrama von gestern Nacht waren da auch nicht hilfreich gewesen.

»Tom, was ist los?«, fragte ich. Panik ergriff mich. »Ist Jess okay?«

»Jess geht's gut«, erwiderte Tom, und ich merkte, wie schön es war, seine Stimme zu hören. Ein bisschen Normalität in all diesem Irrsinn. »Sie lässt dich grüßen und ausrichten, dass sie sich nach der Arbeit bei dir melden wird. Ich ruf nur an, weil wir zu Martha's Vineyard recherchiert haben, und dabei sind wir auf diesen Artikel gestoßen, und wir wussten nicht, ob die Sache relevant ist oder nicht. Jess meinte, nein, aber ich dachte, vielleicht doch, also sagte sie –«

»Tom«, unterbrach ich ihn. »Ich hab dich sehr gern, aber in der Zeit, die du brauchst, um die Geschichte zu erzählen, könnte ich nach Hause fliegen und mir den Artikel selbst ausdrucken. Versuch's mal mit Stichpunkten.«

»Oh.«

Ich konnte mir seinen Gesichtsausdruck – es war der eines süßen getretenen Hündchens – lebhaft vorstellen und verdrehte die Augen.

»Ja, klar, Stichpunkte«, fuhr er fort. »Okay. Vor fünf Jahren gab es einen Vermisstenfall auf der Insel. Das Mädchen wurde tot aus dem Yachthafen gefischt. Die Polizei stufte es als Suizid ein, aber auf Beharren der Schwester wurde das in ›Tod durch Unfall‹ umgeändert. Warum, steht in dem Artikel nicht.«

Ich verarbeitete die Information so schnell wie möglich. Vor fünf Jahren hatte es einen tödlichen Unfall gegeben; ein Mädchen war im Yachthafen ertrunken.

»Klingt nicht so, als wäre es für uns irgendwie von Bedeutung«, sagte ich.

»Nein, dachten wir auch. Die Medien fanden es auch nicht weiter bemerkenswert. Aber dann stießen wir auf einen Post in einem Blog und eine Diskussion in einem Reddit-Forum. Offenbar bezweifelt die Schwester nicht nur, dass es ein Suizid war. Vielmehr ist sie überzeugt, dass das Mädchen ermordet wurde, aber die Polizei lehnte es ab, weiter zu ermitteln.«

Mir stockte der Atem. Ein möglicher Mord und eine Polizei, die sich weigerte, zu ermitteln – also, das hörte sich schon sehr viel relevanter an.

»Kannst du mir das schicken?«, fragte ich, stellte den Anruf auf Lautsprecher und wartete auf die eingehende Benachrichtigung.

»Kein Problem. Hier …«

Sekunden später war eine neue WhatsApp-Nachricht mit dem Link da. Als ich ihn antippte, lud ein Blog-Post mit Fotos des toten Mädchens und ihrer Schwester. Der Frau, die nicht an einen Unfall glaubte. Es war die Frau, die mich am Donnerstag im Bistro so eindringlich gemustert hatte.

»Ich lese mir das mal durch. Danke, Tom«, sagte ich, froh über einen neuen Hinweis, dem ich nachgehen konnte. Und das, ohne Leute auf der Straße ansprechen zu müssen.

»Kein Problem«, erwiderte er. »Brauchst du sonst noch was, Claire?«

»Nein, du warst effizient wie immer. Muss das ganze rote Fleisch sein«, bemerkte ich.

»Sprich gefälligst leiser«, zischte Tom ins Telefon, und ich brachte ein leises Lachen zustande.

»Danke für alles, Tom. Und danke, dass du auf Jess aufpasst. Ich halte euch auf dem Laufenden.«

»Tu das auf jeden Fall. Eine gute Nachricht könnten wir wirklich gebrauchen.«

»Ja, geht mir genauso«, antwortete ich und beendete das Gespräch.

Ich machte mir einen Kaffee und scrollte durch die Diskussionsbeiträge in dem Reddit-Forum. Soweit ich feststellen konnte, glaubte eine ganze Reihe von Nutzern – die natürlich alle anonym blieben –, dass sich die Polizei bei den ursprünglichen Ermittlungen zu schnell auf Suizid festgelegt hatte. Laut Obduktionsergebnis waren Natalies Verletzungen auf eine Bootsschraube zurückzuführen; viele jedoch fanden, dass sie eher nach Messerstichen aussahen. Dazu kam, dass Natalie nach einer Party verschwunden war – was mein besonderes Interesse weckte – und so spät in der Nacht eigentlich keine Boote mehr im Yachthafen unterwegs sein sollten, die solche Verletzungen hätten verursachen können. Ich konnte gut verstehen, weshalb die Nutzer des Reddit-Forums Zweifel hatten. Die größte Frage war natürlich, warum nur so kurz ermittelt worden war, bevor die Polizei die ganze Angelegenheit als Unfall abgelegt hatte.

Ein Zeitungsartikel mit der Schlagzeile »Gedenkgottesdienst für Natalie« zeigte Fotos von Menschen, die Kerzen in den Händen hielten und deren Gesichter tränenüberströmt waren. Die Vorwürfe von Natalies Schwester, es sei nicht gründlich genug ermittelt worden, blieben in dem Text unerwähnt. Abgesehen von den ersten Tagen der Suche nach Natalie hatte der Fall kein großes Medienecho ausgelöst, aber schließlich war ein Unfalltod zwar tragisch für die Freunde und die Familie, hatte aber kaum Nachrichtenwert.

Mir gingen allmählich die Fotos von Holly aus, die ich vor der Abreise ausgedruckt hatte. Allerdings waren kaum welche in den Schaufenstern der Geschäfte aufgehängt worden, in denen ich sie verteilt hatte. Als ich bei Google nach Copyshops auf der Insel suchte, stieß ich auf eine Firma direkt hier in Edgartown, die riesengroße Geburtstags- und Babypartyschilder für den Außenbereich herstellte. Ich stellte mir Hollys Garten mit einem gewaltigen Schild darin vor, auf dem »FINDET HOLLY« stand, und rief sofort bei dem Geschäft an.

Es meldete sich eine Frau namens Fiona, die bestürzt und geschockt war, als sie erfuhr, dass eine junge Frau auf Martha's Vineyard verschwunden war, aber niemand darüber sprach. Sie sagte mir sofort ihre Hilfe zu und versprach, mir nur die Materialkosten in Rechnung zu stellen. Es war schon erstaunlich, dass alle, denen ich begegnete, so freundlich und besorgt waren und ich dennoch bei der Suche nach Holly noch keinen Schritt weitergekommen war. Dann dachte ich an Carl und Stacy sowie Officer Waylans und musste mich korrigieren – nein, hilfsbereit waren keineswegs alle gewesen.

Fiona versprach, das Schild so bald wie möglich zu liefern und erklärte sich bereit, mir obendrein Flyer zu drucken. Sie schlug ein paar Stellen vor, wo man mir vielleicht helfen konnte, und fragte, wo Holly zuletzt gesehen worden war und ob ich mir das entsprechende Material aus den Überwachungskameras angesehen hatte. Ich war erst zwei Tage auf Martha's Vineyard und hatte erst gestern Nachmittag erfahren, wo die Strandparty genau stattgefunden hatte. Ich musste dringend eine Bestandsaufnahme machen und meine Informationen übersichtlich sortieren, und dafür brauchte ich eine Ausstattung. Es wäre vielleicht übertrieben, eine Korktafel an die Wand zu hängen und sie mit roten Fäden zu überspannen, aber zumindest brauchte ich eine Karte der Insel. Nicht zum ersten Mal kam mir der Gedanke, wie viel besser Jess die Situation gemeistert hätte. In der Zeit, die ich gebraucht hatte, um zu merken, dass ich eine Landkarte benötigte, hätte sie vermutlich bereits Holly gefunden und eine eigene Vermisstensuchstelle auf Martha's Vineyard eröffnet, die sie *Island Investigations* oder so ähnlich nennen würde.

Aber Jess war nicht hier, und ich war der einzige Mensch auf dieser verdammten Insel, der nach meiner Schwester suchte. Also würde ich wohl Gas geben und ein wenig planmäßiger vorgehen müssen.

26

Claire

Ich kam gerade mit meiner neuen, zuverlässigen Karte der Insel aus dem Fremdenverkehrsamt, als ich jene Frau aus dem Bistro abermals erblickte. Nur wusste ich diesmal, wer sie war: Gina Burton, die Schwester von Natalie Burton, dem jungen Mädchen, das vor fünf Jahren im Yachthafen ertrunken war. Sie beobachtete mich ganz offen und hatte sich so hingestellt, dass sie genau sehen konnte, was ich machte und mit wem ich sprach. War sie mir gefolgt, oder war es reiner Zufall, dass ich die Frau, der ich gestern in Oak Bluffs im Bistro begegnet war, jetzt in Edgartown wiedersah? Was wollte sie von mir?

Ich hielt kurz inne und steuerte dann geradewegs auf sie zu. Ihre Augen weiteten sich vor Überraschung.

»Sie sind mir gefolgt«, sagte ich ihr auf den Kopf zu.

Sie lief rot an und sah aus, als wollte sie es abstreiten, aber dann nickte sie.

»Ja«, gab sie zu. »Es tut mir leid.«

Sie war blass, verhärmt und hatte dunkle Ringe unter den Augen.

»Nein, mir tut es leid«, erwiderte ich. Ganz offensichtlich war diese Frau harmlos und trauerte, und ich wusste, wie das war. Die Trauer machte einen nicht verrückt, aber es fühlte sich so an. Als könnte niemand sonst auf der Welt den Schmerz nachempfinden, den man spürte. Als könnte die Leere in einem nur mit Verzweiflung und Wahnsinn gefüllt werden. Immer noch wurde ich fast täglich von der Trauer über den Tod meiner Mutter überwältigt. »Ich weiß, was mit Ihrer Schwester passiert ist. Es tut mir wirklich leid.«

Sie stutzte, als wäre diese Reaktion das Letzte, was sie von mir erwartet hatte. »Vermutlich hat man Ihnen geraten, sich von mir, dieser Verrückten, fernzuhalten.«

»Niemand hat Sie erwähnt. Aber es war sowieso niemand besonders mitteilsam.«

»Das liegt daran, dass Sie zu viele Fragen stellen. Ich weiß, warum Sie hier sind – es wird denen nicht gefallen, dass Sie Fragen stellen.«

Okay, das klang jetzt wirklich ziemlich verrückt. Schön, niemand hatte mich mit Informationen überschüttet, aber die Insulaner waren wahnsinnig nett zu mir gewesen. Es hatte keine versteckten Warnungen oder abgetrennte Pferdeköpfe auf meinem Kopfkissen gegeben.

»Wem soll das nicht gefallen?«, fragte ich und versuchte, nicht allzu skeptisch zu klingen. Ich wollte sie nicht aufregen, aber ich war langsam mit meiner Geduld am Ende. Jeder Augenblick, den ich damit zubrachte, mit dieser trauernden Schwester zu sprechen, war ein Verlust an kostbarer Zeit.

Als Antwort auf meine Frage breitete sie die Arme aus und gestikulierte wild. »Allen!« Sie musste meinen Gesichtsausdruck bemerkt haben, denn sie blickte plötzlich finster drein. »Die Frau ist verrückt – das denken Sie doch auch. Aber wenn ich verrückt bin, dann deshalb, weil die Leute hier mich in den Wahnsinn treiben. Sie leugnen die Fakten, verdrehen die Beweise. Wissen Sie, dass man versucht hat, den Tod meiner Schwester als Suizid hinzustellen? Suizid! Man hat ihr zwölfmal mit einem Messer in den Bauch gestochen. Dann behaupteten sie, es sei ein Unfall gewesen: Die Verletzungen wären keine Messerstiche, sondern kämen von einer Bootsschraube. Sie sei im Yachthafen ausgerutscht, ins Wasser gefallen und in eine Bootsschraube geraten. Schon vierundzwanzig Stunden nachdem man sie gefunden hatte, wurde entschieden, dass kein Fremdverschulden vorlag. Es gab praktisch keine Ermittlungen, es wurden keine Spuren gesichert …« Sie sprach so schnell, dass ich schon befürchtete, sie würde gleich ohnmächtig werden. Im Zeitungsartikel war von einem tragischen Unfall die Rede gewesen, stimmte das etwa nicht?

»Beruhigen Sie sich«, sagte ich und legte ihr die Hände auf die Schultern. Sie machte eine Szene direkt vor einem Coffeeshop, und zweifellos wurden wir von allen Gästen dort beobachtet.

Sie schüttelte den Kopf. »Es tut mir leid«, entschuldigte sie sich niedergeschlagen. »Eben deshalb habe ich Sie nicht früher angesprochen, sondern nur versucht, Sie aus der Ferne zu beobachten. Ich weiß sehr gut, wie verrückt sich das anhört. Ich klinge wie eine trauernde Frau, die überall Verschwörungen wittert, weil ihre kleine Schwester sich umgebracht hat und sie sich schuldig fühlt. Das habe ich alles schon zu hören bekommen.«

Genau das hatte ich tatsächlich gedacht, und es war eine Schlussfolgerung, die auf der Hand lag: Vertuschung durch die Polizei und verkorkste Ermittlungen – das klang nach der Erfindung eines Menschen, der so von seiner Trauer geplagt wurde, dass er damit nicht mehr klarkam. Aber irgendetwas an ihr war so echt und überzeugend, ihre Gefühle lagen so blank, dass ich nicht anders konnte, als hören zu wollen, was sie zu sagen hatte.

»Das denke ich ganz und gar nicht«, log ich. »Aber Sie haben recht, es klingt schon ziemlich unwahrscheinlich.«

»Obwohl doch Ihre Schwester ebenfalls verschwunden ist?«

Das traf mich wie ein Schlag in den Magen. »Wollen Sie etwa andeuten, dass es da einen Zusammenhang gibt? Zwischen Natalies Unfalltod und dem Verschwinden meiner Schwester?«

»Dem Mord an meiner Schwester«, zischte sie und seufzte. »Ich hatte gehofft, wir könnten einander helfen. In Anbetracht der Parallelen.«

Ich spürte, wie mir die Röte ins Gesicht stieg und mein Herz zu rasen begann. »Was für Parallelen?«

»Sie wissen es nicht?« Sie sah aus wie ein Pokerspieler, der gleich seine Trumpfkarte ausspielen würde. »Natalie wurde zuletzt in Begleitung von Bobby und Ryan Slayton und deren Freunden gesehen. Und an dem Abend, an dem Ihre Schwester verschwand, hatte sie Sex mit einem von ihnen.«

Vier Asse.

»Sie können doch gar nicht wissen, ob sie an dem Abend Sex mit Ryan hatte«, entgegnete ich, nachdem ich mich von meiner Überraschung erholt hatte. »Laut Hollys Freundin Emmy war sie mit Ryan zusammen, aber sie hatten noch nicht miteinander geschlafen. Sie kennen Holly ja überhaupt nicht – warum sollte sie Ihnen so etwas erzählen?«

Gina Burton zuckte die Achseln. »Ich habe sie gesehen. Am Abend der Strandparty. Sie sind an Bord des Bootes der Slaytons gegangen.«

»Moment mal«, sagte ich. »Sie waren auf der Strandparty?«

»Wohl kaum«, höhnte Gina. »Ich stehe hier nicht direkt ganz oben auf den Einladungslisten, falls Ihnen das noch nicht aufgefallen sein sollte. Aber ich war am Yachthafen. Ich sah Bobbys Truck vorfahren, und ich sah, wie ein Mädchen an Bord der Slayton-Yacht ging. Ich wusste nicht, dass sie vermisst wird, bis ich das Foto gesehen habe, dass Sie mir am Donnerstag im Bistro gezeigt haben. Aber sie war es, ganz bestimmt.«

»Augenblick mal. Bobbys Pick-up-Truck? Wollen Sie behaupten, dass sie mit Bobby da war, nicht mit Ryan?«

Gina schüttelte den Kopf. »Ich bin mir ziemlich sicher, dass es Ryan war. Vielleicht hatte er sich Bobbys Wagen geliehen?«

»Was hatte sie an?«, fragte ich in der verzweifelten Hoffnung, dass die Frau sich irrte. Ich wusste nicht, warum, denn ein neuer

Hinweis war ja zunächst mal etwas Positives, aber aus irgendeinem Grund erfüllte mich der Gedanke mit Schrecken, dass meine Schwester am Abend ihres Verschwindens allein mit einem der beiden Slayton-Brüder gewesen war.

»Es war dunkel, aber ich glaube, ihr Kleid war schwarz oder hatte zumindest einen sehr dunklen Farbton. Als sie dort ankamen, trug sie einen roten Kapuzenpulli darüber, aber sie, ähm …« Gina blickte verlegen zu Boden. »Sie hat ihn ausgezogen. Daher weiß ich, dass es ein Kleid war und kein Rock.«

»Und Sie haben zugesehen, wie die beiden Sex hatten?«

Gina lief dunkelrot an. »Nein! Also, ich wollte es nicht. Erst wusste ich nicht, was sie vorhatten. Ich sah, wie sie ihren Pullover auszog, und dann haben sie angefangen, sich zu küssen … Um ehrlich zu sein, ich habe überlegt, ob ich nicht rübergehen und sie vor ihm warnen sollte – ihr sagen sollte, dass er ein Vergewaltiger und Mörder ist.«

»Und warum haben Sie das nicht getan?«, fragte ich, obwohl ich die Antwort kannte. Sosehr ich auch wünschen mochte, Gina hätte meine Schwester gerettet, sie von Ryan Slayton weggezerrt und in ein Taxi gesetzt, das sie nach Hause brachte … doch Holly hätte sie vermutlich für verrückt gehalten und ihr mitgeteilt, sie solle sich verpissen.

»Nun ja, es wäre nicht das erste Mal gewesen«, antwortete Gina mit leiser Stimme. »Aber die Slaytons kennen sehr viele Leute. Als ich zum letzten Mal ein Mädchen vor Ryan gewarnt habe, hat er gedroht, mich verhaften zu lassen, wenn ich je wieder in seine Nähe komme.«

»Also haben Sie ihn gestalkt«, stellte ich fest. »Und Sie wollten nicht gesehen werden.«

»Na gut, ja. Bestimmt halten Sie mich jetzt für eine irre, besessene Stalkerin, genau wie alle anderen hier. Aber ich kann den Gedanken einfach nicht ertragen, dass noch jemand das durchmachen muss, was meine Schwester durchgemacht hat, und dass noch eine Familie …«

Sie verstummte, denn sie weinte jetzt, laut und herzzerreißend. Arme Frau. Vielleicht war ich der einzige Mensch auf der Insel, der genau wusste, wie sie sich fühlte.

»Hören Sie.« Ich legte ihr die Hand auf den Arm. »Kommen Sie doch mit mir zu Hollys Ferienhaus; da bin ich untergekommen. Dort können wir reden, ohne dass uns die halbe Stadt zusieht. Sie können mir alles sagen. Ich glaube, ich kenne da jemanden, der uns helfen könnte.«

Sie schaute zu mir hoch, mit einem Schimmer Hoffnung in den dunklen Augen. Sie wirkte erschöpft, blass und verzweifelt. Sie sah aus wie ein Mensch, der zuvor jede Hoffnung aufgegeben hatte, aber gerade wieder ein klein wenig Zuversicht schöpfte.

»Glauben Sie das wirklich? Vielleicht werden sie uns nicht mehr ignorieren können, wenn wir zu zweit sind.« Sie wischte sich die Tränen ab. Sie sah mich an, als wäre ich eine Art Heldin, die mit einem Flugzeug zur unverhofften Rettung herbeieilte – eine Art Jessica Fletcher in *Mord ist ihr Hobby*. »Vielen Dank«, sagte sie. »Sie würden nicht glauben, wie lange ich darauf gewartet habe, dass jemand wie Sie mir hilft.«

27

Claire

Als wir das Ferienhaus meiner Schwester betraten, empfand ich wie einen schmerzhaften Stich die inzwischen vertraute Enttäuschung, dass Holly nicht während meiner Abwesenheit zurückgekehrt war. Ich lud Gina mit einer Geste ein, auf dem Sofa Platz zu nehmen, und entschuldigte mich für die Unordnung.

»Ich wollte nicht, äh … Ich konnte einfach nicht …«

Gina nickte, obwohl ich unfähig gewesen war, den Satz zu beenden. »Du wolltest ihre Sachen nicht wegräumen«, sagte sie. »Das verstehe ich.«

Es ärgerte mich, dass sie mich bereits behandelte, als wäre ich wie sie. Als wären unsere Geschichten gleich. Aber das stimmte nicht. Ihre Schwester war tot, und das tat mir furchtbar leid – natürlich tat es das. Aber es gab noch überhaupt keine Beweise dafür, dass Holly etwas Schreckliches zugestoßen war, und solange es ging, würde ich das Beste hoffen.

Ich ließ mir meine Irritation nicht anmerken. Emmy hatte einen sehr netten Eindruck gemacht, und sie schien meine Schwester gut zu kennen; Gina hingegen war entschlossen und standhaft. Auf dem Weg hierher hatten wir uns ein bisschen unterhalten, ihre Entschiedenheit beeindruckte mich. Sie hatte den Versuch nie aufgegeben, Gerechtigkeit für Natalie zu erlangen, obwohl es mittlerweile fünf Jahre her war. Sie sei den Bewohnern von Martha's Vineyard lästig, hatte Gina gesagt, eine ständige Erinnerung daran, dass sie bereit waren, Mord und Ungerechtigkeit unter den Teppich zu kehren, nur um weiter an ihre glückliche, sichere Inselgemeinschaft glauben zu können. Gina war überzeugt, dass es noch viel mehr Leute in Edgartown gab, die den Tod ihrer Schwester nicht für einen Unfall hielten, aber zugeben wollte es keiner. Es wäre besser für alle, hatte sie gesagt, wenn sie wegginge, einfach verschwände. Besser für alle, nur nicht für Natalie.

»Du weißt, dass ich der Polizei mitteilen muss, was du mir gerade erzählt hast. Dass du Holly am Abend ihres Verschwindens mit Ryan Slayton zusammen gesehen hast«, erklärte ich.

Gina schüttelte traurig den Kopf. »Sie werden dir nicht glauben. Das verstehst du doch sicher? Es gibt Dutzende von Zeugen, die gesehen haben, wie meine Schwester an jenem Abend zu den Slaytons ins Auto stieg. Es hat damals keinen Unterschied gemacht, und es wird auch jetzt keinen machen, insbesondere, wenn die einzige Zeugin die verrückte, von den Slaytons besessene Gina ist. Die haben die Polizei und die Strafverfolgungsbehörden doch in der Tasche, hier und anderswo. Sie sind mit den Kennedys verwandt, Herrgott noch mal.«

»Aber wenn die Slaytons Mörder sind und der Rest der Insel bereit ist, sie zu decken, warum hat man dich dann nicht einfach verschwinden lassen?«, fragte ich.

Gina lächelte. »Zunächst einmal glaube ich nicht, dass die ganze Insel sich verschworen hat, um ein Verbrechen zu vertuschen. Ganz gleich, was die Leute sagen, ich bin nicht verrückt. Aber ich denke, Officer Waylans hat Natalies Tod so schnell als Suizid eingestuft, weil er nicht glaubte, dass jemand sie ermordet haben könnte. Sie hatte getrunken, sie ist mit den Slayton-Brüdern zum Yachthafen gefahren und letzten Endes in jener Nacht zu Tode gekommen. Niemand wollte an einen Mord glauben, also hat man Waylans nur zu gern geglaubt, als er zu dem Schluss kam, sie hätte ihren Tod selbst verschuldet. Es hat natürlich auch nicht geschadet, dass er mit Laurence Slayton befreundet ist. Laut der Polizei haben sich die beiden Slayton-Brüder und ihre Freunde bei den Ermittlungen sehr kooperativ gezeigt.«

»Waylans«, murmelte ich. Das musste Sheila, Hollys Vermieterin, gemeint haben, als sie sagte, die Polizei würde nicht glauben wollen, dass meiner Schwester irgendwas zugestoßen war. Denn wenn sich herausstellte, dass ihr tatsächlich etwas passiert war, könnten die Leute anfangen, sich zu fragen, wie das denn mit dem angeblichen Unfalltod eines jungen Mädchens vor fünf Jahren gewesen war. Und vielleicht würde an den Tag kommen, dass Officer Waylans damals nicht so gründlich ermittelt hatte, wie er es hätte tun sollen.

»Wenn ich fragen dürfte – was macht dich eigentlich so sicher, dass Natalie ermordet wurde?« Ich versuchte, meine Stimme so neutral wie möglich klingen zu lassen. »Ich meine, klar, es war eine furchtbare Tragödie. Aber zu Unfällen kommt es immer wieder. Besonders bei jungen Mädchen, die an Alkohol nicht gewöhnt sind.«

Gina nickte. »Natürlich. Ich leugne gar nicht, dass Natalie zu viel getrunken hatte. Den Aussagen der Partybesucher zufolge war sie so voll, dass sie kaum noch stehen konnte. Und das war allein ihre Schuld. Allerdings wünschte ich, irgendjemand hätte mich angerufen, dann wäre ich gekommen und hätte sie abgeholt. Und so gern ich jemandem die Schuld an ihrem Tod geben würde – wenn es wirklich nach einem Unfall ausgesehen hätte, wäre ich ein wenig erleichtert gewesen, denn zumindest hätte sie dann nicht durch die Hand von jemandem leiden müssen, dem sie vertraute. Aber es gibt einfach zu viele Ungereimtheiten. Ich meine, wenn es stimmt, was sie behaupten – dass sie Natalie bei uns zu Hause abgesetzt haben –, warum ist sie dann nicht einfach reingegangen?«

Ich wollte einwerfen, dass wir alle mal dumme, unlogische Dinge tun, wenn wir betrunken sind; aber sie hob die Hand, als ich den Mund aufmachen wollte.

»Ich weiß«, fuhr sie fort. »Das allein reicht nicht. Es ist durchaus denkbar, dass sie Angst hatte, reinzukommen, denn sie hätte was von meinen Eltern zu hören bekommen. Vielleicht wollte sie erst ein bisschen frische Luft schnappen, um nüchterner zu werden. Nur dass alle Partygäste übereinstimmend erklärt haben, dass sie so betrunken war, dass sie kaum stehen konnte. Man musste sie zu Bobbys Truck tragen und sie dort reinsetzen. Und zehn Minuten später soll sie in der Lage gewesen sein, von unserem Haus aus zum Yachthafen zu laufen? Der ist eine halbe Meile entfernt.«

Ich nickte und verstand allmählich, warum Gina die von den Slaytons erzählte Geschichte so wenig überzeugend fand.

»Also, sie verlassen angeblich die Party, um Natalie vor ihrer Haustür abzusetzen, ganz altruistisch und ritterlich«, fuhr sie fort. »Und dann macht sich keiner die Mühe, darauf zu achten, dass sie auch tatsächlich ins Haus geht? Obwohl sie sinnlos betrunken ist? Nehmen wir mal an, es stimmt. Natalie geht – nein, torkelt – in der Dunkelheit zum Yachthafen, der eine halbe Meile entfernt ist. Niemand weiß, ob sie barfuß war oder High Heels trug – sie hatte keine Schuhe an, als sie gefunden wurde. Also entweder hat sie den langen Weg auf diesen Absätzen zurückgelegt ...« Sie hielt mir ihr Handy hin und zeigte mir ein grobkörniges, vergrößertes Foto von Füßen in Stilettos mit mindestens fünfzehn Zentimeter hohen Absätzen. »Oder sie war barfuß. Allerdings hatte sie keinen einzigen Kratzer an den Füßen. Sicher, sie trieb im Wasser, Dreck und Sand würden weggewaschen worden sein, aber ihre Füße waren absolut sauber und unversehrt.«

Das schien unwahrscheinlich, musste ich zugeben. Es wäre für dieses junge Mädchen fast unmöglich gewesen, in solchen Schuhen eine halbe Meile weit zu laufen, so betrunken, wie sie allen Berichten zufolge gewesen war. Doch wie sollte sie das barfuß geschafft haben? Zunächst einmal hätte es wehgetan, auch wenn Alkohol eine schmerzstillende Wirkung haben konnte.

Und hätten ihre Füße nicht mit Sicherheit Spuren dieses Marsches aufgewiesen?

»Allmählich verstehe ich, warum du glaubst, dass es da Ungereimtheiten gibt«, bemerkte ich.

Gina hob die Augenbrauen. »Und dabei hast du erst die Hälfte der Geschichte gehört. Also warum, meinst du, beharrt die Polizei so stur darauf, dass es nichts anderes als ein Unfall gewesen sein muss?«

»Erzähl mir den Rest«, forderte ich sie auf, erhob mich und ging in die Küche. Dort nahm ich zwei Gläser auf dem Schrank und öffnete den Kühlschrank. »Möchtest du ein Glas Orangensaft?«

»O ja, gern«, antwortete Gina.

Es kam mir immer noch komisch vor, Hollys Sachen zu benutzen, wie etwa die Gläser, aus denen sie getrunken hatte, oder den Kühlschrank, vor dem sie sicher gestanden hatte, um zu überlegen, was sie sich zum Abendessen machen sollte. Manchmal schien es mir fast, als befände sie sich direkt neben mir, eine Holly aus einem Paralleluniversum, in dem das, was am Abend des 4. Juli geschehen war, sich nie ereignet hatte.

Ich brannte darauf, Gina zu fragen, was genau sie über Holly wusste; aber wenn sie Zeugin eines Verbrechens geworden wäre, nachdem sie Holly zusammen mit Ryan Slayton gesehen hatte, wäre sie doch sicher sofort zur Polizei gegangen. Und hatte sie nicht vorhin erwähnt, dass sie nicht einmal wusste, dass Holly vermisst wurde, bis ich ihr vorgestern das Foto gezeigt hatte? Folglich konnte sie nicht gesehen haben, dass Ryan Slayton meiner Schwester irgendetwas angetan hatte, und ich hatte den Eindruck, dass ich mehr von ihr erfahren würde, wenn ich sie einfach reden ließ und ihr zuhörte. Es war offensichtlich, dass sie sehr lange darauf gewartet hatte, mit jemandem über das alles reden zu können.

Ich kehrte zu ihr zurück und reichte ihr ein Glas Orangensaft. Sie nahm es mit einem Lächeln entgegen, nippte daran und holte dann tief Luft.

»Aber nehmen wir einfach mal an, dass es Natalie irgendwie gelungen ist, die ganze Strecke zum Yachthafen in High Heels oder barfuß zurückzulegen, ohne ihre Füße zu verletzen. Was wollte sie in dem Yachthafen, wo die Slaytons ihr Boot liegen hatten? Warum ging sie nicht einfach zum Strand oder zu einer der tausend anderen schönen Stellen auf der Insel, die sie liebte? Sie hatte sich vorher noch nie für den Yachthafen interessiert.«

Ich nickte, ohne noch einmal darauf hinzuweisen, dass Betrunkene nicht immer rational handeln. Ich hatte das Gefühl, dass das noch nicht alles war.

»Mal angenommen, wir glauben all das. Dann ist sie jetzt derart betrunken, dass sie hinfällt und sich wiederholt den Kopf am Steg anschlägt, wie der Obduktionsbericht sagt. Und dann, nachdem sie ins Wasser gestürzt und gestorben ist – *ohne zu ertrinken* –, treibt sie im Hafen, bis ein Boot daherkommt und sie von dessen Schraube aufgeschlitzt wird, ohne dass dem Skipper auffällt, dass sich eine Leiche dort verfangen hat. Dann bleibt sie unter dem Steg hängen, bis sie einen Tag später gefunden wird.«

Gina hatte ihre Geschichte beendet und sah mich erwartungsvoll an.

»Ich begreife nur nicht«, sagte ich, »wie jemand diese Geschichte hören und trotzdem glauben kann, dass der Tod deiner Schwester ein Unfall war.«

Gina sah mich an, als hätte ich ihr gerade einen Heiratsantrag gemacht. »Du hast ja keine Ahnung, wie lange ich darauf gewartet habe, das von jemandem zu hören«, antwortete sie, und Tränen traten ihr in die Augen.

28

Claire

Es sei nicht so gewesen, als hätte sie gar keine Unterstützung gehabt, berichtete Gina. Nachdem sie ihre Geschichte beendet hatte, gingen wir mit unserem Orangensaft in den Garten, wo es eine schöne Terrasse mit bequemen Lounge-Sesseln und einem Tisch mit Feuerstelle in der Mitte gab. In der Ecke befand sich offenbar ein abgedecktes Badefass. Vorher hatte ich kein Auge dafür gehabt. Wir beschlossen, es uns auf den übergroßen, farbenfrohen Sitzsäcken auf dem perfekt gepflegten Rasen bequem zu machen. Wenn jemand einen Blick über den Zaun geworfen hätte, wäre ihm womöglich der Gedanke gekommen, dass hier zwei Freundinnen saßen, die über alte Zeiten plauderten oder Pläne für eine Hochzeit oder Babyparty schmiedeten. Es wäre wohl niemand auf die Idee gekommen, dass hier zwei Frauen über das Verschwinden und den möglichen Mord an ihren kleinen Schwestern sprachen.

»Es gibt jede Menge unersättlicher *True Crime*-Fans«, sagte Gina und schob ein paar Haarsträhnen in ihren Pferdeschwanz zurück. Sie nippte an ihrem Orangensaft und blickte zum Meer, das man in der Ferne sehen konnte. »Das kann ein zweischneidiges Schwert sein. Klar, es ist schön, wenn Leute einem versichern, dass der Verdacht gerechtfertigt ist, und anfangs kann es einem vorkommen, als wäre man auf Gleichgesinnte gestoßen. Aber es melden sich auch Leute zu Wort, die gern rätseln und Theorien entwickeln. Die haben den Tod meiner Schwester wie irgendeine Netflix-Serie behandelt und versucht, das überraschende Ende zu erraten. Du würdest nicht glauben, wie oft ich erleben musste, dass Leute ganz furchtbare Dinge über Natalie, über mich oder unsere Eltern schrieben.«

Ich runzelte die Stirn. »Was denn zum Beispiel?«

»Da gab es einige, die meinten, man hätte Natalie nie erlauben dürfen, sich so zu betrinken – was stimmt, ja. Aber das heißt ja nicht, dass man von irgendeinem scheinheiligen Tastatur-Krieger darauf hingewiesen werden möchte. Wir wünschten mehr als jeder andere, dass wir ihr nicht erlaubt hätten, auf diese Party zu gehen, oder dass ich sie zu einer festgesetzten Zeit abgeholt hätte. Sie war zuvor ständig mit Freunden unterwegs gewesen, und sie hatte sich vorher noch nie sinnlos betrunken. Ich weiß nicht, wieso sie das an dem Abend getan hat. Die populärste Annahme in den Foren und Beiträgen war jedenfalls, dass es einer der Slayton-Brüder war und der Rest der Familie ihn deckte. Die Leute lieben Verschwörungstheorien, und wegen der Verbindung zu den Kennedys hatte diese Vermutung eine Weile eine ziemliche Anziehungskraft. Aber ich habe auch erlebt …« Sie räusperte sich, und ihr Unbehagen war ihr deutlich anzusehen. »Es gibt immer Leute, die alle anderen ausstechen wollen und mit einer Theorie kommen, auf die sonst noch niemand gekommen ist. Manche meinten, Natalie sei sehr wohl nach Hause zurückgekehrt und mein Vater hätte sie umgebracht – vielleicht, weil er so wütend war, dass sie sich betrunken und Schande über ihn gebracht hatte, oder weil er vertuschen wollte, dass er sie missbrauchte.« Als sie das sagte, brach ihre Stimme leicht. »Was völlig verrückt ist. Mein Vater hat uns beide geliebt, und er war so stolz auf uns. Er hätte uns nie ein Haar gekrümmt, egal was wir angestellt hätten. Andere meinten, ich hätte sie umgebracht, weil ich eifersüchtig auf sie war – warum genau, wurde nie deutlich zum Ausdruck gebracht. Vielleicht nur deshalb, weil sie jünger und hübscher war als ich – oder weil ich in einen der Slayton-Brüder verliebt war. Jemand …« Sie stieß einen Laut aus, der halb Lachen, halb Schluchzen war; ihre Gefühle drohten sie zu überwältigen. Sie schluckte schwer, und ich beugte mich vor und tätschelte ihr Knie. Es war als tröstliche Geste gedacht, und ich hoffte, sie würde es nicht irgendwie komisch finden, aber sie achtete gar nicht darauf. Es war, als würde sie Scheuklappen tragen und nichts wahrnehmen außer ihrem Schmerz. »Eine Person schrieb sogar, ich hätte sie vielleicht aus Eifersucht umgebracht, weil unser Vater Natalie missbraucht hatte und nicht mich.« Sie schloss die Augen, um den Schmerz auszublenden, den diese Worte in ihr hervorriefen.

»Herr im Himmel«, flüsterte ich. Beim Gedanken, jemand könnte mir verwerfen, Holly etwas angetan zu haben, wurde mir ganz übel.

»Meine Eltern haben es nicht verkraftet. Es war schlimmer als vorher, als alle von einem Unfall ausgingen. Ich fragte sie: ›Was kann denn schlimmer sein, als dass Natalies Tod nie gesühnt wird?‹ Mein Vater antwortete: ›Wenn ich je gefragt worden wäre, ob ich Sex mit meiner fünfzehnjährigen Tochter gehabt hätte, würde ich anders reden.‹«

»Das muss furchtbar gewesen sein«, sagte ich. Wie grausam es doch manchmal im Netz zugehen konnte. Leute, die hinter ihren Computerbildschirmen hockten, dem Theater der Verdammten, hatten nie das Gefühl, sich irgendwie zusammenreißen zu müssen.

Gina nickte. »Ich habe aufgehört, die Beiträge zu lesen«, sagte sie. »Damit war ich wieder da, wo ich angefangen hatte: Ich stand allein. Entweder glaubten die Leute mir, dass es ein Mord gewesen war – obschon manche von ihnen sich fragten, ob ich sie selbst umgebracht hatte –, oder sie glaubten mir kein Wort.«

»Was ist aus deinen Eltern geworden?« Beinahe hätte ich mich nicht getraut, diese Frage zu stellen.

Gina schloss die Augen, als ob diese Erinnerung sie mehr schmerzte als alles andere.

»Mein Vater starb zwei Jahre nach Natalies Ermordung«, antwortete sie. »Sein Herz hat nicht mehr mitgemacht. Meine Mutter ist nach Oregon zu ihrer Schwester gezogen. Sie konnte es nicht mehr ertragen, hier zu leben. Sie hat mich angefleht, mitzukommen, meinte aber, wenn ich das Gefühl hätte, bleiben zu müssen, könne ich im Haus wohnen. Sie …« Gina weinte jetzt, und sobald die Dämme gebrochen waren, konnte sie nicht mehr aufhören.

Ich holte eine Schachtel Kleenex aus dem Bad und reichte sie ihr. Sie rupfte einen ganzen Haufen Tücher auf einmal heraus und drückte sie sich an die Augen. Als das Schluchzen endlich nachließ, sah sie mich an – eine erschöpfte, geschlagene Frau, deren Leben zum Albtraum geworden war.

»Sie hat sich ein Jahr nach dem Tod meines Vaters das Leben genommen«, fuhr sie schließlich fort. »Ich war der einzige Mensch, der das hätte verhindern können, doch ich war nicht bei ihr. Und das nur, weil ich Natalie etwas versprochen habe, als ihre Leiche gefunden wurde. Ich habe das Versprechen abgelegt, diese Insel erst zu verlassen, wenn die Leute, die ihr das angetan hatten, hinter Gittern sitzen. Also stecke ich hier fest. Genau wie du.«

29

Holly

Der Abend des 4. Juli

Es dauerte ein paar Sekunden, bis die Worte zu ihr durchdrangen, und selbst dann verstand Holly nicht, was Emmy damit sagen wollte. *Natalie ist vor fünf Jahren gestorben, hier auf der Insel. Und ich bin mir ziemlich sicher, dass Ryan etwas damit zu tun hatte.*

»Was?«, fragte sie. Der Schock ließ sie das Gefühl in Armen und Füßen verlieren, und sie zitterte. Sie begriff nicht, warum ihr plötzlich so kalt war, obwohl ein paar Schritte entfernt ein Riesenfeuer loderte. »Wie könnte Ryan etwas damit zu tun haben? Er hat nie etwas erwähnt …«

Emmy schnaubte. »Tja, ist ja nicht gerade das ideale Gesprächsthema beim ersten Date, oder? Oder beim zweiten oder dritten Date.« Sie zog ihre Strickjacke enger um sich und wirkte gleichzeitig panisch und aufgebracht.

»Hör auf, alles wie einen Witz zu behandeln, und sag mir endlich, was los ist!«, verlangte Holly.

»Gehen wir doch zu mir«, bat Emmy und warf erneut einen Blick auf die Feiernden. »Ryan und die anderen werden gleich hier sein, und wenn er herausfindet, dass ich es dir erzählt habe …«

»Mir was erzählt?« Holly brüllte fast. Sie schaute sich rasch um, denn sie wollte sehen, ob jemand trotz der Geräuschkulisse ihre Unterhaltung mitgehört hatte, aber immer noch blickte niemand zu ihnen herüber. »Noch hast du mir gar nichts erzählt. Ich rühre mich nicht vom Fleck, bevor ich alles weiß.«

Emmy seufzte. »Na schön, aber dann will ich, dass du anschließend mit mir nach Hause kommst. Irgendwie habe ich ein komisches Gefühl heute Abend. Es fühlt sich hier nicht sicher an. Derek soll kommen und uns abholen.«

»Rede endlich!«, befahl Holly.

Emmy biss sich auf die Lippen und nickte. »Natalie hat eine Weile auf Martha's Vineyard gelebt«, begann sie. »Sie ist nicht hier aufgewachsen, aber ihre Eltern wohnten das ganze Jahr über auf der Insel, sie war also keine Sommerfrischlerin und keine Urlauberin. Sie waren noch nicht lange genug da, um als Einheimische zu gelten, hatten sich aber gut eingelebt. Sie und ihre Schwester waren echt nett und passten gut hierher. Sie ging noch zur Schule, ihre Schwester Gina war ein paar Jahre älter. Und dann, im Sommer vor fünf Jahren, verschwand Natalie.«

Holly presste die Lippen fest zusammen, denn der Wein drohte ihr wieder hochzukommen. Sie wusste nicht, ob es an der Menge an Alkohol lag, die sie intus hatte, oder an der grässlichen Ahnung, dass sie wusste, was gleich kommen würde. Sie brachte kein Wort heraus.

»Wir haben zwei Tage nach ihr gesucht«, fuhr Emmy fort. »Ihre Familie war außer sich vor Sorge. Sie war erst fünfzehn. Dann fand man ihre Leiche im Yachthafen von Oak Bluffs.«

Dieses letzte Detail war zu viel. Holly drehte sich um, als der warme, saure Mageninhalt ihr die Kehle hochschoss. Sie übergab sich, sank im Sand auf die Knie und musste abermals würgen. Emmy hockte sich neben sie, rieb ihr den Rücken und legte ihr den Arm um die Schultern.

»Ich wusste ja, ich hätte es dir nicht hier und jetzt erzählen dürfen«, sagte sie. »Alles in Ordnung mit dir? Können wir jetzt zu mir nach Hause fahren? Ich rufe sofort Derek an.«

»Nein«, entgegnete Holly und wischte sich mit dem Ärmel den Mund ab. In ihrem Kopf drehte sich noch immer alles, aber ihr war nicht mehr ganz so übel. »Jetzt will ich auch den Rest hören. Wie ist sie gestorben?«

Emmy seufzte, setzte sich auf die Fersen und hielt Holly mit gestreckten Armen von sich. »Alle sagten, es sei ein Unfall gewesen. Na ja, einige hielten es für Selbstmord, aber die meisten Leute glaubten an einen tragischen Unfall. Und das war es vermutlich auch, okay? Wahrscheinlich war es ein Unfall.«

»Aber?«, hakte Holly nach. Offensichtlich glaubte Emmy nicht daran, denn sonst hätte sie ihr die Geschichte nicht erzählt – nicht jetzt, nicht so. Ihre neue Freundin wandte den Blick ab, und erst nach einer gefühlten Ewigkeit sah sie wieder Holly an.

»Gina, Natalies Schwester, war damals überzeugt, dass sie umgebracht wurde, und ist es noch heute. Und ich glaube ihr. Natalie ist am Abend ihres Verschwindens zu den Slaytons ins Auto gestiegen, das habe ich selbst gesehen. Sie war völlig hinüber – viel zu betrunken, um mit einem Jungen, der älter war als sie, irgendwohin zu gehen. Es war Samstagabend, und wir hatten alle ordentlich was intus, aber sie war jünger als wir, und es kam mir nicht richtig vor. Bobby stützte sie und lud sie praktisch auf dem Beifahrersitz neben Ryan ab, der danach losfuhr. Bobby und ein paar andere Typen stiegen ins Auto und folgten ihnen. Ich war zu weit weg, um sie aufzuhalten, also habe ich Gina angerufen. Sie kam sofort her, aber niemand wusste, wo die Jungs mit Natalie hingefahren waren. Gina rief die Polizei an und versuchte, sie dazu zu bringen, nach ihrer jüngeren Schwester zu suchen, aber sobald sie den Namen Slayton aussprach, war es, als redete sie gegen eine Wand. Die Polizisten versprachen, nach Natalie Ausschau zu halten, doch niemand weiß, ob sie das auch wirklich getan haben. Als Natalie am nächsten Morgen immer noch nicht wieder auftauchte, musste Gina es ihren Eltern erzählen, und die haben so viel Wind gemacht, dass die Polizei bei den Slaytons vorbeifuhr. Dort lagen alle Jungs schlafend im Vorderzimmer, auf Sofas und auf dem Boden. Sie sagten aus, sie hätten Natalie nur nach Hause gefahren, und sie müsse allein fortgegangen sein, nachdem sie weg waren.«

»Und woher willst du wissen, dass es nicht so war?« Ein Gefühl des Grauens hatte Holly erfasst, und sie war froh, dass ihr Magen völlig leer war.

»Ich habe Ryan gesagt, dass ich beobachtet hatte, wie sie zu ihm ins Auto gestiegen ist. Und dass sie viel zu betrunken war, um anschließend noch alleine irgendwo hinzugehen.« Emmys Augen waren so dunkel wie der tintenschwarze Nachthimmel. »Damals waren wir befreundet, könnte man sagen. Ich meine, wir hingen im Sommer an denselben Orten ab, zumeist mit denselben Leuten. Er reagierte total aufgebracht – so hatte ich ihn noch nie erlebt –; und er sagte: ›Natalie ist ein dummes kleines Mädchen, das nur mit mir zusammen war, um meinen Bruder eifersüchtig zu machen, und wenn ihr im Yachthafen irgendwas Schlimmes zugestoßen ist, ist das ganz allein ihre Schuld.‹«

Holly zuckte leicht zusammen. »Es ist total beschissen, so was zu sagen. Aber ich verstehe nicht, weshalb du ihn deshalb verdächtigst, ihr etwas angetan zu haben. Es lässt ihn wirken wie das letzte Arschloch, klar, aber …«

»Verstehst du denn nicht?«, erwiderte Emmy aufgeregt. »Das Gespräch war, bevor Natalies Leiche gefunden wurde. Bevor irgendjemand eine Ahnung hatte, dass sie zum Yachthafen gegangen war.«

30

Claire

Ich spähte über den Rand des Buches, das ich zu lesen vorgab, und beobachtete den steten Strom von Passagieren, die sich in die Schlange für die Fähre nach Chappaquiddick einreihten. Die meisten Besucher von Edgartown wollten die berühmte Insel sehen, auf der Senator Ted Kennedy vor fünfzig Jahren mit dem Auto von der Brücke abgekommen war. Aber das war nicht der Grund, weshalb ich mich für die kleine vorgelagerte Insel interessierte.

Gina hatte mir erzählt, dass die Slayton-Brüder im Sommer fast jeden Tag zu ihrem Beach Club auf Chappy fuhren, und ich hielt mich schon fast den ganzen Nachmittag beim Fähranleger in Edgartown auf, um sie bei der Abfahrt oder Rückkehr abzupassen. Zwar hatte Gina erklärt, sie könne mich ohne Probleme dort reinbringen, obwohl ich nicht Mitglied war, doch ich wollte den Anschein einer zufälligen Begegnung erwecken. Also hatte ich mich mit einem Buch und einer steten Zufuhr geeister Limonade im Seafood Shanty häuslich eingerichtet. Das Essensangebot mit Meeresfrüchten sah total lecker aus, und mir war versichert worden, es sei das beste Fischrestaurant auf der ganzen Insel. Aber eins war klar: Sobald ich mir auch nur ein Hummerbrötchen bestellte, würden die Slaytons auftauchen, und ich hätte meine Chance verpasst. Wenn ich Holly gefunden hatte, würde ich jede Menge erstklassiger Hummer- und Krabbenbrötchen von ihr einfordern.

Ich wollte gerade aufgeben, als ich zwei bekannte Gestalten die Fähre verlassen sah, die in Begleitung eines dritten, mir unbekannten jungen Mannes waren. Gina, die offenbar den Slayton-Brüdern und ihren Freunden mit Hilfe von Fake-Accounts schon länger folgte, hatte mir ihre Profile in den sozialen Medien gezeigt. Also hatte ich das Gefühl, ich würde sie bereits kennen, und musste mir in Erinnerung rufen, dass sie keine Ahnung hatten, wer ich war. Ich kippte meine Limonade herunter, legte der Kellnerin ein großzügiges Trinkgeld hin und schoss auf die Dock Street hinaus, damit es so aussah, als hätte ich die ganze Zeit dort gestanden und meine Flyer verteilt.

Als sie auf mich zukamen, stellte ich fest, dass der Ältere, Bobby, wirklich einer der attraktivsten Männer war, die ich je außerhalb der Kinoleinwand zu Gesicht bekommen hatte. Selbst wenn ich nicht gewusst hätte, dass er mit Bobby Kennedy verwandt war, hätte ich es vermutlich erraten, denn er bewegte sich mit dem gleichen ungeheuren Selbstvertrauen, wie ein Mensch, der wusste, dass er wichtig war. Er neigte dazu, mit den Fingern durch sein dunkles Haar zu fahren, das er ein wenig länger trug. Er hatte klare blaue Augen, die von langen Wimpern gesäumt waren … Das konnte ich zwar von meiner gegenwärtigen Position aus nicht erkennen, aber ich hatte es auf vielen Fotos gesehen. Sein Gesicht war sonnengebräunt, und er hatte volle, wohlgeformte Lippen. Neben ihm wirkte sein Bruder Ryan wie eine Taschenlampe neben einem Flutlicht. Klar, man konnte auch beim Licht einer Taschenlampe sehen, aber so hell wie ein Flutlicht würde es niemals strahlen. Ryan hatte kurze rötlichblonde Haare, und seine Augen ähnelten von der Form her denen seines Bruders, nur dass seine braun waren. Er sah gut aus und machte einen ruhigen Eindruck. Als sie sich näherten, tat ich so, als hätte ich sie zum ersten Mal gesehen.

»Oh, hallo«, sagte ich und hielt ihnen ein Bild von Holly hin. »Ich bin auf der Suche nach meiner Schwester. Kennt ihr sie?«

Bobby blickte auf das Foto und nickte. Ryans Gesicht wurde ein wenig blass, aber vielleicht bildete ich mir das auch nur ein.

»Ja, klar«, antwortete Bobby. »Du bist also Hollys Schwester? Und du bist extra aus England gekommen, um nach ihr zu suchen?«

Ich stieß einen Seufzer aus, der hoffentlich nach einem Ausdruck der Erleichterung klang, aber mein Herz hämmerte. »Oh, zum Glück habe ich endlich jemanden getroffen, der sie kennt. Lebt ihr hier? Woher kennt ihr Holly? Ich weiß, dass sie am Freitag zu einer Party wollte, und seitdem hat sie nicht mehr auf meine Anrufe reagiert. Sie wird vermisst.«

Es schien, als wollte Ryan etwas sagen, aber Bobby hob die Hand, und sein Bruder klappte den Mund wieder zu. In Bobbys Blick, mit dem er mich musterte, lag leichtes Misstrauen. Er war nicht dumm.

»Wir haben ein Sommerhaus in Edgartown, aber unsere Boote liegen in Oak Bluffs. Wenn im Yachthafen ein Mädchen anfängt, das so klasse aussieht wie Holly, schaut man sich natürlich nach ihr um. Sie machte einen wirklich netten Eindruck. Sie wird vermisst, sagst du?«

Ich sah ihn abwartend an, um ihn dazu zu bringen, noch mehr zu erzählen. Offensichtlich war ihm nicht bewusst, dass ich bereits über Hollys Bekanntschaft mit den Slaytons und ihre Dates mit Ryan informiert war. Aber irgendetwas – nennen wir es Instinkt – riet mir, dieses Wissen für mich zu behalten.

Bobby jedoch war gut in diesem Geduldsspiel. Er wartete einfach ab und machte keinerlei Anstalten, das peinliche Schweigen zu überbrücken.

Schließlich sagte ich: »Seit Freitag vor einer Woche wurde sie von niemandem mehr gesehen, und niemand hat irgendwas von ihr gehört. Sie war auf dem Sommerfest, das eure Familie immer am 4. Juli veranstaltet, stimmt das?«

Bobby grinste. »Sag doch gleich, dass du längst weißt, wer wir sind, Claire. Sie war bei unserem Sommerfest, aber danach ist sie zur Strandparty auf dem Left Fork Beach weitergezogen, wie die meisten Leute unter vierzig, die bei uns gewesen sind.«

Ich hob eine Augenbraue – ein Kunststück, um das Holly mich immer beneidet hatte – und gab auf, so zu tun, als würde ich die beiden nicht kennen. »Ich habe den Eindruck gewonnen, dass jeder weiß, wer du bist, Bobby. Daran bist du gewöhnt, oder? Wisst ihr, wo meine Schwester danach hingegangen sein könnte?«

Er zuckte die Achseln. »Wir haben sie nicht mehr gesehen.«

Ich wies auf Ryan und den anderen jungen Mann, dessen Namen ich nicht kannte. »Sprichst du für euch alle?«

»Tja, tue ich wohl, kleine Dame«, leierte Bobby in einer lauten Südstaaten-Cowboy-Parodie. »Sind Sie jetzt Sheriff hier? Brauche ich einen Anwalt?«

Der dritte Typ begann zu lachen, aber Ryan schien das Getue seines Bruders ein wenig peinlich zu sein.

Ich lächelte. »Ich will nur meine Schwester finden. Ich will mich überzeugen, dass es ihr gutgeht, mehr nicht. Wenn ihr irgendwas wisst, wäre ich wirklich dankbar.«

Bobby zuckte wieder mit den Achseln. »War nur Spaß. Holly ist nett, sagte ich ja schon. Allerdings ein bisschen naiv für zweiundzwanzig. Zusammen mit Carl bei der Strandparty aufzutauchen, obwohl seine Frau auch da war – es sah aus, als hätten die beiden … Na, du weißt schon.«

Das hatte ich nicht erwartet. Von Emmy wusste ich, dass Carl meine Schwester zum Strand gefahren hatte und Stacy alles andere als erfreut darüber gewesen war. Aber hatte Holly wirklich mit ihm geschlafen? Ganz bestimmt nicht. Gina hatte meine Schwester an Bord der Slayton-Yacht gehen sehen, und Holly hatte bestimmt nicht die Angewohnheit, Sex mit jedem Mann zu haben, mit dem sie länger als fünf Minuten allein war. Bobby versuchte bestimmt nur, mich auf eine falsche Fährte zu locken.

»Du willst also behaupten, dass Holly was mit ihrem Chef hatte?«, hakte ich nach.

Ryan mischte sich ein, bevor sein Bruder ihn daran hindern konnte. »Nein, das hätte sie nie getan. Stacy hat das völlig falsch verstanden.«

»Woher willst du das wissen?«, entgegnete Bobby. »Du warst zu dem Zeitpunkt doch noch auf unserem Anwesen und hast beim Feuerwerk geholfen.«

Ryan sah rebellisch aus. »Ich weiß einfach, dass sie nie mit Carl geschlafen hätte, okay?«

Ich wünschte, ich könnte mit Ryan allein sprechen und hören, was er zu sagen hatte, wenn das Alphatier nicht da war, aber da bestand wohl wenig Aussicht.

»Woher willst du das wissen?«, fragte ich nun ebenfalls.

Jetzt war Ryan an der Reihe, mit den Achseln zu zucken. »Ich kannte sie ein wenig, das ist alles. Wir sind ein paarmal miteinander ausgegangen. Sie war klasse.«

Es überlief mich kalt, als ich erkannte, dass er in der Vergangenheitsform von ihr sprach.

»Ja, das ist sie«, stimmte ich zu, und die Härchen auf meinen Armen stellten sich auf.

»Wir haben Holly auf der Strandparty erlebt«, sagte Bobby mit einem finsteren Seitenblick auf seinen Bruder. War ihm dessen Fehler aufgefallen? Hatte es irgendwas zu bedeuten? »Sie hatte ein bisschen zu viel getankt. Ich meine, wir waren alle angetrunken, aber sie hat sich zum Narren gemacht, sich den Typen an den Hals geworfen, sie sexy umtanzt. Die Jungs fanden es ja ganz witzig, doch die Mädchen wurden langsam sauer, und niemand wollte Streit. Nach einer Weile habe ich sie beiseitegenommen und ihr geraten, nach Hause zu gehen und ihren Rausch auszuschlafen.«

Ich glaubte ihm kein Wort, tat aber so, als würde ich an seinen Lippen hängen. »Hast du nicht dafür gesorgt, dass sie sicher nach Hause kam?«, fragte ich.

Bobby hob beide Hände. »Also, ich bin ein Gentleman, aber ich bin kein Idiot. Wenn ich sie nach Hause bringe und sie mich anbaggert – was hindert sie daran, später zu behaupten, dass ich sie sexuell bedrängt habe? Wenn man so aufwächst wie wir, lernt man, nie allein mit einer betrunkenen Frau zu sein.«

»So aufwächst wie ihr?«

»Ja, mit viel Geld. Es gibt Frauen, die wollen nur was von uns, weil wir reich sind und unser Onkel berühmt ist, aber andere …« Er senkte die Stimme, als würde er mir ein Geheimnis verraten. »Aber andere machen es absichtlich, um sich eine goldene Nase zu verdienen. Wir müssen da sehr vorsichtig sein.«

Ich nickte, als wäre er die Quelle aller Weisheit. »Muss furchtbar sein«, murmelte ich. »Und es wäre ja nicht das erste Mal, dass die Slaytons beschuldigt werden, einer Frau etwas angetan zu haben, nicht wahr?«

Zu meiner Überraschung reagierte Ryan zuerst darauf. »Was soll das bedeuten?« Er brüllte praktisch und wäre fast auf mich losgegangen, und ich bekam eine Ahnung von der rasenden Wut, die in ihm steckte.

Bobby packte ihn und hielt ihn zurück, wobei er ihm einen Blick zuwarf, der auch ohne Worte verständlich war. »Wir haben Ginas Schwester nichts angetan.« Seine Stimme war eisig. »Trotzdem hat Gina ihr Möglichstes getan, unser Leben zu ruinieren. Sie wollte einfach nicht akzeptieren, dass ihre Schwester nichts vertragen konnte und im Yachthafen ins Wasser gefallen war. Aber wenn du darüber Bescheid weißt, verstehst du sicherlich, warum ich nichts mit Holly zu tun haben wollte. Es gibt Leute, die unter Ginas Anschuldigungen gelitten haben. In den Medien wurden wir als wahre Monster dargestellt. Deine Schwester hat sich auf der Strandparty betrunken und sich zum Narren gemacht. Es gibt Dutzende von Leuten, die ihr gefolgt sein könnten, um ihr etwas anzutun.«

»Du wirst uns das nicht anhängen«, zischte Ryan.

Ich hatte mich noch nicht von meinem Schock darüber erholt, wie er sich schlagartig vom freundlichen jüngeren Bruder in einen Rottweiler verwandelt hatte.

»Ganz ruhig, Alter«, sagte Bobby und gab ihm einen leichten Klaps auf die Schulter. »Claire macht sich Sorgen um ihre Schwester. Sie hatte bestimmt nicht vor, uns zu beschuldigen, stimmt's, Claire?«

»Natürlich nicht«, pflichtete ich ihm bei, doch meine Stimme war angespannt.

»Na also.« Er lächelte. »Wir würden dir sehr gerne helfen, wenn wir könnten. Als Holly im Yachthafen aufgehört hat, nahmen wir einfach alle an, dass ihr Verhalten ihr peinlich war und sie weitergezogen ist. Oder wieder nach Hause geflogen ist.«

Ich nickte. Ich wollte nur noch weg von diesen Leuten. Die Stimmung war hässlich geworden, und mir war klar, dass ich die beiden nicht weiter bedrängen sollte. Trotzdem, einen Punkt musste ich noch klären. »Als ihr Holly zum letzten Mal gesehen habt, hat sie also die Strandparty allein verlassen? Wie spät war es da?«

»Gegen elf«, antwortete Bobby, der das Gespräch ganz offensichtlich beenden wollte. »Tut mir leid, dass ich es nicht genauer sagen kann, aber wir waren alle ziemlich hinüber. Ich habe ihr angeboten, ein Taxi zu rufen. Aber allein war sie nicht. Stacy ist ihr gefolgt.«

»Stacy?«, wiederholte ich, völlig verwirrt von dieser unerwarteten Information.

»Ja, Stacy vom Yachthafen … Carls Frau.«

31

Holly

Der Abend des 4. Juli

Holly, die immer noch auf den Knien hockte, war wie erstarrt und versuchte zu begreifen, was Emmy ihr da gerade gesagt hatte. Ryan hatte vorher gewusst, wo man am nächsten Tag Natalies Leiche finden würde. Gott, wie sie wünschte, sie hätte nicht so viel getrunken! Die Geschichte, die Emmy ihr erzählt hatte, geriet in ihrem Kopf bereits durcheinander, verzerrte sich und schrieb sich neu. Hatte sie gesagt, dass Ryan mit Natalie weggefahren war? Und Bobby sie zu ihm ins Auto gesetzt hatte, weil sie so besoffen gewesen war, dass sie kaum noch stehen konnte? Und zwei Tage später hatte man sie tot aus dem Yachthafen geborgen. Das klang gar nicht gut für Ryan. Außer wenn die Slaytons wirklich nur versucht hatten, dafür zu sorgen, dass das Mädchen sicher nach Hause kam. Wenn sie Natalie nach Hause gebracht hatten, dann waren sie schließlich nicht für das verantwortlich, was danach passiert war, oder? Vielleicht hatte Natalie beschlossen, noch einen Spaziergang zu machen, um etwas nüchterner zu werden, bevor ihre Eltern sie zu Gesicht bekamen. Oder sie hatte irgendjemanden getroffen, nachdem Ryan und sein Bruder weggefahren waren. Das, was Emmy da erzählte – es musste gar nichts zu bedeuten haben.

»Sag doch was.« Emmys Blick war bittend.

»Warum bist du damit nicht zur Polizei gegangen?«, fragte Holly, und sogar in ihrem angetrunkenen Zustand merkte sie, dass die Freundin sich eine andere Reaktion erhofft hatte. Vielleicht hatte sie sich gewünscht, dass Holly ihr versicherte, sie hätte unmöglich wissen können, dass Natalie etwas zustoßen würde, oder sie sei damals doch noch so jung gewesen und habe zudem getrunken. Dass das, was geschehen war, nicht ihre Schuld sei.

»Ich bin zur Polizei gegangen.« Emmy blickte über Hollys Schulter hinweg in die Ferne, und Holly fragte sich, an was sie sich wohl erinnerte. »Ich habe das alles der Polizei erzählt und bekam zu hören, Ryan Slayton habe bereits zugegeben, Natalie nach Hause gebracht zu haben. Er behauptete, er habe gesehen, wie sie auf die Tür zuging – aber nicht, wie sie das Haus betrat –, und dann einfach angenommen, sie sei hineingegangen. Natürlich sagte er, er bereue das jetzt, nachdem er gehört habe, dass sie vermisst werde. Er habe sich den ganzen Tag schlimme Vorwürfe deswegen gemacht. Officer Waylans schien mehr Mitgefühl für ihn zu empfinden als für Natalie: Er sagte, die Zukunft eines so vielversprechenden Jungen solle nicht darunter leiden, dass ein betrunkenes junges Mädchen einen Unfall gehabt habe. Und das war's. Natalies Tod wurde als Unfall eingestuft, und jedes Mal, wenn ich jetzt Ryan oder Bobby Slayton begegne, sehe ich vor mir, wie sie Natalie ins Auto verfrachten und ich nichts tue, um sie davon abzuhalten.«

Tränen liefen ihr über die Wangen, und diesmal tat Holly, was sie von Anfang an hätte tun sollen. Sie stand auf und zog dann Emmy hoch, nahm sie in die Arme und versicherte ihr, es sei nicht ihre Schuld, sie habe unmöglich wissen können, was passieren würde. Sie hielt ihre Freundin ganz fest, die an ihrer Schulter weinte und sich von all dem befreite, was sich jahrelang in ihr aufgestaut hatte. Holly verstand, warum Emmy nie zuvor darüber gesprochen hatte. Aus Scham und aus Schuldgefühl, weil sie dachte, sie hätte mehr tun können – dass Natalie womöglich gerettet worden wäre, wenn sie sich nur eingemischt hätte. Aber die Wahrheit sah anders aus: Selbst wenn sie eingeschritten wäre, hätten die Jungs sie sehr wahrscheinlich einfach ignoriert; und nichts wäre anders abgelaufen. Das war die Realität – Mädchen wie Emmy hatten keine Chance gegen Jungs wie die Slaytons. Man hätte sie hysterisch genannt, prüde, vielleicht sogar eifersüchtig. Fünf Jahre Schuldgefühle, die sie vielleicht ein Leben lang begleiten würden, dazu die ständig wiederkehrende Frage, was gewesen wäre, wenn sie …

»Ich hoffe, ich störe nicht?«

Holly spürte, wie Emmy sich in ihren Armen versteifte. Sie lösten sich voneinander und sahen in das grinsende Gesicht von Ryan Slayton. Er hielt einen Sixpack Bier in einer Hand und eine Weinflasche in der anderen.

»Ich habe dir noch etwas Wein besorgt«, sagte er zu Holly, und als er im Schein des Feuers Emmys tränenüberströmtes Gesicht sah, runzelte er die Stirn. »Alles in Ordnung, Emmy?«

»Alles gut«, versicherte Holly, bevor Emmy etwas erwidern konnte. Sie spürte, wie Emmy ihre Hand ergriff und sie ganz leicht drückte. Eine Warnung, nur ja nichts zu verraten. »Nur Probleme wegen eines Jungen.«

»Na, jeder Typ, der dich traurig macht, ist ein Trottel.« Ryan stellte die Getränke ab und knuffte spielerisch ihren Arm. »Du bist eine echte Schönheit. Willst du, dass ich ihn mir mal vorknöpfe?«

Emmy schüttelte den Kopf und schwieg. Sie standen in peinlichem Schweigen da, bis Holly sich räusperte und die Weinflasche an sich nahm.

»Danke dafür, Ryan«, sagte sie. »Aber ich kann nicht aus der Flasche trinken. Würdest du mal nachsehen, ob noch welche von diesen Plastikbechern da sind? Ich glaube, ich habe einen Stapel bei dem roten Truck da drüben gesehen.«

Ryan lächelte, beugte sich vor und küsste sie auf den Scheitel.

Es war das erste Mal, dass er sich so kühn verhielt – sonst wartete er immer ab, bis sie die Initiative ergriff. Und deshalb fiel es ihr auch so schwer, Emmys Geschichte zu glauben, als sie ihm in seine braunen Augen blickte. Sicher, sie kannte ihn noch nicht lange, aber bei ihren Dates war er immer schüchtern gewesen, hatte sie stets respektvoll behandelt. Sie konnte sich vorstellen, dass Bobby den Zustand eines betrunkenen jungen Mädchens ausnutzte – aber doch nicht Ryan. Und hatte nicht sogar Emmy gesagt, dass er nicht gerade erfreut gewirkt hatte, als Natalie in sein Auto verfrachtet wurde?

»Bin gleich wieder da«, versprach er und ging widerspruchslos los, um ihr einen Plastikbecher zu besorgen.

»Was zum Teufel soll ich mit diesen Informationen anfangen?«, sagte Holly und legte die Hand über die Augen. Dann ließ sie die Hand sinken und sah Emmy an. »Du weißt nicht mit Sicherheit, ob sie irgendwas getan haben, außer Natalie nach Hause zu bringen. Das hast du selbst gesagt. Und ich kann mir einfach nicht vorstellen, dass Ryan einer Frau irgendwas antun könnte, schon gar nicht einem jungen Mädchen. Um Himmels willen, sie war ja noch fast ein Kind. Aber wenn ich mich in ihm täusche …«

»Ich musste es dir sagen.« Emmys Tonfall war fast bittend; sie wollte, dass Holly sie verstand. »Du hast davon gesprochen, mit ihm nach New York zu gehen – was, wenn ihr beiden zusammengeblieben wärt, geheiratet hättet? Kinder bekommen hättet?« Sie schien die Vorstellung abstoßend zu finden, und da begriff Holly, dass ihre Freundin wirklich glaubte, dass Ryan und sein Bruder etwas mit Natalies Tod zu tun hatten. Sie kam zu einem Entschluss und packte Emmy am Arm. Sie brauchte Zeit, um die neuen Informationen sacken zu lassen; sie musste wieder nüchtern werden, sich beruhigen und alles gründlich mit Emmy durchsprechen.

»Könntest du Derek anrufen? Ihn bitten, zu kommen und uns abzuholen?«

Emmy nickte und holte ihr Handy hervor. Holly blickte zu Ryan hinüber, der von einem hochgewachsenen Typen mit kurzem, blondem Haar in ein Gespräch verwickelt worden war. Emmy sprach ins Telefon und hielt alle Finger ihrer freien Hand hoch: in fünf Minuten. Der Parkplatz war auf der anderen Seite des Lagerfeuers, aber es war möglich, darum herumzugehen, ohne direkt an Ryan vorbeizukommen. Es gab einen Trampelpfad, der durch ein paar Büsche zu ihrer Rechten führte, allerdings war es dort stockfinster, denn der Schein des Feuers reichte nicht bis dahin. Hoffentlich hatte sie nicht das Pech, sich ein Bein zu brechen, dann wäre der Rest der Sommersaison für sie gegessen.

»Komm«, sagte Emmy, beendete das Gespräch und griff nach Hollys Arm.

Ryan hatte ihnen den Rücken zugedreht, und es waren genug Leute am Strand, um zwischen den einzelnen Gruppen hindurchzuschlüpfen und ungesehen im Dunkeln zu verschwinden. Und so schlängelten sie sich zwischen den feiernden Leuten hindurch und versuchten, möglichst nicht in Ryans Sichtfeld zu geraten – er stand immer noch auf der anderen Seite des prasselnden Feuers. Plötzlich blieb Holly stehen, und Panik krampfte ihr den Magen zusammen.

»Mist«, zischte sie und packte Emmy am Arm. »Meine Tasche! Ich habe meine Tasche vergessen. Sie liegt noch da, wo wir eben waren.«

Emmy riss die Augen auf. »Lass sie liegen.«

»Das kann ich nicht.« Tränen der Frustration stiegen Holly in die Augen. »Da ist mein Handy drin und alles … Ich muss zurück.«

»Ich komme mit«, bot Emmy an, aber Holly schüttelte den Kopf.

»Geh schon mal vor, und sag Derek, er soll den Motor laufen lassen und so dicht an den Strand heranfahren, wie er kann. Ich komme in zwei Minuten nach.«

Emmy zögerte, sie schien nicht begeistert von dem Plan. Holly schob sie leicht von sich.

»Geh schon«, drängte sie. »Derek soll nicht denken, dass du es dir anders überlegt hast, weggerufen wurdest oder sonst irgendwas passiert ist. Ich komm gleich nach.«

Emmy nickte und lief weiter in Richtung Parkplatz, während Holly zurückging. Es war jedoch fast unmöglich, die genaue Stelle, wo sie eben gesessen hatten, in der Dunkelheit wiederzufinden, und Holly verfluchte sich, weil sie Emmy gedrängt hatte, ohne sie weiterzugehen. Sonst hätte sie sich mit Emmys Handy selbst anrufen können, und dann wäre es leichter gewesen, in der Dunkelheit ihre Tasche zu finden, die hier irgendwo im Sand liegen musste. Holly blieb stehen und schaute sich nach Ryan um. Eben noch hatte er mit dem kurzhaarigen Blonden geredet, aber jetzt war er nicht mehr zu sehen.

Holly fluchte leise und ließ ihren Blick über die Leute schweifen, die sich um das lodernde Feuer versammelt hatten. Viele Gesichter waren im Dunkeln oder wurden nur halb vom Feuerschein erhellt. Es war praktisch unmöglich, irgendjemanden zu erkennen. Wo steckte er? War er hierher zurückgekehrt, während sie sich im Dunkeln zwischen verschiedenen Gruppen hindurchgeschlängelt hatten? Wenn ja, konnte er nicht lange auf sie gewartet haben.

Verzweifelt suchte sie den Sand ab – als plötzlich eine Hand sie von hinten packte und sich über ihren Mund legte.

»Hast du etwas verloren?«, zischte eine Stimme, und Holly wurde rückwärts in den langen Strandhafer gezerrt.

32

Claire

Mein erstes Ziel am nächsten Morgen war der Yachthafen. Ich beabsichtigte, Stacy zur Rede zu stellen und herauszufinden, ob sie Holly nach dem Streit auf dem Parkplatz noch einmal gesehen hatte. Es war warm, aber nicht mehr so schwül, und eine kühle Brise wehte vom Meer her. Im Yachthafen war mehr los als am Donnerstag, und ich entdeckte Carl im Gespräch mit einer Gruppe von Leuten. Er hatte mir den Rücken zugewandt, und seine Stimme schallte über den Platz. Ich entdeckte Stacy im Empfangsbereich der Hafenmeisterei, wo sie hinter dem Schreibtisch saß.

Sie wirkte wenig begeistert, als sie mich sah. Vom Selbstvertrauen ihres Mannes war hier wenig zu spüren.

»Ich weiß nicht, was Sie schon wieder wollen«, sagte sie und legte ihren Stift hin. »Ich habe Ihnen bereits alles gesagt, was ich über Ihre Schwester weiß.«

»Aber das ist nicht wirklich wahr, oder?« Ich sprach so ruhig und beherrscht wie möglich. Noch nie in meinem Leben hatte ich mein Temperament so im Zaun halten müssen wie in den letzten paar Tagen. Ganz ehrlich, langsam bekam ich das Gefühl, dass man mit meinem Blut eine Wärmflasche hätte füllen können, wenn man eine Ader anzapfte.

Ich betrachtete Stacy jetzt mit anderen Augen, und mir fiel ein Kratzer an ihrem Hals auf, dicht am Kinn. War der Kratzer neu, oder war er mir vorher nur nicht aufgefallen? War das ihr auf Abwegen befindlicher Mann gewesen oder war es bei dem Streit mit meiner Schwester passiert? Holly war keine Straßenkämpferin, aber sie würde sich sicher verteidigen, wenn jemand versuchte, ihr wehzutun. Außer natürlich, wenn der Angriff überraschend kommen würde. Oder wenn es zwei Angreifer wären. Stacys Augen wirkten verquollen, als hätte sie nicht gut geschlafen. Wanderte sie durch die Flure wie Lady Macbeth und versuchte, sich das imaginäre Blut von den Händen zu waschen?

»Nennen Sie mich etwa eine Lügnerin?« Kurz blitzte Wut in ihren Augen auf.

»Das tue ich wohl, ja«, entgegnete ich. Ich stand dicht vor ihrem Schreibtisch und fragte mich, ob ich gerade die Konfrontation mit der Frau suchte, die meiner Schwester etwas angetan hatte. War Stacy in jener Nacht so rasend vor Eifersucht gewesen, dass sie Holly verletzt hatte? Oder hatte sie Holly solche Angst eingejagt, dass meine Schwester keine andere Alternative sah, als wegzulaufen? »Warum haben Sie mir verschwiegen, dass Sie an dem Abend, an dem meine Schwester verschwand, Streit mit ihr hatten?«

Stacy hob die Brauen und riss die Augen auf. Offenbar war ihr gerade klargeworden, dass ich sie im Verdacht hatte.

»O nein, nein, nein, nein«, sagte sie und schüttelte den Kopf. »Kommen Sie mir nicht mit diesem Scheiß. Ich habe sie angebrüllt, ja, weil sie eine Hure ist, die Familien zerstört und anderen Frauen den Ehemann wegnimmt. Aber ich habe sie nicht angerührt, und Sie werden hier nichts anderes behaupten. Sie ist zum Strand gelaufen, und ich habe sie nie wiedergesehen. Wenn Sie wissen wollen, wer ihr etwas angetan hat, dann sollten Sie besser herausfinden, wem sie sonst noch den Ehemann wegnehmen wollte.«

Die Temperatur meines Bluts stieg noch um einige Grade. Ich beugte mich vor, legte beide Hände auf den Schreibtisch und zischte ihr ins Gesicht: »Meine Schwester hätte Ihren Mann nicht mal mit einer Feuerzange angerührt.«

»Ich habe sie zusammen gesehen! Beim Sommerfest und dann später auf dem Parkplatz. Das war auch bei der Arbeit so! Immer hat sie sich an ihn rangeschmissen, mit ihm geflirtet, um die leichteren Arbeiten zugewiesen zu bekommen, um früher gehen zu können. Sie hat gemerkt, dass ich sie und meinen Carl auf dem Sommerfest beobachtet habe, und dann so getan, als hätte sie ihn abweisen wollen. Carl ist ja vielleicht willensschwach, aber wenn sie ihn nicht verführt hätte …«

Man merkte, dass Stacy sich das seit jenem Abend schon Dutzende Male vorgebetet und versucht hatte, sich einzureden, ihr Mann könne nichts dafür. Plötzlich empfand ich nur noch Mitleid mit ihr – und leichten Abscheu. Immerhin hatte sie sich selbst in diese Lage gebracht: Zuerst hatte sie sich mit Carl eingelassen, als er noch mit einer anderen Frau verheiratet gewesen war, und jetzt machte sie sich vor, allein die jungen Saisonkräfte wären schuld an seinen lüsternen Blicken und seinem Gegrabsche. Ich glaubte nicht ernsthaft, dass sie in der Lage gewesen wäre, Holly etwas anzutun, aber sie hatte mich schon einmal belogen, und ich hatte nicht vor, sie so leicht davonkommen zu lassen.

»Bobby Slayton sagt, er hat gesehen, wie Sie meiner Schwester nachgingen, als sie die Strandparty verließ.«

Sie lachte. »Bobby Slayton? Daher haben Sie Ihre Informationen? Himmel, Sie haben wirklich keine Ahnung, was? Bobby Slayton würde alles sagen, um sich und seine Familie zu schützen; das hat er immer wieder bewiesen.«

»Sie behaupten also, Sie wissen nicht, wo Holly ist? Oder was mit ihr passiert ist?«

Stacy schien unsicher.

»Die Polizei sagt, sie ist aus freien Stücken abgehauen. Ist weitergezogen.«

»Und das haben Sie geglaubt?« Ich schüttelte den Kopf.

»Haben Sie sich denn gar keine Sorgen gemacht, als sie nicht mehr zur Arbeit gekommen ist?«

»Warum sollte ich?«, fuhr sie mich an. »Nach dem, was auf der Strandparty passiert ist, hätte sie auf gar keinen Fall weiter hier arbeiten können. Wenn sie hier aufgekreuzt wäre, hätte ich dafür gesorgt, dass Carl sie auf der Stelle feuert. Ich nahm einfach an, sie hätte uns die Mühe erspart. Wir haben nicht erwartet, dass sie hier noch mal auftaucht, und sie ist nicht wieder aufgetaucht. War also keine große Überraschung.«

»Und wo ist Carl hingegangen, nachdem Sie die Strandparty verlassen hatten?«

Als Stacy erstarrte, merkte ich, dass ich einen Treffer gelandet hatte. Deshalb also machte mein Auftauchen hier sie so nervös, deshalb klangen ihre Beteuerungen, Holly ginge es bestimmt gut, so schwach. Sie fürchtete, dass ihr Mann ihr etwas angetan haben könnte.

»Wir sind zusammen nach Hause gefahren«, behauptete sie, aber ihr ganzes Verhalten hatte sich verändert. Sie war nicht länger großkotzig und ihrer Sache sicher.

»Und da ist er die ganze Nacht geblieben?«, fragte ich und sah, wie sie die Zähne zusammenbiss.

»Ja. Die ganze Nacht.«

»Sie hatten getrunken«, sagte ich. »Woher wollen Sie wissen, dass er nicht heimlich nach draußen geschlichen ist, während Sie schliefen? Vielleicht ist er zurück zum Strand gefahren, um meine Schwester zu treffen. Vielleicht ist irgendwas zwischen den beiden vorgefallen. Sind Sie ganz sicher, dass er ihr nichts angetan hat? Und woher haben Sie diesen Kratzer, Stacy?«

Sie schob ihren Stuhl zurück, stand auf, kam hinter dem Schreibtisch hervor und griff nach ihrem Handy, das auf dem Bücherregal lag.

»Sie gehen jetzt besser«, sagte sie, »bevor ich die Polizei rufe. Unruhestifter wie Sie mögen die gar nicht.«

Sie hielt ihr Handy hoch, um mir zu zeigen, dass sie es ernst meinte.

»Hat Holly das getan?«, fragte ich. »Unruhe gestiftet? Hat sie irgendetwas getan, das Carl dazu gebracht hat, ihr etwas anzutun?«

Stacy machte ein finsteres Gesicht. »Halten Sie die Klappe! Solche Sachen passieren hier auf der Insel nicht, und niemand wird glauben, dass Carl irgendwas mit der Abreise Ihrer Schwester zu tun hat. Es ist fünf Jahre her, dass wir hier zuletzt solchen Ärger hatten. Und man sieht ja, was dann passierte.«

»Reden Sie jetzt über Natalie Burton? Hat Carl ihr auch etwas angetan? Haben Sie Angst vor ihm? Ich kann Ihnen helfen. Wissen Sie, was mit meiner Schwester passiert ist? Hier ist niemand außer uns beiden, Stacy; was immer Sie mir sagen, ich kann Sie nicht darauf festnageln. Und selbst wenn ich es könnte – ich kann mir sehr gut vorstellen, wem von uns beiden die Polizei hier glauben wird. Also, warum verraten Sie mir nicht einfach, wo Holly ist? Ich kann Ihnen helfen, von ihm wegzukommen.«

Für einen Moment sah es so aus, als wollte Stacy etwas darauf erwidern, aber dann tat sie es doch nicht. Ihr Gesicht wurde weicher, und schließlich begann sie, sich mir zu öffnen. »Ich kannte Natalie Burton. Sie war meine Freundin. Auch ihre Schwester Gina war meine Freundin. Carl hatte nichts mit ihrem Tod zu tun, und das weiß hier auf der Insel jeder. Wir alle wissen, was diese Jungs Natalie angetan haben, und ob sie sie umgebracht haben oder sie ihretwegen Selbstmord beging … Schuld haben sie auf jeden Fall. Jetzt ist Natalie nicht mehr unter uns, und Gina ist verrückt geworden bei dem Versuch, ihnen ihre Schuld zu beweisen. Wenn ich wüsste, wo Ihre Schwester ist, würde ich es Ihnen sagen. Aber wenn sie an dem Abend mit diesen Slaytons weggegangen ist …« Stacy hielt kurz inne. »Sie sollten lieber die Finger von der Sache lassen und wieder nach Hause fliegen. Sonst enden Sie noch wie Gina. Lassen Sie nicht zu, dass die auch Ihr Leben zerstören.«

33

Claire

»Das war eine Lüge. Stacy ist meiner Schwester nicht gefolgt, als sie die Strandparty verließ«, rief ich der Gestalt zu, die auf einem Deluxe-Hängesessel entspannte. Der Hängesessel stand auf der riesigen Veranda des größten Hauses – nein, der größten Villa, des größten Anwesens –, das ich je im wahren Leben aus der Nähe gesehen hatte, aber davon würde ich mich nicht einschüchtern lassen. Bobby öffnete die Augen und sah mich überrascht an. Warum, war mir unklar. Es war ja nicht so, als stünden bewaffnete Wachen an den Toren; es gab nicht einmal ein Tor. Für ein »Billionen-Dollar-Anwesen« war es bemerkenswert wenig gesichert. Vielleicht wirkte Bobby deshalb so erstaunt. Vielleicht wurde man auf Martha's Vineyard nicht von unbekannten Verrückten angesprochen, wenn man auf seinem sauteuren Hängesessel ein Schläfchen hielt.

»Claire. Schön, dich wiederzusehen«, sagte Bobby und richtete sich auf. »Ich nehme an, du hast mit Stacy gesprochen?«

»Ja, und sie hat gesagt, du hättest gelogen.«

Bobby zuckte die Achseln. »Ist doch klar, dass sie das behauptet, oder?« Er machte eine Handbewegung, als hielte er das Gespräch für beendet. Ich konnte es kaum fassen. Was für ein Arschloch. »Hör mal«, fuhr er fort, als wäre er derjenige, der mich aufgesucht hatte. »Ich wollte mich noch für Ryans Ausbruch gestern entschuldigen. Er ist mein kleiner Bruder, und ich liebe ihn, aber er hatte schon immer ein Temperamentsproblem.«

Ich hob die Augenbrauen, sprach das Offensichtliche aber nicht aus.

»Und wenn ich ein bisschen flapsig war und so getan habe, als wäre mir deine Schwester völlig egal …« Anscheinend versagte ihm die Stimme, und er machte einen traurigen Eindruck. Er sah mir in die Augen. »Ich musste ein bisschen schauspielern, schließlich war Ryan dabei. Er hat dir erzählt, er und Holly hätten sich ein paarmal getroffen … Also, er war schon ziemlich versessen auf sie.«

»Ebenso wie du«, stellte ich fest.

Er wirkte überrascht. »Ist das so offensichtlich?«

Ich zuckte die Achseln. »Ich erkenne Geschwisterrivalität, wenn ich sie sehe.« Ich erwähnte nicht, dass Gina beobachtet hatte, wie Holly am Abend der Strandparty an Bord der Slayton-Yacht ging. »Habt ihr miteinander geschlafen?«

Bobby schüttelte den Kopf und bedeutete mir, ich solle mich setzen. Ich tat ihm den Gefallen und sank auf das teure Sitzmöbel ihm gegenüber.

»So weit waren wir noch nicht«, antwortete er. »Wir waren kurz davor, das will ich gar nicht leugnen, aber sie war sich ziemlich sicher, dass Ryan uns zusammen gesehen hatte, und zwar hier im Haus. Wir haben uns geküsst, als er die Treppe hochkam. Er hat nichts gesagt, aber danach hat er sich wirklich merkwürdig verhalten.«

Ich seufzte. Er hatte mir bereits so viele Lügen aufgetischt, dass ich nicht wusste, ob ich auch nur ein einziges Wort von dem glauben konnte, was er sagte. Doch diesmal wirkte er ehrlicher, und zum ersten Mal hatte ich nicht den Eindruck, dass er irgendeine Show abzog. Als er eben über Holly gesprochen hatte, war sein Gesicht für einen Augenblick weicher geworden. Falls Ryan die beiden wirklich zusammen gesehen hatte – war seine Wut dann so groß gewesen, dass er Holly etwas angetan hatte?

»Wenn dir und deinem Bruder so viel an Holly lag, warum habt ihr sie dann nicht als vermisst gemeldet?«, fragte ich.

Er verzog das attraktive Gesicht. »Ryan hat mir gesagt, sie habe ihm geschrieben, dass sie für ein paar Wochen nach Boston fahren würde.«

»Und das hast du ihm geglaubt?« Ich merkte selbst, wie ungläubig meine Stimme klang.

»Warum denn nicht? So gut kenne ich Holly nun auch wieder nicht, keiner von uns tut das. Außerdem dachten wir, dass sie sehr wahrscheinlich ihren Job im Yachthafen verloren hatte, weil Stacy überzeugt war, dass sie mit ihrem Mann geschlafen hatte –«

»Das ist nicht wahr«, unterbrach ich ihn.

Bobby schüttelte den Kopf. »Nein. Holly hielt ihn für einen Kotzbrocken. Ich habe zugelassen, dass Ryan sich deswegen Gedanken machte, um ihn von dem abzulenken, was sich zwischen uns entwickelte. Aber als Holly nicht mehr da war, nahmen wir schlichtweg an, sie wollte ihre Wunden lecken, nachdem Stacy sie gefeuert hatte. Ich habe sie mehrmals angerufen, um sie zu fragen, ob ich für ein paar Tage zu ihr nach Boston kommen könnte, aber sie ist nie rangegangen. Und dann bist du aufgetaucht.«

Ich dachte kurz über das nach, was sein Bruder ihm gegenüber behauptet hatte. Es gab drei Möglichkeiten. Erstens, Ryan sagte die Wahrheit, und Holly hatte ihm tatsächlich per WhatsApp mitgeteilt, dass sie nach Boston fahren wollte. Zweitens, er sagte die Wahrheit, ahnte aber nicht, dass die Nachricht in Wirklichkeit von der Person gekommen war, die auch Jess mit Hollys Handy eine Textnachricht geschickt hatte. Drittens, Ryan sagte die Unwahrheit und hatte nie eine Textnachricht erhalten, behauptete dies jedoch, damit niemand merkte, dass Holly verschwunden war. Was nahelegen würde, dass er etwas mit ihrem Verschwinden zu tun hatte.

»Meine Schwester ist nicht in Boston. Aber das weißt du ja, oder?«

Ein finsterer Ausdruck huschte über Bobbys Gesicht. Er sah aus, als wollte er etwas sagen, überlegte es sich aber anders und nickte stattdessen.

»Du bist überzeugt, Holly würde nie einfach den Telefonkontakt abbrechen, und das glaube ich dir«, sagte er. »Aber ich habe nicht gelogen, als ich sagte, dass Ryan und ich sie kaum kennen. Und Leute verhalten sich anders, wenn sie hier auf der Insel sind. Ich jedenfalls ganz bestimmt.«

»Was meinst du damit?«

Er zuckte wieder die Achseln. »Diese Insel ist wie ein paradiesischer Spielplatz. Klar, für die Leute, die ständig hier leben, ist es sicher einfach ihre Heimat, aber für uns jugendliche Sommerfrischler bedeutet es eine Flucht aus dem Alltag – Freiheit.«

»Aber ihr seid keine Teenager mehr«, rief ich ihm in Erinnerung. »Wie alt bist du, zweiundzwanzig?«

»Dreiundzwanzig«, berichtigte er mich. »Aber auf Martha's Vineyard fühle ich mich immer noch wie achtzehn. Das versuche ich dir ja gerade zu erklären. Zu Hause werde ich darauf vorbereitet, eine sehr hohe Position in der Firma meines Vaters zu übernehmen. Was bedeutet, dass mich praktisch jeder hasst. Alle haben sich den Arsch aufgerissen, um da hinzukommen, wo sie jetzt sind, und ich überspringe auf der Karriereleiter mehrere Ebenen, weil ich der Sohn meines Vaters bin.«

»Schön, deine goldenen Schühchen drücken«, entgegnete ich. »Aber inwiefern hilft es mir, Holly zu finden, wenn du dich wegen der Härten deines privilegierten Lebens an meiner Schulter ausweinst?«

Er grinste, als hätte ich ihn nicht gerade beleidigt. Er hatte das entwaffnendste Lächeln, das ich je gesehen hatte. Ich konnte nachvollziehen, dass Holly sich in ihn verguckt hatte und versucht gewesen war, sich von seinem jüngeren, weniger charismatischen Bruder zu trennen. Allein schon wegen dieses Lächelns.

»Ich will damit nur sagen, dass auf dieser Insel jeder alles sein kann. Sogar ein nettes Mädchen wie Holly.«

Ich wusste nicht, warum es mir so wichtig war, ihn davon zu überzeugen, dass Holly nicht einfach mit irgendeinem Typen nach Boston abgehauen war. Doch ich musste mir eingestehen, dass es so war. Ich schüttelte den Kopf und spürte Tränen der Frustration in meinen Augen brennen.

»Sie hat nicht einfach jemanden auf der Strandparty kennengelernt, mit dem sie dann am nächsten Tag nach Boston abgehauen ist«, behauptete ich beharrlich mit zusammengebissenen Zähnen. »Den größten Teil des Abends war sie mit deinem Bruder zusammen, und ich glaube, sie hat die Party mit ihm verlassen, und die beiden sind zu eurer Yacht gefahren. Vielleicht hat sie zugelassen, dass es zu weit ging, vielleicht hat sie in letzter Minute Nein gesagt. Oder vielleicht war sie wirklich so betrunken, wie du behauptest, und es gab einen Unfall. Was ist passiert? Deckst du ihn ein weiteres Mal?«

Bobbys Miene veränderte sich. Sein Gesicht war nicht länger charmant und attraktiv, sondern gefährlich finster.

»Ein weiteres Mal?«, wiederholte er. Seine Stimme war ruhig, aber sehr leise.

Ich hätte es bei meiner letzten Äußerung bewenden lassen sollen. Wenn einer der Slayton-Brüder meiner Schwester etwas angetan hatte, war es vermutlich ausgesprochen dumm, Bobby in seinem eigenen Haus herauszufordern. Einem Haus, das von einem Riesengrundstück umgeben war, und zudem verwehrte eine Baumreihe jede Sicht auf die Veranda. Aber ein Übermaß an Vernunft hatte man mir noch nie nachgesagt, und auch jetzt enttäuschte ich nicht.

»Wer von euch beiden hat Natalie Burton vergewaltigt und

ermordet? Oder wart ihr es beide? Aber das glaube ich nicht. Ich glaube, Ryan ist der mit dem Temperamentsproblem, und du bist derjenige, der das dann hinterher wieder ausbügelt.«

Bobby stand auf und trat einen Schritt auf mich zu. Ich zuckte leicht zusammen, rührte mich aber nicht von der Stelle. Ich glaubte nicht, dass er mich schlagen würde – aber weshalb war ich so überzeugt davon? Wenn ich es für möglich hielt, dass er fähig war, einen Mord zu begehen, um seinen Bruder zu schützen, warum war ich mir dann so sicher, dass er nicht die Hand gegen mich erhebenr würde? Er biss die Zähne zusammen und trat ganz dicht an mich heran. Ich hob trotzig das Kinn und sah ihm fest in die Augen.

»Pass besser auf, von wem du dir Ideen in den Kopf setzen lässt«, knurrte er. »Gina Burton behelligt meine Familie seit fünf Jahren, und das nur, weil ihre Schwester wie besessen von uns war. Willst du so enden wie Gina Burton, ohne eigenes Leben, ohne Zukunft? Meinetwegen. Aber erwarte nicht, dass ich hier stehe und mir anhöre, wie du mir Anschuldigungen ins Gesicht schleuderst. Ich mag Holly, und ich hätte ihr nie etwas angetan. Ich hoffe, dass es ihr gutgeht, ehrlich. Aber Ryan ist mein Bruder, und letzten Endes werde ich ihn beschützen, so wie du Holly beschützen würdest. Auf welche Weise auch immer.«

Er ging an mir vorbei, sprang die Verandastufen hinunter und ging über den Rasen davon. Ich hätte ihm gern etwas nachgerufen, aber was? Eine Entschuldigung? Es tat mir nicht leid, dass ich die Frage gestellt hatte, die sich alle hier stellten. Und eins war mir sehr wohl aufgefallen: Er hatte nicht abgestritten, dass Ryan Natalie oder meiner Schwester etwas angetan hatte.

34

Claire

Als ich Bobby Slayton das nächste Mal sah, war er wieder allein. Er kam gerade aus einer Eisdiele, was mich irritierte, obwohl ich mir gerade selbst ein Eis hatte holen wollen, um mich abzukühlen, nachdem ich auf der Polizeiwache zu hören bekommen hatte, Officer Waylans »sei momentan nicht zu sprechen«. Wie konnte Bobby sein sorgloses Alltagsleben einfach weiterführen, obgleich meine Schwester immer noch vermisst wurde und ihm und seinem Bruder angeblich so viel an ihr lag? Aber es machte den Eindruck, als könne sie ihnen nicht egaler sein. Nach unserem letzten Zusammenstoß hatte ich jedoch nicht die Absicht, mich wieder in ein Wortgefecht verstricken und von ihm bedrohen zu lassen. Allerdings war er eindeutig noch nicht fertig mit mir, und als er auf mich zusteuerte, stellte ich mich kampfbereit hin, fest entschlossen, mich zu behaupten.

»Hallo, Claire.« Seinem Gesichtsausdruck nach zu schließen, schien er sich unbehaglich zu fühlen. »Ich möchte mich für mein Benehmen bei unserem letzten Treffen entschuldigen.«

Er sah anders aus als bei unserer Begegnung auf dem Anwesen seiner Familie, müde und ein wenig, ja was – geschlagen? Ich kannte ihn nicht gut genug, um mir ein Urteil erlauben zu können, aber er wirkte nicht mehr so geschniegelt und arrogant wie zuvor.

»Warum?«

Er schaute mich überrascht an. »Wie bitte?«

»Warum willst du dich bei mir entschuldigen?«

Er hob in einer verteidigenden Geste die Hände. »Keine

bösen Hintergedanken. Normalerweise rede ich nicht so mit Frauen. Sicher hast du einen anderen Eindruck von mir gewonnen, aber es stimmt.«

»Na schön«, sagte ich. Ich war noch keineswegs überzeugt, dass es nicht nur irgendeine Strategie war, weil er irgendwas von mir wollte oder keine Lust mehr hatte, meine Fragen beantworten zu müssen. »Danke.«

»Gibt es … äh …« Er durchpflügte mit den Händen sein Haar. »Gibt es irgendwas Neues von Holly?«

Ich wusste nicht warum, aber als ich ihn ihren Namen aussprechen hörte, geriet ich in Rage. Wobei ich schon an normalen Tagen leichter in Wut geriet als andere Leute.

»Wie könnte das sein, wenn außer mir niemand nach ihr sucht?«, fuhr ich ihn an und warf ihm meinen bösesten Blick zu. »Du könntest Officer Waylans dazu bringen, eine Suche nach ihr einzuleiten, und das weißt du sehr gut. Wenn du wirklich wissen wolltest, ob es Holly gutgeht. Aber du hast die Polizei nicht dazu veranlasst, und das wirst du auch nicht tun. Weil sie dir nämlich völlig egal ist. Also tu nicht so, als wäre es anders.«

Ein fast schmerzlicher Zug lag um Bobbys Mund, und in dem Moment begriff ich, dass er glaubte, Holly sei verletzt – oder man habe ihr noch Schlimmeres angetan. Und ich konnte nur raten, ob er annahm, dass Ryan dafür verantwortlich war. Und genau deshalb würde er Waylans nicht bitten, eine Vermisstenfahndung durchzuführen. Er hatte Angst, was dabei ans Licht kommen könnte. Das, was er dann sagte, überraschte mich.

»Wir wollten zusammen sein«, verkündete er.

»Was?« Ich bemerkte, dass ein Paar in unsere Richtung sah, und senkte die Stimme. Ich hatte vergessen, welche Aufmerksamkeit die Slaytons hier überall genossen. »Was?«

»An dem Abend sind wir zusammengekommen, auf der Strandparty. Wir haben uns geküsst. Sie sagte, sie habe einen

Fehler gemacht, sie wolle mit mir zusammen sein, nicht mit Ryan. Sie hat gefragt, ob ich mit zu ihr kommen wolle, und ich … ich habe abgelehnt.«

»Du hast abgelehnt?«

Er seufzte, und ich sah einen Ausdruck über sein Gesicht huschen – war es Schmerz oder Bedauern? Aber weswegen?

»Sie hatte zu viel getrunken, um eine solche Entscheidung zu treffen. Sie und Ryan trafen sich erst seit ein paar Wochen, doch ich wollte nicht, dass sie mit mir schlief, wenn sie betrunken war, um es dann möglicherweise hinterher zu bereuen. Sie sagte, Emmy würde auf dem Parkplatz auf sie warten, und sie wollte direkt nach Hause zurückkehren. Am nächsten Tag sollte sie mich anrufen, und wir wollten reden. Ich habe versprochen, eine Bootstour mit ihr zu unternehmen, dann hätten wir Zeit für uns, und sie könnte ihre Entscheidung … bei klarem Verstand treffen. Sie ging, und ich habe sie nie wiedergesehen. Ich weiß, es gibt keinen Beweis dafür, und es klingt jetzt sicher so, als wollte ich nur den Verdacht von mir abwenden, aber …«

Das stimmte zwar, dennoch schien er mir aufrichtig zu sein, und ich glaubte ihm. Andererseits hatte Ted Bundy auch immer sehr ehrlich gewirkt, und ich war nicht so dumm, Bobby völlig als Verdächtigen auszuschließen.

»Warum erzählst du mir das erst jetzt?«

Er zuckte die Achseln. »Ich habe dir doch gesagt, dass wir einander mochten und ich dachte, dass mehr daraus werden könnte.«

»Und wenn du mir erzählt hättest, dass Holly deinetwegen Ryan verlassen wollte, wäre er in Verdacht geraten.«

Bobby nickte. »Vermutlich habe ich mir eingeredet, wenn ich es nur lange genug aufschiebe, taucht Holly wieder auf, und alles ist gut. Ich mag gar nicht daran denken, was ihr zugestoßen sein könnte.«

»Wusstest du, dass sie auf dem Boot gesehen wurde – mit Ryan? Auf eurer Yacht.«

Bobby blickte zu Boden. »Ich habe gerüchteweise davon gehört. Nichts Konkretes.«

»Warum sollte sie das tun, wenn sie mit dir durchbrennen wollte? Warum sollte sie ihre Meinung ändern und mit Ryan mitgehen?«

»Hat denn irgendjemand sie zusammen mit Ryan gesehen?«, fragte er herausfordernd. »Denn ich habe gehört, dass sie auf dem Boot gesehen wurde, aber soweit ich weiß, hat sie niemand dort zusammen mit Ryan gesehen.«

Das stimmte, begriff ich, als ich darüber nachdachte: Gina hatte nie behauptet, Ryan auf dem Boot gesehen zu haben. Sie hatte nur gesagt, dass Holly in Begleitung eines Mannes an Bord gegangen war.

»Warst *du* mit ihr zusammen auf der Yacht?«, fragte ich herausfordernd.

»Nein.«

»Wer sollte es denn sonst gewesen sein?«

Er stieß die Luft aus. »Ich weiß. Du hast ja recht. Aber warum sollte sie mit Ryan gehen, nachdem wir gerade ... Das ergibt doch keinen Sinn. Es sei denn, sie hat mit uns beiden nur gespielt.«

»Das würde Holly nie tun«, erklärte ich entschieden. »Vielleicht ist sie ein bisschen naiv, aber sie ist nicht grausam. Wenn sie gesagt hat, sie wolle nach Hause, dann wollte sie nach Hause.«

»Ryan und ich ...« Es schien, als wäre Bobby nahe daran, etwas zu sagen, was er eigentlich nicht sagen wollte. »Wir wollen beide immer gerade das haben, was der andere hat. Es ist eine Art Wettstreit. Ryan wäre nicht gerade erfreut darüber gewesen, dass sie sich für mich entschieden hatte.« Er ließ den Kopf hängen. »Klingt absolut dämlich, wenn ich es laut ausspreche, ich weiß.«

Ich dachte an Holly und mich und unsere Beziehung in den letzten Jahren. »Eigentlich nicht«, gab ich zu. »Geschwisterbeziehungen können echt merkwürdig sein, wenn du mich fragst.«

Er warf mir einen seltsamen Blick zu, als er mich das sagen hörte. »Aber Holly und du, ihr steht euch doch offenbar sehr nahe, wenn du diese weite Reise auf dich genommen hast, um nach ihr zu suchen, oder?«

Ich nickte. »Klar, wir stehen uns nahe. Das bedeutet aber nicht, dass wir uns immer gut verstanden haben. Nach dem Tod unserer Mutter …« Ich verstummte. Dies war weder der richtige Zeitpunkt noch der richtige Ort, um darüber zu sprechen.

Bobby nickte. »Holly hat mir erzählt, dass sie das Gefühl hatte, ihre Schwester im Stich zu lassen, als sie hierherkam. Als würde sie vor der Trauer weglaufen, statt sich ihr zu stellen, wie du es tust.«

Seine Worte waren wie ein unerwarteter Schlag in die Magengrube. »Das hat sie dir erzählt?«

Bobby nickte, und ich stieß ein trockenes Lachen aus.

»Ich habe mich noch nie im Leben irgendetwas direkt gestellt, und Holly hat mich nicht im Stich gelassen; das könnte sie gar nicht. Ich wollte nicht, dass sie nach Martha's Vineyard fuhr, weil ich sie brauchte, weil ich wollte, dass sie in meiner Nähe blieb. Das war egoistisch von mir. Aber anstatt mich dem zu stellen, habe ich ihr vorgeworfen, sie wäre egoistisch. Es war vermutlich das Letzte, was ich zu ihr gesagt habe.«

»Und deshalb bist du um die halbe Welt geflogen, um nach ihr zu suchen.« Bobby nickte. »Ich verstehe. Ryan und ich, wir streiten uns ständig, wir klauen einander unsere Sachen, und alles ist ein ständiger Wettstreit. Doch ich liebe ihn, und ich habe alles getan … Ich würde alles tun, um ihn zu beschützen. Verstehst du?«

Ich hatte den Eindruck, dass er von Natalie sprach, aber wenn ich ihn mit diesem Thema bedrängte, würde er dichtmachen. Also nickte ich nur. Bobby hatte seinen Bruder schon einmal gedeckt, und er würde es wieder tun, wenn es nötig war. Er würde nicht zur Polizei gehen. Ich war auf mich allein gestellt.

»Warst du schon einmal am Left Fork? Da, wo die Strandparty war?«, fragte Bobby.

Ich schüttelte den Kopf. »Dazu hatte ich noch keine Gelegenheit.« Das stimmte nur bedingt. Ich hatte da nicht allein hinfahren wollen.

»Dann begleite mich doch. Es wird heute wieder eine Party am Strand mit Lagerfeuer geben … Kein Vergleich mit der Party zum 4. Juli, aber abends treffen sich da gewöhnlich ein paar Leute.«

Ich dachte über sein Angebot nach. Ich wollte gern den Strand in Augenschein nehmen, an dem Holly zum letzten Mal gesehen worden war, obwohl so lange danach vermutlich keine Spuren mehr zu finden sein würden. Doch war es vernünftig, mit jemandem hinzugehen, den ich im Verdacht hatte, mehr zu wissen, als er mir verriet? Insbesondere, wenn man bedachte, was er gerade im Hinblick auf Ryan zu mir gesagt hatte. *Ich würde alles tun, um ihn zu beschützen.* War das eine Drohung gewesen?

»Wir können uns gern dort treffen, wenn du nicht zu mir ins Auto steigen willst«, sagte er, und fast hätte ich gelächelt – er schien meine Gedanken gelesen zu haben.

»Das würde ich tatsächlich ungern tun, wenn ich ehrlich bin«, gab ich zu. »Nichts für ungut, ich bin eben von Natur aus misstrauisch.«

»Ist schon gut, das verstehe ich. Dann treffen wir uns dort. Sagen wir um sieben? Es ist nur ein kurzer Spaziergang von Hollys Haus. Dann ist es noch hell, du wirst also nicht mit mir im Dunkeln in der Falle sitzen.«

Er zwinkerte mir zu, und unwillkürlich dachte ich wieder, wie gut er doch aussah. Aber im Gegensatz zu meiner Schwester wusste ich jetzt, wie gefährlich das sein konnte.

Ich warf mich nicht in Schale für den Besuch der Strandparty. Erstens hatte ich keine Partyklamotten eingepackt, und zweitens wollte ich nicht, dass Großmaul Bobby den Eindruck gewann, ich wollte ihn anbaggern. Für diesen Mist war ich zu alt und zu müde. Ich war gerüstet.

Ich war nur nicht darauf vorbereitet, dass er sich als eine so angenehme Gesellschaft erweisen würde.

Wir trafen uns am Left Fork Beach, auf dem unbefestigten Parkplatz direkt neben dem Sandstrand. Dort stand zwar nur eine einzelne Straßenlaterne, aber es gab immer noch so viel Tageslicht, dass der Trampelpfad zum Strand, auf dem das riesige Feuer loderte, gut zu erkennen war. Ich schaute mich um und dachte: *Hier muss es gewesen sein, hier hat sich Emmy mit Derek getroffen, hier hat Carl gehalten, und hier ist Stacy auf Holly losgegangen.* Danach war Holly runter zum Wasser gegangen, genau wie ich es jetzt tun würde.

»Das Feuer wird immer am selben Ort entzündet«, erklärte Bobby, »und normalerweise bewahren wir alle unsere Getränke dort hinten auf.« Er deutete auf eine Stelle mitten in den grasbedeckten Dünen, wo eine ganze Batterie Flaschen aus Kühlbehältern ragte. Die Dünen waren hier etwas höher und der Strandhafer länger und buschiger. Auf dem weißen Sand, abseits des Feuers, spielten noch Kinder Ball mit ihren Eltern. Es gab Schilder, die darauf hinwiesen, dass Alkohol am Strand verboten war.

»Wie viele Leute waren an diesem Abend hier?«, fragte ich Bobby, der zwei Flaschen Bier aus einem Kühler nahm. Er hielt zwei verschiedene Sorten hoch, und ich deutete auf eine. Er drehte sich um und griff nach einem Flaschenöffner, der halb im Sand verborgen lag.

»Ungefähr fünfzig«, antwortete er und drückte mir die Flasche in die Hand. Das Bier war kalt und erfrischend, und ich trank gierig ein paar Schlucke. »Eine Mischung aus jungen Sommerfrischlern und Insulanern. Es ist eine Tradition. Wir veranstalten das Sommerfest, und danach gehen oder fahren eine ganze Reihe von Leuten hierhin, und wir trinken und feiern weiter.«

Wir gesellten uns zu den Feiernden, und Bobby stellte mich ein paar Leuten vor und ließ dabei nicht unerwähnt, dass ich auf der Suche nach Holly war. Er half mir sogar, meine Flyer zu verteilen. Er schien ein völlig anderer Mensch zu sein als der Mann, der mich gestern so verhöhnt und aufgezogen hatte. Ein paar Leute kannten Holly und äußerten sich besorgt, weil sie so lange nicht mehr gesehen worden war. Zum ersten Mal hatte ich das Gefühl, tatsächlich zu den Leuten durchzudringen. Und morgen würde man das Schild für den Vorgarten liefern und anbringen. Die Kunde von Hollys Verschwinden würde sich also verbreiten. War es möglich, dass ich mich in Bobby getäuscht hatte? Er mit seinen Verbindungen konnte die Polizei vielleicht dazu bringen, dass sie die Sache endlich ernst nahm. Wenn Gina sich irrte und die Slaytons gar nichts mit Hollys Verschwinden zu tun hatten, wären sie sicher bereit, mir bei der Suche nach ihr zu helfen. Als Bobby mir noch ein Bier reichte und anfing, darüber zu sprechen, wie wir die lokalen Medien einbeziehen könnten, fühlte ich mich zum ersten Mal seit Tagen ein wenig hoffnungsvoller.

35

Claire

Ich erwachte durch den zornigen Schrei einer Seemöwe und mit dem Geruch von Salz und faulenden Algen. Schmerz schoss mir in den Rücken, als ich vorsichtig die Augen öffnete und mich in eine sitzende Position hochstemmte. Alles tat mir weh. Jeder Zentimeter meines Körpers wehrte sich gegen die Bewegung, und das helle Sonnenlicht blendete mich, sodass ich den Arm hob, um meine Augen abzuschirmen.

Es war eindeutig Morgen. Die Stunden zwischen gestern Abend und dem jetzigen Zeitpunkt waren wie im Dunkeln versunken. Ich war mit Bobby Slayton auf der Strandparty gewesen, das wusste ich noch … Doch warum konnte ich mich an nichts anderes erinnern?

Der stille Strand erinnerte in seiner Trostlosigkeit an eine postapokalyptische Szene. Vage erinnerte ich mich nun an laute Musik und betrunkenes Gekreische, an Körper, die miteinander verschlungen im Sand lagen oder im Schein des gewaltigen Feuers tanzten. Jetzt waren die einzigen Anzeichen dafür, dass jemals jemand hier gewesen war, Reifenspuren im Sand, haufenweise leere Bierdosen und die verkohlten Reste des Feuers. Es war keine andere Menschenseele am Strand, ich war vollkommen allein. Niemand sonst war hier zurückgelassen worden, um sich mit trüben Augen und schmerzendem Schädel aufzusetzen.

Ich blickte an mir hinunter und stellte erleichtert fest, dass ich meine Shorts und das T-Shirt noch anhatte. Nichts war zerrissen oder blutig. Meine Flipflops fehlten, aber das bereitete mir keine allzu großen Sorgen. Sie waren billig gewesen, und nackte

Füße schrien nicht nach sexuellem Übergriff, wie es das Fehlen anderer Kleidungsstücke getan hätte. Warum konnte ich mich bloß an so gut wie nichts erinnern? Ich hätte schwören können, dass ich lediglich zwei Bier getrunken hatte, aber da mein Mund wie ausgedörrt war, mein Schädel schmerzte und ich einen Filmriss hatte, konnte das wohl nicht stimmen. Wieder packte mich der Schmerz, und ich beugte mich vor und erbrach mich auf den Sand. Gott, was für ein Elend. Ich musste zurück zu Hollys Haus und mich auskurieren, aber ich konnte kaum die Arme bewegen, geschweige denn aufstehen.

Meine Handtasche!, schoss es mir durch den Kopf. Ich geriet in Panik. Sie lag nicht neben mir im Sand, und ich hatte keine Ahnung, wo sie sein könnte. Und das hieß, mein Handy und meine Brieftasche waren weg.

Ich verspürte ein grauenvolles Hämmern in meiner Brust. Panik hatte mich ergriffen, und ich listete alle Umstände auf, die an meiner Lage sehr, sehr falsch waren. Was war in den Stunden passiert, an die ich keine Erinnerung hatte? Ich war ja nicht sofort nach einem Gespräch mit Bobby Slayton bewusstlos auf den Sand gesackt. Und die Erkenntnis, dass ich herumgegangen war, mit Leuten geredet hatte – und weiß Gott sonst noch was getan hatte –, ohne die geringste Erinnerung an das Vorgefallene zu haben … Es war einfach furchtbar. Ich war völlig allein auf der Insel; ich hatte hier keine beste Freundin, die ich anrufen konnte, um zu fragen, was zum Teufel gestern Nacht passiert war, und niemanden, der dafür sorgte, dass ich sicher nach Hause kam, wenn etwas schiefging. Ein Bild von Bobby Slayton blitzte in meinem Kopf auf – das war das Letzte, an was ich mich erinnern konnte. Ich war gestern Abend zur Strandparty gekommen, um mehr über die Slayton-Brüder herauszufinden, um festzustellen, ob sie wussten, was mit Holly passiert war. Und dabei konnte ich noch nicht einmal auf mich selbst aufpassen. Mein Selbstekel war so stark, dass ich mich fast wieder übergeben hätte. Wie hatte ich nur so dumm sein können?

Ich stand so langsam auf, wie ich konnte, damit mein Kopf nicht noch stärker hämmerte, als er es ohnehin schon tat, und suchte die Umgebung nach meinen Sachen ab.

Ich entdeckte meine Flipflops, die aus einem Sandhügel ragten. Es sah aus, als wäre die Trägerin dort begraben worden. Als ich mich bückte, um sie aufzuheben, spürte ich ein scharfes Pieken in meinem Slip, als wäre das Etikett an eine empfindliche Stelle zwischen den Beinen geraten. Ich blickte mich um. Der Strand lag verlassen da, niemand konnte mich sehen. Also griff ich in meinen Slip, um das störende Etikett zu entfernen, und dabei stießen meine Finger auf etwas Kleines, Zusammengerolltes, das im Zwickel steckte. Es fühlte sich an wie Papier. Verwirrt zog ich es heraus. Was zum Teufel war das? Ich rollte das Papier auf, und mein Herzschlag beschleunigte sich, als ich die Worte las, die darauf geschrieben waren.

Ich hätte dich jederzeit vögeln können.

Hitze stieg mir ins Gesicht, und ich ließ mich zu Boden plumpsen. Ohne Vorwarnung liefen mir warme Tränen über die Wangen, und ich begann unkontrolliert zu schluchzen. Wie dumm war ich gewesen! Hatte ich wirklich geglaubt, ich sei anders als all die anderen, die sich von den Slayton-Brüdern hatten einwickeln lassen, oder ich könne herfliegen und meine Schwester retten, als wäre ich ein weißer Ritter? Wenn ich mir je vorgemacht hatte, ich sei clever oder stark oder irgendjemand könne vor Angst erzittern bei dem Gedanken, dass ich hinter ihm her war – tja, jetzt wusste ich, wie sehr ich mich da getäuscht hatte. Ich war nur eine traurige, jämmerliche Gestalt, die sich vom ersten Mann, dem sie hier begegnet war, um den kleinen Finger hatte wickeln lassen. Und er war mir an die Wäsche gegangen, im buchstäblichen Sinn. Müde, voller Schmerzen und zutiefst gedemütigt rollte ich mich auf dem Sand zusammen und weinte, bis ich wieder einschlief.

36

Claire

»Claire.«

Ich versuchte, die Augen zu öffnen, aber Sand rieselte mir aus den Wimpern in die Augen und in den Mund, und ich spuckte und hustete. Meine ganze linke Gesichtshälfte juckte und fühlte sich total trocken an, und als ich versuchte, mich aufzusetzen, wurde alles noch schlimmer.

»O Gott«, sagte die Stimme, und eine Hand wischte mir sanft den Sand aus dem Gesicht. Sofort fühlte ich mich verwundbar; ich konnte nichts sehen, ich war diesem Menschen hilflos ausgeliefert. »Da, jetzt solltest du die Augen wieder öffnen können.«

Es war Ginas Stimme, begriff ich, bevor ich die Augen aufmachte, in die nun kein Sand mehr fiel. Aber die eine Gesichtshälfte juckte immer noch unerträglich, während die andere sich heiß anfühlte, und mir wurde klar, dass ich vermutlich einen Sonnenbrand hatte. Wie lange hatte ich hier gelegen? Wie viele Leute waren über mich hinweggestiegen oder an mir vorbeigegangen, bevor Gina mich aufweckte? Ich versuchte, mich umzusehen, aber das Hämmern in meinem Kopf und das gleißend helle Sonnenlicht, das mich schmerzhaft blendete, führten dazu, dass ich mich auf dem Boden zusammenkrümmte.

»Komm«, sagte Gina, und ich spürte, wie sie meinen Arm nahm. »Mein Auto steht ganz in der Nähe. Ich bringe dich zu mir nach Hause. Ich habe deine Handtasche auf dem Parkplatz gefunden und dich gesucht.«

Jeder Zentimeter meines Körpers schrie vor Schmerz, als Gina mich zu ihrem Auto führte. Beine, Schultern, Rücken – ich fühlte mich, als hätte ich einen Boxkampf gegen Tyson Fury bestritten und wäre danach noch mal windelweich geschlagen worden. Jeder Schritt war eine einzige Qual, und ich weiß nicht, wie ich es bis zum Auto schaffte. Als ich dort ankam, hielt Gina mir die Wagentür auf und half mir auf den Rücksitz, wo ich mich gegen das Fenster sinken ließ. Ich war dankbar dafür, dass sie keine Fragen stellte, sondern einfach eine gefühlte Stunde schweigend fuhr. Schließlich hielt sie vor einem heruntergekommenen Haus, das von Bäumen umgeben war.

»Es ist nichts Besonderes«, räumte Gina ein, als sie die Tür öffnete und mir aus dem Wagen half. »Und ich habe das Haus seit dem Tod meiner Eltern etwas vernachlässigt. Aber zumindest habe ich eine Bleibe. Und ich bekomme nicht oft Besuch«, fügte sie bedauernd hinzu.

Mir fehlte die Energie für eine Antwort, und sie führte mich auf eine Veranda mit abblätternder Farbe und rissigen Holzdielen und öffnete die Eingangstür.

Im Haus war es kühl, und es roch frisch, obwohl überall Gerümpel herumstand – Stapel von Zeitschriften und Zeitungen, Umzugskartons. Die Regale quollen vor Büchern über. Es sah aus, als wäre jemand erst vor Kurzem hierhergezogen, hätte aber, statt alles auf einmal auszupacken, lediglich von Zeit zu Zeit einen Karton auf dem Boden ausgeleert. Trotz der Unordnung machte alles einen sauberen Eindruck, es gab kein dreckiges Geschirr auf schmutzigen Arbeitsflächen und keine richtigen Müllhaufen. Gina warf mir einen entschuldigenden Blick zu.

»Ich muss immer noch eine Menge aussortieren«, erklärte sie.

Mein Kopf arbeitete so langsam, dass ich nicht herausfinden konnte, ob sie damit meinte, sie sei nach Natalies Tod oder dem

Weggang ihrer Eltern noch nicht dazu gekommen, das zu erledigen, oder ob sie gerade beim Entrümpeln gewesen war, als das Haus von einer Bombe getroffen wurde.

»Schaffst du es die Stufen hoch?«, fragte sie, und ich nickte. Sie führte mich durch ein Labyrinth praller Müllsäcke, deren Inhalt den Aufschriften nach für die Altkleidersammlung bestimmt war, und dann zur Treppe.

»Hier ist das Bad«, erklärte sie, als wir oben angekommen waren, und deutete auf eine Tür. »Und das dort ist Nat- … äh, das Gästezimmer. Da kannst du dich ausziehen. Ich hole dir rasch ein sauberes Handtuch und ein paar weite Klamotten, eine Lotion gegen den Sonnenbrand und ein Glas Wasser. Ich bin gleich wieder da.«

»Danke«, krächzte ich, und mir wurde bewusst, dass ich meine Stimme zum ersten Mal seit gestern Abend wieder benutzte. Sogar in meinen eigenen Ohren klang sie rau und fremd.

Gina hob eine Hand, um mir zu bedeuten, ich solle lieber nicht sprechen. »Und ich bringe dir noch ein wenig warme Milch«, fügte sie hinzu, bevor sie wieder nach unten verschwand.

Ich schob die Tür zu dem Zimmer auf, auf das sie gezeigt hatte, ging zum Bett und ließ mich vorsichtig darauf niedersinken. Irgendwo im Hinterkopf wusste ich, dass dies das Zimmer einer Fünfzehnjährigen gewesen war, die zu einer Party gegangen und nie nach Hause zurückgekehrt war. Die Wände waren blasslila gestrichen, und es gab ausgeblichene rechteckigen Stellen, die so aussahen, als hätten dort früher einmal Poster gehangen. In einer Ecke waren Kartons aufgestapelt. Dieser Raum war kein Schrein für eine Tote, aber wie ein Gästezimmer kam er mir auch nicht vor. Es hätte mich eigentlich mehr belasten sollen, aber im Moment wollte ich nur noch eins – mich hinlegen.

Als ich mein T-Shirt und die Shorts auszog, kam die Erinnerung an die letzten zwölf Stunden bruchstückhaft zurück: wie ich am Strand aufgewacht war, meine Flipflops wiedergefunden hatte, aber nicht meine Handtasche … Gina hatte gesagt, sie habe sie in der Nähe des Strandes gefunden. Es ging mir jedoch so schlecht, dass ich noch nicht nachgesehen hatte, ob etwas fehlte. Ich versuchte zu überlegen, was weg sein könnte. Mein Reisepass war in Hollys Haus, und die Schlüssel befanden sich glücklicherweise in dem Schlüsselkasten mit Code, der an der Hauswand montiert war. Aber mein Handy und mein Portemonnaie hatte ich definitiv in die Tasche gesteckt. Es wäre eine Katastrophe, wenn die weg wären.

Und dann erinnerte ich mich an den letzten Teil, bevor ich wieder bewusstlos geworden war – den Zettel, den ich zusammengerollt in meinem Slip gefunden hatte. Hatte ihn jemand in mich eingeführt? Hatte Bobby Slayton mir seine kranke kleine Warnung etwa in den Intimbereich hineingeschoben?

Fast wäre mir wieder übel geworden. Ich versuchte, mir nicht vorzustellen, was möglicherweise passiert war – wer alles dort gewesen war und mitbekommen hatte, was er mir antat. Ich versuchte, mir nicht vorzustellen, wie Ryan und seine Freunde lachten, während Bobby den Zettel schrieb, ihn zusammenrollte und obszöne Gesten machte, die verdeutlichten, wo er hinsollte, damit ich die Botschaft kapierte. Tränen schossen mir in die Augen, und ich zwang mich, nicht darüber nachzudenken, wie viele Leute wohl welche Teile von mir gesehen hatten. Da war nur ein großes schwarzes Loch, wo meine Erinnerung hätte sein sollen.

Gina klopfte leicht an die Tür, und ich öffnete sie nur so weit, dass sie mir das Handtuch und die After-Sun-Lotion reichen konnte.

»Das Wasser und die Milch stelle ich auf den Nachttisch, dazu ein paar Schmerztabletten«, sagte sie. »Deine Handtasche habe ich auch mit hochgebracht.«

»Danke«, flüsterte ich. Mehr hätte ich nicht herausgebracht, ohne in Tränen auszubrechen. Als sie gegangen war, sah ich erst die Sachen in meiner Handtasche durch … Gott sei Dank schien nichts zu fehlen. Dann hüllte ich mich in das große, flauschige Handtuch und ging über den kleinen Flur ins Badezimmer gegenüber.

Das Bad war wie der Rest des Hauses sauber, aber dringend renovierungsbedürftig. Ein *Fixer Upper*, so hatte meine Mutter solche Häuser genannt – ein eigentlich ganz schönes Haus, an dem so lange nichts getan worden war, dass es fast leichter war, es abzureißen und neu zu bauen. Aber die Dusche funktionierte, und das Wasser wurde schnell heiß. Der Wasserdruck war niedrig, und es gurgelte ein wenig in der Leitung, aber trotzdem fühlte sich das heiße Wasser wunderbar auf meiner schmerzenden Haut an. Mein Gesicht brannte, als ich es abspülte, und ich konnte mir gut vorstellen, wie lächerlich ich aussah: wie diese Drumstick-Schaumgummistreifen, die halb rosa und halb weiß waren. Doch nach zehn Minuten unter der Dusche fühlte ich mich wieder halbwegs wie ein Mensch.

Ich trocknete mich ab, vermied den Blick in den Spiegel und kehrte in Natalies Zimmer zurück. Gina hatte mir einen weiten hellgrauen Trainingsanzug aufs Bett gelegt. Bestimmt hatte sie keine Ahnung, wie sehr er den Sachen ähnelte, die Verdächtige bei uns in Großbritannien bekamen, nachdem ihre Kleidung sichergestellt und zur kriminaltechnischen Untersuchung gebracht worden war. Das wusste ich aus vielen englischen Fernsehkrimis. Aber in der Not darf man nicht wählerisch sein, daher zog ich die Klamotten dankbar an. Dann rieb ich mein Gesicht mit der Lotion gegen Sonnenbrand ein, trank einen Schluck Wasser und nahm zwei Schmerztabletten. Es war eine amerikanische Marke, die ich nicht kannte, aber mir fehlte die Energie, im Beipackzettel nachzulesen, ob die Gefahr bestand, dass mir ein zusätzlicher Kopf wuchs. Solange er weniger wehtat als der, den ich zurzeit auf den Schultern trug, würde alles gut sein.

Im Haus einer fremden Frau ins Bett zu klettern und den Tag zu verschlafen, obwohl meine Schwester immer noch vermisst wurde, war das Letzte, was ich tun wollte, aber mein Körper gab mir deutlich zu verstehen, dass ich keine andere Wahl hatte. Jeder Teil von mir fühlte sich an wie ein totes Gewicht, und ich war völlig erschöpft. Was immer man mir gestern Abend verabreicht hatte, es steckte mir noch in den Knochen. Und obwohl ich mir gerade total verwundbar und verloren vorkam und am liebsten zu Jess heimgeflogen wäre, um mich auszuweinen, so fühlte ich mich in diesem Haus doch sicher. Gina hatte mich weder neugierig ausgefragt noch irgendwie bedrängt, und ihr Gästebett war bequem und einladend. Ich wollte nur kurz die Augen schließen, ein Stündchen vielleicht, und so lange würde schon nichts passieren. Außerdem, wenn ich Holly finden wollte, musste ich bei Kräften sein, und momentan fühlte ich mich der Sache überhaupt nicht gewachsen.

Ich legte mich hin, schloss die Augen und fiel sofort in einen tiefen, traumlosen Schlaf.

Als ich am Abend erwachte, schüttelte mich jemand, und zwar nicht sanft, sondern kräftig.

»Claire.« Ginas Stimme klang eindringlich. »Claire, wach auf! Du musst aufwachen. Irgendetwas geht da vor im Yachthafen. Es heißt, man hat eine Leiche gefunden.«

37

Claire

Innerhalb von Sekunden war ich hellwach und sprang aus dem Bett, doch dann sank ich wieder darauf nieder. Im Yachthafen war eine Leiche gefunden worden. Eine Leiche …

»Ich … Gina, ich …« Mir fehlten die Worte. Wenn das meine Schwester war, war meine Welt am Ende. Ich konnte die Information kaum verarbeiten, die Gedanken rasten kreuz und quer durch meinen Kopf. Gina war aschfahl. Sie sah mich mit blankem Entsetzen im Gesicht an, und ich begriff, dass ich genauso aussehen musste, ein Spiegelbild dieser von Trauer gezeichneten Frau. Sie wusste, was mir bevorstand; sie hatte diesen Moment vor fünf Jahren selbst durchlebt, als man ihre kleine Schwester gefunden hatte, und jetzt durchlebte sie ihn erneut, mit mir. Ich klammerte mich haltsuchend, trostsuchend an ihren Arm – ich weiß nicht, warum, aber sie war der einzige Mensch, den ich hatte. Mir wurde augenblicklich klar: Ich hatte nie wirklich den Gedanken zugelassen, dass Holly etwas Schlimmes zugestoßen sein könnte. Ich hatte mir eingeredet, dass es eine harmlose Erklärung für ihr Verschwinden geben müsse, auf die ich stoßen würde, wenn ich nur den Hinweisen folgte und das Rätsel löste. Doch jetzt, nachdem ich diese Worte gehört hatte – *eine Leiche gefunden* –, funktionierte die Verdrängung nicht mehr. Es war möglich, dass meine Schwester nicht mehr lebte.

Manchmal, wenn Menschen seit Monaten, Jahren oder sogar Jahrzehnten vermisst werden, ist die Nachricht, dass man die Leiche gefunden hat, für die Angehörigen fast eine Erleichterung. Endlich wissen sie, was mit dem geliebten Menschen geschehen ist, sie können aufhören, sich zu fragen, was aus ihm geworden ist. Sie können damit abschließen, da sie wissen, dass er jetzt in Frieden ruht. So weit war ich noch lange nicht. Ich wollte nicht damit abschließen, absolut nicht – außer, der Abschluss sah so aus, dass meine kleine Schwester sonnengebräunt an die Tür klopfte, eine Piña Colada in der Hand, und erklärte, sie habe nur einen kleinen Abstecher nach Mexiko gemacht. Ich war nicht bereit, mich der Tatsache zu stellen, dass ich vielleicht meine schöne Schwester in der Leichenhalle identifizieren musste.

»Wir sollten uns jetzt auf den Weg machen«, sagte Gina und holte ein schwarzes T-Shirt und eine Jeans aus dem Kleiderschrank. »Hier, das kannst du anziehen.«

»Auf den Weg machen?«, wiederholte ich begriffsstutzig. »Wohin denn?«

»Zum Yachthafen«, antwortete sie, als wäre es ein Ausflug, der seit Längerem geplant war. »Komm.«

»Neinneinneinnein.« Ich schüttelte den Kopf. »Ich kann da nicht hingehen. Ich kann nicht nachschauen, ob … Was ist, wenn …?«

Ich konnte mich nicht überwinden, die Worte auszusprechen. Was, wenn sie es war? Wenn ich zusehen musste, wie meine Schwester aus dem Wasser gezogen wurde – aufgedunsen und grässlich entstellt, mit Seetang in ihren langen blonden Haaren, halb von Krabben angefressen. Aber diese Bilder waren jetzt in meinem Kopf, und selbst wenn es nicht Holly war, die aus dem Wasser geborgen wurde, so hatten sie sich für immer in mein Gedächtnis eingebrannt.

»Nein, du hast recht.« Gina setzte sich neben mich aufs Bett. Ihre Stimme wurde leiser. »Niemand sollte so etwas sehen müssen.«

Ich war noch nicht auf den Gedanken gekommen, dass Gina vielleicht dort gewesen war, als ihre Schwester gefunden wurde. »Hast du … Ich meine, musstest du …?«

Sie schüttelte den Kopf. »Nein, aber das hat nicht verhindert, dass ich es mir vorstelle. Mein Vater hat sie identifiziert. Er sagte, es sei seine Aufgabe, aber ich habe immer gedacht, dass er es als seine Strafe ansah – weil er nicht ordentlich auf sie aufgepasst hatte.«

»Gott, es tut mir so leid«, murmelte ich. Ich sah sie an und wusste, dass sie genau wusste, wie ich mich gerade fühlte, und mein Entsetzen spüren konnte. Sie schloss mich in die Arme, und ich schmiegte mich an sie, als wäre ich ein Kind. Sie hielt mich fest, als endlich die Tränen kamen, die ich seit Tagen zurückgehalten hatte. Im tiefsten Herzen wusste ich, dass Holly nicht mehr war. Ich hatte sie im Stich gelassen. Zum ersten Mal seit Monaten war ich froh, dass meine Mutter nicht mehr lebte und den tiefen Schmerz nicht fühlen musste, der meine Brust zu zerreißen drohte. Ich weinte an Ginas Schulter, und meine Tränen durchnässten den dünnen Stoff ihrer Strickjacke.

Ich hätte nicht sagen können, wie lange sie mich festhielt oder wie lange ich weinte. Aber als der Anruf kam, hatte ich mich leergeweint.

38

Claire

Der Anruf kam von Officer Derek Howes. Ich wusste nicht, ob eigentlich ein dienstälterer Polizist hätte anrufen sollen oder ob er Ärger bekommen würde, weil er mir die Nachricht überbrachte, aber ich war froh, dass er es war.

»Claire, ich bin im Yachthafen«, begann er.

»Ich habe gehört, was passiert ist«, sagte ich. Ich konnte mich nicht dazu bringen, die Worte »Leiche gefunden« auszusprechen. »Ist sie es? Rufen Sie mich deswegen an?«

»Offiziell ist es noch zu früh, um etwas zu sagen.« Es klang sehr formell. Dann senkte er die Stimme und klang wieder wie ein normaler Mensch. »Aber ich habe die Verstorbene gesehen, und ich kannte Holly. Es tut mir so leid, Claire.«

LÜGNER, hätte ich am liebsten geschrien. *DU DUMMER VERLOGENER SACK.* Aber Derek war nichts von alledem. Er war ein guter Mensch, ein netter Kerl und ein anständiger Polizist. Er hätte mich nie im Leben angerufen, wenn ihm auch nur einen kurzen Moment lang der Gedanke gekommen wäre, dass er sich irren könnte. Nie hätte er leichtfertig zugelassen, dass jemand so etwas durchmachte.

»Ist jemand bei Ihnen?«, fragte er, und da wurde mir bewusst, wie lange ich geschwiegen hatte. Ich konnte nichts sagen. Meine Kehle war wie zugeschnürt, und ich hatte keine Ahnung, wie ich noch atmen konnte, obwohl doch mein Herz starb. Mein ganzer Körper fühlte sich schwer an, als hätte man mir Dutzende von Wolldecken über die Schultern gelegt. Meine Arme, meine Finger, alles war taub geworden. Hatte ich einen Schlaganfall? Einen

Herzinfarkt? Ich empfand keinen körperlichen Schmerz, aber mir wäre ein Herzinfarkt willkommen gewesen, wenn dadurch der seelische Schmerz aufhörte.

Ich wusste nicht genau, wann Gina mir das Telefon aus der Hand nahm, aber irgendwo in meinem Kopf hörte ich ihre Stimme sagen, sie fürchte, ich habe einen Schock erlitten, und frage sich, ob sie mich in die Notaufnahme bringen solle. Es hörte sich komisch an, dieses Wort: eine Aufnahme für die Not. Ja, das war ein Notfall. Meine kleine Schwester war tot, und ich würde sie nie wiedersehen. Und ich hatte sie selbstsüchtig genannt – das war das Letzte, was ich zu ihr gesagt hatte. Sie, Holly – egoistisch. Obwohl ich doch diejenige gewesen war, die selbstsüchtig war, die den Gedanken nicht hatte ertragen können, alleingelassen zu werden. Und jetzt war ich wirklich und wahrhaftig allein. Gab es eine Lösung dafür in der Notaufnahme?

Der Rest des Tages war wie in einen Nebel gehüllt. Ich nahm nur verschwommen wahr, dass Gina mich zum Auto führte – ihren Wagen, nicht meinen Mietwagen – und dafür sorgte, dass ich mich anschnallte. Ich dachte: *Wie dumm, Sitzgurte sind dazu da, einem das Leben zu retten, und ich will gar nicht gerettet werden, wenn wir einen Unfall haben.* Doch ich schnallte mich nicht wieder ab und erwähnte Gina gegenüber nichts davon.

Holly war tot. Einfach so. Sie war lebendig gewesen – vom Scheitel bis zur Sohle, bis in die Fingerspitzen hinein gefüllt mit Leben –, und dann war sie … tot. Nicht so wie bei unserer Mutter, die an einer Krankheit dahingesiecht war: Es war zermürbend gewesen, aber vorhersagbar, wir waren darauf vorbereitet, und am Ende war es sogar eine Erleichterung. Jetzt hingegen gab es keine Erleichterung, nur kalten, herzzerreißenden Schmerz.

Wir fuhren nicht in die Notaufnahme, sondern direkt zur Polizeiwache. Derek hatte offenbar dafür gesorgt, dass eine Freundin von ihm, eine Ärztin, uns dort erwartete. Wir wurden in einen hellblau gestrichenen Raum geführt. An einer Wand hing ein Bild mit Sonnenblumen, an einer anderen ein Gemälde des Leuchtturms von Oak Bluffs. Der Polizist, der uns in Empfang genommen hatte, brachte uns Becher mit kochend heißem, stark gezuckertem Tee, obwohl ich mich nicht erinnerte, gefragt worden zu sein, wie ich ihn trank oder ob ich überhaupt Tee wollte. Weil ich nicht unhöflich erscheinen wollte, führte ich den Becher trotzdem an die Lippen und blies darauf.

Gina setzte sich neben mich auf das Sofa und betrachtete mich aufmerksam. Sie machte einen besorgten Eindruck, was vermutlich daran lag, dass ich seit dem Anruf von Derek kein einziges Wort gesagt hatte. Ich machte den Mund auf, wusste aber nicht, was im Augenblick wichtig genug sein könnte, um darüber zu sprechen. Daher klappte ich ihn wieder zu und blickte auf meine Hände hinunter, die den Becher umklammerten.

»Ist er nicht zu heiß?«, fragte Gina, und mir fiel auf, dass sie ihren Becher auf dem Tisch abgestellt hatte. »Meiner ist brühheiß.«

Es war, als hätte ihre Feststellung irgendeinen Zauber gebrochen, und sofort spürte ich, dass ich mir die Finger verbrannte. Es geschah so schnell, dass ich den Becher fast fallen gelassen hätte. Ich knallte ihn so heftig auf den Tisch, dass der Tee überschwappte, und Gina stieß einen kleinen, erschrockenen Schrei aus.

»Keine Sorge, ich mach das schon.« Das war Derek, der genau in diesem Moment durch die Tür getreten war, gefolgt von einer zierlichen Frau mit einer riesigen Brille, die ihre Augen viel zu groß für ihr schmales Gesicht erscheinen ließ. Während Derek wieder hinausging, vermutlich, um ein Küchentuch zum Aufwischen zu holen, blieb sie da und setzte sich mir gegenüber hin.

»Derek meint, Sie haben einen Schock erlitten«, sagte sie mit leiser, milder Stimme. Es klang fast, als würde sie flüstern, und ich wusste, unter normalen Umständen hätte mich das in den Wahnsinn getrieben. Doch jetzt, wo ich das Gefühl hatte, jedes laute Geräusch könnte meinen Schädel platzen lassen, wusste ich es zu schätzen. Sie runzelte die Stirn. »Haben Sie sich die Finger verbrüht?«

Ich blickte auf die flammend roten Stellen auf den Innenseiten meiner Hände. »Ist schon gut«, erwiderte ich. Meine Stimme brach. Ich versuchte, mich zu räuspern, aber es gelang mir nicht.

»Hier.« Sie klappte die Tasche auf, die sie neben sich abgestellt hatte, und reichte mir eine Salbentube. »Reiben Sie sich vorsichtshalber damit ein. Ihre Hände sehen ein wenig verbrannt aus.«

Mechanisch tat ich wie geheißen. Derek kehrte mit einer Riesenrolle blauer Küchentücher zurück und wischte die Teepfütze auf. Dann setzte er sich neben die Ärztin und schaute mich ebenso besorgt an wie sie und Gina. Die drei Gesichter starrten mich an wie die drei weisen Affen. Ich sah direkt vor mir, wie sie die Hände hoben, um Augen, Mund oder Ohren zu bedecken. Es hätte mich zum Lachen bringen sollen, tat es aber nicht. Holly hätte es zum Lachen gebracht; das wusste ich.

»Claire, die zuständigen Kriminalbeamten haben mich gebeten, mit Ihnen zu sprechen, bevor Sie offiziell zur Sache befragt werden«, sagte Derek, beugte sich vor und stützte die Ellbogen auf den Knien ab. »Ich soll mich überzeugen, dass es Ihnen gutgeht, und mich erkundigen, ob Sie bereit sind, die Fragen der Kriminalpolizei zu beantworten.«

Ich starrte ihn einen Moment lang an. »Sie ist es also?«, fragte ich schließlich. »Sind Sie sich ganz sicher? Es könnte nicht irgendein Irrtum vorliegen?«

»Das ist noch etwas, was ich Sie fragen soll«, fuhr Derek fort, ohne mir zu antworten. »Wir brauchen eine offizielle Identifizierung. Sie sollen nicht hingehen und sie sich anschauen«, fügte er rasch hinzu, als er sah, wie ich mich versteifte. »Offenbar hat sie ein paar Tage im Wasser gelegen. Es handelt sich eindeutig um die Leiche einer jungen Frau, und ich konnte eine vorläufige Identifizierung vornehmen. Aber wenn Sie einverstanden sind, uns eine DNA-Probe zu geben, würde es schneller gehen, als wenn wir in Großbritannien die zahnärztlichen Unterlagen Ihrer Schwester anfordern.«

»Ja«, sagte ich. »Selbstverständlich.«

»Danke«, antwortete Derek. »Aber sie ist es, Claire. Ich will nicht, dass Sie sich falsche Hoffnungen machen.«

Hoffnung. Es kam mir vor wie ein Fremdwort, das nicht in mein Wörterbuch gehörte. Was für eine Hoffnung sollte es jetzt noch geben?

»Wie ist sie …« Ich räusperte mich wieder und hoffte, das würde mich in die Lage versetzen, die Worte auszusprechen. »Wie ist sie gestorben?«

Derek schüttelte den Kopf. »Darüber liegen mir noch keine Informationen vor. Wir mussten sie zur Obduktion aufs Festland schicken. Es gibt kein gerichtsmedizinisches Institut auf der Insel.«

»Aber es wird doch eine Obduktion geben, oder?«, verlangte Gina zu wissen. Sie sprach mit großem Nachdruck, und ich wünschte, ich könnte so viel Kraft aufbringen. »Diesmal wird es eine Ermittlung geben, ja?«

Derek zuckte leicht zusammen, als er das hörte. Er war noch Polizeidienstanwärter gewesen, als Natalie starb, aber ich wusste, wie sehr es ihn belastete, dass es damals keine ordentlichen Ermittlungen gegeben hatte.

»Das ist nicht meine Entscheidung, Gina«, antwortete er, ohne den Blick von mir abzuwenden. »Aber diesmal werde ich nicht den Mund halten. Selbst wenn es mich meinen Job kostet; ich werde klar und deutlich sagen, was ich denke.«

Es hätte mich rühren sollen, dass er bereit war, seinen Job aufs Spiel zu setzen, damit meiner Schwester Gerechtigkeit widerfuhr, aber in diesem Moment war Gerechtigkeit das Letzte, was mich interessierte. Ich wollte nicht wissen, wer dafür verantwortlich war, und mir lag es fern, zu schwören, den oder die Täter hinter Gitter zu bringen oder für ihr Verbrechen bezahlen zu lassen. Mir schossen nur müßige Gedankensplitter durch den Kopf. Ich fragte mich, wer jetzt das Weiße meiner Spiegeleier essen würde, ich dachte an Hollys Lächeln – nicht das Lächeln, das sie aufsetzte, wenn sie für ein Foto posierte, sondern das echte, wenn irgendwas sie ganz unerwartet amüsierte. Ich war immer vor Stolz fast geplatzt, wenn ich ihr ein solches Lächeln ins Gesicht zaubern konnte. Nein, ich wollte weder Gerechtigkeit noch Rache … ich wollte mich nur zusammenrollen und sterben.

39

Claire

Das Telefongespräch mit Jess war das Schlimmste gewesen, was ich je hatte tun müssen – schlimmer als damals, als ich sie angerufen hatte, um ihr zu sagen, sie solle ins Krankenhaus kommen, wenn sie sich noch von meiner Mutter verabschieden wolle. Und dabei hatte ich an jenem Tag gedacht, einen schwierigeren Anruf würde ich nie machen müssen. Nachdem ihr von mir mitgeteilt worden war, dass meine Schwester nicht mehr lebte, schrie Jess vor Schmerz auf, und ich dankte Gott dafür, dass Tom in der Nähe war, der sie festhalten konnte, während sie weinte. Er klang ganz gebrochen, als er schließlich ans Telefon kam.

»Claire.« In dem einen Wort schwang so viel mit. Schmerz, Verzweiflung, Trauer. »Ich mache mich sofort mit Jess auf den Weg. Ich werde gut auf sie aufpassen, versprochen.«

»Danke«, hatte ich geflüstert. »Bitte beeilt euch.« Ich sehnte mich danach, beide zu sehen, die Arme um meine Cousine zu legen und mich an dem letzten Menschen festzuhalten, der mir noch geblieben war.

Holly war erwürgt worden: So lautete das Ergebnis der vorläufigen Obduktion. Sie hatte zudem eine stumpfe Verletzung auf der rechten Seite des Hinterkopfs und wies einen Blutalkohol von eins Komma acht Promille auf, doppelt so viel, wie beim Fahren eines Autos erlaubt war. Da sie so lange im Wasser gelegen hatte, konnte nur sehr wenig Fremd-DNA sichergestellt werden – und überhaupt keine unter den Fingernägeln. Es gab auch keine Hinweise auf einen Kampf oder eine Vergewaltigung. Als sie geborgen wurde, trug sie immer noch ihr schwarzes Kleid und ihre Unterwäsche. Die Sachen waren durchnässt, von Algen bedeckt und mit allerlei Schlammresten besudelt. Allerdings fehlten ihre Füße. Laut Derek mutmaßte man, dass die Leiche mit irgendetwas beschwert worden war, doch das Wasser die Haut so weit aufgeweicht hatte, dass die Füße irgendwann abrissen, wodurch die Leiche an die Oberfläche gekommen war. Ich hörte mir das so leidenschaftslos an, als wäre es einer der Podcasts, die Holly immer eingeschaltet hatte, wenn sie sich frisierte und schminkte oder wenn sie länger als fünf Minuten Auto fuhr. Es schien einfach unmöglich, dass er über meine schöne, junge, lebenssprühende Schwester reden könnte: Es war schlichtweg undenkbar, die Vorstellung, dass jemand ihr die Hände um den Hals gelegt und ihr in die Augen gesehen hatte, während das Licht und das Leben sie verließen. Also dachte ich nicht darüber nach. Ich tat so, als würde ich mir die Details anhören, die Derek abspulte. Die für den Fall zuständige Kriminalpolizei schien ihn mit meiner Betreuung beauftragt zu haben, aber ich war noch nicht bereit, etwas über die Ermittlungen zu erfahren. Ich wollte nicht, dass es Ermittlungen gab, denn ich wollte nicht, dass Holly tot war. Also nickte ich an den vermutlich richtigen Stellen und dankte ihm für seine Mühe. Dann stand ich von Ginas Esstisch auf, griff nach meiner Wasserflasche – sie bestand darauf, dass ich ausreichend Wasser trank –, und kehrte ins Zimmer ihrer toten Schwester Natalie zurück. Dort setzte ich mir die Kopfhörer auf und schaltete den Podcast ein, den ich angefangen hatte – irgendwas über die Royals. Ich konnte mich nicht an den Titel erinnern und hätte nichts von dem wiedergeben können, was gesagt wurde. Ich wollte nur die gellenden Schreie in meinem Kopf übertönen, die ich hörte, seit Gina von einer Leiche im Yachthafen gesprochen hatte.

Ich könnte nicht sagen, wie lange ich auf dem Bett lag, aber irgendwann stellte Gina mir ein Sandwich und etwas Obst vor die Tür und schickte mir eine WhatsApp, um mich darüber zu informieren. Ich zerteilte das Sandwich, damit es so aussah, als hätte ich etwas davon gegessen, und warf eine Hälfte aus dem Fenster, damit zumindest die Vögel etwas davon hatten. Dann ging ich mit dem halb leeren Teller nach unten und lächelte meine Gastgeberin dankbar an.

»Vielen Dank, Gina, das ist wirklich nett von dir.« Sie schien erleichtert, dass ich etwas gegessen hatte – oder vielleicht auch nur, weil ich ihr nicht den Teller ins Gesicht geschleudert hatte. Es war bestimmt nicht leicht für sie. Erst nahm sie eine völlig fremde Frau bei sich auf, und dann musste sie noch Trauerbegleitung leisten. Ich schuldete ihr eine ganze Menge, und ich war mir ziemlich sicher, dass sie dringend etwas Zeit für sich brauchte, ohne mich und meine alles vereinnahmende Trauer.

»Ich gehe ein bisschen frische Luft schnappen.« Ich wies mit dem Kopf in Richtung Tür. »Es macht dir doch nichts aus, oder?«

»Überhaupt nicht«, versicherte sie so rasch, dass ich mir sicher war, sie hatte ähnliche Gedanken gehegt. »Äh, hättest du gern Gesellschaft?«

»Nein, danke, schon gut.« Ich ließ sie vom Haken. Es gab nichts, über das ich hätte reden wollen, und wir waren immer noch in dem frühen Stadium einer Freundschaft, wo längeres Schweigen einem seltsam vorkam. Aber andererseits kam mir gerade alles seltsam vor. Seltsam und schmerzlich.

Ich saß auf der Promenade und schaute den Badegästen zu, die das schöne Wetter genossen, als wäre nicht für jemanden aus ihrer Mitte eine ganze Welt zusammengebrochen. Es war weniger los als sonst: Die Nachricht von einem Mord auf Martha's Vineyard hatte die lokale Gemeinschaft erschüttert, aber es hinderte die Urlauber nicht daran, ihre Sommerferien zu genießen. Das Leben geht weiter.

Ich sah zu, wie ein kleines Mädchen, wohl etwa neun oder zehn Jahre alt, in die Gischt rannte und über die kleinen Wellen hopste, die sich am Strand brachen. Eine Gruppe von vier Jungs, vielleicht elf oder zwölf Jahre alt, ging vorbei, und einer der Jungs gab irgendeinen Kommentar ab, den ich nicht hören konnte. Aber das Mädchen offenbar sehr wohl, denn sie richtete sich auf, zupfte an ihrem Badeanzug und kehrte zu ihrem Handtuch zurück, auf das sie sich setzte.

Zorn ersetzte die Teilnahmslosigkeit, die ich empfand, seit man die Leiche meiner Schwester gefunden hatte. Warum sollte ein so kleines Mädchen schon erfahren müssen, wie grausam Jungs sein konnten – wie sie es mit einem Blick oder irgendeiner Bemerkung schaffen konnten, dass man sich wertlos vorkam? Wann würden Frauen endlich ernst genommen werden? Noch in meiner Lebenszeit? Nicht in Hollys Lebenszeit, das stand fest. Sie wäre noch am Leben, wenn jemand Gina ernst genommen hätte, als sie die Polizei aufforderte, Mordermittlungen aufzunehmen. Wie oft sollte sich das noch wiederholen? Wie viele Natalies und Hollys sollte es noch geben? Würde ich in fünf oder sechs Jahren hören, dass man die Leiche einer weiteren jungen Frau aus dem Yachthafen geborgen hatte?

Ich betrachtete das traurige, verwirrte Gesicht des kleinen Mädchens und machte mir klar, dass sie das nächste Opfer sein könnte. Holly stand für jede junge Frau, die irgendwo Spaß hatte, wo sie eigentlich hätte sicher sein sollen. So wie wir alle es sollten.

Ich schloss die Augen, legte den Kopf in den Nacken und ließ mein Gesicht von der Sonne wärmen. Der Geruch des Meeres und das Kreischen einer Möwe erinnerten mich daran, wie es mir vor gerade mal zwei Tagen ergangen war, obwohl es mir bereits vorkam wie in einem anderen Leben. Als ich am Strand aufgewacht war, voller Schmerzen und verwirrt, ohne zu wissen, ob ich Opfer eines Streichs oder einer Vergewaltigung geworden war. Ich hatte mich nicht in Gefahr begeben, ich hatte an dem Abend lediglich zwei Bier getrunken, ich war an einem öffentlichen Ort gewesen. Ich hätte dort sicher sein sollen. Und doch hatte die Gefahr mich gefunden. Die gleiche Gefahr, die meine Schwester gefunden hatte. Ich fühlte mich nicht mehr gedemütigt bei dem Gedanken, dass er mir seine Finger reingesteckt hatte, während ich bewusstlos auf dem Strand lag, und es war mir auch egal, wer ihm dabei zugesehen und ihn angestachelt hatte. Meine eigene Würde bedeutete mir nichts mehr, denn ich war schon seit Tagen völlig teilnahmslos. Dann jedoch kam mir etwas in den Sinn: Er hatte mir das in dem Wissen angetan, dass meine Schwester tot war. Bobby Slayton. Ich war an dem Abend in seiner Begleitung gewesen, und sein Bruder Ryan war der Letzte, mit dem Holly vor ihrem Verschwinden gesehen worden war. Hatte er sie umgebracht? Warum? Ich hatte mir eingeredet, dass es keine Rolle spielte; es würde Holly nicht wieder lebendig machen, wenn ihr Mörder für seine Tat bestraft wurde. Aber natürlich spielte es eine Rolle, natürlich wollte ich, dass der Täter bezahlte. Ob sie nun mit den Kennedys verwandt waren oder nicht – jemand musste diesen Slayton-Brüdern das Handwerk legen.

40

Claire

Gina saß in ihrem Garten und betrachtete den kleinen Wasserfall, als ich sie fand.

»Natalie hat unseren Vater bekniet, bis er den Wasserfall angelegt hat«, sagte sie, ohne sich zu mir umzudrehen. »Sie machte damals eine ›spirituelle‹ Phase durch. Erzählte allen, sie wolle zum Buddhismus übertreten. Als Daddy mit ihrem ›Zen-Garten‹ fertig war, war das bereits Schnee von gestern.«

Ich lächelte. Ich wusste nur zu gut, wie kleine Schwestern sein konnten.

»Hat er sich geärgert?«

Gina drehte sich zu mir um. Ihre Wangen waren nass vor Tränen. »Nein. Wenn sie es gewollt hätte, hätte er alles wieder rückgängig gemacht und in den ursprünglichen Zustand versetzt.«

»Klingt wie eine typische kleine Schwester«, meinte ich und machte Anstalten, mich neben sie zu setzen. »Darf ich?«

Gina nickte und rutschte ein wenig zur Seite.

»Der Schmerz ist unbeschreiblich«, sagte ich, und Tränen traten mir in die Augen. »Wird es irgendwann leichter? Denn so ist es eine einzige Qual.«

Gina räusperte sich, schaute mich mit ihren großen braunen Augen an und seufzte. »Der Schmerz wird weniger intensiv, glaube ich. Im Moment hat es dich mit voller Wucht erwischt, und du hast das Gefühl, du kannst nicht atmen. Es ist, als wäre es ein körperlicher Schmerz, der dir den Brustkorb zusammendrückt, und du weißt nicht, ob du das ertragen kannst oder wie du die nächste Woche überstehen sollst, ganz zu schweigen von einem Jahr oder zehn Jahren. Aber die Sache ist die: Im Augenblick musst du nicht leben, sondern nur überleben. Nur überleben – bis du eines Tages wieder lebst, und sei es vielleicht nur für eine Stunde. Du lachst über irgendwas oder freust dich auf etwas. Dann fühlst du dich schuldig. Weil du etwas lustig finden kannst, obwohl deine Schwester nicht mehr auf dieser Welt ist. Weil du die Schönheit eines Sonnenuntergangs genießen kannst, obwohl sie das nicht mehr kann. Oder weil du mit jemandem etwas trinken oder essen gehst, Freude daran hast und für eine gewisse Zeit nicht mehr an sie denkst.«

»Und dann?«

Gina zuckte die Achseln. »Keine Ahnung. Ich stecke noch in der Schuldphase fest. Ich muss irgendjemandem die Schuld an ihrem Tod geben. Ich dachte, ich wüsste, wer für ihren Tod verantwortlich ist …« Sie verstummte.

Ich war verwirrt. Gina war der felsenfesten Überzeugung gewesen, dass einer der Slayton-Brüder für Natalies Tod verantwortlich war. Deutete sie gerade an, dass sie sich jetzt nicht mehr sicher war? Ich dachte an den Zettel, den die Slaytons mir hinterlassen hatten, und schüttelte den Kopf. »Was meinst du damit – ›ich dachte‹? Es muss Ryan gewesen sein. Du hast ihn an dem Abend, an dem sie verschwand, zusammen mit meiner Schwester gesehen. Und Bobby hat mich betäubt. Sag nicht, dass du jetzt aufgeben willst. Deine Schwester braucht dich. Ich brauche dich.«

Gina starrte in das fließende Wasser, und eine einzelne Träne lief ihr über die Wange. Nachdem sie längere Zeit geschwiegen hatte, nickte sie und wischte sich die Augen. Sie holte tief Luft. »Ich weiß, du hast die schlimmste Woche deines Lebens hinter dir. Es war auch für mich ziemlich hart.«

»Ich weiß. Es tut mir leid.«

Gina schüttelte den Kopf. »Ich wollte dir kein schlechtes Gewissen machen. Ich will dir damit nur zu verstehen geben, dass ich nicht mehr viel Kraft habe. Ich wollte so unbedingt Gerechtigkeit für Natalie, dass ich wohl aus den Augen verloren habe, was Gerechtigkeit eigentlich ist. Trauer und Schuldgefühle verzerren irgendwie die Perspektive, deine Sicht auf alles. Ich weiß nicht, ob ich meinem eigenen Urteil noch trauen kann. Oder wie lange ich noch mit mir selbst leben kann.«

Ich erkannte mich in allem wieder, was sie sagte. Ich fühlte mich schuldig, weil ich so unfreundlich zu Holly gewesen war, weil ich Jess' Sorgen um sie abgetan hatte, weil ich mich nach unserem letzten Streit nicht um Versöhnung bemüht hatte. Und wenn ich daran dachte, dass ich zum allerletzten Mal mit meiner Schwester gesprochen hatte, ohne es zu ahnen, dass wir nie mehr zusammen lachen würden, uns nie wieder eine Pizza teilen, nie wieder über rührselige Filme weinen oder lautstark einen Song im Radio mitsingen würden, überkam mich ein unerträgliches Verlustgefühl. Die Liste ließe sich endlos fortsetzen. Und deshalb verstand ich Gina, wenn sie sagte, sie wisse nicht, wie lange sie noch mit sich selbst leben könne, aber ich glaubte nicht, dass sie damit meinte, sie wolle sich etwas antun. Denn wie ich hatte sie ihrer Schwester versprochen, das Gleichgewicht in der Welt wiederherzustellen. Sie wollte Gerechtigkeit für Natalie und dafür sorgen, dass nicht noch einer Schwester oder Tochter etwas zustieß. Allein hatte sie das nicht geschafft, und Holly hatte den Preis dafür zahlen müssen. Doch jetzt war sie nicht mehr allein.

»Ich brauche dich«, sagte ich. »Und wenn du je über das Schuldstadium hinauskommen willst, musst du dafür sorgen, dass die Slayton-Brüder nie wieder einer Frau etwas antun können. Nur auf diese Weise können wir unseren Schwestern zeigen, wie sehr wir sie geliebt haben. Ihr Vermächtnis wird sein, dass junge Mädchen in Sicherheit sind, die sonst auf ihren Charme hereingefallen wären. Denn das war das einzige Verbrechen, das unsere Schwestern begangen haben. Sich mit diesen Jungs einzulassen.«

Gina nickte, und langsam kehrte das Leben in ihre Augen zurück.

»Du hast recht«, stimmte sie mir zu und holte tief Luft. »Sie sind verantwortlich. Und jetzt ist es an uns, sie aufzuhalten.« Sie sah mich an. »Lass nicht zu, dass ich aufgebe, Claire. Lass mich nicht vergessen, wer wirklich verantwortlich ist.«

41

Claire

Wir waren schon fast wieder bei Ginas Haus, als im Rückspiegel der bekannte rote Pick-up-Truck auftauchte. Seit der Strandparty hatte ich Bobby Slayton nicht mehr gesehen. Seit dem Abend, an dem er mir seine kranke kleine Warnung hatte zukommen lassen.

Gina hatte den roten Wagen auch entdeckt. Mit einem leisen Fluch beschleunigte sie. Aber der Truck der Slaytons fiel nicht zurück, im Gegenteil, er beschleunigte noch etwas mehr, sodass der Abstand zwischen uns immer geringer wurde. Ich dachte an meinen ersten Tag auf der Insel, als Bobby und seine Freunde ihr gefährliches Spiel mit dem Insulaner im blauen Truck getrieben hatten und dabei mich von der Straße abgedrängt hatten. Damals war mir klargeworden, dass diese Leute nur Ärger machten. Warum hatte meine Schwester das nicht erkannt?

»Der hat vielleicht Nerven«, zischte Gina, ganz auf den Wagen hinter uns konzentriert. Ich hätte sie fast aufgefordert, den Blick auf die Straße vor uns zu richten, aber mir war immer noch so ziemlich alles gleichgültig, und so ließ ich es bleiben.

»Vergiss ihn«, sagte ich ruhig, aber sie hörte nicht zu.

Sie verringerte das Tempo, bis der Pick-up-Truck fast auf uns auffuhr, um dann unvermittelt wieder zu beschleunigen. Es war fast lächerlich: ein mickriger kleiner Wagen, der versuchte, es mit diesem Monster von einem Truck aufzunehmen – das war ungefähr so, als würde eine Fliege versuchen, einen Bären k. o. zu schlagen. Wenn mir auch nur ein winziger Rest Humor geblieben wäre, hätte ich laut aufgelacht.

»Der glaubt, er ist der große King hier«, knurrte Gina. »Er denkt, er kann tun, was immer er will, und Leute so behandeln, wie es ihm beliebt …« Sie scherte scharf nach links aus und trat auf die Bremse. Und dann, als Bobbys Truck an uns vorbeifuhr, riss sie das Steuer schnell nach rechts und rammte den Wagen der Slaytons.

Ich sah, wie Bobby erstaunt den Mund aufriss, und Ryan, der auf dem Beifahrersitz saß, starrte mich an, ohne auf den Machtkampf zu reagieren, der sich hier abspielte. Bobby stieg auf die Bremse, Gina ebenfalls. Die beiden Autos standen mitten auf der Straße, und dann wurde die Fahrertür des Trucks aufgerissen, Bobby sprang heraus und kam auf uns zumarschiert. Auch Gina stieg aus, mit harter, trotziger Miene. Kurz überlegte ich, ob sie vielleicht eine Pistole hatte, und ich dachte, wenn ich nur in der Lage wäre, irgendetwas zu empfinden, hätte ich mir vielleicht selbst eine Waffe besorgt. Es wäre so einfach, ihn hier niederzuschießen, mitten auf der Straße, und dafür zu sorgen, dass er nie wieder einer jungen Frau etwas antat. Aber das wäre keine Gerechtigkeit. Gina würde im Gefängnis landen, und Holly wäre immer noch tot. Was sollte Bobby Slaytons Tod daran ändern?

»Was für eine verdammte Scheiße! Was zur Hölle sollte das?«, brüllte er, als sie aufeinandertrafen wie Cowboys im wilden Westen zum Revolverduell.

»Du bist doch gefahren wie ein Irrer«, blaffte Gina.

Jedenfalls glaubte ich, dass sie das sagte, denn ich konnte sie nicht so gut verstehen wie Bobby. Ryan war im Wagen sitzen geblieben, doch als ich aus dem Auto stieg, sah ich, wie er mich im Seitenspiegel anstarrte.

Als Bobby mich sah, wirkte er für einen Moment fast nervös. Vermutlich sah ich wirklich so schlecht aus, wie Gina immer behauptete – dunkle Ringe unter den Augen, ungeschminkt, die Haare zu einem straffen Pferdeschwanz gebunden.

»Es tut mir leid wegen Holly«, rief er zu mir hinüber.

Ich warf einen Blick auf Ryan, der die Augen schloss und den Kopf abwandte.

»Wirklich?«

Seine Augen weiteten sich leicht. »Aber natürlich.« Er senkte die Stimme und blickte zu seinem Bruder, der mit versteinertem Gesicht auf dem Beifahrersitz saß. »Wir sollten uns mal unterhalten. Richtig reden. Allein.«

Ich hatte fast vergessen, wie gut er aussah, wie sehr man sich wünschte, jedes Wort zu glauben, was er sagte, seine Anerkennung zu gewinnen und sich ein Lächeln zu verdienen. Männer, die so aussahen wie er, waren gefährlich. Und für eine Frau wie Holly, jung und idealistisch, die an Liebe und Romantik glaubte – tödlich. Selbst jetzt noch fiel es mir schwer, seine Bitte abzulehnen, obwohl ich wusste, was er mit größter Wahrscheinlichkeit getan hatte.

»Ich soll also im Zweifelsfall zu deinen Gunsten entscheiden, richtig?«, sagte ich, als er die Hände hob – starke, maskuline Hände. Hände, die er aller Wahrscheinlichkeit nach in meinen Slip geschoben hatte, um ein Papierröllchen in mich hineinzustecken. Eine Warnung. Hände, die … Gott, mir wurde übel, wenn ich nur daran dachte. Hatten diese Hände meiner Schwester die Kehle zugedrückt, bis sie starb? Hatte er mich die ganze Zeit nur verarscht, mich glauben lassen, er sei in Holly verliebt gewesen, obwohl er in Wahrheit für ihren Tod verantwortlich war?

»Ich will nur mit dir reden.«

»Wie wir auf der Strandparty geredet haben? Als du mir K.-o.-Tropfen verabreicht und mich sexuell missbraucht hast.«

Geschockt riss er die Augen auf. Mein Atem stockte. Verdammt, das Erstaunen sah fast echt aus. Er warf abermals einen kurzen Blick auf Ryan.

»Ich habe nichts dergleichen getan.« Er schaute von mir zu Gina und dann wieder zurück zu mir. »Warum sagst du so etwas? Ich verstehe nicht … Hat *sie* dir eingeredet, dass ich so etwas getan habe? Du kannst doch sicher sehen, wie besessen sie von mir und meiner Familie ist.«

Voller Wut sprang Gina wie eine Wildkatze nach vorn. Ich packte sie am Arm und versuchte, sie zurückzuhalten, aber sie war stark. »Ohne dich wäre meine Schwester noch am Leben!«, schrie sie.

Bobby stieß die Luft aus und schüttelte den Kopf. »Ich habe dir schon tausendmal gesagt, Gina, dass ich mit ihrem Tod nichts zu tun hatte.«

»Einer von euch hatte Sex mit ihr! Sie war erst fünfzehn!«

Bobbys Gesicht verfinsterte sich. »Ich. Hatte. Keinen. Sex. Mit. Ihr.« Vor lauter Entrüstung betonte er jede Silbe. »Sie ist zu Ryan ins Auto gestiegen, und er hat sie nach Hause gefahren. Ich war die ganze Zeit mit Harry und Nathan zusammen. Warum sollte ich lügen?«

Gina schien aus dem Konzept gebracht, aber bevor sie etwas erwidern konnte, sah Bobby mich an. »Bitte«, sagte er. Sein Blick war flehend. »Lass uns einfach reden. Hast du einen Stift? Ich gebe dir meine Nummer.«

»Sie will sich deine Lügen nicht anhören, und sie braucht deine Nummer nicht«, zischte Gina und packte mich am Arm.

Ich ging nicht sofort mit ihr, sondern schaute Bobby an, der immer noch auf der Straße stand, und fragte mich, warum sein Bruder nicht mal aus dem Auto gestiegen war.

»Bitte«, formte Bobby lautlos mit den Lippen.

Ich zögerte, dann drehte ich mich um und folgte Gina zu ihrem Wagen. Er blieb stehen und sah uns nach, als wir davonfuhren.

42

Claire

Jess und Tom kamen drei Tage nach der Bergung von Hollys Leiche auf Martha's Vineyard an. Sie zu sehen war gleichzeitig eine Erleichterung und ein herzzerreißender Anblick. Plötzlich traf meine normale Alltagswelt auf die seltsame neue Welt, in der ich jetzt lebte, und das führte mir überdeutlich vor Augen, wie real das alles war. Ich würde nie nach Hause fliegen, um Jess die gute Nachricht zu überbringen, dass Holly heil und gesund war.

Ich holte sie an einem schönen warmen Tag vom Vineyard Haven Airport ab. Die Sonne strahlte auf uns hinab, als hätte das Wetter keinen Respekt vor unserer Trauer und dem Verlust, den wir erlitten hatten. Den strahlend blauen Himmel scherte es wenig, dass unsere ganze Welt krachend untergegangen war. Jess kam sofort angelaufen, um mich in die Arme zu nehmen, und auf Außenstehende hätten wir vermutlich gewirkt wie »Sommerschwestern«, die den öden Büroalltag für einen Sommer der Liebe eintauschten. Abgesehen von den Tränen der Trauer, die uns übers Gesicht liefen. Dann war auch Tom da und umarmte uns beide ganz fest.

»Es tut mir so leid«, flüsterte Jess immer wieder.

Es war eine Erleichterung, ihre Stimme zu hören, den Duft ihres Haars zu riechen, ihren vertrauten kamelhaarfarbenen, kratzigen Mantel zu spüren. Gina stand hinter mir. Sie war mir in den letzten drei Tagen kaum von der Seite gewichen, und ich war ihr dankbar, mehr, als sie je ahnen würde. Aber sie hatte meine Schwester nicht gekannt. Sie hatte selbst einen schweren

Verlust erlitten, das ja – doch sie hatte nie um Holly trauern müssen. Dafür brauchte ich Jess.

»Was sollen wir nur tun?«, fragte ich, und suchte im Gesicht meiner Cousine nach den Antworten, die ich so verzweifelt brauchte. »Was sollen wir nur ohne sie anfangen?«

»Denk nicht darüber nach.« Jess' Augen blitzten zornig. »Erst mal müssen wir das verfickte Arschloch schnappen, das uns das angetan hat.«

Ich weiß nicht, ob es daran lag, dass ich meine zarte blonde Cousine »verficktes Arschloch« sagen hörte, oder daran, dass sie endlich hier war und ihre grimmige Trotzhaltung gegen den Tod genau das war, was ich nötig hatte – aber zum ersten Mal seit der entsetzlichen Entdeckung lachte ich laut. Genau wie Gina gesagt hatte, wurde ich sofort von Schuldgefühlen überwältigt; das Lachen erstarb mir auf den Lippen und verwandelte sich in heftiges Schluchzen. Jess legte die Hände um meinen Hinterkopf und drückte ihre Stirn gegen meine.

»Lach ruhig«, sagte sie grimmig. »Hör nicht auf zu leben, um die Toten zu ehren. Holly würde das ganz bestimmt nicht wollen.«

Ich löste mich von ihr, nickte und wischte mir die salzigen Tränen aus dem Gesicht. »Kommt«, sagte ich zu Jess und Tom. »Das ist Gina, von der ich euch schon am Telefon erzählt habe.«

Jess umarmte Gina, die erst leicht erstaunt wirkte, dann aber die Umarmung erwiderte, als wären sie alte Freundinnen, die sich aus den Augen verloren hatten. Wir teilten die Erfahrung, einen lieben, nahen Angehörigen verloren zu haben, und jetzt waren wir vereint in der Entschlossenheit, Hollys Mörder zur Rechenschaft zu ziehen.

»Mein tief empfundenes Beileid«, sagte Jess zu ihr, als sie sich voneinander lösten.

»Mir tut dein Verlust ebenfalls sehr leid«, antwortete Gina.

»Wir haben ein Ferienhaus in West Tisbury gemietet«, erklärte Tom mir. »Wir dachten uns, du willst vielleicht mal aus der Stadt raus.«

West Tisbury war ländlicher als Edgartown und Oak Bluffs, eine Inlandsgemeinde mit Wäldern und grasenden Schafen. Auf der Fahrt dorthin erzählte Tom uns von einer Landwirtschaftsmesse, Kunstgalerien und einem jährlichen Filmfestival, aber nach einer Weile hörte ich nicht mehr hin.

Allerdings war es schön dort, genau wie jeder Flecken dieser Insel, den ich bislang gesehen hatte. Ich wünschte mir mehr als alles andere, dass ich Holly hierher begleitet hätte, auch wenn sie mir das nie angeboten hatte. Sie war nach Martha's Vineyard gekommen, um Abenteuer zu erleben, und auch wenn ihre Zeit hier nur kurz gewesen war, sie hatte Abenteuer erlebt. Sie hatte intensiver gelebt, als sie es je zu Hause getan hatte, und obwohl sie einen extrem hohen Preis dafür bezahlt hatte, fand ich ein wenig Trost in dem Gedanken, dass sie ihre letzten Wochen auf dieser Insel verbracht und das Leben in vollen Zügen genossen hatte.

Jess und Tom wussten ein wenig über Natalies Tod, denn sie hatten die fünf Jahre alten Medienberichte darüber gelesen. Sie wussten jedoch nichts von der inoffiziellen Geschichte, von den minderjährigen Jungs, die mit Natalie in ihrem Wagen weggefahren waren, oder über ihre Verbindung zu einer der mächtigsten Familien des Landes.

»Wenn du Ryan und Holly an dem Abend, an dem sie … an dem sie verschwand, zusammen gesehen hast …«, fragte Jess, als Gina ihren Bericht beendet hatte, »warum hast du das dann nicht der Polizei erzählt? Ich weiß, man hat dir nicht geglaubt, als du wegen Natalie zu ihnen gekommen bist. Aber das ist jetzt der zweite Fall – da müssen sie dir doch glauben.«

Mittlerweile saßen wir zu fünft in dem Ferienhaus in West Tisbury um den Tisch herum: Jess, Tom, Gina, Emmy und ich. Derek hielten wir mit Absicht heraus, weil wir ihn nicht in eine schwierige Lage bringen wollten, schließlich war er bei der Polizei. Außerdem hätte er sowieso nicht mehr für uns tun können als das, was er bereits tat.

Gina schaute zu mir, und man sah ihr an, wie verlegen sie war.

»Schon gut«, beruhigte ich sie. »Jess ist die Letzte, die dich verurteilen würde. Sie hat mal in einem Restaurant angerufen und eine Bombenwarnung abgegeben, um ein Date eines Ex-Freundes zu ruinieren.«

Jess blickte finster drein. »He, toll, wirf mich ruhig den Wölfen zum Fraß vor.«

Für einen kurzen Augenblick war zwischen uns alles so wie immer. Nur dass sonst Holly bei uns war und mitlachte.

»Es ist allgemein bekannt, dass Gina … äh, kein Geheimnis aus ihrer Einstellung zu den Slaytons macht.«

Gina zuckte die Achseln. »Du kannst ebenso gut Klartext reden. Im Grunde stalke und belästige ich die Slaytons seit fünf Jahren.«

»Und das mit gutem Grund«, hob ich hervor. »Du warst die Einzige, die für deine Schwester gekämpft hat. Aber jetzt hast du ja uns.«

Sie sah mich mit einer Dankbarkeit an, die ich noch nicht verdient hatte. Vielleicht dann, wenn ich es geschafft hatte, Gerechtigkeit für unsere jüngeren Schwestern zu bekommen.

»Die Polizei wird also vermutlich annehmen, dass du dir das nur ausgedacht hast, um Ryan etwas anzuhängen«, stellte Tom fest.

»Aber das stimmt nicht«, beharrte Gina.

»Ich weiß wirklich nicht, wie ich das ausdrücken soll, ohne beleidigend zu werden«, bemerkte Tom. »Aber woher sollen wir wissen, dass es nicht so ist? Wenn sonst niemand sie zusammen gesehen hat …«

»Doch, ich«, warf Emmy ein.

Ich sah sie an. »Warte mal. Was sagst du da?«

»Ich habe sie an dem Abend zusammen in seinen Truck steigen sehen. Ich habe das vorher nicht erwähnt, denn ich dachte, sie kommt gleich zurück und wird wütend auf mich sein, wenn ich ihr Probleme mit Ryan bereite. Dann bist du aufgetaucht, und ich wusste nicht, was ich sagen sollte. Also habe ich einfach behauptet, sie wäre bei Ryan geblieben.«

Ich biss die Zähne zusammen, um mich von einer Bemerkung abzuhalten, die ich später bereuen würde. Selbst wenn Emmy früher Alarm geschlagen oder mir gleich die Wahrheit gesagt hätte, wäre es mir nicht möglich gewesen, meine Schwester zu retten; denn ich war sicher, dass sie am Abend der Strandparty den Tod gefunden hatte. Hätte, hätte, Fahrradkette. Emmy hatte sicher ihre Gründe dafür, dass sie nicht schon früher mit der Wahrheit herausgerückt war, und auch wenn ich diese Gründe nicht recht nachvollziehen konnte, wollte ich nicht den einzigen Menschen gegen mich aufbringen, der es uns ermöglichen konnte, den Täter zur Rechenschaft zu ziehen. Ich holte tief Luft. Da, ich hatte es geschafft, mich zu beherrschen. Wenn mir das nur schon vor dem allerletzten Streit mit meiner Schwester gelungen wäre.

»Würdest du das auch der Polizei erzählen?«, fragte ich ganz ruhig und gelassen. Emmy nickte, und Erleichterung durchströmte mich. Ich stieß einen Seufzer aus, Gina ebenfalls.

»Das wird hoffentlich reichen, um einen Durchsuchungsbeschluss für die Yacht zu bekommen – oder zumindest für seinen Pick-up-Truck«, sagte ich. »Vielleicht finden sich irgendwelche Spuren, die beweisen, dass sie in seinem Wagen oder auf dem Boot war.«

»Ich fahre sofort zur Wache«, verkündete Emmy. »Wenn ich es noch länger hinauszögere, werden sie sich fragen, warum ich so lange gewartet habe.«

Genau wie ich, dachte ich, schwieg aber.

»Ich setze dich dort ab, ich muss sowieso zum Supermarkt«, sagte Gina. »Braucht ihr noch irgendwas?«

Ich schüttelte den Kopf. »Ich nicht, danke. Und Jess und Tom müssen sich sicher erst mal ausruhen.« Beide sahen ziemlich abgeschlagen aus und wirkten erleichtert, als ich das sagte. Sie hatten ein Ferienhaus mit drei Schlafzimmern gemietet, aber sie würden zweifellos zusammen in einem Zimmer schlafen. Ich war froh darüber. Zum ersten Mal seit langer Zeit wünschte ich mir, auch einen Mann zu haben, der mich tröstend in den Arm nahm – eine Umarmung von Jess oder Gina war nicht dasselbe. Vielleicht hatte Holly auch in dieser Hinsicht recht gehabt. »Ich mache einen Spaziergang«, erklärte ich.

»Ich könnte eine Dusche gebrauchen«, sagte Jess. »Und einen Tee. Könntest du etwas Milch für uns mitbringen, Gina?«

Gina nickte, und ich umarmte sie und Emmy, bevor sie zusammen weggingen. Mir wurde klar, dass ich gar nicht wusste, wie gut die beiden einander kannten, und hoffte, auf der Autofahrt würde es nicht allzu viele Verlegenheitspausen geben.

Ich zog meine Turnschuhe an und verließ das Haus, damit Tom und Jess Gelegenheit hatten, ein wenig miteinander allein zu sein. Wenn die Polizei Emmy ernst nahm, sollte bald Bewegung in den Fall kommen.

43

Claire

Am nächsten Morgen rief Derek an, um mir das Neueste mitzuteilen. Ich wusste sofort, dass es um Emmys Aussage ging, denn ich hatte ihn noch nie so aufgeregt erlebt.

»Ein Zeuge hat sich gemeldet, der Ryan und Holly am Abend der Party zusammen gesehen hat«, sagte er. »Sie ist zu ihm ins Auto gestiegen. Gerade eben hat der Ermittlungsrichter in Boston die Durchsuchung seines Pick-up-Trucks angeordnet.«

Ich stieß einen Seufzer der Erleichterung aus. »Und die Yacht?«

Derek schwieg kurz. »Noch nicht. Wenn wir Beweismaterial in seinem Truck sichern können, bekommen wir vielleicht auch einen Durchsuchungsbeschluss für das Boot. Taucher suchen gerade im Yachthafen nach Spuren, man hofft …« Er verstummte, als wäre ihm wieder eingefallen, mit wem er da sprach.

»Sprich es ruhig aus, Derek, ich werde nicht wieder zusammenbrechen. Man hofft, ihre Füße zu finden.«

»Ja …«, bestätigte er zögerlich. »Vor allem hoffen wir, auf das zu stoßen, womit sie beschwert wurde. Wenn dieser Gegenstand aus Ryans Boot stammt, haben wir ihn. Ich sehe nicht, wie er sich da wieder rauswinden will.«

Etwas war mir die ganze Nacht im Hinterkopf herumgespukt und hatte mir keine Ruhe gelassen, nachdem Gina mit ein paar Snacks und der Milch für Jess zurückgekehrt war und bestätigt hatte, dass sie Emmy vor der Polizeiwache abgesetzt hatte. Irgendetwas an ihrer Geschichte störte mich, und jetzt, als ich sie von Derek hörte, erkannte ich, was es war.

»Derek, weißt du, wer der Zeuge ist, der Ryan und Holly zusammen gesehen hat?«, fragte ich.

Seine Antwort bestätigte meine Vermutung. »Noch nicht«, sagte er. »Das mit dem Durchsuchungsbeschluss habe ich gerade von einem Kollegen erfahren. Warum?«

Das konnte ich ihm nicht mitteilen – noch nicht. Und ich wusste nicht, was passieren würde, wenn er es erfuhr. Denn wenn die erste Geschichte, die Emmy mir erzählt hatte, stimmte und sie tatsächlich Holly bei Ryan zurückgelassen hatte, während sie mit Derek wegfuhr, würde Derek wissen, dass sie unmöglich gesehen haben konnte, wie Holly in Ryans Truck stieg. Ansonsten hätte Derek es ebenfalls gesehen. Ich wusste nicht, warum Emmy ihre Geschichte geändert hatte oder warum sie jetzt log, und ich war mir keineswegs sicher, dass Derek ihre Version bestätigen würde.

Am Samstag, den 19. Juli, 14.00 Uhr, wurde der Durchsuchungsbeschluss für den Pick-up-Truck von Ryan und Bobby Slayton vollzogen, weniger als zwei Wochen, nachdem Officer Waylans mir mitgeteilt hatte, meine Schwester sei vermutlich mit irgendeinem Typen im Bett. Ich hatte das Glück, alles an Ort und Stelle verfolgen zu können, dank Derek, der mich vorab informiert hatte, wann die Polizei in die Werkstatt kommen würde, in die Ryan den Wagen nach dem Zusammenstoß mit Gina gebracht hatte. Die Polizei ging rein, begleitet von der Spurensicherung. Nur zwanzig Minuten nach Beginn der Durchsuchung erschienen Ryan und sein Vater. Der Besitzer der Werkstatt musste sie informiert haben, doch dank des Durchsuchungsbeschlusses brauchte der Besitzer des Fahrzeugs nicht anwesend zu sein, und als Ryan und sein Vater mit ihrer Anwältin auftauchten, hatte die Spurensicherung bereits eine Kiste mit Beweismaterial abtransportiert. Ich hatte nicht nah genug herankommen können, um zu sehen, was sich darin befand. Aber irgendwann hatte lebhafte Betriebsamkeit eingesetzt; es wurde aufgeregt geredet und per Funk kommuniziert. Es kostete mich meine ganze Selbstbeherrschung, nicht unter dem Absperrband hindurchzugehen und meine Festnahme zu riskieren, um festzustellen, was da vorging.

»Bitte habt etwas gefunden«, murmelte ich immer wieder vor mich hin. »Bitte habt etwas …«

Ich hatte mir genug True-Crime-Podcasts angehört, um zu wissen, dass man den Durchsuchungsbeschluss verwerfen würde, wenn Derek Emmys Aussage widersprechen sollte. Und dann wäre das dadurch gewonnene Beweismaterial vor Gericht nicht verwertbar. Und wenn es aufgrund der Ergebnisse der Fahrzeugdurchsuchung einen Durchsuchungsbeschluss für die Yacht geben sollte – würde ein Anwalt die dort gefundenen Beweise nicht im Kreuzverhör zerpflücken können? Nichts davon machte Ryan Slayton zu einem Unschuldigen. Aber ein guter Verteidiger – und natürlich würde er einen guten Strafverteidiger haben – könnte sehr schnell dafür sorgen, dass das Verfahren eingestellt wurde, und Ryan würde das Gerichtsgebäude als freier Mann verlassen. Ich musste unbedingt in Erfahrung bringen, ob Emmy tatsächlich gesehen hatte, wie Holly zusammen mit Ryan die Party verließ, und ob Derek ihre Aussage bestätigen würde, doch ich traute mich nicht, nachzufragen. Und selbst wenn ich herausfand, dass Emmy log – spielte das eine Rolle? Gina hatte die beiden eindeutig zusammen gesehen! Dessen war ich mir sicher, denn sie hatte genau beschrieben, was Holly trug, und sie hatte Holly zuvor noch nie gesehen. Also war es im Grunde gar keine Lüge, wir logen nur in dem Punkt, wer von uns sie am späten Abend zusammen gesehen hatte. Und war das nicht ein kleines Vergehen, verglichen mit all den Lügen, die uns die Slaytons aufgetischt hatten? Sie waren allesamt verantwortlich für den Tod meiner Schwester – wenn sie sich nach Natalies Tod nicht gegenseitig gedeckt hätten, wenn sie nicht alles vertuscht hätten, wäre Ryan längst im Gefängnis und Holly noch am Leben. Ich wollte jedes Mitglied dieser Familie zur Rechenschaft ziehen, und vielleicht würde der Tag kommen, an dem die Slaytons sich alle vor Gericht verantworten mussten. Vielleicht eher vor einem Zivilgericht als in einem Strafverfahren, aber ich würde mir mein Pfund Fleisch holen, so oder so. Aber zunächst mussten wir uns auf den Haupttäter konzentrieren.

44

EILMELDUNG

Ryan Slayton, Sohn von Laurence Slayton und Neffe von Robert Kennedy Jr., wurde heute unter dem Verdacht verhaftet, die 22-jährige Britin Holly Matthews ermordet zu haben. Die Bewohner des Sommerparadieses Martha's Vineyard sind schockiert und fassungslos. Die Leiche der Saisonkraft wurde vor drei Wochen im Yachthafen von Oak Bluffs aus dem Wasser geborgen. Die Polizei geht davon aus, dass ihre Leiche noch am Abend ihres Verschwindens dort versenkt wurde. Ein Ehepaar, dessen Boot im Yachthafen ankerte, sah, wie die Yacht der Slaytons in den frühen Morgenstunden hinausfuhr und kurze Zeit später wieder zurückkehrte. Die Slaytons, die ein Ferienhaus auf der Insel besitzen und mehrere Boote dort liegen haben, zeigen sich »schockiert und enttäuscht« über die Verhaftung, zu der es in den frühen Morgenstunden kam. Laut der Familie nahestehenden Quellen unterstützt die Familie Ryan zu »einhundert Prozent« und ist sicher, dass das Missverständnis sich zu gegebener Zeit aufklären wird. Jedoch scheint sich die Polizei von Martha's Vineyard ihrer Sache sicher zu sein. Im schriftlichen Haftbefehl, der ausgestellt wurde, weil nach Ansicht des Richters hinreichende Gründe dafür vorliegen, ist die Rede von »erheblichen DNA-Spuren« auf einem Kleidungsstück, das vermutlich vom Opfer getragen wurde, sowie Fingerabdrücken des Beschuldigten, die auf einem »persönlichen Gegenstand des Opfers« sichergestellt werden konnten. Die Polizei hat zu diesem Zeitpunkt noch keine weitergehenden Informationen veröffentlicht, und es gibt keine Hinweise darauf, dass noch weitere Personen der Tat verdächtigt werden.

45

Claire

Verhaftet!

Am Wochenende nach der Entdeckung der Leiche meiner Schwester hatte ich mit dem Laufen angefangen. Sie hätte das irre komisch gefunden: Da brauchte es schon den Mord an einem geliebten Menschen, damit ich mir Laufschuhe anzog und um fünf Uhr morgens das Haus verließ. Wenn ich vorher so früh wach gewesen war, dann deshalb, weil ich noch gar nicht ins Bett gekommen war. Als ich mir zum ersten Mal Hollys Laufschuhe anzog und in Richtung Lighthouse Beach lief, hatte ich das Gefühl, meine Lungen würden kollabieren. Doch es war ein guter Schmerz. Ein Schmerz, durch den ich mich lebendig fühlte. Und wenn ich mich auf diesen Schmerz konzentrierte, lenkte es mich von dem ab, was im wahren Leben vor sich ging: dem Warten darauf, dass das Handy klingelte, dem Geflüster und den Gerüchten, den forschenden Blicken, den mitleidigen oder abschätzigen Blicken. Jeder auf der Insel hatte eine Meinung zu dem, was mit meiner Schwester passiert war, und nicht alle Meinungen waren schmeichelhaft. Aber das war ja das Schöne bei meiner neuen Aktivität: Ich brauchte diese Blicke nicht zu sehen, wenn ich eine Straße oder am Strand entlanglief. Letzteres hatte im Fernsehen immer sehr glamourös ausgesehen, aber das Laufen auf Sand war zehnmal schwerer als das Laufen auf Asphalt.

Ironischerweise kam die Nachricht gerade, als ich mein Handy mal ausgeschaltet hatte. Jess und Tom, Gina und Emmy erwarteten mich vor Hollys Haus, als ich verschwitzt und keuchend dort anlangte. Ich war knallrot im Gesicht, beugte mich vornüber und stützte mich mit den Händen auf den Knien ab, um wieder zu Atem zu kommen.

»Okay, was ist los?«, stieß ich keuchend hervor, kam wieder hoch und sah alle der Reihe nach an. »Was ist passiert?« Noch im selben Moment bemerkte ich, dass meine Aussprache etwas seltsam gewesen war. *Himmel, ich fing schon an, wie eine Amerikanerin zu klingen.*

Ich wusste, es musste wichtig sein, wenn alle vier die Fahrt hierher unternommen hatten. Mittlerweile wohnte ich zusammen mit Tom und Jess in West Tisbury – sie hatte sich eine Vertretung für ihr veganes Café besorgt, aber ich wusste, sie würde bald wieder nach Hause zurückkehren müssen – und hatte am frühen Morgen das Ferienhaus von Holly aufgesucht. Dort wollte ich nach dem Rechten sehen, die Sachen meiner Schwester einpacken – die Polizei hatte sie endlich freigegeben –, und sie nach Hause schicken. Mein Blick glitt kurz zu meinem Mietwagen, mit dem ich hergefahren war und neben dem nun Ginas Auto stand. Das bedeutete, dass Gina wohl zunächst zu Emmy gefahren war, die wie sie in Oak Bluffs lebte, und dann Tom und Jess in West Tisbury abgeholt hatte. Anschließend waren sie alle nach Edgartown zu Hollys Ferienhaus gekommen, um sich schnellstmöglich mit mir persönlich zu treffen.

»Sag du es ihr!«, forderte Jess Gina auf, ein strahlendes Lächeln im Gesicht. Es gab nur eine Sache, die sie in ihrer tiefen Trauer so lächeln lassen würde …

»Ryan wurde heute Morgen verhaftet«, sprudelte Gina aufgeregt hervor. »Unter Mordverdacht. Mord, Claire. Wir haben es geschafft.«

Tatsächlich hatten wir nur sehr wenig getan, um das zu erreichen. Es war vor allem Emmys Verdienst – mit ihrer Aussage, sie habe gesehen, wie Ryan und Holly die Strandparty gemeinsam verließen. Wie wir von Derek wussten, war bei der Durchsuchung des Pick-up-Trucks Ryans roter Pullover gefunden worden, den er Holly an jenem Abend geliehen hatte. Der Idiot war in seiner unglaublichen Arroganz so überzeugt gewesen, absolut unantastbar zu sein, dass er nicht mal versucht hatte, das Kleidungsstück loszuwerden. Stattdessen hatte er es in einer Plastiktüte unter dem Beifahrersitz verstaut. Die Spurensicherung hatte Haare und Blut von Holly sowie Spermaspuren von Ryan auf dem Pullover gefunden.

Es kam mir wie ein großer Sieg vor. Wir hatten darüber gesprochen, wann es wohl so weit sein würde – und ob überhaupt –, und wir wussten, das war nur der Anfang. Man würde Ryan Slayton vernehmen und, wenn Anklage erhoben wurde, vor Gericht stellen. Die Slaytons hatten freilich immer noch jede Menge Geld und gute Anwälte, und es gab immer noch viel Arbeit zu erledigen. Doch die Kriminalpolizei hatte die Stimmung unter den Inselbewohnern wahrgenommen und auf das große Medieninteresse sowohl hier als auch in Großbritannien reagiert. Den Mord an Natalie hatte man vor fünf Jahren leicht unter den Teppich kehren können, aber diesmal würde es nicht so einfach sein. Die Öffentlichkeit verlangte Antworten, und nach der MeToo-Bewegung und allem, was sich anschließend zugetragen hatte, war die Welt eher bereit, auch Persönlichkeiten des öffentlichen Lebens und vermögende Wohltäter zur Rechenschaft zu ziehen. Derek hatte mich und das »Holly-Kommando« – ja, so nannten wir uns selbst, was ziemlich albern war, doch Holly hätte es toll gefunden und gleichzeitig genervt die Augen verdreht – den zuständigen Ermittlern vorgestellt, und sie hatten dafür gesorgt, dass wir immer auf dem neuesten Stand blieben, soweit das möglich war, ohne den Prozess zu gefährden.

»Woher wisst ihr das?«, fragte ich. Meine Atmung normalisierte sich allmählich, aber die Neuigkeit brachte mein Herz zum Rasen.

»Derek hat mich angerufen«, antwortete Emmy. »Er hat versucht, dich anzurufen, dich aber nicht erreicht. Er wollte, dass wir es von ihm erfahren, aber die Presse hat fast sofort darüber berichtet.«

»Gut«, sagte ich mit Nachdruck. »Sollen alle es erfahren. So haben die Slaytons diesmal weniger Aussichten, etwas zu vertuschen. Ich will, dass jeder weiß, was er ihr angetan hat.«

Meine Stimme klang kräftiger, als ich mich fühlte. Mir war klar, dass es einen riesigen Medienrummel geben würde, und es lag noch viel Arbeit vor mir. Es war drei Wochen her, dass wir den Entschluss gefasst hatten, Gerechtigkeit für Holly und hoffentlich auch für Natalie zu bekommen, und seitdem hatten wir uns bemüht, den Namen meiner Schwester allgemein bekannt zu machen. Wir hatten Gruppen in den sozialen Medien gegründet, wir hatten getwittert und gepostet und alles getan, was nötig war, damit alle im Land und darüber hinaus über den Fall diskutierten. Ich hatte True-Crime-Podcasts kontaktiert, telefonisch oder per Mail, und haufenweise Interviews gegeben, wobei ich es allerdings vermieden hatte, mit dem Finger auf den Schuldigen zu zeigen. Solange Ryan noch auf freiem Fuß war, wollte ich nicht das Risiko eingehen, dadurch die Ermittlungen zu gefährden. Wenn Ryan annahm, dass niemand ihn im Verdacht hatte, würde er vielleicht nachlässig und bequem werden. Was ja auch offenkundig der Fall gewesen war, wie sein im Truck liegen gelassener Pullover bewies.

»Hier, sieh mal.« Jess reichte mir ihr Handy.

Ich las den Bericht über Ryans Verhaftung und runzelte die Stirn. »Hier steht was von Fingerabdrücken auf einem persönlichen Gegenstand«, sagte ich, nachdem ich den Satz mehrmals gelesen hatte. »Das mit den Fingerabdrücken ist mir neu.«

»Man hat ihr Handy gefunden.« Emmys Stimme klang ein wenig schrill vor Aufregung. »Sie haben Hollys Handy gefunden, und Ryans Fingerabdrücke waren darauf. Das ist noch absolut geheim, sagt Derek.«

Ich stieß die Luft aus. Blut, Spermaspuren und Fingerabdrücke. Die unheilige Dreifaltigkeit. Das sollte doch wohl reichen.

»Und das ist noch nicht alles«, fügte Gina ruhig hinzu. »Offenbar gibt es einen Zeugen, der gesehen hat, wie die Yacht der Slaytons früh am Samstagmorgen ihren Liegeplatz verließ und hinausfuhr. Der Zeuge hat nicht gesehen, wer das Boot gesteuert hat oder was der Betreffende sonst noch machte, aber offenbar kehrte das Boot eine halbe Stunde später an den Liegeplatz zurück. Und außerdem hat Ryan an jenem Morgen das Deck gereinigt.«

»Was Carl bestätigt. Auch er hat gesehen, dass Ryan das Deck der Yacht reinigte«, wusste Emmy zu berichten. »Und in seiner Aussage steht, es sei das erste Mal gewesen, dass einer der Slaytons das Boot selbst gereinigt hätte.«

Das war's dann also. Wir hatten sie. Also, warum war ich mir immer noch so unsicher?

46

Claire

14 Monate später

Die Spätsommersonne brannte auf meinen Nacken, als ich die Gangway der kleinen Maschine herabstieg und auf den Asphalt trat. Ich entdeckte das vertraute Gesicht sofort. Sie blickte zu mir hoch, eine Hand über den Augen, um sie vor der Sonne abzuschirmen.

»Claire!«, rief Gina und winkte heftig. »Jess!«

Jess stieß einen leisen Pfiff aus, und ich verstand sofort, warum. Gina hatte eine erstaunliche Verwandlung durchgemacht: Glänzende dunkle Haare, zum fedrigen Stufenschnitt geschnitten, umrahmten ein Gesicht, das nicht länger abgehärmt, wächsern und fahl aussah, sondern gesund, rosig und gebräunt. Ein wenig zugenommen hatte sie auch – wo bei unserer ersten Begegnung ihre Hüftknochen vorgestanden hatten, sah ich jetzt sanfte Kurven.

»Du siehst toll aus«, sagte ich und umarmte sie.

»Du auch«, antwortete sie, und ich wusste, was sie dachte.

Ich wirkte nüchtern und war es auch. Nach Hollys Tod hatte ich meinen Job in der Kneipe gekündigt und mich darangemacht, das Haus unserer Mutter zu renovieren, um es zu verkaufen. Ich hatte einen so guten Preis dafür bekommen, dass ich ein zweites renovierungsbedürftiges Haus erworben hatte, das ich gerade wieder instand setzte. Ein Haus für mich selbst hatte ich bislang nicht gekauft, weil ich mich noch nicht entscheiden konnte, ob ich an einem Ort bleiben wollte oder nicht. Stattdessen hatte ich den Großteil meiner Besitztümer verkauft und mir ein kleines, aber gemütliches Cottage gemietet. Und nun war ich nach Martha's Vineyard zurückgekehrt, weil Ryan Slaytons Prozess unmittelbar bevorstand.

»Was ist mit mir?«, fragte Jess und tat so, als würde sie schmollen.

»Du siehst furchtbar aus«, erwiderte Gina.

»Grässlich«, bestätigte ich. Wir brachen alle in Gelächter aus.

Ein höllisches Jahr lag hinter mir. Nach Ryans Verhaftung und der Anklageerhebung hatte ich beschlossen, zusammen mit Jess nach Hause zurückzukehren. Vor dem Prozess, der in frühestens einem Jahr beginnen würde, hätte ich hier sowieso nichts ausrichten können. Es war für mich fast unerträglich gewesen, ohne meine Schwester wieder auf britischem Boden zu landen, nachdem ich einen Monat zuvor losgezogen war, um sie zu suchen. Auf der Rückfahrt im Auto war ich zusammengebrochen, und dann erneut, als ich unser Haus betrat – das Haus, in das weder meine Mutter noch meine Schwester je zurückkehren würden. In den darauffolgenden Monaten hätte ich oftmals am liebsten zur Flasche gegriffen, und ich wusste, niemand hätte mir daraus einen Vorwurf gemacht. Man erwartete geradezu von mir, dass ich zusammenbrach, nachdem mir das Schlimmste passiert war, was hatte passieren können; es wäre ungewöhnlicher, wenn ich den zweifachen Verlust bewältigte und mit meinem Leben weitermachte. Aber ich hatte noch nie gern das getan, was von mir erwartet wurde, und wenn es eins gab, das ich noch für Holly und meine Mutter tun konnte, dann das – mein Leben so zu leben, dass sie stolz auf mich gewesen wären. Also griff ich nicht zur Flasche, sondern nach Hollys Laufschuhen. Sie waren mittlerweile so etwas wie ein Glücksbringer für mich geworden, so als wäre meine kleine Schwester bei mir, wenn ich damit joggen ging. Doch auch wenn ich kein Alkoholproblem mehr hatte und Erfolge in meinem neuen Beruf verzeichnen konnte, so würde ich doch ohne Zögern die Zeit zurückdrehen und wieder mein Leben besoffen in einer Kneipe vergeuden, wenn ich nur noch ein einziges Mal mit Holly sprechen könnte. Wenn ich ihr sagen könnte, wie leid es mir tat, dass ich sie nicht unterstützt hatte, und wie viel Liebe ich für sie empfand. Das alles würde sie nun nie mehr erfahren.

»Bist du bereit?«, fragte Gina, und ich wusste, sie meinte nicht nur die kurze Fahrt zu dem Ferienhaus, in dem wir wieder untergekommen waren. Sie meinte den Prozess, der in drei Tagen in Boston beginnen sollte. Wir hätten auch direkt nach Boston fliegen können, um Gina dort zu treffen, wie Tom es tun würde. Aber Jess und ich hatten noch einmal auf die Insel zurückkehren wollen, um uns Holly nahe zu fühlen. Es war schon komisch, dass ich mich meiner Schwester auf dieser Insel, auf der wir nie zusammen gewesen waren, näher fühlte als irgendwo daheim in England. Ich holte tief Luft.

»Nicht wirklich«, gab ich zu.

Ryan Slayton hatte im letzten Jahr nie aufgehört, seine Unschuld zu beteuern, aber da keine weiteren Fakten ans Licht kamen, war das Medieninteresse bald abgeflaut. Bislang hatte es keine Probleme mit den Durchsuchungsbeschlüssen oder dem Haftbefehl gegeben, die ja alle aufgrund eines »hinreichenden Tatverdachts« ausgestellt worden waren. Seine Anwälte hatten zwar versucht, eine Verwerfung der Durchsuchungsbeschlüsse zu erreichen, aber Derek hatte uns versichert, das würde nicht passieren. Ohne einen verdammt guten Grund würde kein Gericht einen richterlichen Beschluss kassieren.

»Letzte Woche war ich mit Emmy und Derek essen«, berichtete Gina, als wir in Richtung Oak Bluffs fuhren. Ich erinnerte mich an meine erste Fahrt dorthin – daran, wie verärgert ich über meine kleine Schwester gewesen war, die mich zwang, um die halbe Welt zu fliegen, nur damit ich ihr sagen konnte, sie solle ihr Handy einschalten. Der Gedanke tat weh, dass sie bereits tot gewesen war, als ich diese wunderschöne Küste zum ersten Mal gesehen und zum ersten Mal die Seeluft eingeatmet hatte.

»Wie geht es den beiden?«, fragte ich.

»Ich glaube, nach dem Prozess werden sie zusammenziehen«, antwortete Gina. Ich lächelte. Holly hätte sich so für die beiden gefreut. »Sie hätten euch auch gern vom Flughafen abgeholt, aber sie sind gestern zur Prozessvorbereitung nach Boston gefahren.«

Damit Emmy sich darauf vorbereiten kann, als Starzeugin der Anklage aufzutreten, dachte ich. Ich hatte jetzt ein Jahr lang Zeit gehabt, über die Folgen unserer Handlungen nachzudenken, aber der Gedanke, dass Emmy unter Eid für uns lügen würde, belastete mich nicht, obwohl es das vielleicht hätte tun sollen. Wir brachten ja keinen Unschuldigen ins Gefängnis, vielmehr sorgten wir dafür, dass der Schuldige zur Rechenschaft gezogen wurde. Zudem hing ja auch nicht alles von Emmys Zeugenaussage ab, es gab noch die DNA-Spuren auf Hollys blutigen Sachen und Ryans Fingerabdrücke auf ihrem Handy. (Wie ich später erfuhr, war es am Rande des Slayton-Grundstücks vergraben gewesen und nach einem Hinweis aus der Bevölkerung entdeckt worden.) Ganz zu schweigen von Carls Aussage, der beobachtet hatte, wie Ryan am Tag nach der Strandparty sein Boot reinigte, und der Aussage des Ehepaars, das gesehen hatte, wie er in den frühen Morgenstunden damit hinausfuhr.

Trotzdem ließ mir die Frage keine Ruhe, wie Derek dazu stand, dass seine Freundin die Polizei anlog. Er musste doch wissen, dass sie nicht gesehen haben konnte, wie meine Schwester und Ryan zusammen die Strandparty verließen; schließlich war er zu dem Zeitpunkt bei ihr gewesen. Hatte sie ihm eingeredet, dass sie das beobachtet hatte, als er mit ihr vom Strand wegfuhr? Hatte er sich entschieden, der Frau zu glauben, in die er sich verliebt hatte? Oder dachte er sich, dass die Beweise für Ryans Schuld so stichhaltig waren, dass eine kleine Lüge nichts ausmachte?

Aber eins stand fest, und das war das Einzige, was mich weiterhin nachts in meinen Albträumen plagte: Falls Derek Howes Gewissensbisse bekam, bevor Emmy in den Zeugenstand trat, würde das ganze Kartenhaus in sich zusammenstürzen.

47

Claire

Ich könnte behaupten, dass ich nicht wusste, warum ich Bobbys Nummer ein Jahr lang aufbewahrt hatte oder warum ich sie an diesem Tag wählte. Aber ich wusste es. Ich brauchte Antworten und war sicher, dass Bobby mir helfen konnte. Wie sich herausstellte, stimmte das, nur nicht so, wie ich erwartet hatte.

Es hätte mich nicht gewundert, wenn er längst eine neue Nummer hatte, schließlich war der Medienrummel nach der Verhaftung seines Bruders groß gewesen. Deshalb war ich erstaunt, als es klingelte, und noch erstaunter, als er ranging. Und als ich ihm sagte, wer anrief, war dann er überrascht.

»Ich bin in Boston«, sagte er. Natürlich – er bereitete sich auf den Prozess vor.

Mit der Fähre brauchte ich nur anderthalb Stunden bis dorthin. Bereits neunzig Minuten nach dem Anruf saß ich auf einer Parkbank neben Bobby Slayton. Er hatte sich eine Baseballkappe tief ins Gesicht gezogen, und ich fragte mich, wie viel seiner Zeit er momentan wohl mit dem Versuch verbrachte, nicht erkannt zu werden. Seine blauen Augen funkelten auch nicht mehr so wie früher.

»Warum warst du bereit, dich mit mir zu treffen?«, wollte ich wissen.

»Neugier«, gab er zu. »Warum hast du angerufen?«

Ich nahm einen Schluck von dem starken Bostoner Kaffee, den ich mir auf dem Weg hierher geholt hatte, und schwieg kurz, bevor ich antwortete. »Ich weiß nicht genau, ob wir wirklich die ganze Wahrheit kennen«, vertraute ich ihm schließlich an. Das hieß ja keineswegs, dass ich nicht an die Schuld seines Bruders glaubte. Dass er meine Schwester getötet hatte, war immer noch die wahrscheinlichste Erklärung. Und meine Zweifel bedeuteten nicht, dass Ryan unschuldig war. Vermutlich war er so schuldig, wie es den Anschein hatte. Aber wenn nicht, war es möglich, dass ich gerade neben dem Mörder meiner Schwester saß und ihn mit Fragen triezte.

»Ich habe Holly nicht umgebracht, Claire.«

Mir stockte der Atem. Eine so unverblümte Reaktion hatte ich nicht erwartet.

»War Ryan es?«

Kopfschüttelnd rückte Bobby etwas nach vorn, sah einem vorbeilaufenden Jogger nach und drehte sich dann zu mir um. »Ich glaube schon. Ja.«

Auch das kam unerwartet. Ich hatte nicht damit gerechnet, dass er die Schuld seines Bruders einfach so einräumte. »Wegen der Beweise gegen ihn?«

»Das, ja«, antwortete er. »Man hat ihr Blut und sein Sperma auf dem Pullover gefunden, den sie anhatte. Seine Fingerabdrücke auf ihrem Handy. Die GPS-Daten beider Handys zeigen, dass sie in dieser Nacht zusammen auf dem Boot waren, und dann ging Hollys Handy in der Nähe unseres Hauses kurz an und wurde wieder ausgeschaltet. Es wurde auf unserem Grundstück vergraben. Ziemlich belastende Indizien, oder?«

»Sicher«, flüsterte ich. Tränen traten mir in die Augen. Verdammt, ich hatte mir geschworen, nicht zu weinen. »Ich weiß auch nicht, warum, aber das reicht mir nicht.«

»Es wird dir nie reichen. Weil du das Unvorstellbare vorstellbar machen willst. Du willst wissen, warum Holly, warum sie mit ihm mitgegangen ist, warum sie Sex mit ihm hatte, warum er sie umgebracht hat. Denn selbst wenn sie später gesagt hätte, sie sei zu betrunken für einvernehmlichen Sex gewesen – niemand hätte ihr geglaubt. Ryan ist schon mit Schlimmerem davongekommen. Also warum glaubte er, er müsse ihr das Leben nehmen? Und meine Antwort darauf lautet: Weil er es konnte.«

Es war schrecklich, so etwas über den eigenen Bruder sagen zu müssen, und ich sah den Schmerz in seinem Gesicht, als er es aussprach.

»Du hast gerade erwähnt, er sei schon mit Schlimmerem davongekommen«, sagte ich sanft. »Erzähl es mir, Bobby! Erzähl mir, was mit Natalie passiert ist.«

Bobby holte tief Luft. Ich dachte schon, er würde aufstehen und gehen, aber er lehnte sich zurück und verschränkte die Arme vor der Brust, als wolle er die Worte in sich festhalten. Dann holte er abermals tief Luft.

»Natalie hatte an jenem Abend getrunken. Viel zu viel. Sie hat sich mir an den Hals geworfen – ich war schon achtzehn, und es gab reichlich Mädchen meines Alters, die an mir interessiert waren. Ich hatte keinerlei Interesse daran, mich mit einer Fünfzehnjährigen abzugeben, aber sie ließ nicht locker. Sie behauptete, ich hätte doch den ganzen Sommer mit ihr geflirtet; dabei hatte ich nur nett zu einem jüngeren Mädchen sein wollen, das ein bisschen in mich verknallt war. Sie wurde laut und behauptete hartnäckig, ich hätte ihr falsche Hoffnungen gemacht. Sie drohte, dafür zu sorgen, dass ich Ärger bekam. Da ich auf keinen Fall mit ihr allein sein wollte, setzte ich sie zu Ryan ins Auto und bat ihn, sie nach Hause zu fahren. Ich sagte ihm, wir würden uns dann später treffen … Die anderen Jungs meinten, die beiden würden wahrscheinlich rummachen; und statt direkt nach Hause zu fahren, fuhren wir ihnen hinterher. Ich sagte ihnen, sie sollten keine Arschlöcher sein, Ryan würde die Situation nie ausnutzen. Aber Ryan war ja selbst noch ein Junge, noch nicht mal siebzehn. Sechzehnjährige Jungs sind Idioten, Claire. Das soll keine Entschuldigung sein, aber es stimmt.

Als wir sie einholten, stand das Auto am Straßenrand, die Beifahrertür stand offen, und Ryan hatte auf dem Vordersitz Sex mit Natalie.«

Ich schluckte schwer. Endlich bekam ich die Wahrheit zu hören, und das tat weh. Was Bobby da schilderte, war Vergewaltigung.

»Was passierte dann?«, fragte ich, obwohl ich es eigentlich gar nicht wissen wollte.

»Natalie stieg aus dem Auto und zog ihr Kleid runter. Es ging ihr gut, sie war nicht verstört oder wütend oder irgendwas. Er hatte sie nicht dazu gezwungen. Sie schien nicht einmal mehr ganz so betrunken zu sein, auch wenn es vermutlich unmöglich ist, so schnell nüchterner zu werden. Sie fragte Ryan, ob sie sich wiedersehen würden, und er sagte: ›Ja, ich ruf dich an.‹ Ich glaube, eigentlich mochte er sie irgendwie. Alles wäre gut gewesen, wenn nicht …« Er verstummte und starrte auf seine Hände herunter.

»Wenn nicht?«, hakte ich nach.

»Dann nannte sie ihn Bobby. Und die Jungs lachten ihn aus und sagten: ›Die hat nur mit dir gevögelt, weil sie dachte, du wärst Bobby.‹ Ich verfrachtete beide wieder ins Auto und sagte zu ihm, er solle sie schleunigst nach Hause fahren. Wir folgten ihnen den Großteil des Wegs, und er ist eindeutig an der Abzweigung zum Yachthafen vorbeigefahren und weiter zu ihrem Haus. Wir trafen uns später bei uns zu Hause; und irgendwann tauchte plötzlich die Polizei auf und stellte Fragen über Natalie.«

»Was für einen Eindruck machte Ryan denn?«

»Er wirkte nicht besorgt darüber, dass sie nicht nach Hause gekommen war. Er meinte, er habe sie bei ihr zu Hause abgesetzt und sie könne ja nicht weit sein. Er machte einen ehrlichen Eindruck. Anfangs habe ich ihm geglaubt. Als man sie fand, traf ihn das schwer.«

»Anfangs?«

Er biss die Zähne zusammen. »Ich wollte ihm gern glauben«, gestand er. »Aber ich vermute, ich habe es irgendwie immer gewusst. Er hat mich nach Überwachungskameras im Yachthafen gefragt, bevor ihre Leiche gefunden wurde, und ich habe ihn dabei ertappt, wie er GHB googelte. Das sind K.-o.-Tropfen. Und als Holly dann ... Er ist mein Bruder, Claire, und ich liebe ihn. Aber deine Schwester war süß, witzig und schön. Ich habe sie kaum gekannt, aber eins weiß ich – sie hatte das nicht verdient.«

»Genauso wenig wie Natalie«, sagte ich. Meine Stimme klang schärfer als beabsichtigt.

Er schüttelte rasch den Kopf. »So war das nicht gemeint. Aber ich fühle mich verantwortlich für das, was mit Holly passiert ist. Wenn ich mit der Polizei oder mit unseren Eltern über meinen Verdacht gesprochen hätte ...«

»Es wäre trotzdem alles vertuscht worden«, meinte ich. Mir war nicht ganz klar, warum ich versuchte, ihm seine Gewissensbisse zu nehmen. Nicht zum ersten Mal ertappte ich mich dabei, gern glauben zu wollen, dass er ein guter Mensch war. Er sah so unverschämt gut aus und war so charmant, und er sprach gut über meine Schwester. Und ich wollte so gern glauben, dass das alles wahr war und er mich nicht nur manipulierte, um mich auf seine Seite zu ziehen.

»Auf der Strandparty hast du mich betäubt. Du ...« Ich brachte es noch immer kaum über mich, es auszusprechen, aber ich musste seine Reaktion sehen. »Du hast mir einen Zettel reingeschoben. In meinen Slip.«

Jetzt wirkte er ehrlich empört. Alle anderen Anschuldigungen hatten ihn wenig überrascht, denn er hatte Ryan sofort im Verdacht gehabt, als Holly verschwand.

»Ich habe keine Ahnung, wovon du redest«, behauptete er und sah mir ins Gesicht. »Du hattest an dem Abend kaum was getrunken. Wir sind auch gar nicht so lange geblieben. Du wolltest dir noch etwas zu essen holen, und ich habe dich bei Remmy's abgesetzt. Das war nur wenige Minuten von deiner damaligen Unterkunft entfernt, und du wolltest die kurze Strecke zu Fuß gehen.«

Ich versuchte, mir irgendeine Erinnerung an jenen Abend zurückzurufen, aber da war einfach nichts. Bobbys Geschichte klang plausibel. Aber ich hatte mir das doch nicht eingebildet – mein Aufwachen am Strand, die grässliche Warnung, die mich erwartete. Wenn es nicht Bobby gewesen war, wer dann?

»Frag Carl«, sagte er plötzlich. »Carl und Stacy waren dort, als ich dich abgesetzt habe. Sie holten sich gerade etwas zu essen.«

48

Claire

Als ich den Park verließ, völlig geschafft von meinem einstündigen Gespräch mit Bobby, schwirrten mir die Gedanken wild durch den Kopf. Jess hatte ich erzählt, ich würde schwimmen gehen, das war leichter vorzutäuschen als eine Runde laufen. Ich brauchte mir nur Wasser über die Haare zu schütten, meinen Schwimmanzug nass zu machen und dann die feuchten Badesachen gut sichtbar auf den Rücksitz ihres Mietwagens zu legen. Außerdem hatte sie keinen Grund zu der Annahme, ich würde sie belügen. Tom könnte mich eher durchschauen, schließlich verzehrte er immer noch jeden Mittwoch sein Steak.

Ich sollte alles einfach auf sich beruhen lassen, das war mir klar. In zwei Tagen sollte Ryan der Prozess gemacht werden, er würde seine Unschuld beteuern, und die Geschworenen würden ihm entweder glauben oder nicht. Daran konnte ich nichts ändern. Wenn ich jetzt anfing, herumzuerzählen, dass ich meine Meinung geändert hatte und mir Zweifel gekommen waren, würde man mich für verrückt halten. Genauso, wie man früher Gina für verrückt gehalten hatte. Sie hatte jahrelang auf verlorenem Posten gekämpft, bis sich ihre Überzeugung, dass Natalies Tod kein Unfall gewesen war, endlich als richtig erwiesen hatte. Ryan wurde bereits mit Ted Bundy verglichen, weil er so nett und anständig wirkte und so charmant war. Ich sah die Schlagzeilen direkt vor mir: *Mörder bringt Schwester des Opfers dazu, ihn für unschuldig zu halten.*

Aber es lag nicht in meiner Natur, irgendetwas auf sich beruhen zu lassen – das war noch nie der Fall gewesen.

Da ich im letzten Jahr in Kontakt mit Derek, Emmy und Gina geblieben war, wusste ich, dass Carl nicht länger Hafenmeister im Yachthafen war, sondern damit angefangen hatte, Möbel aufzuarbeiten. Er hatte sich eine Werkstatt in seinem Haus in Oak Bluffs eingerichtet. Zwei ermordete Mädchen in fünf Jahren konnten einem vermutlich den Arbeitsplatz vermiesen. Der Tod meiner Schwester hatte die Insel hart getroffen – vermutlich glaubten alle nur zu gern, dass Ryan der Täter war, weil er kein Einheimischer war, kein richtiges Mitglied der Inselgemeinschaft. Aber gleichzeitig war die Familie Slayton hier so bekannt, so tief verwurzelt, dass diese Abgrenzung eigentlich nur dem Namen nach existierte. Ganz Oak Bluffs war tief erschüttert gewesen, und die Schockwellen hatte man auch in den übrigen Städten der Insel gespürt.

Carl wohnte in der Ocean Avenue, in einer Reihe bunt gestrichener Häuser, die alle aussahen, als stammten sie aus einem Lebenssimulations-Videospiel, und einen unverstellten Blick aufs Meer boten.

Er öffnete die Tür fast sofort nach meinem Klingeln. Er sah noch genauso aus wie vor einem Jahr, war vielleicht ein wenig dünner geworden und hatte einen Dreitagebart. Es stand ihm sogar.

»Claire«, sagte er und streckte die Hand aus. Die Wärme seiner Begrüßung überraschte mich ein wenig, schließlich hatte er sich damals, als ich auf der Suche nach Holly gewesen war, ziemlich feindselig gezeigt. Seine nächsten Worte klärten die Sache auf. »Ich bin froh, Sie zu sehen. Ich habe immer noch ein schlechtes Gewissen, weil wir nicht glauben wollten, dass Holly etwas zugestoßen war. Ich wünschte, ich hätte Ihnen damals mehr geholfen. Stacy wollte nicht, dass irgendjemand von ihrer Auseinandersetzung mit Holly erfuhr; ihr Verhalten war ihr auch so schon peinlich genug. Aber Hollys Nichterscheinen bei der

Arbeit hat uns ganz ehrlich nicht gewundert. Wir hatten nicht erwartet, sie noch einmal im Yachthafen zu sehen.«

»Schon gut«, antwortete ich mit einer wegwerfenden Geste. »Es hätte keinen großen Unterschied gemacht. Die Polizei glaubt, dass Ryan Slayton sie am Abend der Strandparty umgebracht hat.«

Ich beobachtete seine Reaktion genau, aber er reagierte wie alle hier, wenn Ryans Name fiel: Seine Miene verfinsterte sich.

»Bevor ich gekündigt habe, habe ich dafür gesorgt, dass im Yachthafen Kameras installiert wurden.« Er fuhr sich mit der Hand übers Gesicht und zuckte die Achseln. »Einigen Leuten gefiel diese Beeinträchtigung ihrer Privatsphäre nicht, aber es gab keine offiziellen Beschwerden, nur ein bisschen Gemecker. Wenn Ryan Slayton lebenslänglich ins Gefängnis wandert, werden wir uns alle ein wenig sicherer fühlen.«

»Eigentlich bin ich wegen Bobby Slayton hier«, erklärte ich, und sofort blickte er misstrauisch drein. Ich hatte gelesen, was die Internetschnüffler so über Carl geschrieben hatten; und die Kommentare waren nicht gerade freundlich gewesen. Es gab jede Menge Leute, die nie auch nur in der Nähe von Martha's Vineyard gewesen waren, nie einen der Beteiligten getroffen hatten und vor ihrer Ermordung nie etwas von Holly gehört hatten, aber überzeugt waren, besser über die Fakten des Falls Bescheid zu wissen als die Polizei. Ich verstand Carls Misstrauen, auch wenn hier auf der Insel die Überzeugung vorherrschte, dass Ryan schuldig war und Bobby ihn deckte.

»Den kenne ich kaum«, behauptete er, und mir war klar, wenn er sich nicht wegen der Art schuldig gefühlt hätte, wie er mich letztes Jahr behandelt hatte, hätte er jetzt dichtgemacht. Ich fragte mich, wo seine Frau wohl steckte. Vielleicht hatte sie jetzt, wo er nicht mehr von jungen Mädchen im Bikini umgeben war, nicht mehr das Gefühl, den Wachhund spielen zu müssen, sobald er das Wort an eine Frau richtete.

»Ich weiß. Ich wollte eigentlich auch nur wissen, ob Sie vielleicht gesehen haben, wie er mich vor dem Lokal Remmy's absetzte, als ich letztes Jahr auf der Insel war. Er meinte, Sie seien mit Stacy dort gewesen. Es ist lange her, schon klar, aber …«

»Doch, ich erinnere mich«, sagte er. »Und zwar, weil wir Sie mieden wie die Pest. Stacy machte sich Sorgen, nachdem wir von Ihnen erfahren hatten, dass Holly nicht mehr an ihr Handy ging, und fürchtete, man würde uns die Schuld geben, wenn ihr etwas zugestoßen war. Ganz unter uns, ich glaube, sie hatte Angst, dass ich Holly an dem Abend gefolgt sein könnte. Was ich natürlich nicht getan habe«, fügte er rasch hinzu.

»Also haben Sie gesehen, wie er mich absetzte? Und dann wegfuhr?« Ich versuchte zu begreifen, was das bedeutete. Wenn Bobby mich tatsächlich vor dem Lokal abgesetzt hatte – wie war ich dann wieder am Strand gelandet, ohne jede Erinnerung an das Vorgefallene?

»Ja. Ich sagte noch zu Stacy: ›Na, der hat ja nicht lange gebraucht, um die um den kleinen Finger zu wickeln.‹ Sie haben uns nicht gesehen, Sie haben sich nur etwas zu essen geholt und sind wieder gegangen.«

»Allein?«

»Allein«, bestätigte er. »Aber dann hat ein Auto gehalten, und Sie sind eingestiegen.«

49

Holly

Der Abend des 4. Juli

Holly versuchte zu schreien, als die Gestalt sie ins lange Dünengras zog und zu sich herumwirbelte. Eine Sekunde, bevor er die Hand in ihren Nacken legte und ihren Mund mit seinen Lippen bedeckte, erkannte sie, dass es Bobby war. Seine Lippen waren warm und schmeckten nach Whiskey und Pfefferminz. Als sie sich voneinander lösten, boxte sie ihn trotzdem gegen den Arm.

»Was zum Teufel sollte das, Bobby?«, zischte sie. »Sollte das etwa sexy sein? Du hast mich zu Tode erschreckt.«

»Wen hattest du denn erwartet?«, fragte er mit großen Augen. »Ich dachte, dir würde sofort klar sein, dass ich es bin. Ich habe deine Handtasche gefunden.« Er hielt ihr die Tasche hin, und sie entriss sie ihm. Ihr Herz schlug immer noch unangenehm rasch.

Wahrscheinlich hätte sie seine Stimme erkannt, wenn sie nicht so verdammt angespannt gewesen wäre. Sie konnte nicht aufhören, an das zu denken, was sie von Emmy erfahren hatte. Ryan war mit einem jungen Mädchen davongefahren, das dann tot aufgefunden wurde. Welche Rolle hatte Bobby dabei gespielt? Waren beide Slayton-Brüder verdorben bis ins Mark, oder waren sie unschuldig und nur unter Verdacht geraten, weil sie sich zur falschen Zeit am falschen Ort aufgehalten hatten? Holly schaute in Bobbys schönes Gesicht und konnte nicht glauben, dass jemand, der so fantastisch aussah, es nötig hatte, den betrunkenen Zustand minderjähriger Mädchen auszunutzen. Und Ryan … Im Umgang mit ihr war er immer der perfekte Gentleman gewesen; sie hatten ein bisschen geknutscht, mehr nicht. Und sie war schon oft allein mit ihm gewesen, wenn er ihr etwas hätte antun wollen, hätte er dazu reichlich Gelegenheit gehabt. Doch sollte Bobby ihr jetzt etwas antun wollen, würde garantiert niemand sie schreien hören; denn die Musik dröhnte, das Feuer prasselte, und betrunkene junge Leute, die einander über den Strand jagten, kreischten und grölten. Trotzdem hatte sie keine Angst. Es gelang ihr einfach nicht, sich Bobby – oder Ryan – als gefährlichen Vergewaltiger und Mörder vorzustellen.

Bobby legte die Hand an ihre Wange. Selbst im schwachen Mondlicht konnte sie erkennen, dass er sie besorgt ansah. »Hey, alles in Ordnung mit dir?«

Sie sah ihm in die Augen. Sie wollte ihm so gern vertrauen. Es war unbestreitbar, dass sie sich zu ihm hingezogen fühlte, weit mehr als zu irgendeinem der Jungs zu Hause. Und auch wenn sie vom Kopf her Ryan für die richtige Wahl hielt – sie konnte an nichts anderes denken als daran, wie es wohl sein würde, die Nacht in Bobbys Armen zu verbringen oder morgens neben ihm aufzuwachen. Bei dem Gedanken bekam sie Schmetterlinge im Bauch, und sie erinnerte sich an die Stimme ihrer Mutter, die ihr riet, in vollen Zügen zu leben und nichts zu bereuen. Sie kannte Ryan erst seit ein paar Wochen, und er würde schnell über sie hinwegkommen, wenn die nächste Sommerblondine auf der Insel eintraf. Es war ja nicht so, als wäre es die wahre Liebe gewesen.

»Hey, komm her.« Bobby zog sie in seine Arme.

Seine Brust war warm und fest, und er roch nach Holzrauch und Alkohol. Sie ließ sich in seine Arme sinken und merkte, wie sicher sie sich bei ihm fühlte. Es erinnerte sie an die beruhigenden Umarmungen ihrer Schwester, die zu dem Wenigen gehörten, was sie hier wirklich vermisste.

Er hob ihr Kinn und drückte seine Lippen auf ihren Mund, aber diesmal war sein Kuss sanft und zärtlich. Sie erwiderte den Kuss, ohne nachzudenken, ohne groß zu analysieren oder zu überlegen, ob es auch richtig war, das zu tun. Bevor sie richtig wusste, wie ihr geschah, hatte sie sich vollends verloren – in seinem Geruch, seiner Wärme. Sie konnte ihn überall spüren; sie war am Ertrinken, und es gab keine Rettung.

Als sie sich voneinander lösten, konnte sie seine Augen im bleichen Schein des Mondes glitzern sehen. Sie waren voller Lust und Begehren, wie ihre bestimmt auch. Eines war klar: Sie steckte zu tief drin, um noch einen Rückzieher zu machen, und was auch immer geschehen würde, es stand in den Sternen geschrieben, so sicher, als hätte sie den Füller selbst in die Hand genommen.

»Gehen wir zu mir«, schlug sie vor und legte die Hand auf seine Brust. »Wo wir beide allein sind.«

Bobbys Augen weiteten sich leicht, und er wirkte nicht länger wie ein reicher, arroganter Schnösel, sondern wie jeder andere junge Mann Anfang zwanzig, der sein Glück nicht fassen konnte. Doch dann verzog er bedauernd das Gesicht, beugte sich vor und küsste sie erneut. Als er sich von ihr löste, schüttelte er leicht den Kopf.

»Ich kann gar nicht glauben, dass ich das sage, aber ich kann nicht.«

Gedemütigt lief Holly feuerrot an. Nach allem, was gewesen war, wies er sie ab?

»Ehrlich, ich würde wahnsinnig gern«, versicherte er rasch, als er ihre Miene sah. »Aber du hast ziemlich viel getrunken, und ich will nicht, dass du morgen früh aufwachst und denkst, dass ich die Situation ausgenutzt hätte. Es war nicht gelogen, als ich sagte, dass ich dich echt mag, Holly. Wenn wir die Nacht zusammen verbringen, will ich sicher sein, dass du das später nicht bereust.«

Holly versuchte, sich die Enttäuschung nicht anmerken zu lassen. »Ich … äh … Ja, du hast vermutlich recht. Ich sollte auch vorher mit Ryan reden, oder?«

Bobby nickte. »Aber nicht heute Abend, nicht solange er … Nicht, während du so müde bist. Denk morgen früh darüber nach.« Er ergriff ihre Hände. »Wir können ein paar Tage wegfahren, wenn du willst, und eine Bootstour unternehmen. Nur du und ich. Ich könnte dir Boston zeigen, und dann fliegen wir nach New York. Und vielleicht nach Hollywood, ja?«

Holly lachte laut auf. »Beruhige dich, reicher Junge.« Sie lächelte. »Aber ich würde gern auf Segeltour mit dir gehen. Lass uns langsam anfangen, okay?«

Bobby erwiderte ihr Lächeln. »Klar. Entschuldige.«

»Okay, dann also morgen.« Holly nickte. »Ich ruf dich an.«

»Wie kommst du nach Hause? Du gehst doch sofort nach Hause, oder? Jetzt gleich?«

»Klar, Emmy und Derek warten auf mich. Ist alles in Ordnung?«

Bobby blickte zum Feuer und nickte. »Auf diesem Weg kommst du schneller zum Parkplatz.« Er wies mit der Hand in die Richtung. »Du brauchst nicht zum Feuer zurückzugehen.« Wieder küsste er sie. Es war aufregend, berauschend, gefährlich.

Egal, wie viel sie getrunken haben mochte, Holly wusste, dass sie ihn gleich morgen früh anrufen würde. Die Aussicht auf ein aufregendes Abenteuer wog weit mehr als die Angst, dass er ihr das Herz brechen könnte.

»Wir sehen uns morgen«, versprach sie.

Er hob die Hand und verschwand durch das lange Dünengras Richtung Strand.

Holly holte tief Luft und lief in die Richtung, die Bobby ihr gezeigt hatte. Es stimmte, was er gesagt hatte; in der Dunkelheit hatte sie gar nicht gemerkt, wie nahe sie beim Parkplatz war. Doch ihre Erleichterung war nur von kurzer Dauer. Denn sie musste feststellen, dass nur sechs Autos auf dem Parkplatz standen und keins davon Derek gehörte.

50

Claire

Carl hatte mir den Wagen beschrieben. Es ergab keinen Sinn, und doch ergab es absolut Sinn.

Als ich entlang der Küste nach Edgartown fuhr, fühlte mein Kopf sich an, als bestünde er aus Watte. Ich war diese Strecke nicht mehr gefahren, seit ich letztes Jahr, von Schluchzern geschüttelt, Hollys Ferienhaus geräumt hatte. Ihre Vermieter, Sheila und Hank, denen ebenfalls Tränen in den Augen standen, hatten mir geholfen, ihre Sachen einzupacken, damit ich sie per Post nach Hause schicken konnte. Wir waren in Kontakt geblieben, und sie hatten mir Fotos des schönen Gedenkgartens geschickt, der in Oak Bluffs für Holly eingerichtet worden war. Ich hatte ihnen Blumen zum Hochzeitstag schicken lassen. Martha's Vineyard würde für mich immer mit Hollys Tod verbunden bleiben, und doch konnte ich die Insel nicht hassen. Eine einzige finstere Tat änderte nichts an der Schönheit der Landschaft oder der Freundlichkeit der Insulaner. Sie hatten die traurige Berühmtheit, die sie erlangt hatten, mit Respekt und Würde getragen. Ich überlegte, was Jess und Tom wohl davon halten würden, sich hier niederzulassen. Sie waren die einzigen Angehörigen, die ich noch hatte, und mir würde nicht mal im Traum der Gedanke kommen, sie zu verlassen, aber ich konnte mir gut vorstellen, dass sie sich auf Martha's Vineyard wohlfühlen würden. Und auf jeden Fall konnte ich mir vorstellen, hier alt zu werden. Es war, als hätte Holly mir diesen Ort als Abschiedsgeschenk hinterlassen.

Edgartown hatte sich nicht verändert, nur dass es in der Nachsaison ruhiger war und viele Cafés und Restaurants schon geschlossen hatten. Malerisch war es trotzdem. An ein paar Fenstern hingen noch Dekorationen zum Feiertag am 4. Juli, und patriotische Flaggen wehten im leichten Wind.

Ich weiß nicht, was ich mir von einem Besuch beim Anwesen der Slaytons erhoffte. Das Haus stand leer; ich wusste von Derek, dass die Familie in diesem Sommer nicht auf die Insel gekommen war. Seit Ryans Verhaftung im letzten Jahr hatte kein Familienmitglied einen Fuß auf die Insel gesetzt. Sie hielten zu ihm; sie hatten ihm den besten Anwalt besorgt, der für Geld zu haben war, und beteuerten lautstark seine Unschuld. Allerdings taten sie dies von ihrem Haus in Boston aus und mieden ihr Sommerdomizil auf der Insel. Ich konnte ihnen das nicht verdenken. Die Slaytons waren hier allgemein bekannt; es gab also kein Entkommen von ihrer traurigen Berühmtheit, keine Möglichkeit, sich zu verstecken.

Sie mussten ihren Gärtner behalten haben, denn die Rasenflächen waren immer noch frisch gemäht, die Büsche geschnitten, und die Blumen blühten. Ich fragte mich, in welchem Blumenbeet das Handy meiner Schwester vergraben worden war.

»Sie sind nicht da, also machen Sie Ihr gottverdammtes Foto, und dann verschwinden Sie!«, rief eine schneidende Stimme. Ich drehte mich um und entdeckte eine ältere Frau im Garten des Nachbarhauses. »Die Kameras haben Sie aufgenommen!«, fügte sie laut hinzu.

»Ich bin nicht von der Presse«, erklärte ich und begann, auf sie zuzugehen. Diese teuren Anwesen standen so weit auseinander, dass die Nachbarn vermutlich alle eine andere Postleitzahl hatten. »Und ich will auch nichts klauen.«

Als ich bei ihr eintraf, schob sie ihre Sonnenbrille hoch. Sie war etwa Mitte sechzig und trug einen schicken Hosenanzug; um den Hals hatte sie ein Seidentuch geschlungen. Zudem hatte sie sich Gartenhandschuhe übergestreift, und mir wurde klar, dass die Reichen sich wohl so anzogen, wenn sie ihre Petunien beschnitten.

»Wer sind Sie dann?« Ihr Ton deutete an, dass ich wohl ein Niemand sein müsse, da sie mein Gesicht nicht kannte. Aber sie machte keinen unfreundlichen Eindruck, wirkte nur ein bisschen aufgeblasen.

»Ich heiße Claire Matthews«, antwortete ich mit einem angedeuteten Winken. Ich hatte nicht den Eindruck, dass sie wünschte, mir die Hand zu schütteln. Ihre Augen weiteten sich leicht – offensichtlich war ihr mein Name aus den Medien vertraut –, aber sie war zu gut erzogen, um sich ihren Schreck anmerken zu lassen.

»Oh, Liebes, es tut mir ja so leid wegen Ihrer armen Schwester«, sagte sie mit wesentlich weicherer Stimme. Vermutlich hatte sie mehr als genug von Schaulustigen und Sensationsreportern, die sie bei der Gartenarbeit störten. »Ich war letzten Sommer verreist, also war ich Gott sei Dank nicht hier, als dieser junge Mann festgenommen wurde. Kann ich irgendetwas für sie tun?«

Ich wollte gerade den Kopf schütteln, als mir ein Gedanke kam.

»Sagten Sie eben, die Kameras hätten mich aufgenommen?«

»Also, ja, aber …« Sie wirkte verlegen. »Selbstverständlich werde ich Sie nicht der Polizei melden. Es ist nur … Seitdem diese Sache passiert ist, wimmelt es hier nur so von Journalisten, und da diese Woche der Prozess beginnt …« Sie verstummte.

»Oh nein, ich mache Ihnen da keinen Vorwurf«, beschwichtigte ich sie. »Das, was Sie hier erdulden müssen, ist bestimmt das Gegenteil von dem, was Sie erleben wollten, als Sie hierherzogen. Ich habe mich nur gefragt, ob Sie die Kameras erst kürzlich installiert haben?«

Sie schüttelte den Kopf. »Mein Enkel hat das vor ein paar Jahren für mich erledigt. Um ganz ehrlich zu sein, ich weiß nicht genau, wie das alles funktioniert. Er sagt, es ist alles auf meinem Laptop, und ich brauche nichts weiter zu unternehmen.«

Wahrscheinlich wird jede Woche alles überspielt, dachte ich und versuchte, mir keine allzu großen Hoffnungen zu machen. Bestimmt hatte die Polizei das Material längst überprüft. Ich würde hier nichts entdecken, was erfahrenen Kriminalpolizisten entgangen war. Aber trotzdem …

»Sagten Sie eben, dass Sie im letzten Sommer nicht hier waren?«, fragte ich.

Sie lächelte verlegen. »Ja, das stimmt. Meine Schwester hatte eine Kreuzfahrt für sich und ihren Mann gebucht, aber eine Woche vor der Abreise fand sie heraus, dass er mit der Frau ihres Gärtners schlief. Er wusste ja, wann der Gärtner das Haus verließ, um in ihrem Garten zu arbeiten, also konnte er –«

Es tat mir fast leid, sie unterbrechen zu müssen. »Entschuldigen Sie, aber hat die Polizei Sie je nach den Überwachungsvideos gefragt?«

Sie runzelte die Stirn. »Nein. Sie haben mich angerufen, als ich auf der Kreuzfahrt war, und ich sagte, ich hätte nichts gesehen, weil ich gerade auf dem Mittelmeer herumschipperte, und an dem Tag, als es passierte –«

»Dürfte ich mir den Laptop vielleicht mal ansehen?« Das Kunststück, wie ein verlorenes kleines Mädchen zu wirken, ist mir nie so richtig gelungen, aber zu meiner Überraschung forderte sie mich mit einer Handbewegung auf, ihr ins Haus zu folgen.

»Aber natürlich«, antwortete sie und zog ihre Gartenhandschuhe aus. »Ich werde Pippa anweisen, Teewasser aufzusetzen, und währenddessen erzähle ich Ihnen alles darüber.«

Das Speichersystem für die Kameras war so einfach, dass ich die richtigen Unterordner schon gefunden hatte, bevor das Teewasser kochte. Bobbys Nachbarin, sie hatte sich als Margaret vorgestellt, hatte nicht gelogen, als sie sagte, sie würde einfach alles sich selbst überlassen. Der Laptop hatte eine Speicherkapazität von einem TB, und soweit ich erkennen konnte, war nie auch nur eine einzige Datei gelöscht worden. Jeder Vierundzwanzig-Stunden-Abschnitt war in einer eigenen Datei abgelegt und mit dem Datum markiert worden, und jede Datei enthielt sechs Unterordner, eine für jede Kamera. Relativ schnell konnte ich die Nummer der Kamera herausfinden, die auf den Garten der Slaytons gerichtet war – »Omega 78573« –, und das von ihr gelieferte Bildmaterial für eine Zeitspanne von sieben Tagen ausfindig machen, in der das Handy versteckt worden sein musste. Somit gab es einhundertachtundsechzig Stunden Videomaterial, auf denen möglicherweise das Vergraben des Smartphones im Garten festgehalten worden war. Da es unwahrscheinlich war, dass jemand dies tagsüber getan hatte, waren es nur noch ungefähr sechsundfünfzig Stunden, die durchgesehen werden mussten.

Margaret war mittlerweile gegangen, um nachzusehen, was der Tee machte, also zog ich die Videos in WeTransfer und versendete sie an mich selbst, und zwar an zwei verschiedene E-Mail-Adressen. Ich fand schon immer, dass es einfacher war, um Vergebung zu bitten, als um Erlaubnis zu fragen.

Als Margaret mit dem Tee zurückkehrte, brachte ich es nicht übers Herz, ihn abzulehnen, schließlich hatte Pippa sich so viel Mühe gemacht. Und so tranken wir unseren Tee, während sie mir alles über ihre Kreuzfahrt und ihren Schürzenjäger von Schwager erzählte. Dann fing sie an, sich über die Slayton-Brüder auszulassen, und erklärte, sie habe ja immer gewusst, dass das kein gutes Ende nehmen könne, bei den ganzen wilden Partys, die sie im Nachbarhaus gefeiert hatten, während die Eltern zu Galas und Wohltätigkeitsveranstaltungen abdampften. Zu guter

Letzt, nachdem wir den Tee ausgetrunken hatten, entschuldigte sie sich noch dafür, dass ihre Kameras nun doch keine Hilfe gewesen waren.

»Wonach suchen wir?«, zischte Jess, als wir im rückwärtigen Garten des Ferienhauses in West Tisbury saßen, das wir schon vor etwas mehr als einem Jahr gemietet hatten. Es war deutlich kühler geworden, und ich hatte mir ein Tuch umgelegt und eine Tasse heiße Schokolade gemacht, bevor ich anfing, das Videomaterial durchzugehen, indem ich in Fünfzehn-Sekunden-Schritten vorwärtsklickte.

»Nach jemandem, der mitten in der Nacht in den Garten gegangen ist, vorzugsweise mit einem Spaten und einem Handy«, antwortete ich. Ich hatte ihr noch nichts von dem Auto erzählt, in das Carl mich hatte einsteigen sehen: hauptsächlich deshalb, weil es ja nicht unbedingt das bedeuten musste, was ich glaubte, dass es bedeutete, aber auch, weil ich Jess nicht alles erzählt hatte, was in jener Nacht mit mir passiert war. Das war nichts, mit dem ich zur Polizei gehen konnte oder auch nur zu Derek, solange ich nichts Konkreteres vorzuweisen hatte.

Als wir uns das Material der dritten Nacht nach der Auffindung von Hollys Leiche ansahen, entdeckten wir es. An dem Tag hatte ich Ginas Haus verlassen, um zu Jessica und Tom nach West Tisbury zu ziehen.

»Da!«, rief Jess und deutete auf den Bildschirm. »Da ist jemand.«

Nun klickte ich nicht mehr im Fünfzehn-Sekunden-Takt vorwärts, sondern spielte das Video ab. Ich beobachtete, wie eine dunkle Gestalt mit einer Taschenlampe über die Rasenflächen der Slaytons leuchtete. Nur die Rückseite des Kopfes war sichtbar, als die Gestalt im Garten verschwand. Wir blickten unverwandt auf den Bildschirm und wollten nicht vorspulen, aus Angst, irgendetwas zu verpassen. Nach etwa zehn Minuten tauchte die Gestalt wieder auf. Diesmal ging sie auf die Kamera zu, und im Nachtsicht-Modus war ihr Gesicht deutlich sichtbar.

»Ach, du heilige Scheiße«, flüsterte Jess. »Das ist ja Gina.«

51

Holly

Der Abend des 4. Juli, zwei Stunden davor

»Da bist du ja!«, sagte eine Stimme hinter ihr, und Holly erstarrte, denn sie kannte die Stimme nur zu gut.

Es war dunkel um sie herum, und sie versuchte, sich zu erinnern, warum genau sie Ryan aus dem Weg gehen wollte … Wegen irgendwas, das Emmy ihr erzählt hatte, oder? Doch das schien eine ganze Ewigkeit her zu sein. Der Abend zerfiel in zwei Teile – die Stunden vor ihrem Gespräch mit Bobby und nun die Zeit danach. Und im Moment begriff sie nur, dass sie eigentlich mit Emmy nach Hause hatte fahren wollen, aber ihre Freundin nicht hier war.

»Ryan. Wo hast du denn gesteckt?« Sie drehte sich zu ihm um und setzte ein Lächeln auf. »Ich wollte mich verabschieden, aber ich konnte dich nicht finden.«

»Tja, jetzt bin ich ja hier«, erwiderte er und trat in der Dunkelheit näher an sie heran. Es gab nur eine einzige Straßenlaterne, die den kleinen, nicht asphaltierten Parkplatz in ein düsteres Licht tauchte.

Warum klangen seine Worte wie eine Drohung? Wieso bekam sie bei seinem Anblick solches Herzjagen? Weil sie gerade eben noch in den Armen seines Bruders gelegen hatte? Oder wegen etwas anderem, an das sie sich eigentlich erinnern sollte, aber nicht konnte?

Vorher war sie in Gegenwart von Ryan nie nervös gewesen, das wusste sie genau. Er behandelte sie immer mit Respekt – so sehr, dass sie sich rettungslos in seinen arroganten und viel weniger respektvollen Bruder verliebt hatte.

Daran lag es wahrscheinlich. Deswegen war sie so nervös und schuldbewusst – wegen ihrer Gefühle für Bobby. Aber das brauchte Ryan ja nicht zu erfahren. Es bestand kein Grund zur Sorge. Sie musste nur nach Hause und sich ausschlafen, dann würde sie wieder klar denken können.

»Wie kommst du nach Hause?«, fragte er.

»Ich wollte eigentlich mit Emmy fahren«, antwortete Holly und schaute sich um. »Aber offenbar ist sie ohne mich los. Also werde ich wohl zu Fuß gehen.«

Left Fork, wie die Einheimischen den Strand nannten, war weniger als eine Viertelstunde zu Fuß von ihrer Unterkunft entfernt, und wäre es helllichter Tag gewesen, hätte sie den Gedanken an einen Fußmarsch begrüßt. Sie war nie der Typ gewesen, der sich ein Taxi rief, wenn die Entfernung auch zu Fuß zu bewältigen war. Aber jetzt, im Dunkeln, nachdem sie schon sechs Stunden gebechert hatte, erschien ihr die Strecke wie ein Marsch von zehn Meilen.

»Ich fahr dich«, bot Ryan sofort an. Als er ihren Gesichtsausdruck sah, hielt er die Dose hoch, die er in der Hand hielt, um ihr zu zeigen, dass es eine Cola war. »Ich habe kaum was getrunken, keine Sorge. Ich will nur, dass du sicher nach Hause kommst.«

Holly holte tief Luft und sah abwechselnd Ryan und den Pick-up-Truck an. Sie war schon Dutzende von Malen mit ihm gefahren, also warum war sie jetzt so zögerlich? Sie versuchte, eine Erinnerung zu erhaschen, die sich ihr immer wieder entzog, aber es gelang ihr nicht.

»Ist schon gut, du musst nicht meinetwegen schon gehen. Ich kann auch laufen …« Selbst in ihren eigenen Ohren klang das nicht sehr überzeugend.

Ryan tat ihren schwachen Protest mit einer Handbewegung ab.

»Ehrlich, die Party langweilt mich sowieso. Ich bin eigentlich nur gekommen, um mich zu entschuldigen, weil ich mich heute Abend so wenig um dich kümmern konnte. Lass es mich wiedergutmachen, indem ich dich nach Hause bringe.«

Holly überlegte. Er wirkte lieb und ehrlich – so wie der Ryan, den sie seit Wochen kannte. Und sie musste wirklich dringend ins Bett.

»Klar, danke«, sagte sie und folgte ihm zu seinem Wagen.

»Willst du eine Cola?«, fragte Ryan, als er ihr half, sich anzuschnallen.

Holly merkte, wie trocken ihre Kehle war und wie pelzig ihre Zunge. Eine Cola klang himmlisch.

Ryan öffnete die Dose und reichte sie ihr. Sie trank gierig, bis die prickelnde Kohlensäure ihr den Atem raubte.

»Wow, das habe ich gebraucht.« Zum Zeichen des Dankes neigte sie die Cola-Dose ein wenig nach vorn.

Ryan legte den Gang ein, fuhr vom Parkplatz und bog rechts ab. In fünf Minuten würde sie zu Hause sein und konnte ins Bett gehen. Sie lehnte den Kopf gegen die Kopfstütze und schloss die Augen. Nur ein Minütchen.

Als sie die Augen wieder öffnete, kam die Brücke aus *Der weiße Hai* in Sicht. Tagsüber ein schöner Anblick, aber nachts nur eine unendliche Fläche tintiger Schwärze. Es ließ sich unmöglich sagen, wo das Meer endete und der Nachthimmel begann. Noch etwas stimmte mit dem Bild nicht. Was war es nur?

Die Brücke lag in der falschen Richtung. Ryan fuhr sie nicht nach Hause.

52

Holly

Sie versuchte, sich gerade hinzusetzen, aber ihr Kopf schien zu schwer für ihren Nacken zu sein.

»Wo fah'n … hin?«, fragte sie und bemühte sich, die Worte ordentlich auszusprechen. »Hause.«

Mit einem leicht verwirrten Gesichtsausdruck drehte sich Ryan kurz zu ihr um und warf ihr einen Blick zu.

»Du wolltest doch das Boot sehen«, behauptete er und fuhr weiter geradeaus.

Hatte sie das wirklich gesagt? Sie erinnerte sich an etwas, das mit dem Boot zusammenhing; sie war deswegen aufgeregt gewesen. Aber es fiel ihr schwer, sich zu konzentrieren. Sie wollte die Yacht nicht sehen, sie wollte nach Hause, doch sie hatte nicht die Energie, darauf zu bestehen.

Sie konnte kaum noch die Augen offen halten, als Ryan in den Yachthafen einbog und dann parkte. Er öffnete die Beifahrertür, nahm ihren Arm und half ihr beim Aussteigen. Die Knie sackten ihr weg, und sie schwankte, aber Ryan legte den Arm um ihre Taille und stützte sie.

Das Boot. Sie war jetzt auf der Yacht, oder? Sie passierten eine Kombüse, Sitzgelegenheiten, einen Fernseher, und dann waren sie in einer Kabine. Ryan half ihr, sich auf die Koje zu setzen, und Holly widerstand dem Drang, sich hinzulegen und einzuschlafen. Wieso war sie bloß derart betrunken? Am Strand war es doch noch längst nicht so schlimm gewesen, oder? Ein bisschen benommen war sie gewesen, benebelt, aber mehr nicht. Sie verstand das nicht.

»Gefällt's dir?«, fragte Ryan mit einer weit ausholenden Geste.

Holly nickte. Hatte sie wirklich den Kopf bewegt? Sie wusste es nicht genau.

»Es ist toll«, brachte sie heraus. Sie musste es laut gesagt haben, denn Ryan lächelte.

»Du bist so sexy«, sagte er und machte Anstalten, ihr den roten Kapuzenpulli über den Kopf zu ziehen, den sie immer noch über dem Kleid trug.

Sie versuchte, die Arme zu heben, um ihm dabei zu helfen. Ihr war plötzlich heiß. Warum war es so heiß hier drin? Und ihre Arme fühlten sich schwer wie Blei an. Aber Ryan zog sanft den Pullover hoch, und ihre Arme bewegten sich automatisch mit. Sie saß immer noch aufrecht – extrem betrunken konnte sie also nicht sein, oder? Auf dem College hatte sie Mädchen gesehen, die so sturzbesoffen waren, dass sie umkippten, doch derart schlimm war es bei ihr nicht. Vielleicht war sie ja okay. Sie war bloß so verwirrt. Vielleicht sollte sie etwas Wasser trinken. Sie fragte Ryan danach. Doch womöglich hatte sie es nicht laut gesagt, denn er reagierte nicht. Jetzt beugte er sich vor, genau wie bei ihren Dates. Er wollte sie küssen. Wollte sie von ihm geküsst werden? Am Strand, bei ihrem Picknick, hatte sie das gewollt. Warum wollte sie es jetzt nicht? Er war ihr Freund, oder nicht? Ja, sie traf sich mit ihm, seit … ein paar Wochen, oder? Seine Lippen berührten ihren Mund, und das war okay. Kein Grund, sich deswegen Sorgen zu machen, oder? Sie dateten sich, sie hatten sich schon vorher geküsst. Er war doch kein Fremder. Also warum kam es ihr vor, als täte sie etwas Falsches?

Sie schloss die Augen und versuchte, das Gefühl seiner Lippen auf ihrem Mund zu genießen. Aber diesmal war es anders als sonst. Er rammte ihr die Zunge fast wütend in den Mund und quetschte ihr die Lippen wund. Sie versuchte, sich von ihm zu lösen, aber seine Hand lag an ihrem Hinterkopf, hielt sie fest. Es fühlte sich nicht richtig an, irgendwas stimmte nicht.

Holly schaffte es, sich von ihm loszureißen, und fiel rücklings aufs Bett. Ryan wirkte erst überrascht und dann besorgt. Sein Gesicht tauchte über ihr auf, allerdings ganz verschwommen.

»Was ist denn los?«, fragte er in seinem vertraut liebevollen Ton. Dann runzelte er die Stirn. »Macht Bobby es nicht so?«

Bobby. Wut schwang in seinen Worten mit, und Holly erinnerte sich schwach. Da war irgendwas mit Bobby … Deshalb wollte sie Ryan nicht küssen, deshalb war er wütend auf sie. Denn das war er wirklich, oder? Oder? Wütend auf sie. Oh Gott, wenn nur nicht alles so verschwommen wäre. Vielleicht würde Ryan sie hier auf dem Boot schlafen lassen, bis die Benommenheit weg war und sie wieder klar denken konnte. Ryan war nett, er war sanft und freundlich. Er würde sie hierbleiben lassen, bis es ihr wieder besser ging.

»Ich habe gewartet, bis du bereit dafür bist«, sagte er, und seine Stimme klang immer noch wütend. »Ich habe dich nicht bedrängt wie ein Arschloch – wie mein Bruder. Ich war ein Gentleman, ich war respektvoll. Obwohl du in Wahrheit nur jemanden wolltest, der dich in einem Luxus-Schuppen gegen die Brüstung drückt und dir die Finger ins Höschen schiebt.«

Holly verstand kaum, was er da redete. Das ergab doch keinen Sinn. Redete er immer noch mit ihr? War sonst noch jemand im Raum? Sie versuchte, sich aufzusetzen, aber Ryan zerrte die Spaghettiträger ihres Kleides herunter, sodass einer riss. Holly keuchte auf. Er schob ihr Kleid hoch.

»Ich mache immer alles falsch«, fuhr er fort. Seine Stimme klang völlig fremd. »Bobby erzählt mir ständig, dass die netten Typen immer als Letzte zum Zug kommen, dass Mädchen einen Mann wollen, der ihnen zeigt, wo es langgeht. Aber du nicht, habe ich ihm immer gesagt, du bist anders. Dann sah ich euch bei dem Sommerfest, oben an der Brüstung. Er hat nicht um Erlaubnis gefragt, er hat dich nicht ausgeführt und wie eine Dame behandelt. Er hat sich hinter dich gestellt und hat dich behandelt wie eine Hure, und du hast die Augen geschlossen und es genossen wie eine Jungfrau beim Abschlussball. Und da wurde mir klar, dass er recht hat. Du willst nicht schön ausgeführt werden, du willst behandelt werden wie ein dreckiges, böses kleines Mädchen, nicht wahr?«

Holly versuchte, den Kopf zu schütteln … Nein, sie schüttelte den Kopf, ganz bestimmt. Er hatte die Hände um ihre Kehle gelegt, und sie bekam kein Wort heraus, aber er konnte doch bestimmt sehen, dass es nicht das war, was sie wollte. Oder etwa nicht? Hatte sie gesagt, dass sie das wollte? Hatte sie ihn in ihrem betrunkenen Zustand glauben lassen, dass sie wollte, dass er ihr das hier antat? Musste sie wohl, wenn er das sagte. Er hatte sie mit Bobby gesehen, und jetzt wusste er, was sie wollte. Vielleicht hatte er recht. Vielleicht hatte sie ihn das glauben lassen. Schließlich war er ein lieber Junge, ein netter Kerl. Das musste alles ein Missverständnis sein, ein Fehler.

Holly wusste nicht, wie lange sie schon hier lag. Doch Ryan schnarchte leise, und sie hatte das Gefühl, auch ein wenig geschlafen zu haben. Draußen vor dem Kajütenfenster war es nicht mehr stockfinster, sondern dunkelgrau, aber es war immer noch mitten in der Nacht. Ihr tat alles weh. Dennoch schaffte sie es, sich an den Bettrand zu schieben und die Beine über die Kante zu schwingen. Sie setzte sich auf und übergab sich auf den Teppich. Ryan rührte sich, und Holly stieß einen leisen Schrei aus. Er öffnete die Augen und musterte sie.

»Gott, wie du aussiehst«, sagte er. Seine Stimme war heiser und grob, ganz anders als der Ryan, den sie kannte. »Ich weiß nicht, was wir beide an dir gefunden haben. Du denkst wohl, du könntest jetzt zurück zu Bobby rennen, was? Glaubst du im Ernst, er will dich noch, nachdem du mit mir gefickt hast?« Er schnaubte verächtlich.

Holly ließ den Kopf hängen, als ein neuer Schwall Mageninhalt in ihrer Kehle brannte.

»Tja, will er nicht«, fuhr Ryan fort. »Er will meine abgelegten Tussen nicht. Mein Bruder zeigt nur Interesse, solange er mir die Spielzeuge stehlen kann, bevor ich mit ihnen gespielt habe.«

Er beugte sich über die Bettkante, griff in die Tasche seiner Jeans, die auf dem Boden lag, zog seine Brieftasche heraus und warf ihr einen Stapel Zwanzig-Dollar-Scheine zu. »Ich hatte meinen Spaß, danke. Sag gern Bescheid, wenn du das wiederholen willst.«

Tränen brannten ihr in den Augen, und sie wandte sich ab, damit er nicht sah, wie sehr seine Worte sie verletzt hatten. Wahrscheinlich hatte sie es verdient. Schließlich hatte sie den Bruder des Mannes geküsst, mit dem sie zusammen war. Wie hatte sie nur so schlechte Entscheidungen treffen können?

Nach dem Erbrechen fühlte sie sich ein klein wenig besser – zumindest so, als könnte sie in der Lage sein, wieder aufzustehen. Was immer Ryan ihr gegeben hatte – und sie war sich jetzt sicher, dass er ihr irgendwas verabreicht hatte –, die Wirkung ließ bereits nach. Ihre Knie gaben nach, als sie aufstand, aber sie stürzte nicht hin. Sie würde nicht fallen. Sie stolperte aus der Kabine, ohne zurückzublicken, und war sicher, Ryan bereits wieder schnarchen zu hören, bevor sie den Niedergang hochgestiegen war.

53

Claire

Die Polizeiwache von Edgartown sah immer noch wie ein gehobenes Einfamilienhaus mit weißem Lattenzaun aus. Brenda begrüßte mich mit einem herzlichen Lächeln. Natürlich wusste man bei der Polizei, dass ich wegen des Prozesses wieder auf der Insel war.

»Schön, Sie zu sehen, Brenda«, sagte ich. »Ist Officer Howes hier?«

Derek erschien in der Tür, bevor Brenda antworten konnte. »Claire. Habe ich mir doch gedacht, dass ich deine Stimme gehört habe. Ich habe versucht, dich zu erreichen. Hast du dein Handy ausgeschaltet?«

»Ja«, antwortete ich und senkte die Stimme, damit Brenda nichts mitbekam. »Ich will nicht, dass Gina mich anrufen kann.«

»Gina?« Derek wirkte verwirrt und besorgt. »Ist alles in Ordnung? Soll ich Emmy anrufen?«

»Nein«, fuhr ich ihn an, bereute meinen scharfen Ton aber sofort. »Ich muss mit dir reden. Bitte… Und zwar irgendwo, wo wir allein sind.«

Derek hob die Hände. »Okay, klar. Aber du machst mir echt Angst. Wo sind eigentlich Jess und Tom?«

»Sie warten in meinem Auto. Bitte komm mit nach draußen, wo wir uns ungestört unterhalten können.«

Wir gingen auf den Parkplatz und blieben an einer Stelle stehen, wo wir ungestört waren. Die Wahrheit war – ich hatte keine Ahnung, wie ich ihm beibringen sollte, dass ich Gina im Verdacht hatte, falsches Beweismaterial im Garten der Slaytons platziert zu haben. Aus einer Notebooktasche, die ich mitgenommen hatte, holte ich meinen Laptop heraus, auf dem das Videomaterial der Überwachungskamera gespeichert war. Ich begann, die entscheidende Szene abzuspielen.

»Sag mir, was du siehst«, forderte ich ihn auf und behielt ihn scharf im Auge, während er auf den Bildschirm starrte.

»Ich sehe, wie jemand mit einer Kapuze auf dem Kopf einen Rasen überquert«, antwortete Derek stirnrunzelnd. »Und deswegen wolltest du mich unter vier Augen sprechen?«

»Warte einen Moment«, wies ich ihn an und spulte neun Minuten vor.

»Okay«, sagte er, als die Gestalt wieder erschien. »Ich sehe, wie Gina einen Rasen überquert.«

Ich stieß die Luft aus. Zumindest hatten wir uns nicht eingebildet, dass sie es war. »Das ist der Rasen der Slaytons«, teilte ich ihm mit.

Er blickte finster drein. »Verfolgt sie diese Familie etwa immer noch? Sie wird noch den Prozess platzen lassen. Reicht ihr eine Verurteilung wegen Mordes nicht?«

»Die Aufnahme ist schon älter«, erklärte ich. »Das war drei Nächte, nachdem man die Leiche meiner Schwester entdeckt hatte.«

Derek schien seine Bräune einzubüßen. »Was?«

»Direkt bevor die Polizei das Handy von Holly in diesem Garten gefunden hat.«

Für eine gefühlte Ewigkeit blieben wir beide stumm. Ich wollte Derek nicht meine Schlussfolgerungen aufdrängen, damit er mich nicht für eine paranoide Verrückte hielt.

»Seit Natalies Tod ist sie besessen von den Slayton-Brüdern«, sagte ich schließlich, als er beharrlich schwieg. Unwillkürlich versuchte ich mir vorzustellen, was Gina getan hatte, und dabei drehte sich mir der Magen um; mir wurde übel. »Am Abend der

Strandparty ist sie ihrem Pick-up-Truck bis zum Yachthafen gefolgt. Sie hat die beiden gesehen – und nicht Emmy.«

Derek wirkte nicht überrascht, natürlich nicht.

»Aber das wusstest du ja schon«, fügte ich hinzu.

Derek nickte. »Ich war ja mit Emmy zusammen. Ich wusste, dass sie unmöglich gesehen haben konnte, wie Holly zu Ryan ins Auto stieg. Sie hat mir erzählt, dass Gina ihn am Yachthafen gesehen hat, sie jedoch befürchtet, dass Gina keiner glauben würde. Und nachdem die Polizei sie wegen Natalie so im Stich gelassen hat …«

»Hattest du das Gefühl, du wärst Gina das schuldig«, beendete ich den Satz für ihn.

Er seufzte. »Ich glaubte ihr, dass sie die beiden zusammen gesehen hat. Ich habe mir eingeredet, es sei ja keine richtige Lüge – nur dass eben Emmy als Augenzeugin auftritt und nicht Gina.«

»Vielleicht war Ryan ja am Yachthafen«, sagte ich. »Wie hätte Holly sonst dort landen sollen? Aber was ich vorher nie bedacht habe – wenn Gina ihn tatsächlich am Tatort gesehen hat, musste sie auch dort in der Nähe gewesen sein. Vielleicht hat sie Holly etwas angetan und ihr Handy im Garten der Slaytons vergraben. Ich wette, der anonyme Hinweis stammte von ihr.«

»Aber warum hätte Gina deiner Schwester etwas antun wollen?«, fragte Derek kopfschüttelnd.

»Ich glaube, wir kennen das Motiv«, antwortete ich. Einen Augenblick lang war ich wie gelähmt vor Schock, weil plötzlich alles auf den Kopf gestellt war. »Besessenheit. Gina wollte Gerechtigkeit für Natalie – davon war sie besessen. Und ich glaube, sie hat meine Schwester umgebracht, um die zu bekommen.«

54

Holly

Am Horizont zeigte sich bereits ein heller Schimmer, aber die Sonne war noch nicht aufgegangen, als Holly endlich am Eingang des Yachthafens ankam. Sie erwog, sich einfach hinzusetzen und zu warten, bis Hilfe kam. Dann aber verwarf sie diese Idee. Ihr zerrissenes Kleid war zwar nicht zu sehen, weil sie Ryans Pullover wieder übergezogen hatte, doch in ihrem Haar hing immer noch Kotze, und sie stank nach Alkohol. Ryan hatte recht, sie musste furchtbar aussehen. Sie konnte nicht zulassen, dass irgendjemand sie so sah, das wäre einfach zu demütigend gewesen.

Erst jetzt wurde ihr klar, dass sie keine Möglichkeit hatte, nach Hause zu kommen, und der Gedanke, zu Fuß bis ganz nach Edgartown zu laufen, mit einem fürchterlichen Kater und ohne Schuhe an den Füßen, war so unerfreulich, dass sie fast zur Yacht zurückgekehrt wäre, um das Geld zu holen, das Ryan ihr hingeworfen hatte. Normalerweise hätte sie in einer solchen Situation Claire angerufen, damit die zu ihrer Rettung herbeieilte. Oder vielleicht Jess. Plötzlich sehnte sie sich danach, die Stimme ihrer Schwester zu hören, sie sehnte sich nach einer tröstlichen Umarmung von ihr und einem Kuss auf den Scheitel. Sie wusste ja, wie wütend Claire über ihre Entscheidung war, in die USA zu reisen, daran hatte sie wenig Zweifel gelassen. Aber Holly kannte auch die Gründe dafür. Es war hart für Claire gewesen, sie so bald nach Mamas Tod ziehen zu lassen. Holly war für ihre ältere Schwester der Rettungsanker gewesen, und dann hatte sie ihr diesen Anker weggenommen, ohne darüber nachzudenken, was das für sie bedeuten würde. Holly verspürte das Bedürfnis, sich zu entschuldigen, die Stimme ihrer Schwester zu hören, den Abstand zwischen ihnen ein wenig zu verringern.

Sie zog ihr Handy hervor. In England wäre es jetzt ungefähr neun Uhr, und da Claire erst spätnachts ins Bett ging, dürfte sie jetzt noch schlafen. Doch ihrer Schwester war es sicher egal, wenn sie jetzt einen Anruf bekommen würde. Von allen Menschen, die Holly kannte, lebte sie am wenigsten nach der Uhr; sie hatte nur eine, um rechtzeitig zur Arbeit zu kommen. Es war schon komisch. Sie hatte nie so recht gewürdigt, was für ein Freigeist ihre ältere Schwester war. Vielleicht konnten sie ja die nächste Reise zusammen unternehmen, sich einen Camper zulegen und im Angedenken an ihre Mutter die Welt erkunden.

Es meldete sich jedoch nur die Mailbox. Aber Holly war sicher, dass Claire sie später zurückrufen würde, und dann konnten sie richtig reden und den Streit beilegen, in dem ihr letztes Gespräch geendet hatte. Es würde sich schon alles klären, ganz bestimmt. Holly würde jetzt einfach Emmy anrufen, sie um Hilfe bitten und so tun, als hätte sie nur zu viel getrunken. Und nachdem sie geduscht und ihren Rausch ausgeschlafen hatte, würde sie ihre Sachen packen, sich ein Flugticket besorgen und nach Hause fliegen. Schließlich hatte sie ihren Job verloren, und Gott wusste, was Ryan den Leuten alles über sie erzählen würde. Bobby würde ihr das nie verzeihen. Hier gab es nichts mehr für sie.

»Alles in Ordnung mit Ihnen?«

Holly erschrak so sehr, dass sie fast aufgeschrien hätte. Sie war tief in Gedanken versunken gewesen, und sie hätte nie damit gerechnet, dass hier am Rande des Yachthafens noch jemand war. Sie drehte sich um und sah eine Frau auf der anderen Seite des Tors stehen. Sie war vielleicht Anfang dreißig und sehr zierlich, hatte dunkles Haar und traurige Augen. Sie sah müde aus;

nicht nur, weil es so früh am Morgen war, sondern so, als wäre sie müde bis ins Mark. Fast so, als hätte sie bereits mit dem Leben abgeschlossen. Holly überlegte kurz, ob sie hergekommen war, um sich das Leben zu nehmen. Sie holte tief Luft.

»Offengestanden habe ich ein bisschen zu viel getrunken, und ich habe kein Geld eingesteckt, weil ich bei einer Privatparty war, und daher –«

»Sie sind mit Ryan Slayton hier«, fiel die Frau ihr ins Wort.

Holly zuckte leicht zusammen, als sie den Namen hörte. Ja, es war eindeutig Zeit, irgendwo hinzugehen, wo nicht jeder diese Familie kannte.

»Sie waren auf seinem Boot, und ich habe gesehen, wie Sie von der Yacht runtergegangen sind«, fuhr die Frau fort.

»Bitte sagen Sie das niemandem«, flehte Holly sie an. Ihr Hals war wund vom Alkohol und von der Droge, die Ryan ihr verabreicht hatte, und sie wollte nur aufhören zu reden und in Ruhe weinen. »Ich war wirklich betrunken, und es wäre mir lieber, wenn das niemand erfährt.«

»Warum denn nicht? Ich habe Sie schon häufiger mit ihm zusammen gesehen. Hat er Ihnen irgendwas angetan?«

»Haben Sie uns etwa beobachtet?« Allmählich bekam Holly es mit der Angst zu tun. »Mir ist nichts passiert. Warum fragen Sie das?«

»Es wäre nicht das erste Mal«, entgegnete die Frau, trat durch das schwere Tor und zog es hinter sich zu.

Holly schwankte leicht, als sie versuchte, etwas zurückzuweichen. *Gott, gleich würde ihr wieder übel werden.*

»Er hat schon mal jemandem etwas angetan. Meiner Schwester Natalie.«

Natalie. Holly hatte das Gefühl, den Namen zu kennen, als hätte sie ihn erst kürzlich gehört.

»Ich weiß nicht, wovon Sie reden«, sagte sie.

»Wenn er Sie vergewaltigt hat, müssen Sie zur Polizei gehen«, verlangte die Frau von Holly und packte sie am Arm.

Holly entzog sich ihr und griff haltsuchend nach einem der dicken Absperrtaue am Rande des Kais.

»Er hat mich nicht …« Holly verstummte – unfähig, das, was geschehen war, entweder zuzugeben oder zu leugnen. Sie wusste ja selbst kaum, was da passiert war. An den Großteil der Nacht erinnerte sie sich nur noch verschwommen. »Lassen Sie mich in Ruhe.«

»Nein, bitte.« Der Blick der Frau war jetzt wild, verrückt. »Bitte, Sie müssen es der Polizei sagen. Es wird nie jemand für Natalies Tod zur Rechenschaft gezogen werden, wenn nicht andere Opfer sich melden. Diese Jungs sind übel, das wissen alle, aber weil sie so reich und gut aussehend sind, sinkt die ganze verdammte Insel auf die Knie, wenn sie vorbeigehen.«

Wieder packte sie Holly am Arm. Holly konnte kaum glauben, dass ihr das passierte. Sie konnte damit jetzt nicht umgehen, und wenn diese Verrückte nicht aufhörte, herumzuschreien, würden noch andere Leute aus ihren Booten kommen und zu ihnen blicken. *Warum läuft diese Frau mitten in der Nacht hinter mir her? Und warum liegen ihre Finger immer noch im Klammergriff um meinen Ellbogen?*

»Lassen Sie mich los!«, rief sie wütend und frustriert. Die Frau mochte zart wirken, aber ihr Griff war erstaunlich stark. »Sonst schreie ich.« Fast wäre sie an den Worten erstickt, aber sie sagte es trotzdem, nur um sie loszuwerden. »Ryan ist noch auf dem Boot.«

Bei der Erwähnung dieses Namens verfinsterte sich das Gesicht der Frau. Holly versuchte, die Gelegenheit zu nutzen, solange ihre Angreiferin abgelenkt war, und schubste sie weg. Die Frau kreischte auf und taumelte rückwärts, und Holly stolperte zum Tor und versuchte, es zu öffnen, bevor diese verrückte Psychopathin sie aufhalten konnte. Doch die Frau fing sich rasch, stürzte sich auf Holly, packte sie am Pullover und zerrte sie wieder zurück.

»Ich versuche, Ihnen zu helfen!«, kreischte sie. »Warum wollen Sie denn nicht auf mich hören?«

»Verschwinden Sie!« Holly versuchte zu schreien, aber ihr Hals war zu wund. Sie stolperte am Steg entlang, doch ihre Beine wollten sie nicht mehr tragen; ihre Energie war aufgebraucht. »Lassen Sie mich sofort los!«

Die Frau lockerte unvermittelt ihren Griff, und Holly fiel rücklings hin und schlug dabei mit dem Kopf gegen einen der Metallpfosten, an denen die Absperrtaue befestigt waren. Halb betäubt stemmte sie sich in eine sitzende Position hoch und griff sich an den Hinterkopf, wo Blut in ihr blondes Haar sickerte. Sie starrte erst auf das Blut an ihrer Hand und dann auf die Frau, die sie bestürzt ansah.

»Oh Gott, es tut mir so leid«, entschuldigte sie sich.

Holly griff in ihre Handtasche, um ihr Telefon herauszuholen.

»Was tun Sie da?«, rief die Frau und versuchte, ihr die Handtasche zu entreißen. Als ihr das misslang, ergriff sie ein Büschel von Hollys Haaren und riss sie nach hinten.

Holly fiel hart auf den Steg, die Augen vor Überraschung weit aufgerissen. Dann begann sie zu schreien.

Die Frau hielt ihr augenblicklich den Mund zu und stieg auf sie drauf, um sie mit ihrem ganzen Gewicht unten zu halten. Holly versuchte, sie in die Finger zu beißen, aber die Frau griff mit der freien Hand nach Hollys Kehle und drückte zu. Holly rang nach Luft, aber sie konnte nicht atmen; der Griff um ihre Kehle war zu fest. Als Holly aufhörte zu schreien, legte die Frau auch die andere Hand um ihre Kehle und drückte noch fester zu. Und noch fester.

Holly hatte immer geglaubt, dass man im Moment des Todes sein ganzes Leben an sich vorüberziehen sieht. Doch in den sechs Minuten, die es dauerte, bis das Leben aus ihr wich, war ihr einziger Gedanke der, dass sie nicht sterben wollte.

55

Gina

Gina starrte auf das leblose Mädchen unter ihr, unfähig zu begreifen, was da gerade passiert war. Hatte die junge Frau sie angegriffen? Oder war sie selbst als Erste tätlich geworden? Bereits jetzt begann alles zu verschwimmen. Sie konnte nur daran denken, dass dieses Mädchen sich geweigert hatte, ihr zu helfen, Gerechtigkeit für ihre Schwester zu bekommen. Sie war genau wie alle anderen und deckte dieses Arschloch, obwohl man doch sehen konnte, was er ihr angetan hatte. Gina wusste, zu was die Slaytons fähig waren. Was war denn noch nötig, damit sie zur Rechenschaft gezogen wurden?

Und wozu bist du fähig?, fragte eine Stimme in ihrem Kopf. Gina schüttelte die junge Frau, erst leicht und dann fester, aber sie lag nur schlaff da und rührte sich nicht mehr. Sie war tot. Gina hatte sie umgebracht.

Gina rang nach Atem. Sie versuchte, Luft zu holen, aber es war, als wären ihre Lungen versiegelt. Gierig schnappte sie nach Luft, doch es nützte nichts. Sie hyperventilierte, das war ihr klar, und sie wusste nicht, was sie dagegen tun konnte. Was hatte sie nur getan? Was hatte sie nur getan? Dieses Mädchen hatte eine Familie, genau wie Natalie, und selbst wenn Gina jetzt nicht erstickte – sie würde ins Gefängnis kommen. Obwohl keiner wegen des Mordes an Natalie ins Gefängnis gekommen war.

Aber das könnte sich jetzt ändern, raunte ihre innere Stimme. *Ein Todesfall kann vertuscht werden – aber zwei? Sie müssen dir zuhören, wenn noch ein junges Mädchen tot ist.*

Ihre Atmung begann sich zu verlangsamen, sie atmete jetzt leichter. Es war noch nicht alles verloren. Vielleicht war ja doch etwas Gutes an der Sache.

Ihr blieb nicht lange Zeit, um diesen Schlamassel zu bereinigen. Jeden Augenblick konnten Frühaufsteher an Deck ihrer Boote auftauchen und sie hier mit der Toten bemerken. Dann wäre ihr Leben vorbei, und Natalie würde nie die Gerechtigkeit bekommen, die sie verdiente.

Ihr Blick glitt über die Boote, die am Steg vertäut waren, und fiel schließlich auf die *Azimut*, die Luxusyacht der Slaytons. Sie wusste, dass Ryan Slayton an Bord war und schlief. Die Frage war nur – wie tief schlief er? Und würde Gina genug Kraft haben, um das Mädchen an Bord der Yacht zu schleifen, ohne Aufmerksamkeit zu erregen?

Sie musste es versuchen. Das Mädchen hatte Sex mit Ryan gehabt – wenn man sie tot auf seinem Boot fand, konnte niemand mehr die Sache unter den Teppich kehren. Gut, vielleicht konnte sie nur einen von ihnen drankriegen. Bobby, der ja auch einen Teil der Schuld trug, würde ungestraft davonkommen, aber der Haupttäter, der in Ginas Augen gefährlichste der Slaytons, würde büßen müssen. Er würde hinter Schloss und Riegel kommen, egal, wie gut sein Anwalt war.

Gina musste alle Körperkraft einsetzen, die sie besaß, um den leblosen Körper zum Boot zu schleifen. Sie hatte dem Mädchen den roten Pullover ausgezogen und um die Kopfwunde gewickelt, damit sie keine Blutspur hinterließ. Das grässliche dumpfe Poltern, das immer wieder zu hören war, während sie die Tote an Bord der Yacht schleifte, ließ sie jedes Mal leicht zusammenzucken, aber letzten Endes schaffte sie es. Sie zerrte die Leiche zum Niedergang, ließ sie dort liegen, löste den festgeknoteten Pullover und zog ihn unter dem Kopf des Mädchens hervor. Rasch blickte sie in alle Richtungen, um sicherzugehen, dass niemand sie beobachtet hatte, dann holte sie vorsichtig den Riemen der Handtasche unter dem Leichnam hervor. Schließlich rupfte sie noch ein paar blutverschmierte blonde Haare vom Kopf des Mädchens und wickelte sie in den Pullover, auch wenn sie noch nicht genau wusste, was sie damit anfangen sollte. Anschließend zog sie die Kapuze ihres Hoodies über den Kopf, griff sich Pulli und Handtasche und lief zu ihrem Auto zurück, ohne sich noch einmal umzudrehen.

Es erschien fast unglaublich, dass vier Stunden später immer noch keine Polizeiwagen ihr Haus umstellt hatten. Gina hatte kein Auge zutun können, und sie war sich fast sicher, dass sie nie wieder in der Lage sein würde, die Augen zu schließen, ohne das Gesicht dieses armen toten Mädchens vor sich zu sehen. Sie hatte sich an den Küchentisch gesetzt und darauf gewartet, dass die Polizei kam. Zum ersten Mal seit fünf Jahren war sie froh darüber, dass kein Mitglied ihrer Familie mehr da war; so mussten sie nicht miterleben, was mit ihr passieren würde. Bestimmt hatte irgendjemand beobachtet, wie sie die Leiche auf das Boot der Slaytons geschleift hatte; oder Carl hatte wieder Überwachungskameras im Yachthafen installieren lassen, weil es Einbrüche gegeben hatte; oder die Slaytons hatten Kameras auf ihrer Yacht – es gab tausend Möglichkeiten, wie ihre Tat ans Licht kommen konnte. Zudem hatte sie garantiert jede Menge DNA auf der Leiche hinterlassen.

Als die Polizei um zehn Uhr morgens noch nicht gekommen war, ging Gina ruhig nach oben, zog sich ganz aus, packte alle Kleidungsstücke in einen Plastikbeutel und nahm eine lange, brühend heiße Dusche. Sie wusch sich die Haare, föhnte sie trocken, zog sich frische Sachen an, griff sich den Plastikbeutel mit ihren getragenen Klamotten und warf sie in die Metalltonne im Garten, die ihr Vater immer zum Verbrennen benutzt hatte.

Sie übergoss den Beutel mit Benzin und setzte ihn in Brand. Als die Flammen loderten, ging sie ins Haus zurück, streifte sich Gummihandschuhe über und holte die Handtasche und den Pullover des Mädchens aus dem Auto. Die blutverschmierten langen Haare waren immer noch fest in den Pullover gewickelt. Gina legte sie in einen Gefrierbeutel, faltete den Pullover zusammen und steckte ihn in einen Plastikbeutel, den sie oben fest zuband. Sie wusste, sie sollte diese Sachen ebenfalls verbrennen. Doch die Tatsache, dass die Polizei noch nicht gekommen war, beruhigte sie – mittlerweile musste die Leiche schon längst entdeckt worden sein. Vielleicht war sie tatsächlich von niemandem gesehen worden, und die Polizei würde sich auf Ryan Slayton als Hauptverdächtigen konzentrieren. Und wenn sie ihr noch einen Schubs in die richtige Richtung geben könnte, dann würde sie das tun.

Sie wartete bis zwölf Uhr. Noch immer hörte man nichts von einer Leiche, die auf einem Boot im Yachthafen entdeckt worden war. Auf einer so kleinen Insel würde sich eine solche Nachricht in Windeseile herumsprechen: Die Medien würden darüber berichten, es würde Thema auf Facebook sein, wahrscheinlich hätte sie sogar die Sirenen des Rettungswagens gehört. Als sie es nicht länger aushalten konnte, stieg sie in ihr Auto und fuhr zum Yachthafen. Es herrschte lebhafter Betrieb wie immer im Juli, aber alles war ganz normal. Es waren keine Einsatzkräfte in Sicht, keine Schaulustigen drängten sich um den Teil des Stegs, an dem das Boot der Slaytons lag. Sie parkte und schlenderte zum Boot der Slaytons. Es sah genauso aus wie in der Nacht, nur mit einem auffälligen Unterschied – es lag keine Leiche am Niedergang der Yacht.

»Hallo, Gina.« Eine Stimme, die sie mittlerweile nur zu gut kannte, ließ sie zusammenschrecken. Ryan Slayton stand an die Reling gelehnt. »Alles in Ordnung?«

Er sprach, als hätte es die letzten fünf Jahre nicht gegeben, als hätte sie ihn nie beschuldigt, ihre Schwester umgebracht zu haben, als hätte er nicht heute Morgen nach dem Aufwachen eine tote junge Frau auf seinem Boot entdeckt. In dem Moment erkannte Gina, dass er einer der bösesten Menschen war, dem sie je begegnet war, und sie wusste, sie würde ihn zur Strecke bringen – auf die eine oder andere Art.

56

Gina

Das mit dem Kapuzenpulli ging leichter als erwartet. Gina hatte gewusst, dass die Slayton-Brüder ihren Pick-up-Truck zu Kieran Fairstein in die Werkstatt bringen würden, nachdem sie ihn gerammt hatte. Sie hatte fünf Sommer Zeit gehabt, sie zu beobachten. Fünf Sommer hatte sie gewartet, und mittlerweile kannte sie diese jungen Männer besser als jeder andere, wahrscheinlich sogar besser als ihre eigene Mutter. Ryan hatte zahllose Freundinnen gehabt – einige hatte sie sogar vor ihm gewarnt, so wie sie Holly gewarnt hatte. Aber sie hatte damit aufhören müssen, nachdem es ihm zu Ohren gekommen war. Er hatte immer wieder ihre Reifen aufschlitzen lassen.

Also war der Truck zu Kieran in die Werkstatt gekommen. Und Gina hatte nur abwarten müssen, bis Kieran zu Tisch ging, ohne die Werkstatt abzuschließen, um dann den Pullover, den sie dem Mädchen abgenommen hatte, unter den Beifahrersitz zu schieben. An Orten, wo man Kfz-Werkstätten nicht unbeaufsichtigt lassen konnte, damit niemand die Autos stahl, wäre es vielleicht schwieriger gewesen, aber an einem Ort wie Martha's Vineyard war es leicht, die Tür irgendeines fremden Autos zu öffnen, ohne dass es jemandem auffiel.

Wenn sie ehrlich war, hätte sie nie damit gerechnet, dass alles so reibungslos klappen würde. Es hätte sie nicht überrascht, wenn es der Spurensicherung aufgefallen wäre, dass der Pullover von einer anderen Person im Truck der Slayton-Brüder platziert worden war, und sie hatte jeden Moment erwartet, erwischt zu werden, aber das kümmerte sie nicht länger. Es war ihre letzte

Hoffnung, ihre letzte Chance, den Tod ihrer Schwester zu sühnen – daran glaubte sie mittlerweile fest. Es war jetzt fünf Jahre her. Die Polizei hatte Natalies Tod als Unfall eingestuft, und nie waren neue Ermittlungen aufgenommen worden. Doch jetzt, nach dem, was mit Holly passiert war, hatte sich das geändert. Gina dachte an den Drew-Peterson-Fall: Die Polizei hatte ihm nicht nachweisen können, dass er seine Frau ermordet hatte, aber im Zuge der Ermittlungen war der angebliche Suizid seiner ersten Frau neu untersucht worden, und jetzt saß der Mann wegen Mordes an ihr im Gefängnis.

Gina malte sich aus, was für ein Gesicht Ryan Slayton machen würde, wenn die Geschworenen ihn schuldig sprachen. Ob er wohl wissen würde, wem er das alles zu verdanken hatte? Es schien ihr nur gerecht, dass Ryan für einen Mord ins Gefängnis kam, den er nicht begangen hatte, nachdem es ihm fünf Jahre lang so geschickt gelungen war, sich der Justiz zu entziehen. *Aber so weit sind wir noch nicht*, dachte Gina, zog ein weiteres Mal Gummihandschuhe über und öffnete die Handtasche des toten Mädchens. Es lag noch Arbeit vor ihr.

57

Gina

Sie wartete darauf, dass er zu seinem gewohnten Platz ging und es entdeckte, eingeklemmt zwischen Sitzfläche und Armlehne der Sonnenliege. Alles kam auf gutes Timing und Glück an, denn wenn er beschloss, sich woanders hinzusetzen, oder wenn jemand vor ihm dort Platz nahm, war alles umsonst gewesen. Sie war sich ziemlich sicher, dass es auch ohne seine Fingerabdrücke auf dem Handy genug Beweise gegen ihn gab, aber es war sicher besser, zu viele Beweismittel zu haben als zu wenige. Besonders, nachdem er es so schnell geschafft hatte, die Leiche loszuwerden. Was das anbelangte, hatte Gina ihm eindeutig zu wenig zugetraut – er musste früher aufgewacht sein als erwartet, und als er auf die tote Holly gestoßen war, hatte er sie einfach schnell entsorgt. Befürchtete er vielleicht sogar, dass er selbst das Mädchen umgebracht hatte? Der selbstgefällige Blick, den er ihr bei ihrer kurzen Begegnung am nachfolgenden Tag zugeworfen hatte, ließ allerdings vermuten, dass er womöglich sie, Gina, irgendwie mit dem Mord in Verbindung brachte. Aber die Slayton-Brüder wirkten oft arrogant und blasiert, wenn sie Gina zu Gesicht bekamen. *Tja, nicht mehr lange.*

Das Handy hatte zwei Tage lang fast ununterbrochen geklingelt: Bobby hatte angerufen, und zwar gleich am nächsten Morgen, dann eine gewisse Jess, Emmy ein paarmal, einmal Hollys Mutter; und auch Ryan hatte ein paarmal angerufen und geschrieben. Das war clever; ganz offensichtlich rechnete er damit, dass Hollys Telefon gefunden werden könnte, und er wollte nicht der Einzige aus ihrem Verwandten- und Freundeskreis sein, der nicht anrief. Gina hatte dieser Jess und Bobby mit dem Handy jeweils eine Nachricht geschickt, und wenn die Polizei es entdeckte, würde es so aussehen, dass Ryan diese Texte geschrieben hatte, in dem Versuch, sich ein Alibi zu verschaffen – und in der Hoffnung, Jess auf diese Weise davon abzuhalten, wegen Hollys Verschwinden Alarm zu schlagen, bevor das Meer alle Spuren weggewaschen hatte.

Es schien, als wäre das Glück zum ersten Mal seit fünf Jahren auf ihrer Seite. Das Pech, das dafür gesorgt hatte, dass Ryan für den Mord an ihrer Schwester nicht zur Rechenschaft gezogen wurde, schien sich umgekehrt zu haben: Er griff nach dem Handy auf der Sonnenliege – genau wie sie es geplant hatte –, warf einen kurzen Blick darauf, und als er sah, dass der Akku leer war, winkte er einen Kellner herbei und warf es auf sein Tablett, wobei er etwas murmelte, das Gina nicht hören konnte. Sie wartete zehn Minuten, bis der Kellner mit seinem Tablett zurückgekehrt war, und ging zur Bar.

»Entschuldigen Sie?«, rief sie in ihrem besten atemlosen Dummchen-Tonfall. »Ich glaube, ich habe mein Handy auf einer der Sonnenliegen liegen lassen.«

»Ja.« Der Barmann blickte kaum auf. »Jemand hat es gefunden. Liegt dort auf dem Tablett.«

»Vielen Dank.« Gina, die den langen Ärmel ihres Kaftans über ihre Hand gezogen hatte, griff mit einem Lächeln nach dem Handy und legte es rasch in den Gefrierbeutel, den sie in ihrer Strandtasche versteckt hatte. »Sie sind mein Held.«

»Kein Problem«, sagte der Barmann und hob eine Hand.

Gina wäre jede Wette eingegangen, dass er sie bereits fünf Minuten später bei einer Gegenüberstellung nicht erkannt hätte. Manchmal hatte es seine Vorteile, keine gebräunte, kurvige Blondine zu sein.

Danach war sie mitten in der Nacht zum Anwesen der Slaytons gefahren und hatte ihren Wagen so weit entfernt abgestellt, dass niemand das Licht der Scheinwerfer sehen würde, aber nahe genug, um ihn im Notfall schnell erreichen zu können. Auf dieser Insel waren nicht einmal bei den Superreichen die Gärten gut geschützt, und Gina hatte nicht vor, in die Nähe des Hauses zu kommen. Sie suchte sich eine Stelle am Grundstücksrand unter einer besonders kräftigen Konifere aus und grub mit den behandschuhten Händen ein Loch. Sobald es tief genug war, holte sie den Gefrierbeutel aus ihrer Handtasche, warf ihn ins Loch und schüttete alles wieder zu. In ein paar Tagen würde sie der Polizei einen anonymen Hinweis geben, wo das Smartphone zu finden war. Hoffentlich würden Ryan und der Barmann sich dann an den Vorfall mit dem vergessenen Handy im Beach Club nicht mehr erinnern.

Wie es sich traf, sollte Ryan erst von dem vergrabenen Handy erfahren, als sein Anwalt Einsicht in die Beweisakten bekam, und da war es, als hätte es den Beach Club und die Tage vor seiner Verhaftung nie gegeben.

58

Gina

Bislang hatte sie alles gut weggesteckt, aber es wurde mit jedem Tag schwerer, Claires Schmerz zu sehen – mitzuerleben, wie sie litt, wie sie durchmachte, was Gina selbst hatte durchmachen müssen. Im Stillen versicherte sie sich immer wieder, dass Hollys Tod ein Unfall gewesen war, und wenn ihr Tod nicht sinnlos sein sollte, musste sie ihn benutzen, um Gerechtigkeit für Natalie zu bekommen. Denn darum ging es schließlich. Um Gerechtigkeit für ihre kleine Schwester. Außerdem hätte Claire es sicher verstanden. Schließlich hatte sie zugelassen, dass Emmy log, damit sie einen Durchsuchungsbeschluss für den Truck von Bobby und Ryan bekamen. Klar, sie hatte so getan, als würde sie Emmy glauben, aber Gina hatte sofort gemerkt, dass Emmy log, und Claire wusste es auch.

»Warum tust du das, Emmy?«, hatte Gina sie gefragt, bevor sie zusammen zur Polizei fuhren. »Warum behauptest du, dass du gesehen hast, wie Holly an dem besagten Abend zu Ryan in den Wagen stieg, obwohl das gelogen ist?«

Emmy hatte entsetzt die Augen aufgerissen und dann zu weinen begonnen.

»Weil ich Claire angelogen habe, als sie zu uns kam, um zu fragen, ob ich wüsste, wo Holly ist«, gab sie zu. »Ich habe behauptet, Holly hätte mir gesagt, sie wolle noch auf der Party bleiben und ich solle ruhig heimkehren. Die Wahrheit ist: Sie wollte sich von Ryan trennen, und Derek sollte uns beide abholen. Aber sie hatte ihre Handtasche vergessen und ging zurück, um sie zu holen. Ich sollte schon vorgehen und Derek bitten, auf sie zu warten. Wir haben auch etwa zehn Minuten gewartet, aber dann hatte Derek nur noch eine halbe Stunde Zeit bis zum Beginn seiner Nachtschicht, und wir wollten noch ...« Emmy blickte verlegen drein. »Und so sagte ich ihm: ›Holly hat anscheinend ihre Meinung geändert, fahren wir ohne sie.‹ Wenn ich nur fünf Minuten länger gewartet hätte, wäre sie vielleicht noch am Leben.«

Gina stieß die Luft aus, fassungslos über dieses Eingeständnis. »Also glaubst du mir, dass ich Holly und Ryan zusammen gesehen habe?«

Emmy schaute sie verwirrt an. »Warum sollte ich dir nicht glauben?«

Gina lachte. »Ach, ich weiß nicht. Vielleicht, weil alle auf der Insel mich für total plemplem halten? Und weil ich seit fünf Jahren versuche, Ryan dranzukriegen?«

»Ich halte dich nicht für verrückt«, entgegnete Emmy im Flüsterton, und Gina war ihr zutiefst dankbar. »Aber ich muss dir etwas gestehen. Ich war dort – an dem Abend, an dem deine Schwester zu Ryan ins Auto stieg. Und ich habe nichts unternommen.«

»Es waren viele Leute auf dieser Party, Emmy«, erwiderte Gina. »Und ich gebe zu, lange Zeit habe ich mir gewünscht, jemand hätte sie aufgehalten, hätte bemerkt, dass sie zu viel getrunken hatte, und mich angerufen. Aber wie könnte ich dir das übelnehmen? Ich als ihre große Schwester war diejenige, die auf sie hätte aufpassen sollen. Ihr anderen wart ja alle kaum älter als sie und hattet selbst ziemlich viel gebechert.«

»Das habe ich mir auch oft eingeredet«, räumte Emmy ein. »Aber ich hatte damals das deutliche Gefühl, dass irgendwas nicht stimmte, und egal, was für Rechtfertigungen ich oder sonst jemand vorbringen könnte, ich weiß sehr gut, dass es meine Schuld war. Ich hätte nur ein Wort zu sagen brauchen – die

Leute auf der Strandparty waren von hier, das waren meine Freunde. Wenn nur einer von uns etwas unternommen hätte …« Sie verstummte für einen Moment. »Ich habe fünf Jahre auf eine Gelegenheit gewartet, es wiedergutzumachen, dass ich deine Schwester in dieses Auto steigen ließ, und als ich dann die Chance bekam, das Richtige zu tun, habe ich nach zehn Minuten Wartezeit alle meine guten Vorsätze vergessen und bin mit Derek losgefahren. Ich habe eine zweite Chance bekommen, der Mensch zu sein, für den ich mich eigentlich halte – und ich habe es vermasselt.«

Gina schwieg eine Weile. Sie verstand sehr gut, was Emmy ihr da über sich selbst erzählte. Gina hatte sich oft gefragt, warum die Handlungen der Leute so gar nicht zu ihrem Selbstbild passen wollten. Aber es war eine Tatsache, dass man in vielen Situationen oft nur den Bruchteil einer Sekunde Zeit hatte, um zu reagieren und sich für eine Handlung zu entscheiden – die dann bestimmte, wer man war. Und das stand oft nicht im Einklang mit dem Bild, das man von sich selbst hatte.

»Aber eins ist dir nicht klar«, hob Gina hervor. »Wenn du dich richtig entschieden hättest – wenn du auf Holly gewartet hättest und sie von Derek nach Hause gefahren worden wäre, wenn ihr beide am nächsten Morgen sicher in euren Betten aufgewacht wärt –, hättest du nie erfahren, dass es deine zweite Chance war. Du hättest nie erfahren, welchen Unterschied das für Holly gemacht hätte. Verstehst du, was das bedeutet?«

Emmy schüttelte den Kopf.

»Das bedeutet, dass deine zweite Chance seit Natalies Tod bestimmt schon hundertmal gekommen ist«, fuhr Gina fort. »Sehr wahrscheinlich hast du oft die richtige Entscheidung getroffen und das Richtige getan; dir ist es nur nie bewusst gewesen. Und Ryan Slayton hat sich unzählige Male mit einem Mädchen getroffen, ohne dass es mit ihrem Tod endete. Doch dann traf alles zusammen: eine falsche Entscheidung von dir, eine Gelegenheit für ihn, die Gewalttätigkeit auszuleben, die in ihm steckt, wie wir wissen, und – *Bamm!* Unsere Leben haben sich für immer verändert. Niemand kann immer die richtige Entscheidung treffen, Emmy. Nur haben die meisten Leute den Luxus, ihre Fehler fern von Ryan Slayton und dem Bösen, das in ihm lebt, machen zu können. Er ist verantwortlich für das alles, nicht du.«

Emmy hatte tief Luft geholt und genickt. »Du hast ja recht. Das weiß ich. Aber jemand muss dafür sorgen, dass er nie wieder einer Frau etwas antun kann.«

Gina hatte gelächelt und die Hände auf Emmys Schultern gelegt. »Und genau das werden wir jetzt machen.«

59

Claire

Ich erzählte Derek, dass jemand gesehen hatte, wie ich an jenem Abend, an dem ich betäubt wurde, um morgens am Strand mit großen Erinnerungslücken und vollkommen benommen aufzuwachen, zu Gina ins Auto stieg. Ich sei mir fast sicher, sagte ich, dass sie mir zur Strandparty gefolgt war und mir etwas in mein Bier getan hatte, das ich dummerweise unbeaufsichtigt in den Dünen abgestellt hatte. Dann hatte sie mich am nächsten Morgen »gerettet« und mich glauben lassen, dass Bobby Slayton dafür verantwortlich wäre. Sie hasste diese jungen Männer und war fest entschlossen, jeden – mich eingeschlossen – davon zu überzeugen, was für üble Burschen das waren. Und vielleicht waren sie das ja auch. Bobby hatte mir erzählt, dass er und Holly bei der Strandparty am 4. Juli zusammengekommen waren, und doch war sie noch am selben Abend mit Ryan zum Yachthafen gefahren. Was hatte sie zu einem solchen Sinneswandel veranlasst? Im Pick-up-Truck war eine Cola-Dose mit Hollys Speichelspuren gefunden worden, aber falls sie K.-o.-Tropfen enthalten hatte, ließ sich das nicht mehr nachweisen. Ich hatte dazu recherchiert und dabei festgestellt, dass GHB im Körper sehr schnell abgebaut wurde, bereits nach zwei bis drei Stunden war es fort.

»Du glaubst wirklich, dass Gina das alles getan hat, oder?«, fragte Derek und fuhr sich mit der Hand übers Gesicht.

»Wie sonst hätte sie ans Handy meiner Schwester kommen sollen?«, entgegnete ich. »Ich hätte ja gesagt, dass sie nur versucht hat, Slayton falsche Beweismittel unterzuschieben, weil sie von seiner Schuld überzeugt ist. Aber sie kann unmöglich Hollys Handy in die Finger bekommen haben, wenn sie nicht mehr weiß, als sie zugibt. Und warum wollte sie der Polizei gegenüber nicht zugeben, dass sie in der Nähe des Tatorts war?«

»Und ich habe es zugelassen.« Derek schüttelte den Kopf. »Mir ist allerdings immer noch nicht klar, ob wir genug in der Hand haben, um damit zum Chef zu gehen. Ryans Prozess beginnt in zwei Tagen.«

»Es gibt berechtigte Zweifel, Derek. Das reicht.«

Er blickte gequält drein. Sein Telefon klingelte, und er schaute auf das Display. »Emmy.«

Als er ranging, konnte ich Emmys Stimme am anderen Ende der Leitung hören; sie klang völlig aufgelöst. Ich sah ihn fragend an.

»Beruhige dich«, versuchte er sie zu beschwichtigen. »Wo? … Warum glaubst du das? … Verdammt … Ja, okay, Claire ist bei mir. Wir kommen sofort.«

Er beendete das Gespräch und sah mich an. »Emmy hat gerade Gina gesehen, die wie eine Irre Richtung Oak Bluffs fuhr. Sie hat Emmy eine WhatsApp-Nachricht geschickt. Darin teilt sie ihr mit, es täte ihr leid, dass sie sie in ihre Lügen verstrickt habe, und sie solle nicht nach ihr suchen.«

»Herr im Himmel«, sagte ich und begann, auf mein Auto zuzulaufen.

»Ich nehme einen Streifenwagen und schalte die Sirene ein«, rief er mir hinterher. »Bring dich nicht um bei dem Versuch, sie einzuholen! Ich kümmere mich darum.«

»Was zum Teufel ist denn los?«, fragte Jess, als ich ins Auto stieg.

»Ich glaube, Gina weiß, dass wir ihr auf die Schliche gekommen sind«, antwortete ich. »Emmy hat eine WhatsApp-Nachricht von ihr bekommen. Gina entschuldigt sich bei ihr, weil sie

sie in ihre Lügen verstrickt hat, und bittet sie, nicht nach ihr zu suchen. Außerdem hat sie vorhin gesehen, wie Gina in einem Wahnsinnstempo Richtung Oak Bluffs gebraust ist. Wir müssen hinterher.«

»Mein Gott«, sagte Tom, der am Steuer saß. Sofort schaltete er den Motor ein und fuhr los. »Wie hat sie das denn erfahren?«

»Ähmm …« Jess blickte ernst drein.

»Was ist?« Ich versuchte, sie nicht anzufahren. »Was hast du getan?«

»Ich hatte es nicht vor.« Jess schnitt eine Grimasse. »Sie hat mich angerufen, und ich habe erwähnt, dass wir auf dem Parkplatz vor der Polizeiwache sind, weil du vorhast, mit Derek zu reden. Dann wollte sie wissen, warum du mit Carl und mit der Nachbarin der Slaytons gesprochen hast. Ich geriet in Panik und habe einfach aufgelegt.«

»Sie ist mir gefolgt«, stellte ich fest und hielt mich am Sicherheitsgurt fest, als Tom mit hoher Geschwindigkeit in eine Kurve bog. »Himmel noch eins, Tom.«

»Entschuldige«, sagte er und verringerte ein wenig das Tempo.

»Wir sind zwanzig Minuten entfernt. Zu weit. In der Zwischenzeit könnte alles Mögliche passieren«, sagte ich und widerstand dem Drang, Derek anzurufen und ihn zu fragen, ob er schon mehr wusste. Er fuhr bestimmt so schnell, dass ein Anruf ihn nur ablenken würde, selbst wenn das Telefonat über die Freisprechanlage ging.

»Ruf Emmy an!«, schlug Jess vor und beugte sich zwischen den beiden Vordersitzen vor.

Im nächsten Moment trat Tom abrupt auf die Bremse, da wir an eine Kreuzung kamen, und Jess rutschte so heftig nach vorn, dass der Gurt ihr die Luft abschnitt.

»Scheiße!«, fluchte sie.

»Tut mir leid.«

Emmys Telefon klingelte und klingelte, als ich sie zu erreichen versuchte. Voicemail. Auf einmal klingelte mein Telefon, das ich noch in der Hand hielt. Ginas Name blitzte auf dem Display auf, und mir wäre fast das Herz stehen geblieben.

»Gina, wo bist du?« Ich versuchte, ganz ruhig zu bleiben – vielleicht hatten wir ja alles völlig falsch interpretiert. »Können wir uns irgendwo treffen?«

»Das wäre sinnlos.« Ginas Stimme klang schrill und leicht manisch. »Ich glaube, du ahnst, warum. Ich dachte, ich könnte damit leben, weil Natalie jetzt endlich Gerechtigkeit bekommt, aber ich kann nicht aufhören, daran zu denken …« Ein Aufschluchzen und dann Stille.

»Gina«, sagte ich drängend. »Gina, wo bist du?«

Es gab eine lange Pause. »Eines musst du wissen«, sagte sie schließlich. Kurz klang sie ruhiger, als versuche sie, sich zusammenzureißen, um mir etwas Wichtiges mitzuteilen. »Ich habe gesehen, was er ihr angetan hat – in jener Nacht.«

»Ryan«, sagte ich. Es war keine Frage.

»Ja. Er hat sie nicht umgebracht, Claire, aber er ist trotzdem durch und durch böse. Du hast nicht gesehen, in welchem Zustand sie war, als sie von diesem Boot kam. Ihr Kleid war zerrissen, und da war Erbrochenes in ihrem Haar. Sie hatte offensichtlich geweint und konnte kaum aufrecht stehen. So sieht keine junge Frau aus, die gerade schönen, einvernehmlichen Sex mit der Liebe ihres Lebens hatte. Er hatte ihr K.-o.-Tropfen verabreicht, darauf würde ich mein Leben verwetten; oder sie war so betrunken gewesen, dass sie gar nicht in der Lage war zuzustimmen. Das hatte er schon mit Natalie gemacht und später auch mit deiner Schwester, Claire.«

Mir fiel auf, dass sie Hollys Namen nicht aussprach. Ich überlegte, ob ich sie je ihren Namen hatte aussprechen hören.

»Er wird es wieder tun, Claire. Frag Emmy, was er an dem Morgen zu ihr gesagt hat. Als Natalie vermisst wurde. Frag sie.«

Die Verbindung brach ab. Ich versuchte erneut, Emmy anzurufen, immer wieder. Gerade als ich aufgeben wollte, ging sie ran.

»Claire?« Sie schien ganz außer sich.

»Wo bist du?«, fragte ich. Sie musste irgendwo draußen sein; es klang nicht so, als würde sie gerade Auto fahren.

»Am Fährhafen. Sie hat ihren Wagen hier abgestellt, aber ich kann sie nicht sehen. Ich weiß nicht, was ich tun soll!«

»Derek wird jeden Moment bei dir sein«, versicherte ich, obwohl ich wusste, dass er noch mindestens zehn Minuten brauchen würde, selbst wenn er jede Geschwindigkeitsbeschränkung auf der Strecke missachtete. »Hör mal, Emmy, was hat Ryan Slayton damals zu dir gesagt – am Morgen nach Natalies Verschwinden?«

»Hat Gina dir das nicht erzählt? Oh Gott, Claire, nur deshalb war ich ja so überzeugt, dass er schuldig ist. Obwohl niemand mir geglaubt hat; alle meinten, ich müsse mich irren. Ich habe es Holly erzählt, auf der Strandparty, deshalb wollte ich ja, dass sie mit mir nach Hause fuhr. Ryan sagte damals: ›Natalie ist ein dummes kleines Mädchen, das nur mit mir zusammen war, um meinen Bruder eifersüchtig zu machen, und wenn ihr im Yachthafen irgendwas Schlimmes zugestoßen ist, ist das allein ihre Schuld.‹«

»Und die Frage ist – woher wusste er, dass sie im Yachthafen war?« Ich stieß langsam die Luft aus und dachte an meine Schwester, die an jenem Abend nur noch nach Hause kommen wollte, um ihren Rausch auszuschlafen – aufgeregt bei dem Gedanken, wie es sich mit Bobby entwickeln würde, und von Gewissensbissen geplagt, weil sie vorhatte, sich von Ryan zu trennen. Und weil sie ihn nicht vorschnell verurteilen wollte – denn das war nicht ihre Art –, stieg sie zu ihm in den Truck, um sich von ihm nach Hause fahren zu lassen. Wusste er das mit Bobby? Wie Holly dann mit Ryan schlafen konnte, nachdem sie gerade beschlossen hatte, dass sie mit seinem Bruder zusammen sein wollte, verstand ich jedoch immer noch nicht.

»Siehst du Gina irgendwo?«, fragte ich Emmy und stellte mir bildlich vor, wie sie sich gerade hektisch umschaute.

»Oh, verdammt«, sagte sie, während ich im Hintergrund ein Schiff tuten hörte.

»Was? Was war das eben? Was ist los, Emmy?«

»Das war die Fähre. Sie legt gerade ab. Wenn man seinem Leben ein Ende setzen wollte … könnte man vom Schiff ins Meer springen.«

Als wir schließlich auf den Parkplatz des Hafens fuhren, war die Fähre nur noch in der Ferne zu sehen. Derek war vor uns eingetroffen, aber nicht früh genug, um noch an Bord der Fähre zu gehen und nach Gina zu suchen. Er kontaktierte die Polizei in Nantucket, wohin die Fähre unterwegs war, aber bis sie dort ankam, konnte alles Mögliche passiert sein. Der neue Hafenmeister funkte die Fähre an, damit an Bord jemand nach ihr suchte, aber eine braunhaarige Frau um die dreißig stach nun mal nicht besonders hervor. Die einzige Hoffnung war, dass auf der Fähre so viel Betrieb herrschte, dass Gina nicht unbemerkt ins Wasser springen konnte. Falls sie auf der Flucht war, konnten wir sie schnappen. Doch wenn sie vorhatte, ihrem Leben ein Ende zu machen …

Dereks Telefon klingelte, und wir hielten alle vier den Atem an, als er ranging. »Okay, danke … Gut … Ja, danke.«

Er beendete das Gespräch und sah uns mit grimmiger Miene an.

»Es wurde eine Person gemeldet, die ins Wasser gefallen ist. Die Seenotrettung ist unterwegs.«

Epilog

Ein Jahr später

Nacheinander legten wir unsere Blumen an der Gedenkstätte nieder – Jess, Tom, Emmy, Derek, Carl und ich. Es gab einen Strauß von Hank und Sheila und einen von den Frauen aus dem Bistro gegenüber dem Yachthafen, dazu Dutzende Gestecke von Leuten, deren Namen mir nichts sagten. Hinter uns hatte sich eine Schlange von Leuten gebildet, die ebenfalls Hollys Andenken ehren wollten. Martha's Vineyard hatte meine Schwester und Natalie Burton ins Herz geschlossen, und ich hatte die Insel ins Herz geschlossen. Über dem Meer ging die Sonne mit einem prächtigen Farbenspiel aus Purpurrot, Orange und Violett unter. Bei Einbruch der Dunkelheit würden wir unsere Kerzen anzünden, es würde Musik und Tanz geben, wir würden essen und feiern. Diese Pilgerfahrt an den Ort, an dem meine Schwester die letzten Wochen ihres Lebens verbracht hatte, wollten wir ab jetzt jedes Jahr unternehmen. Und anstatt uns mit Ressentiments zu begegnen, weil wir sie an eine Zeit erinnerten, die sie lieber vergessen würden, begegneten uns die Inselbewohner mit Respekt und Verständnis.

Die Tragödie von Gina Burton, die den Tod ihrer Schwester nicht verkraften konnte und versucht hatte, sich das Leben zu nehmen, beschäftigte ganz Martha's Vineyard noch immer. Manche glaubten, dass sie es getan hatte, weil ihr das gelungen war, was zu tun sie sich geschworen hatte, und es nichts mehr für sie gab, wofür es sich zu leben lohnte. Andere glaubten, sie hätte den Gedanken nicht ertragen können, dass Ryan Slayton möglicherweise freigesprochen wurde, und daher versucht, sich vor dem Urteilsspruch das Leben zu nehmen. Nur Derek, Emmy, Jess, Tom und ich kannten die Wahrheit – oder zumindest den Teil davon, den wir hatten herausfinden können.

Gina sah, dass Ryan an jenem Abend den Zustand meiner Schwester ausgenutzt hatte, und es kam zum Streit. Aber was Ginas Absichten waren oder warum meine Schwester sterben musste, werden wir wohl nie erfahren. Ich versuche, Gina nicht zu hassen. Ich glaube, dass sie seit Langem krank ist. Dass ihre Besessenheit von den Slaytons, verursacht durch den Tod ihrer Schwester, eine Krankheit ist wie der Krebs, der mir die Mutter genommen hat. Aber es ist fast unmöglich, keinen Hass auf die Frau zu empfinden, die den sinnlosen Verlust zu verantworten hat, den wir erlitten haben.

Ich glaube, nicht einmal Holly war ein so guter Mensch, dass sie Gina diese Tat vergeben hätte, aber sie wäre sicher einverstanden mit der Entscheidung, die wir getroffen haben, nämlich zuzulassen, dass Ryan Slayton wegen des Mordes an ihr ins Gefängnis gegangen ist. Auf diese Weise erhält Natalie die Gerechtigkeit, die sie verdient. Seit meinem Gespräch mit Bobby weiß ich, dass Ryan einem jungen Mädchen das Leben nahm, und auch wenn er meine Schwester nicht auf dem Gewissen hatte, durfte diese Tat nicht ungesühnt bleiben.

Gina ist bei Bewusstsein, kann sich aber nicht bewegen; sie wird nie wieder jemandem etwas antun. Sie hat nichts mehr außer Zeit – genug Zeit, um über ihre Tat nachzudenken und über den Schmerz, den sie uns zugefügt hat. Manche würden sagen, das sei ein schlimmeres Schicksal als der Tod oder eine Gefängnisstrafe. Ich nenne es ausgleichende Gerechtigkeit: ein Ausgleich für die Woche, in der ich glaubte, dass meine Schwester vielleicht noch am Leben sein könnte. Genau wie das Foto von Holly am Strand, das ich ihr habe zukommen lassen. Ich habe es sorgfältig ausgewählt – Hollys Gesichtsausdruck ist darauf fast richtend. Die Krankenschwester hat mir versprochen, es auf Ginas Nachttisch zu stellen; ihr Englisch ist nicht sehr gut gewesen, und sie schien nicht zu wissen, wer die junge Frau auf dem Foto war, als ich es ins Pflegeheim brachte. Vielleicht wird es irgendwann jemandem auffallen, und man wird beschließen, dass es gnädiger wäre, wenn Gina nicht für den Rest ihrer jämmerlichen Existenz jeden Tag auf das Foto ihres Opfers starren muss. Vielleicht aber auch nicht.